한니발 라이징

한니발 라이징

Hannibal Rising

토머스 해리스 장편소설 | 박슬라 옮김

나무의철학

일러두기

1. 책에 등장하는 주요 인명, 지명, 기관명 등은 국립국어원 외래어 표기법을 따랐지만 일부 단어에 대해서는 소리 나는 대로 표기했다.
2. 괄호 안 설명은 모두 옮긴이 주이다.
3. 단행본은《 》, 연속간행물, 시, 영화, 방송, 음악 등은 〈 〉로 표기했다.

차례

Hannibal Rising

프롤로그

한니발 렉터 박사의 기억의 궁전으로 이어지는 입구는 그의 정신세계 한복판에서도 가장 깊숙하고 어두운 곳에 있다. 손짓 하나로 간단히 찾을 수 있는 빗장을 밀어 올려 그 기이하고 섬세한 문을 열면, 거대하고 밝은 초기 바로크 양식으로 꾸며진 공간이 나타난다. 그곳은 수많은 방과 복도로 이뤄져 있으며 규모 면에서는 이스탄불의 톱카프 궁전과 견줄 정도로 거대하다.

궁전은 훌륭한 조명 아래 아름답게 배치된 예술품의 향연장이다. 각각의 물건에 입력된 그의 기억은 셀 수 없는 방과 복도를 따라 다른 기억으로 이어진다.

한니발 렉터의 어린 시절에 헌정된 이 공간은 불완전하다는 점에서 다른 기록 보관소와 다르다. 어떤 방은 단편적이고 정지된 장면일 뿐이라 마치 텅 빈 벽 위에 아티카 도자기 파편을 군데군데 붙여놓은 것 같다. 동시에 다른 방에서는 소리와 움직임이 느껴진다. 거대한 뱀들이 어둠 속에서 쉭쉭거리고, 섬광이 번득일 때마다 꿈틀대는 몸뚱이를 드러낸다. 한니발이 결코 들어갈 수 없는 몇몇 방은 비명과 애원 소리로 가득하다. 그러나 복도에는 비명이 새어 나오지 않고, 원한다면 음악을 틀어놓을 수도 있다.

궁전은 한니발이 아직 어린 학생에 지나지 않았던 무렵에 일찍이 지어졌다. 감옥에 감금된 동안 그는 계속해서 궁전을 고치고 넓혔다. 그 안의 풍부하고 값진 재물은 간수들이 책 반입을 거부해 기나긴 고통의 시간을 지나는 그를 지탱해줬다.

자, 이제 한니발 박사의 정신세계에서 가장 강렬하고 어두운 장소를 더듬어 빗장을 찾아보자. 빗장을 들어 올리고 복도에 음악을 튼 다음, 한눈을 팔거나 두리번거리지 말고 어린 시절의 방 중에서도 가장 단편적인 '시작의 홀'로 곧장 들어간다.

여기에 우리는 다른 출처를 통해 알아낸 사실과 전쟁

기록 및 경찰 기록, 인터뷰와 수많은 토론, 그리고 죽은 이들의 말 없는 몸짓에서 발굴한 내용을 덧붙여 보완할 것이다. 또한 최근에 발견된 로버트 렉터의 서신들을 토대로 내키는 대로 날짜를 바꿔 정부 당국과 연대기 작가들을 교란한 한니발의 이주 동태를 더욱 정확히 파악할 수 있을 것이다. 그러한 수고를 통해 우리는 젖을 물고 잠자던 내면의 괴물이 몸을 일으켜 마침내 세상에 발을 들이는 모습을 지켜볼 수 있으리라.

1부

/

이것은 내가 알게 된
최초의 것,
시간이란 숲속에서 울리는
도끼질의 메아리,

_필립 라킨

1

 '잔인한 한니발 Hannibal the Grim, 1365~1428'은 잘기리스 전투(리투아니아와 폴란드 연합군이 프러시아의 튜톤 기사단과의 전쟁에서 승리하는 데 결정적인 영향을 끼친 전투. 폴란드어로는 그룬발드 전투)에서 사로잡은 포로들을 동원해 5년 만에 렉터 성Lecter Castle을 건설했다. 완공된 탑 꼭대기에 처음으로 그의 깃발이 휘날리던 날, 한니발은 채소밭에 세워둔 교수대에 포로들을 모아놓고 약속대로 고향에 돌아가도 좋다고 말했다. 하지만 많은 이들이 먹을 것이 풍부한 그의 지배 아래 남는 것을 선택했다.

 그로부터 500년 후, 그의 이름을 여덟 번째로 물려받은 여덟 살 소년 한니발 렉터는 채소밭에서 여동생 미샤와 함께 해자의 검은 물 위를 떠다니는 흑고니에게 빵 조각을 던져주고 있었다. 미샤는 한니발의 손에 매달려 팔매질을 했지만 빵 조각은 번번이 예상치 못한 곳으로 떨어졌다. 커다란 잉어가 수련 잎을 흔들자 잠자리들이 하늘로 솟아올랐다. 우두머리 고니가 물에서 나오더니 노여움에 씩씩거리며 짧은 다리로 뒤뚱뒤뚱 아이들에게 다가오기 시작했다. 평생 한니발을 알아온 고니가 커다란 검은 날개를 펼치고 퍼덕거렸다.

"꺄악, 아니바!"

미샤가 소리를 지르며 한니발의 다리 뒤로 몸을 숨겼다. 한니발은 아버지가 가르쳐준 대로 팔을 어깨높이로 쳐들었다. 그의 팔이 손에 든 버드나무 가지만큼 길게 늘어났다. 흑고니는 발을 멈추고 한니발의 커다란 날개를 가늠해보더니 해자로 뒷걸음쳤다.

"맨날 도망가면서."

한니발이 고니를 향해 말했다. 하지만 오늘은 여느 때와 달리, 소년은 고니들이 어디로 도망가는지 궁금해졌다. 미샤가 흥분한 나머지 빵을 진흙탕에 떨어뜨렸다. 한니발이 동생을 도와주려고 허리를 굽히자 미샤가 작은 단풍잎 같은 손으로 오빠의 코에 진흙을 묻혔다. 한니발도 동생의 코끝에 진흙을 발랐다. 두 아이는 물에 비친 자신들의 모습을 보며 깔깔거렸다.

쿵, 쿵, 쿵, 발밑의 지면이 거세게 흔들렸다. 해자의 수면이 동요하자 아이들의 얼굴도 흐트러졌다. 들판 너머 멀리서 폭음이 울렸다. 한니발이 동생의 손을 황급히 부여잡고 성을 향해 뛰기 시작했다. 안뜰에는 사냥용 마차와 거대한 짐말 세자르가 서 있었다. 마부용 앞치마를 두른 베른트와 하인 로타가 트렁크 세 개를 마차에 실었다. 요리사가 점심을 날라왔다.

"도련님, 마님이 부르십니다."

한니발은 미샤를 보모에게 넘겨주고 바닥이 움푹 닳은 돌계단을 뛰어 올라갔다.

한니발은 어머니의 침실을 좋아했다. 다채로운 향기와 사람 얼굴이 새겨진 나무 조각, 천장에 그려진 화려한 그림. 스포르차와 비스콘티(14~16세기 이탈리아 북부 역사를 주도한 밀라노의 유력 가문들)의 핏줄을 물려받은 렉터 부인은 밀라노에서 시집올 때 이 방을 함께 옮겨왔다.

어머니는 몹시 흥분해 있었다. 밝은 밤색 눈동자가 빛을 반사해 붉게 타올랐다. 한니발은 보석함을 끌어안은 채 어머니가 케루빔(성서에 나오는 지품천사) 조각상의 입술을 눌러 비밀 금고 여는 모습을 지켜봤다. 그녀는 보석과 장신구, 편지 묶음을 서둘러 보석함 안에 구겨 넣었지만 자리가 부족했다.

한니발은 그런 어머니의 얼굴이 방금 상자 속으로 굴러떨어진 증조할머니의 카메오(보석이나 모시조개의 껍데기 안에 양각으로 조각해 박아 넣은 장신구)에 새겨진 조각과 꼭 닮았다고 생각했다.

천장 가득 그려진 구름. 갓난아기 시절, 젖을 빨다 문득 눈을 뜨고 올려다봤을 때 시야에 들어온 구름과 어머니의 가슴. 얼굴에 닿는 블라우스의 감촉. 아름다운 구름 사이로 황금빛 햇살처럼 빛나던 유모의 십자가 금목걸이. 그리고 그녀가 그를 품에 꼭 안을 때마다 뺨에 남던 펜던트 자국. 유모는 어머니에게 들킬까 봐 그의 뺨에 난 자국을 문질러 지우곤 했다.

그때 장부를 든 아버지가 문 앞에 나타났다.

"시모네타, 이제 가야 하오."

어머니는 기저귀용 아마포를 챙겨 넣은 미샤의 구리 욕조에 보석함을 담았다. 그녀는 방을 한 번 둘러본 후 이젤 위에 놓여 있는 작은 베네치아 그림을 집어 들고 잠시 생각하더니 한니발에게 건넸다.

"요리사에게 이걸 가져다주렴. 테두리 부분을 잡아야 해. 뒤쪽이 망가지면 안 되잖니."

어머니가 한니발에게 미소를 지어 보였다. 로타가 안 뜰에 서 있는 마차에 미샤의 목욕통을 실었다. 미샤는 이 모든 소동에 겁을 먹었는지 불안하게 꼼지락거리고 있었다.

한니발은 미샤가 세자르의 콧등을 토닥거릴 수 있도록 안아 올렸다. 미샤는 경적 소리가 나는지 확인이라도 해보려는 것처럼 말의 코를 붙잡고 몇 번이나 눌러봤다. 한니발은 주먹에 쥔 낱알을 조금씩 흘려 바닥에 M자를 썼다. 비둘기들이 모여들자 살아 있는 새들로 만들어진 M자가 탄생했다. 한니발은 미샤의 손바닥에 글자를 써줬다. 그는 곧 세 살이 되는 미샤가 읽는 법을 모른다는 사실이 안타까웠다.

"미샤Mischa의 M이야."

한니발이 말했다. 미샤가 새들 사이를 뛰어다니며 깔깔거렸다. 새떼는 파드득 날아올라 탑 주위를 한 바퀴 돌고는 종루 위에 내려앉았다.

하얀 옷의 몸집 큰 요리사가 도시락을 들고 부엌에서 나왔다. 말이 요리사를 보고 눈을 부라리더니 불안한 듯 귀를 빙글빙글 돌렸다. 망아지 시절의 세자르가 채소밭을 습격할 때마다 요리사가 욕설을 퍼부으며 빗자루를 휘둘러 쫓아낸 탓이다.

"제가 남아서 부엌 정리를 도와드릴까요?"

자코브 선생이 요리사에게 말했다.

"아닙니다. 도련님과 같이 가셔야죠."

렉터 백작이 미샤를 안아 마차에 태우자 한니발은 미샤의 어깨에 팔을 둘렀다. 백작이 한니발의 얼굴을 두 손으로 감싸 쥐었다. 아버지의 억센 손에 놀란 한니발이 백작의 얼굴을 빤히 올려다봤다.

"비행기 세 대가 철도역을 폭격했다. 팀카 대령 말로는 적군이 여기까지 오려면 적어도 일주일은 걸릴 거라고 하더구나. 전투는 주로 큰길에서 일어날 테니 산장은 안전할 거다."

바르바로사 작전Operation Barbarossa. 히틀러가 동유럽을 가로질러 러시아로 진격을 개시한 지 이틀째 되는 날이었다.

2

베른트가 마차보다 앞서가며 말의 얼굴을 피해 스위스 단창으로 긴 나뭇가지들을 쳐냈다. 자코브 선생은 암말을 타고 뒤따랐다. 안장에는 책이 산더미처럼 쌓여 있었다. 말 등에 익숙하지 않은 그는 커다란 나뭇가지 밑을 통과할 때마다 말의 목을 껴안았다. 때로 길이 너무 가팔라지면 말에서 내려 로타와 베른트, 렉터 백작과 함께 앞서 걷기도 했다. 일행이 지나가고 나면 나뭇가지들이 다시 제자리로 돌아와 좁은 길을 막아버렸다.

마차 바퀴에 짓눌려 으깨진 풀잎과 무릎 위에 앉아 있는 미샤의 따뜻한 머리에서 나는 냄새가 한니발의 코를 간질였다. 하늘 높이 독일군 폭격기가 지나갔다. 비행기가 남긴 비행운이 오선지를 그렸고 한니발은 대공포의 검은 연무가 만들어낸 가락을 동생에게 흥얼거렸다. 그리 마음에 드는 음악은 아니었다.

"싫어. 아니바, '난쟁이 아저씨Das Mannlein' 불러줘!"

미샤가 말했다. 두 아이는 숲속에 사는 정체 모를 난쟁이 아저씨에 관한 동요를 부르기 시작했다. 얼마 안 가 마차에 함께 앉아 있는 보모가 합세하더니, 잠시 후에는 독일어로 노래 부르기를 싫어하는 자코브 선생까지 따라 부르기 시작했다.

"Ein Mannlein steht im Walde ganz still und stumm,
숲속에 말없이 홀로 서 있는 난쟁이 아저씨

Es hat von lauter Purpur ein Mantlein um,
새빨간 외투를 둘렀네

Sagt, wer mag das Mannlein sein
그 난쟁이 아저씨는 누구일까

Das da steht im Walde allein
숲속에 홀로 서 있는 난쟁이 아저씨

Mit dem purporroten Mantelein
새빨간 외투를 두른 난쟁이 아저씨"

두 시간 남짓의 고통스러운 여행 끝에 일행은 마침내 드높이 솟은 나무로 둘러싸인 공터에 도착했다.

지난 300년 동안 이 산장은 조잡한 오두막에서 안락한 은거지로 진화해왔다. 목재 골조 위에는 눈이 쌓이는 것을 막으려 가파른 지붕을 얹었고, 두 칸짜리 마구간과 오두막이 딸려 있었다. 집 뒤에는 싸구려 조각이 달린 빅토리아식 옥외 변소가 있었는데 키 높은 울타리 너머로 간신히 지붕이 내다보였다. 건물 토대에는 중세 시대에 풀뱀을 숭배하던 사람들이 세운 돌 제단의 흔적이 아직도 간간이 남아 있었다.

한니발이 고대부터 존재했던 그 장소에서 풀뱀 한 마리가 도망가는 모습을 구경하는 동안 로타는 보모가 창문을 열 수 있도록 넝쿨을 잘랐다. 렉터 백작은 우물 옆 물통에서 허겁지겁 물을 들이켜는 커다란 말을 쓰다듬었다.

"베른트, 성에 돌아가면 요리사가 식량을 챙겨뒀을 걸세. 세자르는 마구간에서 재우고 자네와 요리사는 동이 트자마자 여기로 달려오게. 아침까지는 성을 완전히 비워야 해."

블라디스 그루타스는 더할 나위 없이 흡족한 표정으

로 렉터 성채의 앞뜰에 성큼성큼 들어서서는 높은 창
문들을 훑어봤다. 그러고는 손을 흔들며 크게 외쳤다.

"어이!"

그루타스는 깡마른 몸집에 평상복을 입고, 지저분한
금발과 텅 빈 하늘처럼 창백한 푸른색 눈동자를 지닌
사내였다. 그가 다시 외쳤다.

"어이! 아무도 없나?"

아무런 대답도 들려오지 않자 그는 부엌으로 향했다.
바닥에는 식료품 꾸러미가 쌓여 있었다. 그는 잽싸게 커
피와 설탕을 가방에 챙겨 넣었다. 저장고 문이 열려 있
었다. 지하로 이어지는 긴 계단 밑에서 불빛이 어른거렸
다. 다른 짐승의 보금자리를 침입하는 일은 역사상 가
장 오래된 금기지만 가끔 이런 불법 침입에 관한 유혹
은 마음이 뒤틀린 인간들에게 짜릿한 자극을 선사하곤
한다. 바로 지금처럼.

그루타스는 계단을 내려가 지하 저장고의 차가운 공
기 속으로 발을 들였다. 둥근 통로를 내다보니 포도주
저장실의 철문이 열려 있었다. 무언가 부스럭거리는 소
리가 났다. 바닥부터 천장까지 라벨이 부착된 포도주로
그득한 선반 사이에서 요리사의 커다란 그림자가 두 개
의 등불 아래 바쁘게 움직였다. 방 중앙에 있는 시음용

탁자 위에는 사각형으로 포장된 꾸러미들과 작고 화려한 액자에 담긴 그림이 놓여 있었다.

육중한 몸집의 요리사가 시야에 들어오자 그루타스는 이를 드러내며 히죽 웃었다. 요리사는 문을 등진 채 탁자 위에 허리를 굽히고 있었다. 종이가 부스럭거렸다. 그루타스는 벽에 바짝 달라붙어 계단 아래 어둠 속으로 몸을 숨겼다.

요리사는 그림을 종이에 싸고 끈으로 묶어 다른 꾸러미들처럼 운반하기 쉽게 만들었다. 그런 다음 한 손에 등불을 들고, 다른 한 손으로는 탁자 위에서 대롱거리는 철제 샹들리에를 잡아당겼다. 딸각, 하는 소리가 나더니 저장실 안의 한쪽 끝을 차지하고 있던 포도주 선반이 튀어나오며 공간이 생겼다. 요리사가 선반을 벽에서 밀어젖히자 경첩이 삐걱거렸다. 그 뒤에는 문이 있었다.

요리사는 비밀 문으로 다가가 등불을 걸어놓고 꾸러미를 안으로 가져갔다. 그가 등을 돌리고 선반을 닫는 사이를 틈타 그루타스는 살그머니 계단을 올라가기 시작했다. 건물 밖에서 총소리가 울려 퍼진 순간, 아래층에서 요리사가 소리쳤다.

"거기 누구요?"

요리사가 놀랍도록 민첩한 동작으로 단숨에 계단을

뛰어 올라왔다.

"멈춰! 여기가 어디라고 들어와?"

그루타스는 쏜살같이 부엌을 빠져나와 앞뜰로 뛰쳐나가며 호루라기를 불었다. 구석에 세워져 있던 막대기를 집어 들고 그루타스를 쫓아가던 요리사는 문 앞에서 헬멧을 쓴 사람들의 그림자를 발견했다. 의심의 여지가 없었다. 기관단총을 든 독일 병사 셋이 걸어 들어왔고 그 뒤에는 그루타스가 서 있었다.

"안녕하쇼, 요리사 양반."

그루타스가 말했다. 그가 바닥에서 소금에 절인 햄을 집어 들었다.

"그거 당장 내려놔."

요리사를 겨누던 독일군 병사가 총구를 그루타스에게로 돌렸다.

"밖으로 나가. 순찰대와 함께 가도록."

성으로 다시 돌아가는 길은 훨씬 느긋했다. 베른트는 빈 마차 위에 앉아 팔 주위에 고삐를 감고 파이프에 불을 붙였다. 숲을 거의 빠져나왔을 무렵, 그는 높은 나무 사이로 커다란 황새가 날아오르는 모습을 얼핏 본 것 같았다. 하지만 막상 가까이 다가가 보니 하얗게 펄럭이는 것은 천 자락이었다. 높은 나뭇가지에 낙하산이 걸려 흔들거리고 있었다. 베른트는 마차를 세웠다. 파이프를 내려놓고 마차에서 내렸다. 그는 세자르의 콧등을 쓰다듬으며 말의 귀에 무언가를 조용히 속삭이고 나서 조심스레 앞쪽으로 움직였다.

낮은 나뭇가지에 민간인 복장의 남자가 매달려 있었다. 목에는 방금 옭아맨 듯한 철사 올가미가 깊숙이 파고들어 있고 얼굴은 검푸른 색이었다. 진흙투성이 부츠가 공중에서 대롱거렸다. 베른트는 황급히 마차 쪽으로 몸을 돌리고 좁은 샛길을 두리번거렸다. 거친 땅바닥에 찍힌 자신의 발자국이 묘하게 이상해 보였다.

그때, 그들이 숲에서 모습을 드러냈다. 독일군 중사와 사병 셋, 사복을 입은 여섯 명의 민간인이었다. 중사는 잠시 생각하더니 기관총 노리쇠를 뒤로 잡아당겼다. 민간인 가운데 한 명의 얼굴이 눈에 익었다.

"그루타스."

베른트가 말했다.

"베른트, 베른트, 착실한 베른트. 언제나 눈치가 빠르다니까."

그루타스가 말했다. 그는 비열한 미소를 띠며 베른트에게 다가갔다.

"이 자식은 말을 돌보는 놈입죠."

"네 친구인가보지?"

중사가 말했다.

"아닐걸요."

그루타스가 그렇게 말하고는 베른트의 얼굴에 침을 뱉었다.

"방금도 제가 한 놈 매달았잖습니까? 그 자식하고도 잘 아는 사이였다고요. 우리 조금 걷는 게 어떨까요?"

그런 다음 그는 조용히 속삭였다.

"총을 돌려주면 성에서 이 자식을 쏴 죽여드리지요."

3

블리츠크리그, 즉 히틀러의 전격전은 말 그대로 상상을 초월하리만큼 신속했다. 렉터 성은 한 개 중대의 토텐코프 사단(게르만 민족으로 구성된 기갑사단. 제2차 세계대전 당시 친위대에 의해 편성된 38개 사단 중 하나이며 전쟁범죄로 악명 높다) 무장친위대에 점령당했고, 해자 옆에는 팬저 탱크 두 대와 구축전차, 몇 대의 반궤도차량이 서 있었다.

채소밭에는 정원사 에른스트가 얼굴을 땅에 묻은 채 누워 있었다. 머리 위에서 파리들이 윙윙거렸다. 베른트는 마차 위에서 이 모든 광경을 목격했다. 하지만 방금까지 그가 앉아 있던 마부석은 이제 독일군이 차지하고 있었다. 그루타스와 다른 이들은 마차 뒤를 따라 걸어와야 했다. 그들은 힐프스빌리게, 속칭 히비스라 불리는 자들로 나치의 침공을 자진해서 돕는 민간인들이었다.

베른트는 두 명의 독일군 병사가 성채의 높은 탑 위에 걸려 있는 렉터가家의 멧돼지 깃발을 끌어 내리고 그 자리에 무선 안테나와 스와스티카(卍자가 그려진 나치스의 표장) 세우는 모습을 지켜봤다. 친위대의 검은 제복에 토텐코프 해골 휘장을 단 소령이 성에서 나오더니 세자르를 살폈다.

"멋지긴 하지만 승마를 하기엔 너무 크군."

안타까운 말투였다. 그는 승마를 즐기려고 승마 바지와 박차를 가져온 참이었다. 하지만 다른 한 마리라면 괜찮을 것 같았다. 소령의 뒤쪽에서 두 명의 돌격대 요원이 요리사를 붙들어 집 밖으로 끌고 나왔다.

"가족들은 어디에 있지?"

"런던에 있습니다. 제가 지금 에른스트의 시체를 덮어줘도 될까요?"

베른트가 말했다. 소령이 손짓을 보내자 독일군 중사가 슈마이저 기관단총의 총구로 그의 턱 밑을 지그시 눌렀다.

"오호, 그럼 네놈의 몸뚱이는 누가 덮어주지? 자, 냄새를 맡아봐. 아직도 총구에서 연기가 나지? 그걸로 네 빌어먹을 머리통을 날려버릴 수도 있어."

소령이 말했다.

"렉터 가족은 어디에 있나?"

베른트는 침을 꿀꺽 삼켰다.

"런던으로 도망갔습니다."

"넌 유대인인가?"

"아닙니다."

"그럼 집시?"

"아닙니다."

소령이 집 안의 책상을 뒤져 찾아낸 편지 묶음을 힐끗거렸다.

"저건 자코브라는 사람한테 가는 편지다. 네놈이 유대인 자코브인가?"

"가정 교사 말씀이시군요. 그 사람은 오래전에 떠났습니다."

소령은 베른트가 귓불을 뚫었는지 살펴봤다.

"네놈 거시기를 중사한테 보여줘."

확인이 끝나자 그가 말했다.

"죽여줄까, 아니면 일을 하겠나?"

"소령님, 이놈들은 서로 아는 사이입니다."

중사가 말했다.

"그래? 그렇다면 꽤 가까운 사이일지도 모르겠군."

소령이 그루타스에게 몸을 돌렸다.

"어쩌면 우리에 대한 충성심보다 옛 주인에 대한 사랑이 더 깊을지도 모르고 말이야, 안 그런가, 히비스? 응?"

소령이 다시 중사에게로 시선을 돌렸다.

"이놈들이 쓸모가 있을 것 같나, 중사?"

중사가 그루타스와 그의 동료들에게 총구를 들어 올리자 그루타스가 말했다.

"저 요리사는 유대놈입니다. 이런 게 바로 동네 사람들만 아는 쓸모 있는 정보 아니겠습니까. 저 자식한테 요리를 맡기면 유대놈들이 내뿜는 더러운 독 때문에 한 시간도 안 돼서 다 죽어버릴 겁니다."

그러고는 한 동료의 등을 떠밀었다.

"냄비지기가 요리를 할 줄 압니다. 말도 돌보고 군인으로서도 썩 괜찮죠."

그루타스가 천천히 앞뜰 중앙으로 걸어갔다. 중사의 총구가 그를 따라 움직였다.

"소령님은 하이델베르크의 반지를 끼고 계시지요. 그렇다면 이제, 여기서 새로운 전쟁사를 쓰시는 겁니다.

보십시오, 저게 잔인한 한니발의 까마귀돌ravenstone이랍
니다. 용감무쌍한 튜턴족 기사들이 수없이 죽어간 곳이
죠. 이제 이 돌을 유대놈들의 피로 씻어내야 하지 않겠
습니까?"

소령이 양쪽 눈썹을 추켜세웠다.

"친위대가 되고 싶다면 네놈이 그럴 만한 자격이 되는
지 증명해봐."

그가 중사에게 고개를 끄덕여 보였다. 친위대 중사가
권총집에서 권총을 꺼내더니 탄환을 하나만 남기고 모
두 빼낸 후 그루타스에게 건넸다. 두 명의 돌격대원이 요
리사를 까마귀돌로 끌고 갔다. 소령은 앞으로 벌어질 일
보다 말에 더 관심이 있어 보였다. 그루타스는 요리사의
머리에 총구를 갖다대고 소령이 자신을 바라볼 때까지
뜸을 들였다. 요리사가 그의 얼굴에 침을 뱉었다. '탕' 소
리와 함께 탑 위에 앉아 있던 제비들이 날아올랐다.

베른트는 위층에 장교들의 숙소를 만들기 위해 가구
나르는 일에 투입됐다. 그는 혹시 오줌을 지리진 않았는
지 자신의 바지를 살폈다. 처마 아래에 있는 작은 방에
서는 통신병이 일하고 있었다. 복잡한 숫자로 이뤄진 암
호와 교신이 오갔다. 통신병이 손에 암호문을 쥐고 계단

을 뛰어 내려가더니 잠시 후 방으로 돌아와 무선 장비를 파괴하기 시작했다. 그들은 동쪽으로 이동해야 했다.

베른트는 위층 창문으로 친위대가 팬저 탱크에서 배낭형 무전기를 꺼내 이곳에 남을 잔류 부대에 전달하는 광경을 지켜봤다. 그루타스와 꾀죄죄한 그의 동료들은 독일군의 무기를 받아들고 다른 사람들과 함께 부엌에 쌓여 있던 식료품을 반궤도차량 뒤에 실었다. 병사들이 차에 올라탔다. 그루타스가 허둥지둥 성에서 달려나왔다. 독일군은 그루타스와 다른 히비스들을 태우고 러시아로 향했다. 그들은 베른트의 존재를 잊어버린 듯했다.

기갑척탄병 한 개 분대가 기관총과 무전기를 가지고 성에 남았다. 베른트는 오래된 탑에 있는 변소에 숨어 날이 어두워질 때까지 기다렸다. 독일군은 앞뜰에 보초만 하나 세워둔 채 부엌에서 식사를 했는데, 장식장에서 슈냅스(높은 알코올 도수의 네덜란드 진)를 찾아낸 것 같았다. 베른트는 석조 건물의 마룻바닥이 삐걱거리지 않는다는 데 감사하며 조심스러운 발걸음으로 변소에서 빠져나왔다.

베른트는 살그머니 무전실을 들여다봤다. 무전기는 백작 부인의 화장대 위에 놓여 있었다. 원래 그 자리를

31

차지하고 있던 향수병은 바닥에 아무렇게나 나뒹굴었다. 그는 난장판이 된 바닥을 멍하니 바라봤다. 채소밭에 죽어 누워 있는 에른스트와 마지막 순간 그루타스에게 침을 뱉은 요리사가 떠올랐다. 베른트는 조심조심 방 안으로 들어갔다. 허락 없이 들어온 데 대해 마님께 사죄해야 할 것 같은 기분이 들었다. 그는 부츠와 무전기, 충전기를 챙겨 들고 스타킹만 신은 발로 하인용 계단을 내려가 비상문으로 나갔다. 무전기와 수동 크랭크 발전기는 20킬로그램을 훌쩍 넘길 정도로 무거웠다. 그는 숲으로 뛰어들어 손에 든 물건들을 감췄다. 말을 데려갈 수 없다는 게 안타까웠다.

산장의 페인트칠 된 목재 위로 황혼과 난로 불빛이 어른거렸다. 가족들은 난로 주위에 둘러앉았다. 벽에 걸린 박제 동물들의 초점 없는 눈동자가 붉게 반짝였다. 몇 세대에 걸쳐 수집된 머리들이었다.

보모가 오두막집 구석에 미샤의 구리 목욕통을 내려놨다. 주전자에 담긴 물로 적당히 온도를 맞춘 욕조 안에 비누 거품을 내고 미샤를 앉혔다. 미샤가 키득거리며 거품을 찰싹거렸다. 보모는 수건이 따뜻해지도록 불 앞에 널어뒀다. 한니발은 미샤의 손목에서 어린아이용 팔찌를 빼내 거품 속에 잠시 담갔다가 동생을 향해 팔찌 사이로 비눗방울을 불었다. 비눗방울은 공중에서 잠시 춤을 추더니, 난롯가의 밝은 얼굴들을 반짝 반사하고 펑 터져버렸다. 미샤는 비눗방울을 잡으며 노는 게 좋았지만 팔찌를 돌려받고 싶어서 한니발이 다시 팔찌를 손목에 채워줄 때까지 계속 칭얼댔다.

한니발의 어머니가 작은 피아노로 바로크풍의 곡을 연주했다. 밤이 되자 담요로 창문을 가렸다. 조용한 음악과 숲의 검은 날개가 그들을 감싸 안았다. 연주는 기진맥진한 베른트가 산장에 도착할 때까지 계속됐다. 베른트의 이야기를 듣는 렉터 백작의 눈에서 눈물이 흘렀다. 한니발의 어머니는 베른트의 손을 붙잡고 부드럽게 토닥였다.

독일은 즉시 리투아니아를 식민지인 오스트란트로 선언하는 동시에, 저급한 슬라브 민족을 깨끗이 말소하고 고귀한 아리아 혈통을 그곳에 거주시키겠다는 계획을 발표했다. 독일군의 행렬이 거리를 메우고 기차가 끊임없이 동쪽으로 무기를 날랐다. 러시아의 전투 폭격기들이 독일군 행렬에 폭탄과 총알을 퍼부었다. 러시아에서 날아온 거대한 일류신 폭격기가 기차 지붕에 설치된 대공포의 두꺼운 포화를 뚫고 폭탄을 떨어뜨렸다.

하늘 높이 고니떼가 날아가고 있었다. 목을 길게 잡아 뺀 네 마리의 커다란 흑고니가 나란히 열을 지어 남쪽을 향해 날았다. 동쪽 하늘이 밝아오자 머리 위에서 항공기의 포효가 들렸다. 포화가 꽃을 피우고, 갑자기 우두머리 고니가 축 늘어지더니 땅을 향해 곤두박질치기 시작했다. 다른 새들은 황급히 방향을 바꾸고 큰 소리로 울부짖으며 커다란 원을 그리면서 하강했다. 상처 입은 고니가 들판에 쿵 소리와 함께 추락했다. 그러고는 꼼짝도 하지 않았다. 짝 잃은 고니가 그 옆에 내려앉아 부리로 짝을 건드려보더니 다급하게 울며 주위를 빙빙 돌았다.

하지만 고니는 여전히 움직이지 않았다. 들판에 작렬하는 포탄 사이로 초원 끄트머리에서 러시아 군대가 모습을 드러냈다. 기관총 세례를 퍼붓는 독일군 팬저 탱크가 구덩이를 뛰어넘고 들판을 가로질러 다가오기 시작했다. 짝을 잃은 고니는 날개를 펼친 채 아직도 반려의 옆에 서 있었다. 탱크는 점점 더 가까워졌다. 마침내 고니의 시야에도 자신의 날개보다 훨씬 커다란 몸집의 탱크가 들어왔다. 탱크의 엔진 소리가 고니의 숨 가

뻔 심장 박동 소리를 집어삼켰다. 고니는 움직이지 않는 짝의 앞을 가로막고 서서 자신의 날개로 힘차게 탱크를 맞이했다. 탱크는 무심하게 그 둘을 짓밟고 지나갔다. 짓이겨진 살덩이와 깃털만을 남긴 채.

4

렉터 가족은 히틀러가 동부에서 전쟁을 벌인 3년 반이라는 끔찍한 시간 동안 숲속에서 살아남았다. 산장으로 이어지는 긴 샛길은 겨울이 되면 흰 눈으로 덮였다. 봄에는 수풀이 무성했고, 여름에는 탱크가 지나가기에는 너무 물컹물컹한 습지로 탈바꿈했다. 숲속에서 맞이한 첫 번째 겨울에는 풍부한 밀가루와 설탕, 무엇보다도 커다란 통에 담긴 소금이 있었다. 두 번째 겨울에는 죽어서 꽁꽁 얼어버린 말고기로 연명했다. 그들은 도끼로 고기를 잘라 소금에 절였다. 송어와 자고도 절인 상태로 보관했다.

밤이 되면 가끔 사복 차림의 민간인들이 숲에서 빠져나와 조용히 모습을 드러내기도 했다. 렉터 백작과 베른트는 리투아니아어로 그들과 대화했고, 한 번은 피에 흠뻑 젖은 남자를 데려왔다. 그는 보모가 얼굴을 닦아주는 도중 초라한 침상 위에서 결국 숨을 거뒀다.

눈이 너무 많이 쌓여 식량을 구하러 나가기 어려운 날에는 자코브 선생이 수업을 했다. 그는 영어와 형편없는 프랑스어, 예루살렘 함락에 비중을 둔 로마 역사를 가르쳤다. 산장에 사는 모든 이들이 그의 수업을 들었다. 자코브 선생은 역사적 사건이나 성서와 관련된 아주 멋들어진 이야기를 지어냈다. 때로는 청중을 위해 딱딱한 학문적 내용을 아름답게 윤색해 들려주기도 했다. 한니발은 따로 수학 수업을 들었다. 이미 다른 사람들이 따라잡을 수 없는 수준에 도달했기 때문이었다.

한니발은 자코브 선생의 책들 가운데 섞여 있던 크리스티앙 하위헌스(네덜란드의 수학자이자 물리학자로 빛의 파동이론을 세웠다)의 《빛에 관한 논문》 가죽 양장본에 완전히 매료됐다. 소년은 하위헌스의 사고를 따라 저자와 함께 놀라운 발견을 향해 나아갔다. 그는 하얀 눈의 발광 현상과 오래된 창유리에 빛이 꺾여 생기는 무지개무늬 속에서 '빛의 원리'를 발견했다. 하위헌스의 우아한 사고는 단순하고 맑은 겨울의 운율이자 나뭇잎 아래 숨겨진 구조와도 같았다. 단추를 살짝 눌러 상자의 뚜껑을 열기만 하면 언제 어디서나 적용할 수 있는 절대 원리가 거기 있었다. 그것은 무언가를 조건 없이 믿을 수 있는 신뢰감에서 오는 기쁨과 전율이었고, 한니발이 글을 읽을 수 있게 된 후부터 늘 느껴온 감정이었다.

한니발 렉터는 언제나 글을 읽을 줄 알았다. 적어도 보모에게는 그렇게 보였다. 보모는 한니발이 두 살이 되기까지의 아주 짧은 기간 동안 등장인물이 전부 뾰족한 손톱을 가진 목판화가 곁들여진 그림 형제의 동화책을 읽어줬다. 아이는 머리를 힘없이 뒤로 기댄 채, 보모의 책 읽는 소리를 들으며 책장에 인쇄된 글자들을 유심히 바라보곤 했다. 그러다 어느 순간, 그녀는 한니발이 혼자서 이마를 책에 딱 붙인 채 자신의 말투를 흉내낸 커다란 목소리로 책을 읽고 있다는 걸 깨달았다.

한니발 렉터의 부친에게 유난히 두드러지는 특성이 하나 있다면, 그것은 바로 호기심이었다. 렉터 백작은 아들에 대한 호기심으로 하인에게 성의 도서관에서 두꺼운 사전들을 꺼내오라고 했다. 영어와 독일어, 그리고 스물세 권짜리 리투아니아어 사전이었다. 그 후부터 한니발은 혼자 책을 읽기 시작했다.

여섯 살이 됐을 때, 한니발의 인생에 세 가지 중대한 사건이 일어났다. 그 첫 번째는 에우클레이데스(그리스어로는 '유클리드'. BC 300년경 알렉산드리아에서 활동한 그리스·로마 시대의 수학자로 그리스 기하학을 집대성했다)의 《기하학 원론》을 접한 것이다. 손으로 그린 삽화가 첨부된 옛 판본이었다. 소년은 책에 머리를 파묻고 손가락으로 그림을 짚어가며 한없이 열중했다. 그해 봄, 한니발은 여동생 미샤와 만났다. 그는 미샤가 주름이 쪼글쪼글한 붉은 다람쥐처럼 생겼다고 생각했다. 그리고 엄마를 닮지 않은 동생을 불쌍하게 여겼다. 왕좌를 빼앗긴 그는 가끔 렉터 성채 위로 치솟는 독수리가 동생을 잡아채서 아주 멀리 떨어진 어떤 농부네 집에 떨어뜨려준다면, 온 가족이 다람쥐처럼 생겨서 미샤와 아주 잘 어울리는 그런 집에 데려다준다면 얼마나 좋을까 상상하곤 했다. 하지만 동시에 한니발은 자신이 여동생을 사랑한다는 사실을 깨달았다. 그는 미샤가 모든 것에 호기심을 보일 정도로 성장하자 동생에게 세상을 보여주고 싶어 안달이 났다. 소년은 동생이 발견의 환희를 느낄 수 있기를 바랐다.

마지막으로 한니발이 여섯 살이 되던 그해, 렉터 백작은 아들이 에우클레이데스의 책에서 배운 대로 그림자를 이용해 성의 높이를 측정하는 모습을 목격했다. 그는 즉시 가정 교사를 교체했다. 6주 후, 라이프치히에서 가난한 학자인 자코브 선생이 도착했다. 렉터 백작은 자코브 선생을 도서관으로 데려가 미래의 학생과 만나게 하고 두 사람만 남겨둔 채 방을 나왔다. 날이 따뜻했지만 도서관에는 성의 바위가 뿜어내는 차가운 연기 냄새가 떠돌았다.

"아버지께서 선생님이 제게 많은 것을 가르쳐주실 거라고 했어요."

"네가 많은 걸 배우고 싶어 한다면 도와줄 수 있지."

"선생님이 위대한 학자라고도 하셨어요."

"난 아직 학생인걸."

"그리고 아버지가 어머니께 선생님이 대학에서 퇴학당했다고 말씀하시는 것도 들었어요."

"사실이란다."

"왜 퇴학당했어요?

"내가 유대인이기 때문이지. 더 정확히 말하자면 아시케나지(독일, 폴란드 지방의 유대인)라고 한단다."

"아, 알겠어요. 그래서 기분이 나쁜가요?"

"유대인이라서 말이냐? 아니, 오히려 감사하단다."

"제 말은, 학교에서 쫓겨나서 기분이 나빴느냐고요."

"글쎄다, 대신 이 집에 올 수 있게 돼서 감사한걸."

"제가 선생님이 시간을 투자할 만한 가치가 있는지 알고 싶지 않아요?"

"모든 사람은 그럴 가치가 있단다, 한니발. 첫인상이 좋지 않다면 그 사람의 내면을 더 열심히, 더 깊숙이 들여다보렴."

"문에 쇠창살이 달린 방에서 지내시는 거죠?"

"그래."

"거긴 이제 문이 안 잠겨요."

"그거 다행이구나."

"엘가 아저씨가 갇혀 있던 방이에요."

한니발이 책상 위에 펜을 한 줄로 죽 늘어놓으며 설명했다.

"1880년대에 있었던 일이래요. 제가 태어나기 전이에요. 방 유리창을 살펴보세요. 엘가 아저씨가 다이아몬드로 날짜를 새겨놨거든요. 이게 다 그 아저씨 책이에요."

선반 하나가 거대하고 묵직한 가죽 제본 서적들로 가득했는데, 마지막 책은 까맣게 그을려 있었다.

"비가 오면 방에서 연기 냄새가 날걸요. 옛날에 엘가 아저씨의 언사utterances가 들리지 않게 벽을 온통 짚단으로 둘러놨대요."

"방금 언사라고 했니?"

"종교랑 관련된 말이었다고 했어요. 하지만 음……
'음탕하다'가 무슨 뜻인지 아세요?"

"그래."

"난 잘 모르겠어요. 어머니 앞에서는 하면 안 되는 말
인 것 같긴 한데……."

"내가 알기로도 그렇단다."

자코브 선생이 말했다.

"유리창에 적힌 날짜는 매년 그 방 창문에 햇빛이 정
확하게 비치는 날이에요."

"그러니까 엘가 아저씨는 햇빛이 비치길 기다리셨던
거구나."

"그래요. 그리고 그날 방 안에서 타 죽었어요. 햇빛이
들어오자 이 책을 쓸 때 끼고 있던 외알 안경으로 짚단
에 불을 붙였거든요."

한니발은 새로운 가정 교사에게 렉터 성을 안내하며
환심을 끌었다. 그들은 커다란 돌이 놓여 있는 앞뜰로
나갔다. 돌 위에는 고리 말뚝이 세워져 있고, 평평한 꼭
대기에는 도끼 자국이 나 있었다.

"백작님 말로는 네가 탑의 높이를 측정했다더구나."

"맞아요."

"높이가 얼마나 되지?"

"남쪽 탑은 40미터고, 다른 하나는 50센티미터 정도 더 낮아요."

"그림자의 기준으로는 뭘 사용했니?"

"저 돌이요. 돌의 높이랑 그림자의 길이를 재고, 똑같은 시간에 탑 그림자의 높이를 쟀어요."

"하지만 저 돌은 정확하게 수직이 아닌데."

"제 요요를 추로 사용했어요."

"돌과 탑의 그림자를 동시에 잴 수 있었니?"

"아뇨, 선생님."

"그렇다면 그 시차로 발생한 오차는 얼마나 될까?"

"지구는 자전하니까, 4분당 약 1도 정도요. 저 돌은 까마귀돌 ravenstone이에요. 보모는 교수대 rabenstein라고 부르고요. 저 위에 앉으면 안 된다고 했어요."

"알았다."

자코브 선생이 말했다.

"내 생각보다 그림자가 긴 것 같구나."

두 사람은 점차 일정한 패턴을 따라 대화하기 시작했다. 한니발은 새 가정 교사 옆을 따라다니며 그가 자기보다 훨씬 키가 작은 사람에게 말하는 데 익숙해지는 모습을 지켜봤다. 때때로 자코브 선생은 어린아이와 이야기 중이라는 걸 깜박하기라도 한 듯 한니발의 머리 위에 대고 말하기도 했다. 한니발은 그가 자기 또래의 사람과 함께 거닐며 나누는 이런 종류의 대화를 그리워하는 것 같다고 생각했다.

한니발은 자코브 선생이 마부 베른트, 하인 로타와 얼마나 잘 지낼 수 있을지 궁금했다. 두 사람은 퉁명스러운 성격이었지만 각자 맡은 소임에 대해서는 충분히 영리하고 아는 것도 많았다. 그렇지만 그들과 자코브 선생의 정신세계는 확실히 달랐다. 한니발은 자코브 선생이 자기 생각을 숨기거나 과시하지 않지만 남들에게 직접적으로 표현하지도 않는다는 걸 알아차렸다. 한가할 때면 자코브 선생은 두 사람에게 임시 트랜싯(토목·광산 측량 따위에서 수평각과 높이를 재는 데 쓰이는 측량 기계)을 사용해 측량하는 방법을 가르쳤다. 자코브 선생은 요리사와 함께 식사했으며, 놀랍게도 서툴게나마 이디시어(유럽의 유대인들이 독일어에 히브리어나 슬라브어를 섞어 사용하는 언어)를 쓰기도 했다.

성의 헛간에는 '잔인한 한니발'이 튜턴족 기사들에게 사용했던 오래된 투석기 부품이 쌓여 있었다. 자코브 선생과 로타, 베른트는 한니발의 생일에 그 투석기를 꺼내 낡아빠진 지렛대를 튼튼한 새 재목으로 갈아 끼웠다. 투석기로 돼지머리를 던지자 성 꼭대기를 넘어 해자로 날아갔다. 화려한 물보라와 함께 새 무리가 날개를 퍼덕이며 날아올랐다.

그즈음 한니발은 어린 시절을 통틀어 가장 강렬한 즐거움을 맛봤다. 자코브 선생이 타일을 이용해 비수학적인 방식으로 피타고라스의 정리를 설명하고, 그 내용을 모래 위에 그려준 것이다. 그것이 자코브 선생의 생일 선물이었다. 한니발은 그 주위를 걸어 다니며 증명을 살펴봤다. 자코브 선생이 타일을 한 장 들어 올리더니 한 번 더 보고 싶은지 묻는 것처럼 눈썹을 치켜세웠다. 그 순간 한니발은 그것을 이해할 수 있었다. 소년은 투석기로 쏘아 올린 돌멩이처럼 번개 같은 황홀감을 느꼈다. 자코브 선생은 수업에 교과서를 가져오는 법이 없었고, 가져오더라도 들춰보는 일이 드물었다. 여덟 살 때 한니발은 그 이유를 물어본 적이 있다.

"한니발, 모든 걸 머릿속에 기억하고 싶니?"

자코브 선생이 말했다.

"네."

"모든 것을 기억한다는 게 항상 축복은 아닌데도?"

"하지만 전 그러고 싶어요."

"그렇다면 네게는 기억의 궁전이 필요할 게다. 기억을 저장할 마음속 궁전 말이야."

"꼭 궁전이어야 하나요?"

"얼마 안 가 궁전처럼 넓고 거대해질 테니까. 그리고 그만큼 아름다워질 거야. 한니발, 네 생각에 세상에서 가장 아름다운 방은 어디지? 네가 아주 잘 아는 장소를 떠올려보렴."

"우리 어머니 방이요."

"그렇다면 거기서부터 시작하면 되겠구나."

두 번의 봄이 지나는 동안 한니발과 자코브 선생은 엘가의 창문에서 태양이 횃불처럼 타오르는 광경을 목격했다. 그러나 삼 년이 되는 해에 그들은 숲속에 숨어 지내야만 했다.

5

1944~1945년 겨울

동부 전선이 무너졌다. 러시아 군대가 마치 흐르는 용암처럼 동유럽을 휩쓸며 흘러들어왔다. 뒤에 남은 것은 검은 연기와 회색빛 재, 굶주린 사람과 시체로 까맣게 뒤덮인 대지뿐이었다.

동쪽에서 남쪽에 이르기까지, 러시아인들은 발트해에서 제2, 제3의 벨라루스 전선을 넘어 피 흘리며 후퇴하는 독일 무장친위대를 뒤쫓았다. 독일군은 해안에 닿으면 보트를 이용해 덴마크로 철수할 수 있다는 희망을 품고 필사적으로 도망쳤다.

그와 함께 히비스의 야망도 끝을 향해 치닫고 있었다. 나치 주인을 맞아 충성스레 사람들을 죽이고 재산을 약탈하고 유대인과 집시들을 총살한 후에도 그들은 그토록 갈구하던 친위대의 휘장을 달지 못했다. 그들은 여전히 동방 부대로 불렸으며, 심지어 제대로 된 군인으로 취급받지도 못했다. 수천 명의 히비스는 단지 노예처럼 공병 부대에 편입돼 죽을 때까지 혹사당했다. 하지만 그들 중 몇 명은 탈영을 감행해 독자적인 사업을 시작했다.

폴란드 국경 근처, 리투아니아의 저택 하나가 위풍당당하게 서 있었다. 하지만 포탄에 날아간 한쪽 벽 때문에 건물은 마치 인형의 집처럼 보였다. 그곳에 살던 가족은 첫 번째 포탄이 떨어졌을 때 지하실에서 뛰쳐나왔고, 두 번째 포탄에 목숨을 잃고 1층 부엌 바닥에 주검이 돼 누워 있었다. 정원에는 독일군과 러시아군 병사들의 시체가 나뒹굴었다. 한편에는 독일군 군용차가 세워져 있었지만 포탄에 맞아 두 동강 난 상태였다.

친위대 소령이 거실 벽난로 앞에 놓인 긴 의자에 기대 누워 있었다. 바짓단에 엉겨 붙은 피가 얼어 있었다. 중사가 침대에서 담요를 벗겨내 장교에게 둘러주고 벽

난로에 불을 피웠다. 지붕이 없는 탓에 하늘이 훤히 내다보였다. 그는 소령의 발에서 부츠를 벗겨냈다. 발가락이 까맣게 변해 있었다. 밖에서 시끄러운 소음이 들리자 중사는 카빈소총을 어깨에서 잡아채 창가로 다가갔다. 러시아제 ZiS-44 반궤도 구급차가 국제 적십자 마크를 달고 자갈이 깔린 진입로로 들어오는 중이었다. 백기를 든 그루타스가 구급차에서 내렸다.

"우린 스위스군입니다. 많이 다쳤나요? 몇 명입니까?"

중사가 어깨 너머로 뒤를 돌아봤다.

"의무병입니다, 소령님. 저들과 함께 가시겠습니까?"

소령이 고개를 끄덕였다. 그루타스와 그보다 머리 하나가 더 큰 도르틀리히가 반궤도차량에서 들것을 꺼냈다. 중사는 건물 밖으로 나가 그들에게 말을 걸었다.

"조심히 모셔주십시오. 다리에 상처를 입었고, 발가락이 얼었습니다. 어쩌면 동상 때문에 썩었을지도 모릅니다. 야전 병원이 있습니까?"

"예, 물론이죠. 하지만 여기서 수술해버리죠, 뭐."

그루타스가 중사에게 대꾸하더니 그의 가슴에 총을 두 번 쐈다. 군복에서 먼지가 피어올랐다. 중사의 몸이 풀썩 쓰러지자 그루타스는 시체와 문지방을 넘어 이번에는 소령이 덮고 있는 담요 위로 총을 발사했다. 차 뒤쪽에서 밀코와 콜나스, 그렌츠가 나왔다. 각양각색의 차림새였다. 리투아니아 경찰, 리투아니아 의무병, 에스토니아 의무대, 국제 적십자사. 그러나 팔에 찬 완장에는 모두 의무병 표식이 달려있다.

시체의 옷을 벗기려면 몸을 많이 움직여야 했다. 약탈자들은 욕설과 불평을 늘어놓으며 서류와 지갑 속 사진들을 내팽개쳤다. 친위대 소령은 아직 살아 있었다. 그가 밀코에게 손을 뻗쳤다. 밀코는 장교의 손목에서 시계를 잡아채 자신의 주머니에 쑤셔 넣었다. 그루타스와 도르틀리히가 저택에서 태피스트리(여러 가지 색실로 그림을 짜 넣은 직물로 벽걸이나 가리개 따위의 실내 장식품으로 쓰임)를 걷어 둥글게 말아서 반궤도차량 안으로 집어 던졌다. 그들은 바닥에 캔버스 천을 펼치고 시계와 금테 안경, 반지 등을 챙겨 넣기 시작했다.

숲에서 탱크가 몸을 드러냈다. 겨울용 위장을 덮은 러시아군 T-34 탱크였다. 주포가 좌우로 움직이며 들판을 살폈고 해치에는 사수가 서 있었다. 그때 농가 뒤 오두막집에 숨어 있던 한 남자가 뛰쳐나오더니 도금 시계를 겨드랑이에 낀 채로 시체들을 뛰어넘어 숲을 향해 달려가기 시작했다. 탱크의 기관총이 불을 내뿜었다. 도망치던 약탈자가 앞으로 넘어지면서 시계를 떨어뜨렸다. 그의 얼굴과 시계 유리가 박살났다. 그의 심장과 시계가 마지막으로 한 번 움직이더니 영원히 멈춰버렸다.

"시체를 들어!"

그루타스가 말했다. 그들은 천에 쏟아놓은 약탈품 위에 시체를 얹었다. 탱크의 포탑이 천천히 그들을 향해 고개를 돌렸다. 그루타스가 백기를 흔들며 차량 위에 붙어 있는 의료 표식을 가리켰다. 탱크는 아무 말 없이 지나가버렸다. 그들은 마지막으로 집을 돌아봤다. 독일군 소령은 아직도 숨이 붙어 있었다. 그는 옆을 지나는 그루타스의 바지 자락을 움켜쥐고는 다리를 팔로 감싸 안고 매달렸다. 그루타스는 허리를 구부려 소령의 군복 컬러에 달린 친위대 기장을 붙잡았다.

"우리한테도 이 해골을 달아줬어야 했어. 조금 있으면 구더기들이 네놈 대가리 속에서 찾아내겠지만."

그루타스는 소령의 가슴에 총알을 박아 넣었다. 그의 다리를 감싸고 있던 팔이 힘없이 툭 떨어졌다. 독일군 장교는 생을 마감하는 정확한 시간을 알고 싶다는 듯 아무것도 없는 팔목을 멍하니 응시했다.

반궤도차량이 바퀴 아래 놓인 시체들을 짓이기며 덜컹덜컹 들판을 가로질렀다. 숲속에 이르자 약탈자들은 짐칸에서 캔버스 천을 내렸고, 그렌츠가 시체들을 버렸다. 머리 위에서는 독일의 급강하폭격기 스튜카가 러시아 탱크를 쫓아 총부리에서 화염을 내뿜고 있었다. 수목이 만든 천연 지붕 아래에서는 군인들이 탱크의 철갑 속에 몸을 감추고 수풀 사이로 떨어지는 폭탄과 장갑에 부딪히는 나무 파편, 유산탄의 비명을 들었다.

6

"오늘이 무슨 날인지 아세요?"

어느 날 아침, 한니발이 죽을 떠먹으며 물었다.

"엘가 아저씨 방 창문에 햇빛이 들어오는 날이에요."

"햇빛이 정확히 몇 시쯤 들어올까?"

자코브 선생이 아무것도 모른다는 투로 물었다.

"10시 반쯤 탑에 태양이 걸릴걸요."

"그건 1941년 일이고. 올해도 똑같을 거라는 말이야?"

"예."

"하지만 1년은 365일보다 긴걸."

"예. 하지만 선생님, 올해는 윤년 다음 해인걸요. 그

방에서 마지막으로 햇빛을 봤던 1941년도 그랬고요."

"그렇다면 태양력은 조금씩 조정되는 걸까, 아니면 한 번에 크게 수정되는 걸까?"

난롯불 속에서 가시가 펑, 하고 튀어 올랐다.

"그건 다른 문제 같은데요."

자코브 선생은 한니발의 대답이 만족스러웠지만, 또 다른 질문을 던졌다.

"2000년은 윤년일까 아닐까?"

"아니에요, 아, 맞아요, 윤년 맞아요."

"하지만 100으로 나누어떨어지는걸."

"하지만 400으로도 나뉘잖아요."

"바로 그거야."

"그레고리력(현재 널리 사용되고 있는 태양일 체계. 4로 나눠서 떨어지는 해는 윤년, 100으로 나눴을 때 떨어지는 해는 평년. 하지만 400으로 나눠서 떨어지는 해는 윤년이다) 법칙이 처음으로 적용되는 때지. 그렇게 전반적인 수정을 계속해나가다가 마침내 그날이 오면, 넌 이 이상한 곳에서 우리가 나눈 대화를 기억하게 될 거다."

자코브 선생이 컵을 들어 올렸다.

"그리고 내년에 렉터 성에서 나눌 대화도 말이야."

처음으로 그 소리를 들은 사람은 물을 길으러 나간 로타였다. 나지막이 으르렁거리는 엔진과 나뭇가지가 으스러지는 소리를 들은 로타는 우물 옆에 양동이를 팽개치고 신발 닦는 것도 잊은 채 황급히 집 안으로 뛰어 들어왔다.

눈과 지푸라기로 겨울용 위장을 한 소비에트군의 T-34 탱크가 오솔길을 뭉개며 널찍한 공터로 들어섰다. 포탑에는 러시아어로 '소비에트 여성들의 복수를!', '파시스트 해충들을 몰아내자!'라는 구호가 적혀 있었다. 흰색 위장복을 입은 군인 두 명이 라디에이터 뒤에 서 있었다. 포탑이 빙그르 돌더니 주포가 집 쪽을 향했다. 해치가 열리고, 겨울용 흰 후드를 쓴 사수가 기관총 뒤에서 몸을 드러냈다. 탱크 지휘관이 다른 쪽 해치에 서서 확성기를 입에 대고 디젤 엔진의 덜커덕거리는 소음 속에서 러시아어와 독일어로 소리치기 시작했다.

"우리는 물을 원한다. 그쪽에서 먼저 발포하지 않는 한 음식을 강탈하거나 해를 끼치지 않을 것이다. 우리가 포격하면 집 안의 모든 사람이 죽는다. 그러니 집 밖으로 나오라. 사수, 장전하고 대기하라. 열을 셀 때까지 저들이 나오지 않으면 즉각 발사하도록!"

철컥, 하고 기관총 노리쇠 젖혀지는 소리가 대답을 대

신했다. 렉터 백작이 밖으로 나왔다. 그는 밝은 햇빛 아래 똑바로 서서 두 손을 들어 올렸다.

"물을 가져가시오. 우리한테는 무기가 없소."

탱크 지휘관이 확성기를 내려놨다.

"내가 볼 수 있도록 모두 나오라고 하시오."

백작과 지휘관은 오랫동안 서로를 주시했다. 탱크 지휘관이 손바닥을 펼쳤다. 백작도 손바닥을 보여줬다. 백작이 집 쪽으로 몸을 돌렸다.

"자, 다들 나오게."

가족들을 보고 지휘관이 말했다.

"날이 추우니 어린애들은 안에 있어도 좋소."

그런 다음 부하들에게 말했다.

"엄호하라. 위층 창문을 감시하고 물을 길도록. 담배를 피워도 좋다."

기관총 사수가 고글을 밀어 올리고 담배에 불을 붙였다. 아직 어린 소년에 불과했는데, 눈 근처의 피부가 다른 곳보다 훨씬 창백했다. 그는 문에 몰래 달라붙어 밖을 내다보고 있는 미샤를 발견하고는 미소를 지어 보였다. 탱크 뒤에는 연료통과 물통, 시동 줄로 작동되는 펌프가 달려 있었다. 탱크 운전사가 수막 필터가 달린 호스를 내리고 시동 줄을 몇 번 잡아당겼다. 펌프가 쿨럭,

하고 끼긱거리더니 이내 물을 퍼내기 시작했다.

펌프의 소음 때문에 사람들은 급강하폭격기 스튜카가 가까이 올 때까지 그 날카로운 소리를 듣지 못했다. 당황한 사수가 기관총의 총신을 세차게 끌어 올려 사격을 개시했다. 폭격기의 총구가 번쩍이며 땅바닥을 벌집으로 만들었다. 탄피가 비명을 지르며 장갑을 후려쳤고, 잠시 후 사수가 쓰러졌다. 그러나 그의 손은 여전히 기관총의 방아쇠를 당기고 있었다.

스튜카의 앞창이 산산이 조각나더니 조종사의 고글에 피가 차올랐다. 폭격기는 아직도 폭탄 하나를 매단 채 나무 꼭대기에 부딪혔다가 바닥으로 곤두박질쳤다. 연료 탱크가 폭발했다. 하지만 날개 아래 기관포는 멈추지 않았다. 한니발은 미샤의 몸을 반쯤 덮으며 산장 바닥에 몸을 던졌다. 어머니가 피를 흘리며 앞뜰에 쓰러져 있었다. 어머니의 옷에 불이 붙었다.

"움직이지 마!"

한니발은 미샤에게 소리친 다음 어머니에게 달려갔다. 과열된 비행기의 탄약에서 폭발이 일어나고 있었다. 처음에는 천천히, 이후 점점 더 빠른 속도로 탄피가 뒤쪽으로 날아가 눈 속에 처박혔다. 불꽃이 날개 밑에 달린 폭탄 주위를 날름거렸다. 조종석에서 주검이 된 스튜카 조종사의 얼굴이 불타는 스카프와 헬멧 속에서 익어갔다. 폭격기의 사수는 죽은 채로 뒷좌석에 널브러져 있었다.

밖에서 살아남은 사람은 로타가 유일했다. 그가 소년을 향해 피에 젖은 팔을 들어 올렸다. 미샤가 어머니에게 달려갔다. 로타는 미샤를 붙잡아 바닥에 엎드리게 하려 했지만, 그 순간 화염에 싸인 폭격기에서 탄환이 날아와 그의 몸을 관통했다. 미샤의 온몸에 피가 튀었다. 미샤가 손을 번쩍 쳐들고 하늘을 향해 날카로운 비명을 질렀다. 한니발은 어머니의 옷에 눈을 끼얹어 불을 끈 다음, 빗발치는 총탄 한가운데 서 있는 미샤에게 달려가 건물 안으로 피신시켰다. 포미 안에서 탄약이 녹아내리면서 총소리가 점점 느려졌다. 하늘이 어두워지고 다시 눈이 내리기 시작했다. 달아오른 금속이 눈송이에 닿아 쉬익, 소리를 냈다.

눈과 어둠이 내려앉았다. 사방이 죽어서 넘어진 시체들로 가득했다. 한니발은 시체들에 둘러싸인 채 언제까지고, 언제까지고 멍하니 서 있었다. 어머니의 속눈썹과 머리카락 위에 눈송이가 사뿐히 내려앉았다. 까맣게 그슬리지 않은 사람은 어머니뿐이었다. 한니발은 어머니를 끌어당겼지만 바닥에 얼어붙은 시체는 움직이지 않았다. 소년은 어머니의 가슴에 얼굴을 가져다댔다. 가슴은 딱딱했고 심장은 조용했다. 한니발은 어머니의 얼굴에 냅킨을 얹고 시신을 눈으로 덮었다. 숲 가장자리에서 어두운 그림자가 움직이고 있었다. 횃불에 늑대의 눈동자가 번쩍거렸다. 한니발은 소리를 지르며 삽을 흔들었다. 미샤가 어머니를 향해 달려오려 했다. 한니발은 선택해야만 했다. 소년은 동생을 집 안으로 데려가고 시체들을 어둠 속에 내버려뒀다. 자코브 선생의 책이 검게 그을린 그의 손 옆에 놓여 있었다. 늑대들은 가죽 표지를 먹어 치우고 하위헌스의 《빛에 관한 논문》 책장들이 흩날리는 가운데 눈 위에 흩뿌려진 자코브 선생의 뇌수를 핥았다.

한니발과 미샤는 문밖에서 나는 쿵쿵거리는 소리와 길고 가느다란 짐승 소리를 들어야만 했다. 한니발이 불을 피웠다. 그는 밖에서 들리는 소리를 덮고 동생이 목소리를 내게 하려 노래를 불렀다. 미샤가 작은 손으로 그의 코트 자락을 꼭 쥐었다.

"Ein Mannlein 난쟁이 아저씨⋯⋯."

창문에 눈송이가 달라붙었다. 유리창 구석에 작고 어두운, 동그란 무늬가 생겨났다. 장갑의 손가락 끝이 만든 무늬였다. 작고 어두운 동그라미 한가운데 창백한 푸른 눈동자가 빛났다.

7

문이 벌컥 열리더니 그루타스와 밀코, 도르틀리히가 들어왔다. 한니발이 벽에서 멧돼지 창을 집어 들었지만 그루타스는 본능적으로 어린 소녀에게 총구를 들이댔다.

"당장 내려놓지 않으면 얠 쏴버리겠다. 알아들어?"

약탈자들은 한니발과 미샤를 끌어냈다. 그들은 집 안에 자리를 잡았다. 그렌츠가 밖에 나가 반궤도차량을 향해 올라오라고 손짓했다. 가늘고 희미한 전조등이 공터 주변을 어슬렁거리는 늑대를 비췄다. 늑대는 뭔가를 입에 문 채 질질 끌고 있었다.

그들은 불 근처에 서 있는 한니발과 미샤 주위로 몰

려들었다. 따뜻한 열기에 약탈자들의 옷에 밴 달착지근한 악취와 부츠에 찌든 피 냄새가 방 안에 퍼졌다. 냄비지기가 옷깃 사이에서 작은 벌레를 붙잡아 손톱으로 머리를 튕겼다. 그들은 아이들의 얼굴에 기침을 내뱉었다. 여기저기서 빼앗거나, 때로는 트럭 바퀴 밑에서 긁어모은 썩은 고기를 먹은 탓에 육식동물 특유의 구역질 나는 냄새가 진동했다. 미샤가 악취를 피해 한니발의 코트에 얼굴을 파묻자 한니발은 미샤를 코트 안에 감싸 안아줬다. 동생의 심장이 터질 듯이 요동치고 있었다.

도르틀리히가 미샤의 죽그릇을 집어 들더니 상처투성이의 가느다란 손가락으로 마지막 한 방울까지 싹싹 닦아가며 걸신들린 듯 핥기 시작했다. 콜나스가 자기 밥그릇을 내밀었지만 도르틀리히는 그에게 눈길조차 주지 않았다. 시야에 귀중품이 포착되자 땅딸막한 콜나스의 눈이 빛났다. 그가 미샤의 팔목에서 팔찌를 잡아채 자신의 호주머니에 집어넣었다. 한니발이 그의 손목을 붙잡았지만 그렌츠가 한니발의 목에 주먹을 날렸다. 팔에 감각이 사라졌다. 멀리서 폭음이 울렸다. 그루타스가 말했다.

"어느 나라 군대든 정찰대가 찾아오면 우린 여기에 야전 병원을 세우는 중인 거야, 알았지? 우리가 이 꼬맹이들을 구하고 가족들의 물건을 트럭에 보관하고 있는 거라고. 탱크에서 적십자 깃발을 꺼내서 문에 붙여. 지금 당장!"

"트럭에 놔두면 그것들이 얼어 죽을지도 몰라. 정찰대가 오기라도 하면 그것들도 쓸모가 있을 거라고."

냄비지기가 말했다.

"그럼 오두막으로 데려가. 거기에 가둬두라고."

그루타스가 말했다.

"어차피 갈 데도 없잖아. 말할 사람도 없고."

그렌츠가 말했다.

"지들 인생이 얼마나 거지같은지 너한테 떠들어댈지도 모르잖아, 그렌츠. 알바니아어로 말이야. 주둥아리 닥치고 어서 시키는 대로 하기나 해."

흐드러지게 날리는 눈발을 맞으며, 그렌츠는 트럭에서 사람처럼 보이는 두 개의 작은 형체를 들어 올려 헛간 오두막 쪽으로 몰고 갔다.

8

그루타스는 아이들의 목에 가느다란 사슬을 둘렀다. 차갑다 못해 소름이 끼쳤다. 콜나스가 사슬에 무거운 자물쇠를 채웠다. 그루타스와 도르틀리히가 한니발과 미샤의 사슬을 2층 난간에 묶었다. 그들은 아이들을 계단을 오르내리는 데 방해가 되지 않는 선에서 언제나 감시할 수 있는 층계참에 앉혔다. 냄비지기가 침실에서 요강과 담요를 가져다줬다. 한니발은 난간 아래 붙은 창살 사이로 그들이 피아노를 불 속에 집어 던지는 모습을 지켜봤다. 소년은 미샤의 목에 사슬이 닿지 않게 사슬과 목 사이에 옷깃을 끼워 넣었다.

거센 눈보라가 작은 집을 휘감았다. 보이는 것이라고는 유리창 위쪽에서 새어 들어오는 희미한 회색빛뿐이었다. 창가를 빠르게 스쳐 지나가는 눈송이와 비명에 가까운 바람 소리가 마치 커다란 기차를 타고 평야를 달리는 듯한 착각을 불러일으켰다.

한니발은 동생과 함께 담요를 몸에 둘둘 감고 카펫 위에 누웠다. 미샤의 힘겨운 기침 소리가 들렸다. 뺨에 닿은 미샤의 이마가 불덩이처럼 뜨거웠다. 한니발은 코트 밑에서 곰팡내 나는 빵 조각을 꺼내 입에 넣고 부드럽게 만든 뒤 미샤에게 줬다.

그루타스는 몇 시간에 한 번씩 부하들을 내보내 우물까지 가는 길에 쌓인 눈을 치우게 했다. 눈은 끊임없이 내렸고 시간은 느릿느릿 흘렀다. 어느덧 먹을 것이 떨어졌다. 그러다 갑자기 먹을 게 생겨났다. 밀코와 콜나스가 검게 그을린 널빤지 뚜껑이 달린 미샤의 목욕통을 난로 위에 올려놨다. 냄비지기가 책과 목제 샐러드 그릇으로 불을 피웠다. 냄비지기는 눈으로 난로를 지켜보면서 일기장과 장부를 집어 들었다. 탁자 위에 자잘한 약탈품들을 늘어놓더니 일일이 분류하고 숫자를 셌다. 그런 다음 가늘고 긴 필체로 첫 페이지에 동료들의 이름을 적었다.

블라디스 그루타스

지그마스 밀코

브로니스 그렌츠

엔리카스 도르틀리히

페트라스 콜나스

마지막으로 그는 자기 이름을 적었다. 카지스 포르빅.

이름 아래에는 각자의 몫을 나열했다. 금테 안경, 시계, 반지와 귀고리, 훔친 은컵에 무게를 달아 나눈 금니. 그루타스와 그렌츠는 서랍을 끄집어내고 책상 뒤를 뜯어보며 강박증에 시달리는 사람처럼 집 안 곳곳을 한 군데도 빠짐없이 뒤졌다.

닷새가 지난 후에야 날씨가 갰다. 그들은 눈신을 신고 한니발과 미샤를 헛간으로 데려갔다. 오두막 굴뚝에서 한 줄기 연기가 피어올랐다. 행운을 비는 의미로 문 위에 매달아놓은 세자르의 커다란 편자가 눈에 들어왔다. 한니발은 말이 아직도 살아 있을지 궁금했다. 그루타스와 도르틀리히가 아이들을 헛간 안으로 밀어 넣고 문을 잠갔다. 한니발은 문틈을 통해 그들이 숲속으로 사라지는 모습을 지켜봤다. 헛간 안은 무척 추웠다. 아이들의 옷가지가 짚단 위에 이리저리 너부러져 있었다. 막

사로 들어가는 문은 닫힌 상태였지만 잠겨 있지는 않았다. 한니발은 문을 밀어서 열었다. 한 소년이 간이침대에서 벗겨낸 담요를 두르고 작은 난로 옆에 최대한 가깝게 달라붙어 있었다. 채 여덟 살도 안 돼 보였다. 눈 주위가 퀭하고 수척해 보이는 아이는 아무 데서나 주워온 듯한 옷을 잔뜩 껴입고 있었는데, 그중 몇 개는 여자애 옷이었다. 한니발은 급히 미샤를 뒤로 숨겼다. 소년이 한니발을 보고 움찔거리며 몸을 피했다. 한니발이 말을 붙였다.

"안녕."

한니발은 리투아니아어, 독일어, 영어, 폴란드어로 다시 한 번 말을 걸었다. 소년은 대답하지 않았다. 손가락과 귀에 발갛게 부풀어 오른 동상 자국이 있었다. 살이 에이는 기나긴 하루를 보낸 끝에야 아이는 자신이 알바니아에서 왔으며 알바니아어밖에 할 줄 모른다는 사실을 간신히 설명했다. 소년의 이름은 아곤이었다.

한니발은 소년이 먹을 것을 찾아 자기 주머니를 뒤지게 내버려뒀지만 미샤에게는 손끝 하나 대지 못하게 했다. 한니발이 자기와 동생을 위해 담요의 절반을 나눠 달라고 하자 소년은 아무런 저항 없이 내줬다. 어린 알바니아 소년은 자그마한 소리에도 민감하게 반응했고 쉴 새 없이 문 쪽을 힐끔거리며 손으로 뭔가를 자르는 시늉을 해보였다.

해가 떨어지기 직전, 약탈자들이 돌아왔다. 두런거리는 목소리가 들려오자 한니발은 헛간 문의 갈라진 틈 사이로 밖을 살폈다. 그들은 반쯤 굶주린 작은 사슴을 끌고 오는 중이었다. 온몸을 부들부들 떠는, 살아 있는 사슴이었다. 목에는 밧줄이 감긴 채로 옆구리에는 화살이 꽂혀 있었다. 밀코가 도끼를 쳐들었다.

"피를 낭비하면 안 돼."

냄비지기가 요리사의 권위를 내세우며 말했다. 콜나스가 눈을 빛내며 그릇을 들고 달려왔다. 앞뜰에서 고통스러운 짐승의 울부짖음이 울려 퍼졌다. 한니발은 도끼 소리를 듣지 못하도록 미샤의 귀를 막았다. 알바니아 소년이 울음을 터뜨리더니 몇 번이나 고맙다고 중얼거렸다.

그날 오후, 배를 채운 약탈자들이 아이들에게 고기 찌꺼기 약간과 힘줄이 붙어 있는 뼈를 가져다줬다. 한니발은 입으로 씹어 연하게 만든 고기를 미샤에게 줬다. 손가락으로 고기를 건네주는 사이에 육즙이 빠져버려서 나중에는 입으로 직접 먹여줘야만 했다. 약탈자들은 알바니아 소년을 헛간에 홀로 남겨두고 한니발과 미샤를 다시 산장으로 데려와 난간에 묶었다. 미샤의 온몸이 열에 들떠 뜨거웠다. 한니발은 차가운 먼지 냄새가 나는 깔개를 덮고 동생을 꼭 껴안아줬다.

독감이 오두막을 덮쳤다. 약탈자들은 꺼져가는 불 주위에 붙어 누워 서로의 얼굴에다 기침을 해댔다. 밀코는 콜나스의 빗에서 머릿기름을 빨아 먹었다. 메마른 목욕통 안에는 힘줄 하나 남기지 않고 빡빡 긁어먹은 작은 사슴 해골이 굴러다녔다.

그러다 어디선가 다시 고기가 나타났다. 사내들은 머리를 그릇에 처박고 허겁지겁 음식을 먹어 치웠다. 냄비지기가 한니발과 미샤에게 연골과 국물을 조금 가져다줬다. 하지만 헛간에는 아무것도 가져다주지 않았다. 날씨는 여전했다. 하늘은 낮고 화강암 같은 잿빛이었다. 간간이 숲속에서 살얼음으로 뒤덮인 나뭇가지가 갈라지고 깨지는 소리가 들려올 뿐, 사방이 고요했다.

다시 식량이 떨어졌다. 바람이 멈춘 어느 맑은 오후였다. 유난히 기침 소리가 크게 들리는 가운데 그루타스와 밀코가 눈신을 신고 비틀거리며 밖으로 나갔다. 열에 들떠 꿈에 취해 있는 한니발의 귀에 그들이 돌아오는 소리가 들렸다. 시끄러운 말다툼과 드잡이 소리가 오갔다. 한니발은 난간 사이로 피 묻은 새 가죽을 핥는 그루타스를 내다봤다. 그가 가죽을 내던지자 사내들이 마치 개떼처럼 달려들었다. 그루타스의 얼굴은 붉은 피와 깃털로 범벅돼 있었다. 그가 피투성이 얼굴을 아이들 쪽으로 돌리며 말했다.

"뭐라도 안 먹으면 우린 죽어."

그것이 한니발 렉터가 산장에서 기억하는 마지막 장면이었다.

러시아의 고무 부족 사태에 탱크는 강철 바퀴만으로 도로를 달리고 있었다. 군인들은 잠망경으로 물체를 식별하기가 어려울 정도의 엄청난 진동을 감내해야 했다. 뼛속까지 얼어붙게 하는 추위를 뚫고 산길을 힘겹게 달리는 거대한 KV-1 전차는 퇴각하는 독일군의 뒤를 쫓아 서쪽으로 향했다. 라디에이터 뒤에는 겨울 위장복을 입은 보병 두 명이 몸을 웅크린 채 어디선가 미치광이 독일 잔류병이 발사한 팬저파우스트 로켓이 날아오지는 않을까 경계를 서고 있었다.

그때 덤불 속에서 무언가 움직이는 게 보였다. 병사들의 사격 소리에 놀란 탱크 지휘관이 탱크를 돌려 포구를 겨냥했다. 성능 좋은 접안경이 잡목림 속에서 걸어

나오는 어린아이를 포착했다. 움직이는 탱크 위에서 병사들이 쏘아대는 총알에 소년의 발 주위에 쌓인 눈이 튀어 올랐다. 지휘관은 해치 위로 일어나 사격을 중지시켰다. 그들은 이미 이런 식의 실수로 어린아이 몇 명을 죽인 적이 있었기에 이번에는 그런 실수를 저지르지 않았다는 사실이 못내 다행스러웠다.

비쩍 마르고 핏기 하나 없는 소년이었다. 목 주위에는 사슬이 감겨 있고 사슬의 끝부분에는 텅 빈 목걸이가 질질 끌렸다. 지휘관은 아이를 라디에이터 옆에 앉히고 목에서 사슬을 벗겨냈다. 차가운 강철에 살점이 붙어 떨어져 나왔다. 소년은 꽤 비싼 쌍안경이 들어 있는 가방을 가슴팍에 굳게 껴안고 있었다. 군인들은 아이의 어깨를 흔들며 러시아어, 폴란드어, 어눌한 리투아니아어로 말을 걸어봤지만 소년은 한마디도 하지 못했다. 죄책감 때문에 차마 아이에게서 쌍안경을 빼앗을 수는 없었다. 군인들은 소년에게 사과 반쪽을 주고 라디에이터가 따뜻한 열기를 내뿜는 포탑 뒤에 태워 마을로 향했다.

9

구축차와 로켓 발사대를 갖춘 소비에트 기갑부대는 버려진 렉터 성에서 하룻밤을 보냈다. 그들은 동이 트기 전, 눈 덮인 들판에 검은 기름 자국과 불에 타서 쓰러진 폐허만을 남기고 철수할 작정이었다. 소형 트럭 한 대가 시동을 걸고 입구에서 대기 중이었다.

그루타스와 어떻게든 살아남은 네 명의 동료들은 의무병 복장으로 숲속에 숨어 그들을 지켜보고 있었다. 그루타스가 성의 앞뜰에서 요리사를 쏴 죽인 지 4년이 지난 후였고, 그들이 죽은 동료를 뒤로하고 불길에 휩싸인 사냥용 산장에서 도망친 지 14시간 후의 일이었다.

멀리서 폭격이 시작됐다. 지평선에서 대공포가 포물선을 그리며 날아올랐다. 마지막 병사가 뒷걸음질로 도화선을 풀며 문밖으로 나왔다.

"제기랄! 대갈통만 한 바위 세례를 받을 거야."

"어쨌든 저 안에 들어가야 해."

밀코의 걱정은 그루타스에게 별 영향을 끼치지 못했다. 군인들은 도화선을 계단 아래까지 풀더니 선을 끊고 그 앞에 쪼그려 앉았다. 그렌츠가 말했다.

"왜? 어차피 지금 들어가봤자 쓸모 있는 건 하나도 안 남았을 텐데. C'est Foutu종 쳤다고."

"Tu devandes너 거시기 쫄았지?"

"Va te faire enculer가서 네놈 거나 빨아."

도르틀리히의 말에 그렌츠가 대꾸했다. 그들은 작전을 앞두고 긴장될 때면 토텐코프가 마르세유 근처에 주둔할 무렵 배운 짧은 프랑스어로 서로에게 욕설을 퍼붓곤 했다. 그러고 나면 프랑스에서 보냈던 즐거운 한때가 생각나 그나마 위안이 됐다. 계단 위의 소비에트 군인이 도화선 끝을 10센티미터 정도 자르더니 성냥을 가져다 댔다.

"도화선이 무슨 색이야?"

밀코가 물었다. 그루타스는 쌍안경을 눈에 가져다댔다.

"어두워서 모르겠는데."

병사가 두 번째 성냥을 켜자 불빛에 얼굴이 비쳤다.

"주황색? 녹색?"

밀코가 다시 물었다.

"줄무늬가 있어?"

그루타스는 대답하지 않았다. 병사가 느린 걸음으로 트럭을 향해 걸어가기 시작했다. 트럭에 앉아 있던 전우들이 서두르라는 손짓을 해보이자 병사가 웃음을 터뜨렸다. 그의 등 뒤에서는 눈 속에 파묻힌 도화선이 불꽃을 튀기고 있었다. 밀코는 숨을 죽인 채 숫자를 셌다.

군인들을 태운 차량이 눈앞에서 사라지자마자 그루타스와 밀코가 도화선을 향해 쏜살같이 뛰어나갔다. 그들이 도착했을 때, 도화선의 불꽃은 막 문지방을 넘어서고 있었다. 가까이 다가가자 도화선 위에 새겨진 줄무늬가 눈에 들어왔다. '미터당 2분 연소 도화선 미터당 2분 연소 도화선 미터당 2분 연소 도화선.' 그루타스가 나이프를 꺼내 도화선을 두 동강 냈다. 밀코가 중얼거렸다.

"염병할 농장."

그러고는 성 안으로 들어가 남아 있을지도 모를 다른 도화선이나 폭탄을 찾아내려 샅샅이 둘러봤다. 밀코는 도화선을 따라 커다란 홀을 지나 탑으로 향했다. 마침내 그가 찾고 있던 것이 나타났다. 잘린 도화선은 둥글게 놓인 도폭선에 연결돼 있었다. 그는 중앙 홀로 돌아와 외쳤다.

"폭약에 연결돼 있었어. 그건 그냥 도화선일 뿐이야. 이제 깨끗하다고."

소비에트 군인들은 성을 폭파하기 위해 탑 기저에 폭약을 쌓아놓고 그 주위에 도폭선을 둘렀다. 귀찮게 현관을 잠그는 수고는 하지 않았다. 중앙 홀의 난로에는 그들이 피워놓고 간 불길이 여전히 타오르고 있었다. 텅 빈 바닥과 벽은 낙서투성이였고 벽난로 옆 마룻바닥은 군인들이 실내에서 볼일을 보고 떠난 탓에 오물투성이였다.

밀코와 그렌츠, 콜나스가 위층을 뒤지러 올라갔다. 그루타스는 도르틀리히에게 따라오라고 손짓했다. 두 사람은 계단을 내려가 지하실로 향했다. 포도주 저장실로 가는 문이 자물쇠가 비틀린 채 활짝 열려 있었다. 그루타스와 도르틀리히는 손전등으로 주위를 비춰봤다. 깨진 유리 조각이 노란색 빛줄기를 반사했다. 바닥에는 빈 포도주병과 성급한 술꾼들이 때려 부순 병목이 나뒹굴고, 다른 약탈자들이 밀어 넘어뜨린 시음용 탁자는 뒤쪽 벽에 기대 쓰러져 있었다.

"젠장. 한 방울도 안 남았잖아."

도르틀리히가 말했다.

"나 좀 도와줘."

그루타스의 말에 두 사람은 벽에서 탁자를 밀어냈다. 발밑에서 유리 조각이 우두둑거렸다. 탁자 뒤에서 동강난 초를 발견해 불을 붙였다.

"샹들리에를 잡아당겨. 그냥 밑으로 잡아당기라고."

그루타스가 자기보다 키가 큰 도르틀리히에게 말했다. 뒤쪽 벽의 포도주 선반이 열렸다. 벽이 움직이자 도르틀리히가 허리춤의 권총에 손을 가져다댔다. 그루타스가 비밀의 방으로 들어가고 도르틀리히가 그 뒤를 따랐다. 도르틀리히가 말했다.

"하느님 맙소사."

"어서 트럭을 가져와."

그루타스가 말했다.

10

1946년 리투아니아

열세 살의 한니발 렉터는 한때 렉터 성에 속해 있던 해자 제방 아래서 검은 물을 향해 빵 조각을 던졌다. 무성하게 자란 울타리에 둘러싸인 채소밭은 이제 인민협동보육원의 공동 농장으로 바뀌어 대부분이 순무로 채워져 있었다. 성의 해자와 그 주변은 한니발에게 매우 중요한 의미를 지녔다. 해자는 변함이 없었다. 그 검은 수면은 언제나처럼 총안銃眼이 뚫려 있는 렉터 성의 탑 위로 빠르게 흘러가는 구름을 비췄다.

한니발은 보육원 제복 위에 '놀이 금지'라는 글씨가

적힌 벌칙 셔츠를 입고 있었다. 담장 너머 들판에서 다른 보육원 아이들과 어울려 축구를 할 수 없다는 뜻이었지만, 한니발은 전혀 아쉽지 않았다. 하지만 축구 경기는 짐말 세자르와 지금의 러시아인 주인이 마차에 대량의 장작을 싣고 들판으로 달려오는 바람에 중단됐다. 세자르는 마구간에 들른 한니발을 반갑게 맞이했으나 순무에는 아무 반응도 보이지 않았다.

한니발은 수면에 떠다니는 고니들을 바라봤다. 전쟁의 포화 속에서 살아남은 흑고니 한 쌍이었다. 새끼 고니 두 마리가 함께 있었다. 아직 솜털이 보송보송한 어린 새끼 한 마리가 어미의 등에 올라타 있고 다른 한 마리는 뒤에서 헤엄치는 중이었다. 갈라진 울타리 위쪽, 조금 떨어진 제방 위에서 나이 든 소년 세 명이 한니발과 흑고니를 보고 있었다. 수컷 고니가 한니발에게 도전이라도 하려는 듯이 제방 위로 올라왔다. 금발머리 소년 페도르가 친구들에게 속삭였다.

"저기 검은 녀석이 바보 자식을 골려줄 거야. 네가 지난번에 알을 훔치려고 했을 때처럼 혼쭐을 내줄걸. 그럼 저 바보는 계집애처럼 질질 짜겠지."

하지만 한니발이 버드나무 가지를 들어 올리자 고니는 허둥지둥 물로 돌아갔다. 실망한 페도르는 셔츠에서 빨간 고무줄로 만든 새총을 꺼내고 돌멩이를 찾으려 주머니를 뒤적였다. 돌멩이가 해자 가장자리의 진흙탕에 떨어지며 한니발의 다리에 진흙을 튀겼다. 한니발은 무표정한 얼굴로 페도르를 쳐다보더니 고개를 저었다. 페도르가 쏜 두 번째 돌멩이가 엄마 뒤를 따라가던 새끼 고니 바로 옆에 떨어졌다. 한니발은 손에 든 나뭇가지를 흔들고 입으로 쉬쉬 소리를 내면서 새총의 사정거리 밖으로 고니들을 몰아냈다.

성에서 종소리가 울렸다. 페도르와 친구들은 재미있다는 듯 낄낄거리며 몸을 돌렸다. 한니발이 커다란 진흙 덩어리를 손에 쥔 채 잡초들을 헤치고 울타리 사이로 걸어 나왔다. 진흙 덩어리가 페도르의 얼굴을 직격으로 강타했다. 한니발은 자신보다 머리 하나가 더 큰 소년에게 덤벼들어 가파른 제방 아래로 넘어뜨렸다. 깜짝 놀란 페도르의 몸 위에 걸터앉아 검은 물속에 나이 든 소년의 머리를 밀어 넣고는 새총 손잡이로 목 뒤를 사정없이 내리쳤다. 한 번, 두 번, 세 번⋯⋯. 아무 감정도 없는 텅 빈 얼굴. 한니발의 얼굴에서 유일하게 살아 있는 것은 두 눈동자뿐이었다. 시야가 벌겋게 빙빙 돌기 시작했다. 한니발은 페도르의 몸을 뒤집어 얼굴을 똑바로 바라봤다. 물속에서 싸우고 싶지 않은 페도르의 친구들이 감독위원을 찾아 허둥지둥 도망갔다. 일등 감독위원 페트로프가 욕설을 퍼부으며 아이들을 쫓아 제방으로 달려왔다. 반짝이던 부츠가 엉망이 됐고 진흙 묻은 곤봉이 반원을 그리며 한니발에게 날아들었다.

저녁 식사 시간이었다. 아름답고 화려한 장식품이 모두 사라진 렉터 성의 중앙 홀은 이제 요세프 스탈린의 커다란 초상화가 지배했다. 똑같은 제복을 입은 백 명의 소년들이 저녁 식사를 마치고 '인터내셔널가'를 부르는 중이었다. 약간 취한 듯한 원장이 포크를 손에 들고 노래를 지휘했다.

얼마 전 새로 임명된 일등 감독위원 페트로프와 승마 바지에 부츠를 신은 이등 감독위원이 탁자 사이를 돌아다니며 노래를 부르지 않는 아이가 있는지 감시했다. 한니발은 노래를 부르지 않았다. 얼굴 한쪽은 퍼렇게 멍이 들었고 한쪽 눈은 반쯤 감긴 상태였다. 다른 탁자에서는 목에 붕대를 감은 페도르가 생채기투성이 얼굴로 그를 쳐다보고 있었다. 손가락 하나에는 부목이 대어져 있었다. 감독위원들이 한니발 앞에 발을 멈췄다. 한니발은 살며시 포크를 쥐었다.

"잘나서 우리랑은 노래도 못 하겠다는 거냐, 도련님?

넌 이제 도련님이 아니야. 한낱 고아일 뿐이지. 그러니까 빨리 노래를 불러!"

일등 감독위원이 한니발의 얼굴을 클립보드로 세게 내리쳤다. 한니발의 표정에는 아무런 변화도 없었다. 그는 여전히 노래를 부르지 않았다. 한쪽 입가에서 피가 흘러내렸다. 이등 감독위원이 말했다.

"이 앤 벙어리입니다. 때려봤자 소용없어요."

노래가 끝나자, 일등 감독위원의 커다란 목소리가 방 안에 쩌렁쩌렁 울렸다.

"밤에 보면 벙어리치고는 소리를 잘 지르던데."

그가 말하면서 다른 한쪽 손을 휘둘렀다. 그 순간, 한니발이 포크로 감독위원의 주먹을 가로막았다. 포크의 뾰족한 날이 그의 손가락 관절을 파고들었다. 감독위원이 탁자 주위를 빙빙 돌며 한니발을 쫓기 시작했다.

"그만! 앞으로는 절대 그 아이를 때리지 마시오. 상처가 나면 안 되니까."

원장이 말했다. 아무리 술에 취했다고 해도 원장은 원장이었다.

"한니발 렉터, 내 방으로 오너라."

원장실에는 군대에서 쓰다 남은 책상과 파일 두 개의 간이침대가 있었다. 아무리 렉터 성이 알아볼 수 없을 만큼 바뀌었다지만 이 방은 특히 한니발에게 충격을 안겨줬다. 레몬 오일 가구 광택제와 향수 냄새 대신, 난롯가에서는 오줌 냄새가 진동했고 유리창은 밋밋하게 벌거숭이가 됐으며 남아 있는 장식물이라고는 나무 조각이 유일했다.

"네 어머니가 쓰던 방이었다고 했지? 그래서인지 약간 여성스러운 분위기가 나더구나."

원장은 변덕스러웠다. 가끔 친절하게 굴다가도 마음에 들지 않을 때면 누구보다도 잔인해질 수 있는 사내였다. 그의 작고 충혈된 눈이 대답을 기다리고 있었다. 한니발은 고개를 끄덕였다.

"여기서 사는 게 무척 힘들겠지."

그는 아무 반응도 없었다. 원장이 책상에서 전보를 꺼냈다.

"하지만 넌 여기 오래 있을 필요가 없다. 네 삼촌이 널 데리러 프랑스에서 오는 중이니까."

11

빛이라고는 부엌 화덕에서 흘러나오는 희미한 불빛뿐.
어둠 속에서 한니발은 보조 요리사가 불 옆의 의자에
앉아 침을 흘리며 꾸벅꾸벅 조는 모습을 지켜봤다. 그
의 옆에는 빈 술잔이 놓여 있었다. 한니발의 목적은 뒤
쪽 선반에 놓인 등잔이었다. 등잔의 유리 덮개가 난롯
불에 어슴푸레 빛났다. 보조 요리사는 목을 그르렁거리
며 깊고 규칙적인 숨소리를 냈다. 한니발은 돌바닥 위로
살금살금 움직여 보드카와 양파 냄새를 풍기는 보조
요리사의 등 뒤로 다가갔다. 등잔의 철사 손잡이가 삐걱
거렸다. 아래쪽을 드는 편이 나을 것 같았다. 한니발은

달각거리는 소리가 나지 않도록 조심스레 유리 덮개를 쥐고 등잔을 똑바로 들어 올려 선반에서 끄집어냈다. 이제 그는 두 손으로 등잔을 들고 있었다.

별안간 장작개비 하나가 커다란 소리를 내며 튀어 올랐다. 작은 불꽃과 연기가 치솟았다. 석탄 덩어리 하나가 화덕에서 굴러떨어지더니 요리사의 펠트 부츠에서 3센티미터도 채 떨어지지 않은 곳에서 멈췄다. 뭘 사용해야 할까? 주방용 조리대 위에 깡통이 하나 놓여 있었다. 150밀리미터 탄피로 만든 수저통 안에는 나무 숟가락과 주걱이 가득해서 한니발은 등잔을 내려놓고 숟가락을 이용해 석탄을 불 속으로 다시 던져 넣었다.

지하실로 이어지는 통로는 부엌 구석에 있었다. 한니발이 손을 대자 문은 소리 없이 열렸다. 소년은 머릿속으로 기억을 더듬으며 칠흑 같은 어둠 속으로 한 발짝 들어가 문을 닫았다. 돌벽에 성냥을 그어 등잔에 불을 켠 다음 익숙한 계단을 타고 걸어 내려갔다. 아래로 내려갈수록 공기가 점점 더 차가워졌다. 포도주 저장고로 이어지는 둥근 천장을 지날 때마다 등의 빛이 어두컴컴한 천장을 비췄다. 철문은 열려 있었다.

오래전에 비워진 포도주 선반은 뿌리식물, 그중에서도 주로 순무에 자리를 내어준 상태였다. 한니발은 사탕수수 몇 조각을 주머니에 챙겨 넣었다. 사과가 없으니 세자르는 여기에 만족해야 할 것이다. 사탕수수만 먹으면 입에 붉은 물이 들어서 꼭 립스틱을 바른 것처럼 보이기는 하겠지만.

한니발은 보육원 생활을 하면서 자신이 살던 집이 유린당하고 모든 물건이 도난당하며 파괴되는 모습을 목격했지만 아직 이곳을 들여다본 적은 없었다. 그는 높은 선반 위에 등불을 내려놓고 위쪽 선반에서 양파와 감자 자루를 끄집어 내렸다. 그러고는 탁자 위에 올라가 샹들리에를 잡아당겼다. 아무 일도 일어나지 않았다. 샹들리에를 놓고 다시 잡아당겼다. 이번에는 안간힘을 다해 아예 몸으로 매달렸다. 샹들리에가 3센티미터 정도 밑으로 떨어졌다. 공중에 뿌연 먼지가 흩뿌려지고 포도주 선반 뒤쪽에서 가느다란 신음이 들려왔다. 한니발은 버둥거리며 탁자에서 내려와 빈틈 사이에 손가락을 집어넣고 선반을 힘껏 잡아당겼다. 경첩에서 나는 삐걱 소리와 함께 포도주 선반이 벽에서 빠져나왔다. 한니발은 등불을 가지러 갔다. 혹시나 누군가가 이 소리를 듣고 내려오기라도 하면 재빠르게 불어서 끌 생각이었다. 하지만 사방은 고요했다.

바로 여기가 한니발이 요리사를 마지막으로 본 곳이

었다. 요리사의 둥글고 커다란 얼굴이 그 기나긴 죽음의 세월에도 불구하고 생생하게 눈앞에 되살아났다. 한니발은 등불을 들고 포도주 선반 뒤에 숨겨진 비밀의 방으로 다가갔다. 방은 텅 비어 있었다. 있는 거라곤 커다란 금테 액자뿐이었다. 서둘러 그림을 잘라냈는지 테두리에 찢어진 캔버스 조각이 붙어 있었다. 성에 걸려 있던 그림 중 가장 커다란, 잔인한 한니발의 위용을 강조하며 잘기리스 전투를 낭만적으로 표현한 그림이 들어 있던 액자였다.

렉터가의 마지막 후손인 한니발 렉터는 무자비한 손에 약탈당한 어린 시절의 성 안에 서서 텅 빈 액자를 물끄러미 바라봤다. 그는 렉터가의 일원이었지만 가문의 일원은 아니었다. 그의 기억은 스포르차 가문 출신의 어머니와 요리사, 자코브 선생을 비롯해 자신이 아닌 다른 전통을 잇는 이들로 구성돼 있었다. 텅 빈 액자 속에 산장의 난롯가 앞에 모여 앉아 있던 그들의 얼굴이 떠올랐다. 그는 잔인한 한니발이 될 수 없었다. 어린 시절을 보낸 이 천장 아래에서 평생을 영위할 수도 있었지만 그 천장은 천국만큼이나 희박했고 거의 쓸모가 없었다. 적어도 그는 그렇게 믿었다.

한니발에게는 한 핏줄에서 난 식구들만큼이나 친숙

했던 그림들이 이제 전부 사라지고 없었다. 비밀의 방 중앙에는 지하 감옥이 있었다. 잔인한 한니발이 적들을 내던졌던 말라버린 돌우물은 후에 불의의 사고를 막으려고 일부러 망을 둘러났다. 한니발은 등불을 들어 올려 통로를 비춰봤지만 불빛은 중간까지밖에 내려가지 못했다. 한니발의 아버지는 자신이 어렸을 때까지도 지하 감옥 밑바닥에 해골이 굴러다니고 있었다고 말했었다.

한니발도 바구니를 타고 밑으로 내려가 본 적이 있다. 바닥 근처의 벽에 글자가 새겨져 있었다. 지금은 보이지 않지만 한니발은 아직도 그 글자가 거기 남아 있다는 걸 알았다. 죽음을 앞둔 죄인이 암흑 속에서 들쑥날쑥한 글자로 새겨놓은 '어째서Pourquoi?'라는 단어가.

12

길게 늘어선 숙소에 고아들이 잠들어 있었다. 침대는 나이대별로 배치돼 있었다. 아직도 비릿한 젖냄새가 나는 가장 나이 어린 고아들은 서로 몸을 껴안은 채로 잠을 잤다. 몇몇은 꿈속에서 그리운 얼굴을 마주하고 다시는 느끼지 못할 부드러운 손길과 애정을 갈구하며 죽은 자들의 이름을 불러대곤 했다. 안쪽에서는 좀 더 나이 많은 소년이 이불 밑에서 자위를 했다.

아이들은 저마다 작은 사물함을 가지고 있었는데, 머리맡에는 좋아하는 그림이나 아주 드물게 가족사진을 놓을 수 있는 공간이 있었다. 한 줄로 늘어선 침대머리

쪽에는 크레용으로 그린 서툰 그림들이 세워져 있었다. 하지만 한니발 렉터의 침상에 놓인 건 연필과 분필을 이용해 어린아이의 손과 팔을 사실적으로 묘사한 아주 훌륭한 그림이었다. 팔을 내밀어 무언가를 간절하게 빌고 있는 짧고 통통한 어린아이의 손이었다. 손목에는 팔찌가 채워져 있다. 그림 아래에는 한니발이 잠들어 있었다. 굳게 닫힌 소년의 턱이 경련을 일으켰다. 꿈속에서 풍기는 끔찍한 입냄새에 콧구멍이 벌름거리며 움찔했다.

깊은 숲속 홀로 서 있는 산장. 먼지 냄새가 풍기는 차디찬 깔개를 두르고 앉아 있는 한니발과 미샤. 얼어붙은 창문에 굴절돼 비치는 초록색과 붉은색의 빛줄기. 갑자기 몰아친 돌풍에 순간 굴뚝이 힘을 잃어 푸른 연기가 뾰족한 지붕 아래 난간을 맴돌며 떠날 줄을 모른다. 현관문이 벌컥 열리는 소리에 한니발이 난간 너머로 아래층을 내려다본다. 난로 위에 시들어빠진 이파리와 뿔 달린 작은 사슴 해골이 담긴 미샤의 목욕통이 놓여 있다. 부글부글 물이 끓어오르자 뾰족한 사슴뿔이 목욕통에 부딪히며 텅텅 소리를 낸다. 마치 작은 사슴이 거기서 탈출하려고 안간힘을 쓰는 것처럼. '푸른 눈'과 '거미손'이 차가운 공기를 몰고 들어와 눈신을 털고 벽에 기대어 선다. 남은 사내들이 그 주위에 몰려든다. '밥그릇'이 동상 걸린 발로 구석에서 뛰쳐나온다. '푸른 눈'이 주머니에서 빼빼 말라비틀어진 작은 새 세 마리를 꺼내 깃털도 뽑지 않고 통째로 끓는 물속에 집어넣는다. 가죽을 뜯어낼 정도로 부드러워지자 그가 피 묻은 새 가죽을 혀로 핥는다. 붉은 핏자국과 깃털로 범벅된 얼굴. 그 주위를 동료들이 에워싼다. 그가 가죽을 던지자 사내들이 개떼처럼 달려든다. '푸른 눈'이 피투성이 얼굴을 들어 난간을 올려다본다. 입에 문 깃털을 뱉으며 그가 말한다.

"뭐라도 안 먹으면 우린 죽어."

그들이 불 속에 렉터가의 앨범과 미샤의 종이 장난감, 종이 인형, 종이 성을 쑤셔 넣는다. 난로 앞에 서 있던 한니발은 갑자기, 아무 기억도 없이 다시 헛간에 와 있다. 짚단 위에 아이들의 옷이 여기저기 널려 있다. 피에 젖어 딱딱하게 굳은 낯선 옷가지들. 사내들이 점점 더 가까이 다가와 그의 살집과 미샤의 살집을 주무른다.

"여자애로 해. 어차피 곧 죽을 거 같으니까. 자, 애야, 이리 와서 우리랑 같이 놀자. 이리 와서 우리랑 같이 놀자."

노래를 흥얼거리며 그들이 동생을 잡아간다.

"Ein Mannlein steht im Walde ganz still und stumm 숲속에 말없이 홀로 서 있는 난쟁이 아저씨……."

미샤의 팔을 붙들고 매달린 한니발이 문 쪽으로 질질 끌려간다. 동생에게서 떨어지지 않자 '푸른 눈'이 한니발의 팔 위로 무거운 헛간 문을 쾅 하고 닫는다. 뼈가 부러지고 다시 문이 열린다. 그가 장작개비를 가지고 돌아와 한니발의 머리를 후려갈긴다. 눈앞이 번쩍하는 끔찍한 고통. 정신이 혼미해진다. 미샤가 소리친다.

"아니바!"

일등 감독위원의 몽둥이가 침대틀을 세차게 후려쳤다. 한니발은 비명을 지르며 잠에서 깨어났다.

"미샤! 미샤!"

"닥쳐, 닥쳐! 당장 일어나지 못해, 이 개자식아!"

일등 감독위원이 침대에서 시트를 벗겨 한니발에게 내던졌다. 한니발은 차가운 바깥을 지나, 몽둥이에 등을 찔리며 공구실로 끌려갔다. 일등 감독위원이 삽을 들고 그 뒤를 따라왔다. 공구실에는 원예 도구와 밧줄, 연장 등이 걸려 있었다. 그가 작은 나무통 위에 등불을 내려놓고 몽둥이를 치켜들었다. 붕대를 칭칭 감은 한쪽 손이 허공에 들렸다.

"죗값을 치를 시간이다."

한니발은 겁을 집어먹은 듯이 등불을 피해 빙글빙글

도망가기 시작했지만 실은 아무 느낌도 없었다. 일등 감독위원이 소년의 공포를 읽고 그 뒤를 쫓았다. 한니발의 허벅지에 몽둥이가 정통으로 날아와 박혔다. 이제 한니발은 등잔 옆에 와 있었다. 그는 낫을 집어 들고 등불을 불어 끈 후에 낫을 머리 위로 들어 올린 채 어둠이 깔린 바닥에 드러누웠다. 다른 이의 발소리가 한니발의 옆을 스쳐 지나가자 그는 캄캄한 공중을 향해 낫을 커다랗게 휘둘렀다. 하지만 손에는 아무런 감촉도 느껴지지 않았다. 문이 닫혔다. 사슬이 잘그락거리는 소리가 울려 퍼졌다.

"벙어리를 두들겨 팰 때 제일 좋은 점은 누구한테 일러바칠 염려가 없다는 거지."

일등 감독위원이 말했다. 그와 이등 감독위원은 자갈이 깔린 성 앞뜰에 주차된 들라이예를 바라보고 있었다. 짙푸른 색의 그 아름다운 프랑스제 자동차 앞쪽 펜더에는 소비에트 연방과 독일 민주공화국의 외교관 깃발이 펄럭였다. 전쟁 전에 제작된 프랑스 자동차의 이국적인 모습은 네모난 탱크와 지프에 익숙한 이들의 눈에 도발적으로 느껴졌으며 관능적으로 보이기까지 했다. 일등 감독위원은 자동차 옆구리에 나이프로 엿이나 먹으라는 문구를 새겨주고 싶은 마음이 굴뚝같았지만 그 옆에는 산채만 한 몸집의 운전사가 눈을 부라리며 지키고 서 있었다.

자동차가 도착했을 때 한니발은 마구간에 있었다. 하지만 그는 뛰쳐나가지 않았다. 한니발은 그의 삼촌이 소비에트 관리와 함께 성 안으로 들어가는 모습을 지켜봤다. 그는 손바닥으로 세자르의 뺨을 어루만졌다. 귀리를 씹는 기다란 얼굴이 그를 돌아봤다. 소비에트 마부는 세자르를 잘 돌봐주고 있었다. 한니발은 말의 목을 쓰다듬고 움직거리는 귀에 얼굴을 들이댔다. 하지만 그의 입에서는 아무런 말도 나오지 않았다. 소년은 말의 눈 사이에 입술을 대고 눌렀다. 마구간 위층 이중벽 사이에 숨겨 놓은 아버지의 쌍안경을 목에 걸고, 발로 다져져 단단해진 연병장을 가로질렀다. 이등 감독위원이 계단에서 그를 찾고 있었다. 몇 안 되는 한니발의 소지품이 가방 속에 쑤셔 넣어졌다.

13

원장실 창가에 선 로버트 렉터는 그의 운전사가 요리사에게 담배 한 갑을 주고 작은 소시지와 빵 덩어리를 받는 모습을 지켜봤다. 형님인 렉터 백작의 사망이 인정되면서 로버트 렉터는 이제 공식적으로 작위를 물려받아 새로운 렉터 백작이 됐다. 따지자면 불법이었지만 몇 년 전부터 그 칭호를 사용해온 탓에 그는 이미 백작이라는 호칭에 익숙해져 있었다. 원장은 그 자리에서 돈다발을 세지는 않았지만 윗옷 주머니에 쑤셔 넣더니 팀카 대령을 쳐다봤다.

"백작, 어…… 렉터 동지. 전쟁이 발발하기 전에 예카

테리나 궁전에서 당신의 그림을 본 적이 있답니다. 고른에서 출판한 사진도 몇 장 있었고요. 동지의 작품을 진심으로 좋아한다는 말씀을 드리고 싶군요."

렉터 백작은 고개를 끄덕였다.

"고맙소, 원장. 한니발의 여동생은 어떻게 됐습니까?"

"갓난아기 때 사진은 별 도움이 안 되더군요."

"보육원을 뒤지고 있습니다."

원장에 말에 팀카 대령이 진행 상황을 전했다. 대령은 소비에트 국경수비대 제복을 입고 있었는데, 강철로 테를 두른 안경이 튼튼해 보이는 치아와 완벽한 조화를 이루며 반짝였다.

"시간이 좀 걸릴 겁니다. 고아들이 워낙 많아서요."

"그리고 솔직히 말씀드리자면 렉터 동지, 숲 전체가…… 음…… 신원불명의 시체들로 가득합니다."

원장이 덧붙였다.

"한니발은 정말 말을 못 합니까?"

렉터 백작이 물었다.

"적어도 제 앞에서는 말하는 걸 본 적이 없습니다. 신체적으로는 아무런 문제도 없는 것 같습니다. 한밤중에 동생의 이름을 부르며 깨어나곤 하니까요. '미샤, 미샤' 하면서 말이죠."

원장은 뭐라고 설명해야 할지 몰라 잠시 망설였다.

"렉터 동지, 저라면…… 저라면 한니발을 좀 더 잘 알게 되기 전까지는 신중을 기할 겁니다. 그 애가 정신적으로 안정될 때까지는 또래 아이들과 어울리지 않게 하는 게 최선이라고 생각합니다. 한니발이 있는 곳에선 언제나 누군가가 다치거든요."

"한니발이 다른 애들을 괴롭힌단 말입니까?"

"아뇨, 반대로 다른 아이들을 괴롭히는 애들이 상처를 입는다는 뜻입니다. 한니발은 아이들 사이의 서열을 따르지 않아요. 언제나 몸집 커다란 아이들을 공격합니다. 가끔은 정말 심한 상처를 입히곤 하죠. 한니발은 자기보다 큰 애들한테 위험한 존재예요. 하지만 어린아이들한테는 친절합니다. 자기를 놀려도 그냥 내버려두거든요. 어떤 애들은 한니발이 말을 못 하기 때문에 귀머거리라고 생각합니다. 그래서 한니발 앞에서 미쳤다는 말을 함부로 하기도 하죠. 그래도 어린아이들한테는 자기 간식을 나눠주기도 해요. 물론 간식이 나오는 경우는 아주 드뭅니다만."

팀카 대령이 시계를 바라봤다.

"이제 그만 가야 합니다. 렉터 동지, 그럼 저희는 차에서 뵙죠."

팀카 대령은 렉터 백작이 방에서 나갈 때까지 조용히 기다렸다가 손을 내밀었다. 원장이 한숨을 내쉬며 그에게 돈다발을 건넸다. 팀카 대령은 안경과 이를 번득이며 엄지손가락으로 지폐를 세기 시작했다.

14

소나기가 도로 위에 자욱이 날리던 먼지를 가라앉혔다. 진흙투성이인 들라이예 자동차 바퀴 밑에서 젖은 자갈들이 시끄럽게 춤추며 튀어 올랐다. 풀냄새와 흙냄새가 차 안으로 흘러들어 왔다. 잠시 후 소나기가 그치자 주황색 석양이 비치기 시작했다.

기묘한 주황빛 햇살 아래 모습을 드러낸 저택은 웅장하다기보다는 우아했다. 수많은 창문 앞에 설치된 창살들은 마치 이슬을 머금은 거미집처럼 휘어져 있었다. 입구에서부터 풀려나오는 곡선 모양의 주랑이 전조를 점치려는 한니발에게 하위헌스의 회절무늬를 떠올리게 했다.

소낙비를 맞은 짐말 네 마리가 온몸에서 김을 내뿜으며 중앙 홀에 박혀 있는 독일 탱크의 잔해를 끌어당기고 있었다. 세자르처럼 다들 몸집이 컸다. 한니발은 그 말들이 자신의 수호신인 것 같아 반가웠다. 탱크는 롤러에 연결돼 있었다. 조금씩 조금씩, 마치 이를 뽑듯 말들이 현관 통로로 탱크를 끌어냈다. 말을 모는 기수가 뭐라고 속삭이자 말들의 귀가 쫑긋거렸다.

"독일군이 폭격기를 피하려고 대포로 입구를 날려버리고는 탱크를 건물 안에 들여놓았단다."

백작이 한니발에게 말했다. 자동차가 멈췄다. 백작은 대답 없는 소년에게 말하는 데 벌써 익숙해져 있었다.

"그리고 퇴각하면서 버리고 갔는데 도무지 빼낼 수가 없는 거야. 그래서 저 빌어먹을 물건을 화초 상자로 가려두고는 5년을 함께 살았지. 자, 이쪽으로 오렴, 한니발."

자동차가 도착하자 남자 하인과 가정부가 양산을 들고 백작을 맞이하러 나왔다. 마스티프 종의 개 한 마리도 함께 따라왔다. 한니발은 무작정 자신의 등을 떠밀며 어깨 너머로 말을 거는 게 아니라 현관 앞에서 격식을 갖춰 고용인들에게 직접 소개해주는 삼촌의 태도가 마음에 들었다.

"이 애는 내 조카 한니발이야. 오늘부터 내 자식이나

다름없으니 모두 반갑게 맞이해주게. 한니발, 이쪽은 가정부인 브리기테 부인, 그리고 여기는 파스칼이다. 모든 일이 제대로 돌아가게 하는 사람이지."

브리기테 부인은 한때 미모를 자랑하던 고급 하녀였다. 그녀는 재빨리 한니발을 훑어보고 소년을 파악했다. 마스티프는 개 특유의 열정으로 백작을 맞이했지만 한니발에 관해서는 판단을 보류한 듯했다. 암캐가 씩씩거리며 콧방귀를 뀌었다. 한니발이 손을 내밀자 마스티프가 냄새를 맡아보더니 찡그린 눈썹 아래로 한니발을 올려다봤다. 백작이 브리기테 부인에게 말했다.

"옷을 좀 찾아봐야 할 것 같군. 다락에 있는 내 학창 시절 트렁크를 뒤져봐. 조금씩 천천히 바꿔가면 되겠지."

"여동생은요?"

"아직 못 찾았네, 브리기테."

백작이 화제를 바꾸자는 의미로 고개를 저었다. 한니발의 눈 속에 저택의 이미지가 판화처럼 새겨졌다. 비에 젖어 번들거리는 정원의 조약돌, 소나기에 맞아 반지르르 광택이 흐르는 말의 옆구리, 지붕 위 물웅덩이에서 물을 마시는 잘생긴 까마귀의 윤기 나는 깃털, 높다란 창문에서 흔들거리는 커튼, 레이디 무라사키의 매끄러운 머리카락과 그녀의 그림자. 레이디 무라사키가 여닫이창을 열어젖혔다. 저녁 햇살이 그녀의 얼굴을 어루만졌다. 한니발이 악몽에서 빠져나와 꿈의 다리를 향해 발을 내디딘 최초의 순간이었다…….

비좁은 막사에서 지내다 사생활이 보장되는 가정으로 옮겨오자 달콤한 안도감이 몰려들었다. 저택의 가구들은 다소 특이하면서도 편안한 느낌을 줬다. 욕심 많은 나치가 물러간 뒤, 렉터 백작과 레이디 무라사키는 다락을 뒤져 오래된 가구들을 찾아냈다. 저택에 놓여 있던 화려한 가구들은 점령 기간에 프랑스 땅을 떠나 독일로 가는 기차에 실려 사라졌다.

헤르만 괴링(독일 나치당 지도자. 독일을 나치 경찰국가로 만드는 데 핵심적인 역할을 했다)과 히틀러 총통은 로버트 렉터를 비롯해 저명한 프랑스 예술가들의 작품을 오랫동안 탐내왔다. 나치가 프랑스를 점령했을 당시 괴링이 가장 먼저 한 일은 '해로운 슬라브 예술가' 로버트 렉터를 체포하고 '민중을 보호'하기 위해 눈에 띄는 '퇴폐적인' 그림들을 모조리 몰수하는 것이었다. 압수된 그림들은 괴링과 히틀러의 개인 소장품에 편입됐다.

연합군의 진격 덕분에 감옥에서 풀려난 백작은 레이디 무라사키와 함께 구할 수 있는 모든 물건을 찾아 제자리에 돌려놨다. 그러나 렉터 백작이 다시 이젤 앞에 앉기 전까지 고용인들은 생계유지를 위해 별도의 일을 해야만 했다.

로버트 렉터는 조카를 방으로 데려다줬다. 그가 한니발을 위해 준비한 침실은 너럭하고 밝은 공간이었다. 딱딱한 돌벽은 생기를 더하고자 온갖 장식품과 포스터로 꾸며져 있었다. 한쪽 벽 위에는 검도용 호면과 십자형으로 교차한 죽도가 걸려 있었다. 만일 한니발이 말을 할수 있었다면 레이디 무라사키에게 인사를 드리러 갔을 것이다.

15

　방 안에 홀로 남겨진 지 1분도 채 되지 않아 누군가가 한니발의 방문을 두드렸다. 문 앞에는 귀밑으로 짧게 자른 단발머리를 한 한니발 또래의 일본인 소녀가 서 있었다. 레이디 무라사키의 몸종인 치요는 순식간에 한니발에 대한 평가를 마치고 매의 순막 같은 눈꺼풀을 내리깔았다.

　"레이디 무라사키께서 환영의 인사말을 전하십니다. 절 따라오세요……."

　치요의 태도는 공손하고 엄숙했다. 그녀는 한때 포도주를 압착하는 공간이었지만 지금은 목욕탕으로 쓰이는 별채로 한니발을 안내했다. 렉터 백작은 일본인 아내를 기쁘게 하고자 포도주 압착장을 일본식 목욕탕으로 개조했다. 구리 코냑 증류기를 개조해 만든 복잡한 보일러로 따뜻하게 데운 물이 압착통이었던 욕조에서 찰랑였다. 방에서는 나무 연기와 로즈마리 향이 풍겼고 욕조 옆에는 전쟁 중에 마당에 묻어 숨겨뒀던 은촛대가 세워져 있었다. 치요는 초에 불을 밝히지 않았다. 저택 내에서 한니발의 위치가 확실히 정해질 때까지는 전구만으로도 충분했다. 치요는 수건과 로브를 건네준 다음, 구석의 샤워장을 가리키며 말했다.

"먼저 여기서 몸을 씻어요. 욕탕에 들어가기 전에 구석구석 잘 문질러야 해요. 목욕을 끝내면 요리사가 준비한 오믈렛을 드시고, 그 후엔 반드시 쉬셔야 합니다."

치요가 미소를 지어 보이려는 듯 얼굴을 찡그리더니 욕조에 오렌지를 띄우고 목욕탕 밖에서 한니발이 옷을 벗어 건네주길 기다렸다. 한니발이 문틈으로 옷을 내밀자 치요는 엄지와 집게손가락으로 매우 조심스럽게 옷을 받아 들었다. 그러고는 다른 손에 쥐고 있던 막대기 위에 감아 걸치고 어둠 속으로 사라졌다.

한니발은 보육원 숙소에 있을 때처럼 갑자기 소스라

치며 번쩍 눈을 떴다. 온몸을 바짝 긴장시킨 채 자신이 있는 곳이 어딘지 파악하려 한참 동안 눈동자를 두리번거렸다. 그는 자신이 깨끗한 몸으로 깨끗한 침대 안에 누워 있음을 깨달았다. 여닫이창 너머에서 프랑스의 길고 긴 황혼이 어스름히 빛났다. 옆에 놓인 의자에 기모노가 걸려 있었다. 한니발은 옷을 걸쳤다. 발바닥에 닿는 복도의 시원한 돌바닥이 기분 좋게 느껴졌다. 돌계단은 렉터 성과 마찬가지로 움푹 닳아 있었다. 건물 밖으로 나가자 보랏빛 하늘이 펼쳐졌다. 부엌에서는 저녁을 준비하는 소리가 들렸다.

마스티프가 한니발을 보더니 몸을 일으키지도 않은 채 꼬리만 짧게 두 번 흔들었다. 목욕탕에서 일본 현악기 소리가 흘러나왔다. 한니발은 음악 소리가 나는 곳으로 걸음을 옮겼다. 안에서 새어 나오는 작은 빛에 먼지가 수북한 창문이 희미하게 빛났다. 그가 안을 들여다봤다. 치요가 욕조 옆에 얌전히 앉아 기다랗고 우아한 고토(거문고와 비슷한 일본 전통 악기) 줄을 뜯고 있었다. 한니발이 목욕할 때와는 달리, 촛불이 밝혀져 있었다. 온수기가 쿨럭, 하고 헐떡거렸다. 보일러의 불꽃이 딱딱 소리를 내더니 위쪽으로 솟구치기 시작했다. 레이디 무라사키가 마치 고니들이 묵묵히 헤엄치는 해자 위

를 떠다니는 수련처럼 탕 안에 몸을 담그고 앉아 있었
다. 한니발은 조용히 그 장면을 바라보며 고니가 날개를
펼치듯이 양팔을 들어 올렸다. 소년은 창가에서 물러
나 땅거미가 내려앉은 하늘을 가로질러 다시 방으로 돌
아왔다. 기묘한 감각이 온몸을 짓눌렀다. 한니발은 침대
속으로 기어들어갔다.

타다 남은 불씨가 부부 침실의 천장을 희미하게 밝혔
다. 어둠이 반쯤 내려앉은 방 안에서, 렉터 백작은 레이
디 무라사키의 손길과 목소리에 흥분하고 있었다. 그녀
가 말했다.

"그리웠어요. 당신이 감옥에 갇혔을 때처럼요. 오노노
코마치小野小町라는 천 년 전 우리 조상님의 시가 생각
났어요."

"으음……."

"그분은 아주 열정적인 여인이었답니다."

"그분이 뭐라고 했는지 궁금하군."

"시예요. 人にあはん 히토니아하무 / 月のなきには 츠키노
나키요와 / 思をきて 오모히오키테 / むねはしりひに 무네와
시리히니 / 心やけをり 고코로야케오리. 운율이 느껴져요?"

서양인인 로버트 렉터의 귀는 일본어 시 속에서 운율

을 느낄 수는 없었지만 그 운율이 어디에 닿아 있는지 느끼자 열정적으로 반응했다.

"오 이런, 아아! 그래, 무슨 뜻인지 말해주오."

"임 기다리며 달도 없는 이 밤에 번민하노니 가슴에 튄 불씨에 내 마음은 타누나."

"오, 맙소사. 세바."

아내의 더없이 절묘하고 섬세한 솜씨에 그는 앞뒤로 움직이기 시작했다.

저택의 홀, 늦은 시간을 알리는 커다란 괘종시계의 부드러운 종소리가 복도를 타고 울려 퍼졌다. 개집 안에서 뒹굴던 마스티프가 열세 번의 짧은 울음소리로 시계에 화답했다. 한니발은 깨끗한 침대 속에서 잠결에 온몸을 뒤척였다. 꿈이 찾아왔다.

헛간의 공기는 차갑고 아이들의 옷은 허리까지 벗겨져 있다. 푸른 눈과 거미손이 아이들의 팔을 주물럭거리며 살집을 감정한다. 뒤에 서 있는 이들은 차례를 기다리는 하이에나처럼 히죽거린다. 저 사람은 언제나 그릇을 들이민다. 미샤가 그들의 악취 나는 숨결을 피해 고개를 돌리며 콜록거린다. 몸이 불덩이 같다. 푸른 눈이 아이들의 목에 감겨 있는 사슬을 잡아당긴다. 얼굴에는 새 가죽을 갉아먹을 때 달라붙은 피와 깃털 자국이 선연하다. '밥그릇'의 일그러진 목소리.

"여자애로 해. 어차피 주우그으을 테니까. 남자애는 좀 더 오랫동안 신서어어어어언하게 살아 있을 거야."

푸른 눈이 소름끼치는 거짓 목소리로 속삭인다.

"자, 애야, 이리 와서 우리랑 같이 놀자. 이리 와서 우리랑 놀자!"

'푸른 눈'이 노래를 시작하자 '거미손'도 따라 부른다.

Ein Mannlein steht im Walde ganz still und stumm,
숲속에 말없이 홀로 서 있는 난쟁이 아저씨

Es hat von lauter Purpur ein Mantlein um
새빨간 외투를 둘렀네

'밥그릇'이 자기 밥그릇을 가져오고 '거미손'이 도끼를 집어 든다. '푸른 눈'이 미샤를 붙잡자 한니발이 소리 지르며 달려들어 '푸른 눈'의 뺨을 이로 물어뜯는다. 꼼짝 없이 붙들려 나가던 미샤가 몸을 비틀어 그를 똑바로 바라본다.

"미샤, 미샤!"

한니발의 비명이 복도를 쩌렁쩌렁 울리자, 렉터 백작과 레이디 무라사키가 황급히 한니발의 방으로 뛰어 들어왔다. 소년이 이로 베개를 물어뜯어 방 안 가득 깃털이 휘날렸다. 한니발은 으르렁거리다 비명을 지르고, 주먹을 휘두르면서 발을 버둥거리고, 이를 갈며 격렬하게 발작을 일으켰다. 렉터 백작이 온몸으로 소년을 붙잡아 누르고 팔다리에 담요를 둘러 진정하게 했다.

"자, 자, 괜찮다, 괜찮아."

한니발이 혀를 씹을까 걱정이 된 레이디 무라사키가 로브에서 허리끈을 풀어 한니발의 코를 꼭 쥐고 소년이 숨을 쉬려고 입을 벌린 순간 이 사이에 허리끈을 끼워 넣었다. 한니발은 죽음을 앞둔 작은 새처럼 온몸을 가느다랗게 떨며 누워 있었다. 레이디 무라사키가 로브 자락이 열려 환히 드러난 가슴에 격한 감정으로 축축해진 한니발의 얼굴을 꼭 껴안았다. 소년의 뺨에 깃털이 붙어 있었다. 그러나 막상 그녀가 말을 건넨 사람은 백작이었다.

"당신, 괜찮아요?"

16

한니발은 아침 일찍 일어나 침실용 탁자에 놓인 세숫
대야와 주전자를 이용해 세수를 했다. 대야에 담긴 물
위에 작은 깃털 하나가 둥둥 떠다녔다. 한니발은 어젯밤
일을 거의 기억하지 못했다. 희미하고 단편적인 장면과
소리가 어렴풋이 떠다닐 뿐이었다.

등 뒤에서 종이가 돌바닥 위를 사르륵 스치는 소리가
들리더니 문 아래 틈새로 살며시 봉투 하나가 들어왔
다. 쪽지에는 작고 연한 버드나무 가지가 붙어 있었다.
한니발은 두 손으로 카드를 얼굴에 바싹 가져다대고 읽
었다.

한니발, 염소시간에 내 방에 들러준다면 정말 기쁘겠구나(염소시간은 프랑스어로 아침 10시를 뜻한단다).

_무라사키 시키부

열세 살의 한니발 렉터는 앞머리에 물을 묻혀 살짝 뒤로 넘긴 채 객실 문 앞에 서 있었다. 안에서 악기 소리가 들렸다. 어젯밤 목욕탕에서 들었던 것과는 다른 음악이었다. 그는 문을 두드렸다.

"들어오렴."

한니발은 방 안으로 들어갔다. 객실은 작업실과 응접실이 반쯤 뒤섞인 분위기였다. 창가에는 자수틀이, 구석에는 서예용 이젤이 놓여 있었다. 레이디 무라사키는 낮은 찻상 앞에 앉아 있었다. 검은 머리칼은 말아 올려 상아색 머리핀으로 고정했다. 그녀가 꽃을 꽂을 때마다 기모노 소매가 사각거렸다.

모든 문화권에서 예의범절은 공통의 목적을 지니고 있다. 레이디 무라사키는 우아하고 절도 있는 몸짓으로 천천히 고개를 숙여 한니발을 맞이했다. 한니발은 아버지가 전에 가르쳐준 대로 허리를 굽혀 절했다. 향에서 흘러나오는 가느다란 푸른 연기가 저 멀리서 비상하는 새들처럼 창문 위로 흔들거렸다. 꽃을 든 레이디 무라사키의 팔에 푸르스름한 정맥 줄기가 엿보였다. 귀 안쪽은 불그스름한 분홍색이었다. 드리워진 발 너머에서 치요의 부드러운 현악 소리가 새어 나왔다.

레이디 무라사키는 한니발을 자신의 맞은편에 앉혔다. 듣기 좋은 알토 음의 목소리에 가끔 서양 사람들의 음계에서는 찾아볼 수 없는 독특한 어조가 묻어 나왔다. 한니발의 귀에 그녀의 목소리는 마치 바람에 딸랑이는 풍경 소리처럼 느껴졌다.

"프랑스어나 영어, 이탈리아어가 거슬린다면 일본어로 표현할 수도 있단다. 예를 들면 'きえうせる 기에우세루'처럼 말이야. '실종'이라는 의미지."

레이디 무라사키가 꽃줄기를 고정하더니 시선을 들어 한니발을 똑바로 바라봤다.

"내 고향인 히로시마는 한순간에 잿더미로 변해버렸어. 네가 살던 세계도 산산이 부서졌지. 그러니 이제 너와 나, 우리 둘이 힘을 합쳐 새로운 세계를 만들어 보자꾸나. 바로 지금, 이 방에서 말이야."

그녀는 옆에 놓인 받침대에서 꽃을 집어 들어 꽃병 옆 탁자 위에 올려놨다. 잎사귀들이 서로 부딪쳐 바스락거렸다. 레이디 무라사키가 한니발에게 꽃을 내밀자 소맷자락이 스치는 소리가 났다.

"한니발, 이 꽃은 어디에 꽂으면 좋을까? 네 마음에 드는 곳에 꽂으렴."

한니발은 꽃송이를 바라봤다.

"네가 지금보다 어렸을 때, 너희 아버지가 네가 그린 그림을 보내주신 적이 있지. 넌 무척 뛰어난 재능을 지녔어. 그림이 더 편하다면 종이를 사용하려무나."

한니발은 잠시 생각했다. 그는 꽃 두 송이와 칼을 집어 들고 둥그스름한 창문과 주전자가 걸려 있는 벽난로의 곡선을 바라봤다. 한니발은 꽃의 줄기를 짧게 자르고 꽃병에 꽂아 방 전체의 분위기와 꽃꽂이 형태에 동적인 조화를 더했다. 그는 탁자 위에 자른 줄기를 내려놨다. 레이디 무라사키는 만족한 듯 보였다.

"아아, 훌륭해. 이건 모리바나(바구니나 수반에 여러 가지 꽃을 수북하게 꽂는 꽃꽂이법)라고 한단다. 비스듬한 스타일이지."

그녀가 부드럽고 매끈매끈한 작약을 한니발의 손에 살며시 쥐어줬다.

"그렇다면 이 꽃은 어떨까? 어디다 꽂으면 좋겠니? 아니면 아예 사용하지 않는 편이 나을까?"

난로 위에 얹힌 찻주전자 안에서 물이 자글거리며 끓어오를 준비를 하고 있었다. 부글부글 물이 끓는 소리.

수면에 떠오르는 소용돌이. 한니발의 표정에 변화가 일었다. 방 안의 광경이 아득히 멀어졌다.

산장 안 난로 위에 얹혀 있는 미샤의 목욕통. 뿔이 난 작은 사슴 해골이 끓는 물속에서 빙빙 돌며 벽에 머리를 찧어댄다. 마치 그곳에서 탈출하고 싶다는 양. 소용돌이치는 물속에서 달각거리는 뼈.

한니발은 문득 정신을 차렸다. 탁자 위에 피 묻은 작약이 뒹굴고 있었다. 그 옆으로 달가닥 소리를 내며 손에서 칼이 떨어졌다. 한니발은 침착하게 자리에서 일어나 피가 흐르는 손을 붙잡고 등 뒤로 감췄다. 레이디 무라사키에게 고개를 숙여 인사한 다음 서둘러 방을 떠나려고 했다.

"한니발."

한니발은 문을 열었다.

"한니발."

레이디 무라사키가 재빨리 일어나 한니발에게 다가갔다. 그녀는 한니발에게 손을 내밀고 그의 눈을 들여다보며 손을 보여달라는 손짓을 해보였다. 레이디 무라사키는 피가 흐르는 한니발의 손을 부여잡았다. 그녀의 손

길이 한니발의 눈동자에 아로새겨지면서 소년의 동공
이 희미하게 커졌다.

"저런, 아무래도 상처를 꿰매야겠다. 세르주가 마을
병원에 태워다줄 거야."

한니발은 고개를 젓고 턱으로 자수틀을 가리켰다. 레
이디 무라사키는 확신이 들 때까지 소년의 얼굴을 뚫어
지게 응시했다.

"치요, 바늘과 실을 소독해 오렴."

치요가 펄펄 끓는 찻물로 소독해 김이 모락모락 올라
오는 바늘과 실을 상아 머리핀에 감아서 가져왔다. 레이
디 무라사키는 밝은 햇살이 드는 창가에서 한니발의 손
을 단단히 잡고 손가락을 여섯 바늘이나 꿰맸다. 그녀
의 하얀 비단 기모노에 빨간 핏방울이 똑똑 떨어졌다.
한니발은 레이디 무라사키가 손가락을 꿰매는 동안 그
녀를 물끄러미 바라봤다. 소년은 아픈 내색을 전혀 하
지 않았다. 무언가 다른 생각에 사로잡혀 있는 것처럼.

그는 머리핀에서 풀려나오는 팽팽한 실을 바라봤다.
바늘귀의 호선은 머리핀의 지름과 상관관계를 지니지.
눈 위에 흩어진 하위헌스의 책장들, 그 위에 달라붙은
뇌수 찌꺼기.

레이디 무라사키는 치요가 가져온 알로에 잎으로 한니발의 손을 싸맸다. 마침내 그녀가 손을 놓아주자 한니발은 찻상으로 다가가 작약을 집어 들고 줄기를 다듬었다. 그는 작약을 꽂아 세련된 형태의 꽃꽂이를 완성한 후 레이디 무라사키와 치요를 향해 고개를 돌렸다. 마치 잔잔한 수면에 잔물결이 일듯 한니발의 얼굴에 작은 변화가 일어났다. 그는 '감사합니다'라는 말을 입 밖으로 내어보려고 시도했다. 레이디 무라사키는 희미하지만 최고의 미소로 그의 노력에 화답했다. 하지만 그리 긴 시간을 주지는 않았다.

"나와 함께 뭘 보러 가지 않겠니, 한니발? 꽃을 좀 들어주련?"

두 사람은 다락방으로 향했다. 다락방 문은 한때 이 집의 다른 부분에 속해 있던 것으로 정면에 그리스 희곡 가면이 새겨져 있었다. 레이디 무라사키는 양초 등잔을 들고 300년이란 세월에 걸쳐 쌓인 골동품들을 지나 넓은 다락방 깊숙한 곳으로 한니발을 이끌었다. 수많은 트렁크, 크리스마스 장식, 고리버들 가구, 정원용 장식, 가부키와 노(일본의 전통 연극의 하나)에 쓰이는 의복과 일렬로 걸린 실제 사람 크기의 축제용 마리오네트가 차례로 두 사람을 스쳐 지나갔다.

문에서 멀리 떨어진 지붕창의 검은 가리개 아래 희미한 빛이 떠돌았다. 레이디 무라사키가 창문 반대편에 마련된 신단 위에 양초를 올려놨다. 제단 위에는 레이디 무라사키와 한니발의 조상 사진이 놓여 있었고 그 옆에는 종이학이, 헤아릴 수 없을 만큼 많은 종이학이 날개를 펼친 채 공중에서 날갯짓을 하고 있었다. 한니발 부모님의 결혼사진도 있었다. 한니발은 촛불에 의지해 어머니와 아버지의 얼굴을 가까이 들여다봤다. 어머니의 얼굴은 무척 행복해 보였다. 불꽃이라고는 그가 든 촛불뿐이었다. 어머니의 옷은 불타고 있지 않았다.

그 순간 한니발은 옆에서 자신을 내려다보는 어렴풋한 형체를 느끼고 어둠 속을 노려봤다. 레이디 무라사키가 지붕창을 가리고 있던 블라인드를 걷자 아침 햇살이 쏟아져 들어왔다. 햇살은 한니발과 어둠 속에 모습을 감추고 있던 존재를 천천히 빛에 노출시켰다. 두꺼운 경갑, 철 부채와 손목 가리개, 흉갑을 거쳐 마지막으로 사무라이의 철제 면구와 작은 뿔이 달린 투구가 눈에 들어왔다. 갑주는 높은 연단 위에 앉아 있었다. 앞에 놓인 받침대에는 사무라이의 무기인 대도와 소도, 단도와 전투 도끼가 놓여 있었다.

"꽃은 여기다 놓는 게 좋겠다."

레이디 무라사키가 한니발 부모의 사진 앞을 치우며
말했다.

"난 여기서 널 위해 기도하곤 했단다. 너도 너 자신을
위해 기도하렴. 돌아가신 가족들의 영혼에게 힘과 지혜
를 베풀어달라고 말이다."

한니발은 정중한 마음으로 제단 앞에 고개를 숙였다.
옆에 놓인 갑옷에서 스멀거리며 흘러나오는 거대한 기운
이 자신을 끌어당기는 것 같았다. 한니발이 무기를 만져
보려 하자 레이디 무라사키가 손을 들어 가로막았다.

"이 갑옷은 전쟁이 일어나기 전, 외교관이셨던 우리
아버지가 파리 주재 대사관에 놓아뒀던 것이란다. 전쟁
이 일어났을 때 독일군의 눈을 피해 여기에 숨겼지. 내
가 여기에 손을 댈 수 있는 건 1년에 딱 한 번뿐이야.
우리 증고조 할아버지의 생신 때인데, 그분의 갑주와 무
기를 닦을 수 있는 영광을 받들어 매년 동백기름과 정
향기름으로 깨끗이 손질하지. 정말 멋진 향이 난단다."

레이디 무라사키가 유리병의 마개를 뽑아 한니발의
코밑에 대줬다. 갑주 앞에 마련된 단에는 두루마리가
하나 놓여 있고, 갑옷을 입은 사무라이가 가신들과 회
의하는 장면이 보이도록 끄트머리가 조금 펼쳐져 있었
다. 레이디 무라사키가 신단을 정리하는 틈을 타서 한

니발은 두루마리를 펼쳐봤다. 갑옷을 갖춰 입은 사람이 적들의 수급을 늘어놓는 의식을 하고 있었다. 각각의 머리에는 죽은 자의 이름이 적힌 꼬리표가 달려 있었다. 대개는 머리카락에, 대머리일 때에는 귀에 매달려 있었다. 레이디 무라사키가 차분한 몸짓으로 한니발의 손에서 두루마리를 빼앗아 들고는 다시 둥글게 말아 갑옷을 걸친 조상의 그림만을 보여줬다.

"이건 오사카 성 전투가 끝난 후의 모습이야. 네가 좋아할 만한, 더 적당한 다른 두루마리를 찾아보자. 한니발, 네가 너희 아버지처럼, 네 삼촌처럼 훌륭한 어른으로 자라준다면 네 삼촌과 나는 무척 기쁠 거야."

한니발이 무언가를 묻는 듯한 시선으로 갑옷을 쳐다봤다. 한니발의 얼굴에서 질문을 읽은 레이디 무라사키가 말했다.

"저분처럼 말이니? 그래, 어떤 면에서는 그것도 좋겠지. 하지만 저분보다는 좀 더 따스하고 인정 많은 사람이 되면 좋겠다."

그녀는 마치 갑옷이 하는 말을 듣기라도 한 양 흘깃 눈길을 보내더니 한니발에게 미소를 지어 보였다.

"물론 조상님 앞에서 그런 말을 일본어로 하지는 않겠지만 말이야."

레이디 무라사키가 손에 등잔을 들고 가까이 다가섰다.

"한니발, 악몽의 땅은 잊어버리렴. 넌 네가 원하는 거라면 뭐든지 될 수 있어. 이제 그만 꿈의 다리를 건너 나와 함께 가자꾸나."

레이디 무라사키는 어머니와 달랐다. 그녀는 그의 어머니가 아니었다. 하지만 한니발은 진심으로 그녀를 느낄 수 있었다. 한니발의 진지한 눈빛에 레이디 무라사키는 다소 불편해졌는지 분위기를 바꾸려 했다.

"꿈의 다리는 어디로든 이어질 수 있단다. 하지만 제일 먼저 의사의 진찰실을 지나가지. 그다음에는 학교로 이어져."

레이디 무라사키가 말했다.

"나와 함께 그 다리를 건너겠니?"

한니발은 그녀의 뒤를 따랐다. 하지만 그전에, 그는 수많은 꽃 중에서 피 묻은 작약을 집어 갑옷 앞의 단 위에 올려놨다.

17

J. 뤼팽 박사는 시내에 있는 작은 정원이 딸린 주택에서 환자들을 진찰했다. 현관에 달린 수수한 현판에는 프랑스어로 그의 이름과 학위가 적혀 있었다.

DOCTEUR EN MÉDECINE, PH.D., PSYCHIATRE
의학 박사, 정신과의

렉터 백작과 레이디 무라사키는 환자들 틈에 끼어 대기실의 긴 의자에 앉아 있었다. 환자 중 몇 명은 아무래도 가만히 앉아 있지 못하는 병을 앓고 있는 듯했다. 안쪽에 있는 진찰실은 빅토리아풍으로 꾸며져 있었다. 벽난로 맞은편에는 두 개의 팔걸이의자와 술 달린 모포를 덮은 긴 안락의자가, 창가에는 진찰대와 스테인리스 소독기가 놓여 있었다. 턱수염을 기른 중년의 뤼팽 박사와 한니발은 팔걸이의자에 자리를 잡고 앉았다. 그는 한니발에게 낮고 상냥한 목소리로 말했다.

"한니발, 저 메트로놈을 쳐다봐라. 흔들, 흔들, 흔들…… 이제 내 목소리를 잘 들으렴. 넌 곧 최면에 빠질 거야. 네게 말을 하라고 강요하지는 않겠지만 어떻게든 입으로 소리를 낼 수 있으면 좋겠구나. 먼저 '그렇다'와 '아니다'를 표현해보자. 자, 너는 마음이 평온하다……. 온몸이 날아갈 듯 가볍다……."

두 사람 사이에 놓인 탁자 위에서 똑딱똑딱 메트로놈의 추가 흔들렸다. 벽난로 선반 위에서는 12궁도와 천사가 그려진 시계가 똑딱거리고 있었다. 뤼팽 박사가 말하는 동안 한니발은 메트로놈과 시계의 박자 소리를 비교했다. 두 개의 똑딱 소리가 주기적으로 겹쳐졌다 어긋나기를 반복했다.

'두 소리가 겹치는 주기를 계산하고 흔들리는 메트로놈의 길이를 측정한다면 시계 안에 들어 있는 보이지 않는 추의 길이를 계산해낼 수 있을까?'

잠시 후 한니발은 가능하다는 결론을 내렸다. 뤼팽 박사는 여전히 말을 하고 있었다.

"입으로 소리를 내는 거다, 한니발. 어떤 소리든 괜찮아."

한니발은 메트로놈에서 눈을 떼지 않은 채, 혀와 아랫입술 사이로 공기를 내뿜어 픽, 하고 낮은 방귀 소리를 냈다. 뤼팽 박사가 말했다.

"아주 잘했다. 넌 지금 최면에 빠져 있다. 마음이 고요하고, 평온하다. '아니'라는 말을 하고 싶을 때는 무슨 소리를 내야 할까? 한니발, '아니'라고 해보렴. 아니다."

한니발은 아랫입술을 안쪽으로 말아 이로 물었다. 그러고는 뺨을 부풀려 잇몸 사이로 공기를 내보내 높고 날카로운 소리를 냈다.

"그래, 그게 바로 의사소통이란다, 한니발. 넌 의사소통을 할 수 있어. 그렇다면 이제 좀 더 깊은 이야기를 나눌 준비가 된 것 같니?"

긍정하는 한니발의 대답은 대기실까지 들릴 정도로 컸다. 환자들이 불안한 눈길을 교환했다. 렉터 백작은 다리를 꼬며 헛기침을 했고 레이디 무라사키는 아름다운 눈동자를 천천히 천장을 향해 치켜떴다. 정신이 약간 이상한 듯한 환자가 재빨리 말했다.

"내가 안 뀌었어."

뤼팽 박사가 말했다.

"한니발, 네가 밤에 잠을 잘 자지 못한다는 걸 안다. 지금 너는 고요하고 평화로운 최면 상태에 있단다. 꿈속에서 뭐가 보이는지 말해줄 수 있겠니?"

한니발은 시계의 똑딱 소리를 생각하며 반사적으로 핏, 소리를 냈다. 로마 숫자가 새겨진 진찰실 시계에는 'IIII'가 아니라 'IV'가 새겨져 있어 자판 반대쪽의 'VIII'과 조화를 이뤘다. 한니발은 이 시계가 '5'를 의미하는 종소리와 '1'을 의미하는 종소리가 따로 울리는 로마식 괘종시계일지 궁금했다. 의사가 한니발에게 종이를 건네줬다.

"꿈속에 나타나는 것들을 적을 수 있겠니? 동생의 이름을 부른다면서? 꿈에 동생이 나오니?"

한니발이 고개를 끄덕였다. 렉터 성에는 로마식으로 종을 울리는 시계와 그렇지 않은 시계가 섞여 있었다. 하지만 로마식 시계에는 모두 'IIII' 대신 'IV'가 새겨져 있었다. 한번은 자코브 선생이 시계를 열고 그 내부 장치를 설명하며 조지프 닙(잉글랜드 출신의 유명한 시계 장인)과 그의 초기작인 로마식 시계에 관해 설명해준 적도 있었다. 어쩌면 마음속 '시계의 홀'에 들어가 시계의 탈진기를 잠시 살펴보는 것도 좋을 것 같았다. 한니발은 즉시 궁전으로 들어갈까 했지만 그렇게 되면 뤼팽 박사는 계속해서 소리를 질러대야 할 것이다.

"한니발, 한니발, 동생을 마지막으로 봤을 때를 떠올려보렴. 뭐가 보이는지 여기다 적을 수 있겠니? 네가 뭘 봤다고 생각하는지 적어보겠니?"

한니발은 메트로놈과 시계추의 박자를 한꺼번에 세며 종이를 쳐다보지도 않고 손을 놀려 적었다. 종이를 본 뤼팽 박사는 자신감을 얻은 것 같았다.

"동생의 이를 봤다고? 빠진 이 말이냐? 그걸 어디서 봤니, 한니발?"

한니발은 손을 뻗어 메트로놈의 진자를 붙잡고 길이를 눈여겨본 다음 추가 어디에 달렸는지 살펴봤다. 그는 종이에 썼다.

"변소 구덩이에서요, 박사님. 시계 뒤를 열어봐도 괜찮을까요?"

한니발은 다른 환자들과 함께 대기실에서 기다렸다.

"네가 방귀 뀌었지? 난 아니란 말이야."

정신이 이상한 환자가 다시 말했다.

"순순히 부는 게 좋을걸. 근데 껌 가진 거 있어?"

"동생에 관해 더 물어봤지만 마음을 닫아버리더군요."

뤼팽 박사가 말했다. 진찰실 의자에 앉아 있는 레이디 무라사키의 뒤에는 백작이 서 있었다.

"솔직히 말하자면, 한니발 군이 왜 말을 할 수 없는지 원인을 찾을 수가 없습니다. 진찰 결과, 신체적으로는 아주 건강합니다. 머리에 흉터가 있긴 하지만 심각한 골절을 당한 흔적도 없고요. 단지 두뇌의 양쪽 반구가 서로 독립적으로 활동하고 있는 것 같습니다. 머리에 심한 외상을 입었을 때 그런 증상이 일어나기도 합니다. 양쪽 반구 사이의 소통이 불안정해지는 겁니다. 한니발 군은 한 번에 여러 생각의 흐름을 따라가면서도 아무런 불편함을 느끼지 않고, 그중에서도 언제나 자신을 즐겁게 하는 생각에 머무르려는 경향이 있습니다. 목에 있는 흉터는 얼어붙은 사슬 때문에 피부가 뜯겨나간 겁니다. 전쟁이 끝난 후 수용소에서 풀려난 사람들에게서 자주 봤어요. 한니발 군은 동생에게 무슨 일이 있었는지 말하지 않을 겁니다. 사실 무슨 일이 있었는지 무의식적으로나마 알고 있을 확률이 높습니다만, 이 점을 유념하십시오. 사람의 마음이란 자신이 감당할 수 있는 것만을 나름의 속도에 맞춰 기억합니다. 그 기억을 극복할 수 있는 때가 오면 한니발 군도 잃어버린 기억을 되

125

찾을 수 있을 겁니다. 한니발 군을 너무 힘겹게 몰아붙이고 싶지는 않군요. 그리고 최면요법은 실패했어요. 불행한 기억을 너무 빨리 끄집어내게 되면 고통에서 벗어나려고 영원히 마음을 닫아버릴지도 모릅니다. 두 분이 한니발 군을 맡으실 생각인가요?"

"예."

두 사람이 재빨리, 거의 동시에 대답했다. 뤼팽은 고개를 끄덕였다.

"한니발 군을 한 가족처럼, 최대한 가깝고 친밀하게 대해주십시오. 한번 그런 유대감이 구축되고 나면 한니발 군은 두 분이 상상도 못 할 정도로 두 분께 애착을 느끼게 될 겁니다."

18

프랑스 에손(프랑스 중북부에 위치한 일드프랑스 주의 한 지역)에 여름이 무르익었다. 공기 중에 꽃가루가 휘날리고 갈대밭에는 오리들이 뒤뚱거렸다. 한니발은 여전히 말문을 닫은 채로 지냈지만, 다시는 자면서 꿈을 꾸지 않았고 열세 살 소년다운 왕성한 식욕을 자랑했다.

한니발의 삼촌 로버트 렉터는 한니발의 아버지보다 정이 많고 덜 엄숙한 사람이었다. 그는 소위 예술가의 무모함을 지녔는데, 시간이 지날수록 점차 나이 든 사람 특유의 무모함과 뒤섞이는 경향이 있었다.

저택의 지붕에는 걸어 다닐 수 있는 전망대가 있었다.

지붕 밑 골에 꽃가루가 모여들어 부드러운 이끼 위로 흘러들고, 거미들이 꽃가루의 기류를 타고 사뿐히 뛰어다녔다. 지붕 위에 오르면 숲 사이로 흐르는 은빛 강줄기가 한눈에 들어왔다.

백작은 큰 키에 호리호리했으며 밝은 햇빛 아래에 서면 피부가 회색으로 보였다. 난간을 짚은 손은 가늘었지만 한니발 아버지의 손과 닮아 있었다. 그가 말했다.

"우리 가문 사람들은 좀 독특한 데가 있단다, 한니발. 우린 그 사실을 어린 시절에 깨닫지. 아마 너도 지금쯤은 알고 있으리라 믿는다. 조금 힘겹게 느껴질지 몰라도 시간이 지나면 곧 익숙해진단다. 넌 가족과 집을 잃었지만, 네게는 나와 세바가 있어. 아, 세바! 정말 아름다운 사람이지 않니? 25년 전, 내가 도쿄에서 전시회를 열었을 때였어. 세바의 아버지가 세바를 전시회에 데려왔지. 정말이지 그렇게 예쁜 아이는 평생 처음 봤다. 그러다 15년 후에 그가 프랑스 대사로 임명되면서 세바도 같이 파리로 건너왔지. 나는 그때 내게 온 행운을 믿을 수가 없었단다. 그래서 당장 대사관에 달려가 신도(일본 토착의 자연 종교)로 개종하고 싶다고 말했어. 하지만 세바의 아버지는 단순히 종교의 문제가 아니라고 하더구나. 그는 끝까지 나를 사위로 인정하지 않았지만 내 그림만은 무척 좋아했단다. 그래, 그림! 자, 이쪽으로 오렴. 여기가 내 작업실이란다."

그곳은 저택의 꼭대기 층에 있는, 온통 흰색으로 칠해진 커다란 방이었다. 아직 작업 중인 작품들이 걸린 이젤이 방안 여기저기 흩어져 있었고 벽에는 더 많은 그림이 세워져 있었다. 낮은 단 위에는 긴 의자가 있었는데 그 옆의 옷걸이에는 기모노가 걸려 있었다. 바로 그 옆에 놓인 이젤에는 천으로 덮인 캔버스가 놓여 있었다. 두 사람은 작업실 옆에 붙은 방으로 들어갔다. 커다란 이젤에 하얀 종이가 준비돼 있었고 목탄과 물감 몇 개가 보였다. 백작이 말했다.

"여긴 널 위해 만든 곳이란다. 네 작업실이야. 여기에 서라면 마음의 안정을 찾을 수 있을 거다. 한니발, 감정이 폭발할 것 같을 때면 그림을 그려라! 뭐든 그리는 거야! 팔을 크게 휘둘러 다양한 색깔을 칠해. 예쁘거나 멋지게 그리려고 할 필요도 없다. 그런 건 세바를 쳐다보기만 하면 얻을 수 있으니까."

백작은 숲과 그 사이를 흐르는 강 너머를 향해 시선을 돌렸다.

"그럼 점심때 보자꾸나. 브리기테 부인에게 모자를 찾아달라고 해. 오후에는 뱃놀이를 하러 가자. 네 수업이 끝나고서 말이야."

백작이 나간 후에도 한니발은 곧장 이젤로 다가가지 않았다. 그는 작업실을 어슬렁거리며 백작의 그림들을 구경했다. 한니발은 긴 의자에 손을 짚고, 팔걸이에 걸려 있는 기모노를 집어 들어 얼굴로 가져갔다. 천으로 덮인 이젤 앞에 서서 천 자락을 들췄다. 백작은 긴 의자에 알몸으로 누워 있는 레이디 무라사키를 그리는 중이었다. 그림이 살짝 팽창된 한니발의 눈동자 속으로 파고들었다. 밝은 빛이 홍채 안에서 춤을 추고 그의 칠흑 같은 밤 속에 반딧불이가 반짝였다.

가을이 찾아왔다. 레이디 무라사키는 가을벌레의 울음소리를 만끽하며 중추의 만월을 음미할 수 있게 정원에 저녁 식사를 준비했다. 그들은 달이 떠오르기를 기다렸다. 치요가 어둠 속에서 현악기를 켜자 귀뚜라미가 입을 다물었다. 비단 자락이 스치는 소리와 향기 덕분에 한니발은 레이디 무라사키가 어디 있는지 언제나 정확하게 알 수 있었다. 프랑스의 귀뚜라미는 일본의 방울벌레, 그러니까 스즈무시에는 미치지 못하지만 그래도 운치가 있다고 백작이 한니발에게 설명했다. 그는 전쟁전 레이디 무라사키를 위해 몇 번이고 일본에 사람을 보내 스즈무시를 구해 오려고 했지만 스즈무시는 긴 여정을 견뎌내지 못했다고 했다. 그는 아내에게 그 사실을 결코 말하지 않았다.

고요한 밤, 가을비로 축축해진 대기 속에서 그들은 향기 맞추기 게임을 했다. 한니발이 운모 조각 위에 다양한 종류의 나뭇가지와 향을 태우면 치요가 냄새의 정체를 알아맞혔다. 때로 레이디 무라사키는 치요가 냄새에 집중할 수 있도록 고토를 켰는데, 한니발은 이해하지 못하는 음악으로 힌트를 주기도 했다.

한니발은 시험 삼아 마을 학교에 입학했다. 말을 할 수 없는 소년은 곧 학생들에게 호기심의 대상이 됐다. 학교에 간 지 이틀째 되던 날, 시골뜨기 상급생 하나가 어린 신입생에게 침을 뱉자 한니발은 그 학생의 꼬리뼈와 코를 부러뜨렸다. 그는 집으로 돌아가야 했다. 한니발의 표정에는 시종일관 아무런 변화도 없었다.

그 뒤로 한니발은 집에서 치요의 수업을 함께 들었다. 치요는 몇 년 전 한 일본 외교관 가문의 아들과 약혼한 사이였고, 열세 살이 된 지금 레이디 무라사키에게 여러 가지 필수적인 예절을 전수받고 있었다. 레이디 무라사키의 수업 방식은 자코브 선생과는 무척 달랐지만 독특한 매력을 지닌다는 점에서 자코브 선생의 수학 수업을 연상하게 했다. 한니발은 거기에 매료됐다.

객실 창가의 쏟아지는 햇살 아래 레이디 무라사키는 신문지 위에 글씨를 쓰며 서예를 가르쳤고, 커다란 붓으로도 감탄사가 새어 나올 만큼 섬세한 필체를 표현했다. 그녀는 영원을 상징하는 삼각형 모양의 한자漢字를 그려 넣은 다음 만족스러운 듯 응시했다. 우아한 글자 아래 '뉘른베르크 재판에 회부된 의사들'이라는 신문의 표제가 보였다. 레이디 무라사키가 말했다.

"이것은 영자팔법(붓글씨로 한자를 쓸 때 자주 나오는 획의 종류, 여덟 가지를 '永' 자로 설명하는 것)이라고 한단다. 한번 해보렴."

수업이 끝나면 레이디 무라사키와 치요는 종이학을 접어 다락에 있는 제단에 바쳤다. 한니발도 종이를 집어 들었다. 치요의 의아한 눈빛이 레이디 무라사키를 향하자 한니발은 순간적으로 소외감을 느꼈다. 아마도 그녀는 나중에 외교적 상황에서라면 절대 용납되지 않을 잘못을 저지른 데 대해 치요를 꾸짖었을 것이다. 레이디 무라사키가 그에게 가위를 건네며 설명했다.

"히로시마에 치요의 사촌이 살고 있단다. 사다코라고

하지. 사다코는 방사능에 피폭돼 죽어가고 있어. 그 아이는 종이학 천 개를 접으면 자신이 살 수 있다고 믿지. 하지만 그 애에겐 그럴 힘이 없어서 우리가 대신 종이학을 접어 도와주는 거란다. 이 학이 정말 효험이 있을지는 확실하지 않아. 그래도 이렇게 학을 접는 동안에는 그 아이를, 그리고 전쟁으로 죽어가고 있는 다른 모든 사람을 가슴속 깊이 떠올리게 되지. 우릴 위해 종이학을 접어주렴, 한니발. 우리도 널 위해 종이학을 접을 테니. 그러니 우리 함께 사다코를 위해 종이학을 접자꾸나."

19

마을에는 목요일마다 장이 섰다. 분수대와 포슈 원수
(페르디낭 포슈. 제1차 세계대전의 승리에 공을 세운 프랑스 육군
원수이자 연합군 사령관) 동상 주위에 파라솔이 늘어서면
바람결에 피클의 짜디짠 식초 냄새가 섞여들었고 해초 위
에 진열된 생선과 조개들이 신선한 바다 냄새를 풍겼다.

몇몇 라디오가 서로 경쟁을 벌이듯 음악을 뱉어냈다.
구치소를 밥 먹듯 들락날락거리는 풍금 연주자와 그의
원숭이는 오늘도 유치장에서 아침 식사를 해결하고 나
와 거리에서 〈파리의 다리 밑(파리의 다리 밑을 오가는 사
람들과 가난한 연인들의 모습을 그린 왈츠풍의 샹송)〉을 연주

하고 있었다. 누군가 포도주 한 잔과 땅콩과자를 내밀
자 풍금 연주자는 포도주를 단숨에 벌컥 들이마시더니
땅콩과자를 절반으로 쪼갰다. 원숭이는 작고 영악한 눈
을 굴리며 주인이 먹을 것을 넣어두는 주머니를 노렸다.
경관 두 명이 여느 때처럼 음악가에게 설교와 경고를
잔뜩 늘어놨지만 헛수고라는 걸 깨닫고는 패스트리 가
판대로 발을 옮겼다.

레이디 무라사키의 목적은 최고의 채소 가게에서 레
짐 블로, 즉 고비를 사는 것이었다. 고비는 백작이 특히
좋아하는 것이었는데 금세 동이 나버리곤 했다. 한니발
은 바구니를 들고 그녀의 뒤를 따랐다. 그는 걸음을 멈
추고 치즈 상인이 기름 먹인 피아노 줄로 커다랗고 둥
근 그라나 치즈 덩어리 자르는 모습을 구경했다. 상인은
소년에게 치즈 한 조각을 공짜로 주며 레이디 무라사키
에게 잘 말해달라고 부탁했다. 아무리 둘러봐도 진열대
에 고비가 보이지 않았다. 레이디 무라사키가 채소 가
게 주인에게 막 물어보려는 찰나, 상인이 카운터 밑에서
돌돌 말린 잎이 가득 담긴 바구니를 꺼냈다.

"마담, 이건 햇빛 아래 내둘 수 없는 최상급 상품이라
마담이 오실 때까지 천으로 고이 덮어놨습죠. 진짜
아침 이슬만 먹고 자란 녀석이랍니다."

채소 가게 맞은편에서는 정육점을 운영하는 폴 모뭉이 피 묻은 앞치마를 두르고 앉아 닭고기를 손질하고 있었다. 내장은 양동이에 던져 넣고 모래주머니와 간은 따로 다른 그릇에 분류했다. 근육질의 체구 좋은 푸주한은 팔뚝에 문신을 새겨 넣었는데, 붉은 체리와 'Voici la Mienne, où est la Tienne내 건 여기 있다. 네 건 어디 있지?'라는 문구였다. 체리에 칠해진 붉은 물감은 바래서 폴의 손에 묻어 있는 선명한 피보다 희미했다. 푸주한의 동생은 형보다 손님을 다루는 데 능숙했기에 '모뭉 정육점, 양질의 고기'라는 표지 아래에서 카운터를 맡았다. 폴의 동생이 이번에는 거위를 가져왔다. 폴은 옆에 놓인 마르(포도 찌꺼기로 만든 브랜디) 병을 집어 들고 한 모금 마시더니 피 묻은 손으로 얼굴을 닦았다. 뺨에 피와 깃털 자국이 남았다.

"천천히 해. 아직 날은 길다고."

동생의 말에 폴이 거칠게 대꾸했다.

"그럼 네가 이 빌어먹을 것을 손질하지 그래? 너라면 깃털을 뽑다가 날개까지 뜯어 먹을 거다."

한니발이 진열대에 걸려 있는 돼지머리를 보고 있는데 폴의 목소리가 들렸다.

"어이, 거기 일본 년!"

채소 가게 주인이 말했다.

"제발, 이 양반아. 그런 말을 하다니!"

폴이 다시 말했다.

"야, 일본 년. 네년들 보지는 가새표처럼 생겼다며? 거시기 털도 반듯하니 쭉쭉 뻗었다며?"

그때 폴의 얼굴이 한니발의 눈에 들어왔다. 깃털이 묻은 피투성이 얼굴. 마치 '푸른 눈' 사내처럼. 새 가죽을 뜯어 먹던 그 '푸른 눈' 사내처럼. 폴이 동생을 돌아봤다.

"내가 얘기 하나 해줄까? 마르세유에 일본 창녀가 하나 있었는데, 걔랑 하면 완전히……."

양다리 하나가 폴의 얼굴을 강타했다. 내장이 담긴 양동이 위로 쓰러진 폴에게 달려든 한니발이 정신없이 양다리를 내리쳤다. 무기가 손에서 미끄러지자 칼을 찾아 조리대를 더듬었다. 손에 아무것도 잡히지 않자 이번에는 닭의 내장을 움켜쥐고 폴의 얼굴에 짓뭉갰다. 푸줏간 주인이 피 묻은 커다란 손으로 소년을 후려쳤다. 폴의 동생이 한니발의 뒤통수를 발로 걷어차더니 카운터에서 고기 다지는 기구를 집어 들었다. 레이디 무라사키가 나는 듯이 달려와 몸을 밀치며 소리쳤다.

"기아이氣合!"

그녀가 커다란 식칼을 푸주한 동생의 목에 대고 눌렀

다. 그가 돼지를 잡을 때 찌르는 바로 그 위치였다.

"움직이지 마!"

그들은 오랫동안 그 상태로 얼어붙어 있었다. 경관들이 호루라기를 불며 달려왔다. 폴의 커다란 손은 한니발의 목을 조르고 있었고, 그 동생은 목에 닿는 날카로운 쇠붙이를 힐끔거리고 있었으며, 한니발은 등을 탁자에 대고 누워 있었다. 경관 둘이 바닥에 널브러진 내장을 헤치며 다가와 폴과 한니발을 떼어냈다. 그중 하나가 한니발을 안아 가게 반대쪽에 내려놨다. 한니발의 목소리는 너무나도 오랫동안 사용하지 않은 탓에 녹이 슬어 있었다. 하지만 푸주한은 소년의 목소리를 똑똑히 들었다. 한니발은 조용하고 침착한 어조로 중얼거렸다.

"짐승."

욕설이라기보다 마치 품종을 분류하는 듯한 말투였다.

광장 맞은편에 있는 경찰서 접수대에 경사가 서 있었다. 경찰서장은 제복이 아니라 구겨진 여름 양복을 입고 있었다. 쉰 정도의, 전쟁에 찌든 중년 사내였다. 서장실에서 그는 한니발과 레이디 무라사키에게 의자를 권한 다음 자신도 책상 앞에 앉았다. 책상 위에는 친자노(이탈리아산 베르무트 술) 상표가 붙은 재떨이와 복통약인 클란

조플라 병 말고는 아무것도 없었다. 서장이 레이디 무라사키에게 담배를 권했지만, 그녀는 거절했다. 시장에서 봤던 경찰 둘이 노크를 하고 들어와 벽에 등을 대고 똑바로 서서 레이디 무라사키를 힐끔거렸다.

"자네들에게 덤벼들거나 반항한 사람은 없었나?"

경찰서장이 물었다.

"없었습니다."

서장이 부하들에게 보고를 시작하라는 손짓을 보냈다. 나이 많은 경관이 수첩을 꺼내 들었다.

"채소 장수 말이 푸줏간 주인이 정신이 나가서 먼저 칼을 들려고 했답니다. 다들 죽이겠다면서요. 심지어 성당 수녀들까지 죽이겠다고 했다는군요."

서장은 인내심을 발휘하며 천장을 향해 눈동자를 굴렸다.

"정육점 주인은 비시vichy 부역자라서 다른 주민들도 다들 싫어하지요."

서장이 말했다.

"그 사람 문제는 제가 해결하도록 하겠습니다. 무례한 언사에 대해서는 제가 대신 사과드리죠, 레이디 무라사키. 자, 꼬마 도련님, 만일 또 누가 여기 계신 부인을 모독한다면 다음번에는 내게 오너라. 내 말 알아듣겠니?"

한니발은 고개를 끄덕였다.

"이 마을에서는 누구도 다른 사람을 공격해서는 안 돼. 나라면 모를까."

경찰서장은 자리에서 일어나 소년의 뒤에 섰다.

"실례합니다, 마담. 한니발, 날 따라와라."

레이디 무라사키가 경관을 올려다보자 그는 고개를 살짝 저었다. 서장은 한니발을 경찰서 안쪽으로 데려갔다. 거기에는 유치장 두 칸이 있었는데, 한 칸에는 술 취한 주정뱅이가 잠들어 있고 다른 한 칸은 조금 전까지 풍금 연주자가 원숭이와 함께 머물렀던 곳이었다. 바닥에 아직 물그릇이 남아 있었다.

"저기 들어가거라."

한니발은 감방 안에 들어갔다. 경찰서장이 문을 닫았다. 텅, 하는 소리가 커다랗게 울려 퍼지자 놀란 주정뱅이가 입맛을 다시며 뒤척였다.

"바닥을 봐라. 널빤지가 얼룩덜룩하니 이상하게 뒤틀린 게 보이지? 왜 그렇게 됐는지 아니? 왜냐하면 눈물에 푹 절었기 때문이다. 이제 이 문을 보렴. 자, 봐. 안에서는 절대로 안 열리지. 욱하는 성질은 가끔은 써먹을 데가 있을지 몰라도 아주 위험하단다. 분별력을 키우면 다시는 여기 들어올 일이 없을 거야. 널 그냥 보내주는 건 이번 한 번뿐이다. 알았지? 다시는 이러면 안 돼. 다른 사람을 고깃덩어리로 두들겨 패면 안 된다."

서장은 레이디 무라사키와 한니발을 그들의 차가 있는 곳까지 바래다줬다. 한니발이 차에 올라타고 레이디 무라사키는 서장과 잠시 대화를 나눴다.

"서장님, 제 남편에게는 이 일을 비밀로 해주시면 감사하겠어요. 뤼팽 박사께 여쭤보면 그 이유를 말해주실 겁니다."

그는 고개를 끄덕였다.

"만약 백작님이 물으시면 술 취한 사람들끼리 시비가 붙어 싸움이 일어났고, 아이가 어쩌다 거기 휘말렸다고 하지요. 백작님이 건강이 안 좋으시다니 정말 유감입니다. 그것만 아니면 세상에서 가장 운 좋은 분이라고 해도 과언이 아닌데 말입니다."

렉터 백작은 원래 저택에 틀어박혀 그림에만 전념하는 사람이기에 평생 이 사건을 모르고 지나갈 수도 있었다. 하지만 공교롭게도 그날 저녁 백작이 시가를 피우고 있을 때, 마을에 갔던 세르주가 석간신문을 가지고 돌아와 백작에게 불려갔다.

금요일, 한니발이 사는 마을에서 15킬로미터 정도 떨

어진 곳에서 장이 열렸다. 폴 모뭉이 양의 몸통을 가게로 나르고 있을 때였다. 밤새 잠을 설친 듯 초췌한 모습의 백작이 자동차에서 뛰쳐나왔다. 백작의 지팡이가 폴의 윗입술을 강타했다. 백작은 지팡이를 휘두르며 그에게 달려들었다.

"더러운 놈, 네가 감히 내 아내를 모욕해!"

폴은 고기를 떨어뜨리고 백작을 세게 밀쳤다. 백작의 호리호리한 몸이 카운터로 나가떨어졌다. 다시 일어나 지팡이를 휘두르던 중에 별안간 그의 움직임이 멈췄다. 백작의 얼굴 위로 깜짝 놀란 표정이 스쳐 지나갔다. 백작은 조끼를 향해 손을 뻗으려고 했지만 곧 가게 바닥에 얼굴을 박고 고꾸라졌다.

20

　렉터 가문의 마지막 후손 한니발 렉터는 사람들의 훌쩍임과 울먹거리는 찬송가, 장례식의 지루함에 이골이 날 대로 난 상태였다. 그는 레이디 무라사키, 치요와 함께 교회 문 앞에 나란히 서서 끊임없이 쏟아져 나오는 조문객들의 손을 맞잡고 기계적으로 악수를 했다. 교회를 떠나는 여자들은 전쟁 후에 굳어진 머리 스카프에 대한 편견 때문에 머리카락을 훤히 드러내고 있었다. 레이디 무라사키는 사람들의 이야기를 듣고 감사 인사를 하며 적당한 대답으로 응수했다.

　피로에 찌든 그녀의 모습이 그동안 갇혀 있던 한니발

을 바깥세상으로 끄집어냈다. 그는 레이디 무라사키의 수고를 덜어주고자 어느 순간부터 자신도 모르게 말을 하고 있었다. 다시 찾은 그의 목소리는 금방 거칠게 쉬어버렸다. 레이디 무라사키는 한니발이 목소리를 내기 시작한 것에 놀란 듯했지만 겉으로 드러내지는 않았다. 그녀는 소년의 손을 굳게 잡은 채 다른 한 손으로 조문객들을 맞이했다.

파리의 방송사와 신문사 기자들이 평생 자신들을 피해 다닌 유명 화가의 사망 사건을 보도하려고 벌떼처럼 몰려왔지만 레이디 무라사키는 그들에게 해줄 말이 없었다. 영원히 지속될 것 같았던 그 기나긴 날의 오후, 백작의 변호사가 조세국 직원과 함께 저택으로 찾아왔다. 레이디 무라사키가 차를 내왔다.

"부인, 상심이 크실 텐데 이런 일로 찾아뵙게 돼 죄송합니다. 하지만 다른 문제들은 저택을 경매에 넘겨 상속세 문제를 해결한 후에도 천천히 처리하실 수 있을 겁니다. 저희도 상속세에 대한 부인의 보증을 진심으로 받아들이고 싶습니다만, 현 상황에서는 부인이 프랑스에 계속 머무르실지에 대해 의문의 여지가 있기 때문에 불가능합니다."

조세국 직원이 말했다.

마침내 밤이 됐다. 한니발은 레이디 무라사키를 침실까지 바래다줬다. 치요는 같은 방에 침상을 깔고 레이디 무라사키와 밤을 보냈다. 한니발은 침대에 누워서도 한참 동안 잠을 이루지 못했다. 그리고 잠이 들었을 때, 그는 또다시 꿈의 방문을 받았다.

피와 깃털이 범벅된 '푸른 눈'의 얼굴이 폴의 얼굴로 변했다가 다시 원래대로 돌아왔다.

한니발은 어둠 속에서 눈을 떴다. 하지만 꿈은 사라지지 않았고, 얼굴들이 천장에 홀로그램처럼 떠다니고 있었다. 이제 말문이 트였음에도 한니발은 비명을 지르지 않았다.

그는 침대에서 일어나 백작의 작업실로 향하는 계단을 올랐다. 이젤의 양옆에 달린 초를 켰다. 벽에 세워져 있는 완성된 그림들과 반쯤 완성된 초상화는 그 창조주가 사라진 후에 더 큰 존재감을 발했다. 백작이 아직 살아 있기라도 한 양 그림들은 팽팽한 목소리로 주인의 영혼을 부르고 있었다. 깡통 안에는 삼촌이 깨끗하게 씻어놓은 붓들이 들어 있었고, 낡아빠진 필통 안에는 목탄과 초크가 담겨 있었다. 레이디 무라사키의 초상화

145

는 사라지고 없었다. 그녀는 기모노까지도 치워버렸다.

한니발은 백작의 충고대로 격렬하게 손을 휘두르며 감정을 발산하기 시작했다. 종이 위에 각양각색의 큼지막한 사선들이 생겨났다. 하지만 효과는 없었다. 동이 터올 무렵에야 소년은 부질없는 노력을 포기했다. 그는 팔을 내려뜨리고 자신의 손이 만들어낸 것을 가만히 바라봤다.

21

한니발은 강변의 작은 공터에 있는 나무 그루터기 위에 앉아 현악기를 켜며 거미를 관찰했다. 노란색과 검은색으로 멋들어지게 차려입은 거미는 완벽한 원형의 거미집을 건축하는 중이었다. 거미가 실을 자아내자 거미집이 가늘게 흔들렸다. 한니발이 줄을 뜯을 때마다 거미는 먹이가 걸리진 않았는지 확인하느라 음악에 흥이라도 나는 것처럼 구석구석을 뛰어다녔다.

한니발은 일본 음악을 비슷하게 흉내 낼 수 있는 수준에 이르렀지만 여전히 실수를 저지르곤 했다. 그는 레이디 무라사키의 낮고 부드러운 목소리와 영어를 말할 때 가끔 섞여 나오는 독특한 음조를 떠올렸다. 줄을 튕기며 몸을 숙여 거미집을 가까이 들여다보다가 다시 뒤로 물러났다. 느릿느릿 날던 딱정벌레 한 마리가 거미집에 부딪히자 거미가 먹잇감을 결박하러 은신처에서 달려 나왔다.

공기는 따스하고 고요했으며 강물은 잔잔했다. 수면에는 물벌레가 뛰어다니고 흔들리는 갈대 사이로 잠자리들이 쏜살같이 비행했다. 푸주한 폴이 한 손으로 보트를 저으며 나타나 버드나무 근처에서 멈춰 섰다. 미끼 바구니 안에서 귀뚜라미가 재잘재잘 빨간 눈의 파리를 유혹했다. 하지만 폴이 귀뚜라미를 꺼내려 손을 움직이자 그의 커다란 손에 앉았던 파리는 금세 도망가버렸다. 그는 귀뚜라미를 낚싯바늘에 꿰어 버드나무 아래로 던졌다. 찌가 둥둥 떠오른 지 얼마 지나지 않아 낚싯대가 요동치기 시작했다.

폴은 물고기를 건져 올려 보트 옆에 걸려 있는 사슬 꿰미에 다른 고기들과 나란히 꿰어 매달았다. 낚시에 정신이 팔린 나머지 그는 악기 소리를 듣지 못했다. 엄지손가락에 묻은 피를 쪽 빤 다음 트럭이 주차된 작은 나무 부둣가로 배를 저었다. 부둣가에 있는 울퉁불퉁한 벤치에 앉아 잡은 물고기들 중 가장 커다란 것을 손질하고 얼음과 함께 천으로 된 가방에 집어넣었다. 꿰미에 걸어 물에 넣어둔 고기들은 아직 살아 있어서 부두 밑으로 숨어들어가려고 계속 사슬을 잡아당겼다.

윙, 하고 울리는 현 소리가 공기를 갈랐다. 프랑스에서 아주 멀리 떨어진 곳에서 건너온, 이국적이지만 어딘가 어색한 화음이었다. 폴은 기계 소음인가 싶어 고개를 들어 트럭을 바라봤다. 방금까지 물고기를 다듬던 나이프를 손에 든 채 강둑 위로 올라갔다. 그러고는 라디오 안테나를 둘러보고 타이어를 살펴본 후에 차 문이 제대로 닫혀 있는지 확인했다. 그때였다. 이번에는 제대로 된 곡조의 음악이 들려왔다. 폴은 음악 소리를 따라갔다. 둥글둥글한 덤불을 헤치고 작은 공터에 들어서자 그루터기 위에 걸터앉아 일본 현악기를 연주하는 한니발이 보였다. 악기 상자는 주차된 오토바이에 기대 세워져 있었고 한니발의 옆에는 스케치북이 놓여 있었다. 폴은 트럭으로 돌아가 설탕을 숨겨놓은 자동차의 주유구를 살펴봤다. 한니발은 푸주한이 다시 공터로 돌아와 그의 앞에 버티고 선 후에야 비로소 고개를 들었다.

"폴 모뭉 정육점, 양질의 고기."

한니발이 말했다. 눈앞이 이상하게 밝고 선명해지면서 얼음이 얼어붙은 유리창이나 렌즈 가장자리에 빛이 굴절되듯 가장자리 시야만이 붉고 흐릿해졌다.

"어쭈, 말을 하네, 이 벙어리 새끼가. 내 히터에 오줌이라도 쌌냈으면 네 지랄 같은 머리를 뽑아버릴 테다. 여긴 널 도와줄 경찰 나리도 없다고."

"당신을 도와줄 사람도 없지."

한니발은 짧은 선율을 몇 개 연주했다.

"당신이 한 짓은 도저히 용서가 안 돼."

한니발이 고토를 내려놓고 스케치북을 집어 들었다. 폴을 빤히 쳐다보며 작은 손가락을 움직여 그림을 수정했다. 그는 종이를 넘긴 다음 자리에서 일어나 폴에게 빈 종이를 내밀었다.

"숙녀분께 사과의 편지를 써."

폴한테서 고약한 냄새가 났다. 피지와 지저분한 머리칼에서 나는 냄새.

"이런 데 혼자 오다니. 꼬마야, 제정신이 아니구나?"

"미안하다고 써. 나는 비열한 사람이고, 시장에서 부인을 보더라도 눈길을 주거나 말도 걸지 않겠다고 말이야."

"일본년한테 사과를 하라고?"

폴이 웃음을 터뜨렸다.

"내가 지금 뭘 하려는지 알아? 널 강물에 처박고 구석구석 깨끗이 닦아줄 거다."

그는 나이프에 손을 가져다댔다.

"어쩌면 네 바지를 찢고 네가 싫어하는 곳에 뭔가를 넣어줄 수도 있지."

그가 한니발을 향해 한 발짝씩 다가가자, 소년은 오토바이와 악기 케이스 쪽으로 천천히 뒷걸음질했다. 한니발이 발을 멈췄다.

"저번에 시장에서 더러운 말을 했었지? 그분의 거기가 어떻게 생겼다고?"

"그년이 네놈 엄마라도 되냐? 일본년들 보지는 가새표처럼 생겼다니까! 너도 그년이랑 한번 해보지그래?"

이제 폴은 빠른 걸음으로 달려오고 있었다. 그의 커다란 손이 앞으로 돌진해오는 순간, 한니발은 악기 상자에서 부드럽게 휘어진 대도를 꺼내 폴의 배를 단숨에 갈랐다.

"가새표라면 이런 식으로?"

푸주한의 비명이 숲을 뒤흔들고 화들짝 놀란 새들이 덤불 속에서 푸드덕 날아올랐다. 폴은 자신의 배에 손을 가져다댔다. 피가 콸콸 쏟아지고 있었다. 상처를 내려다보며 어떻게든 막아보려 했지만 손가락 틈새로 주르륵 내장이 흘러내렸다. 한니발이 한 발짝 옆으로 비켜서 몸을 비틀며 폴의 신장을 내리그었다.

"아니면 좀 더 척추 쪽에서 만나려나?"

'X'자 모양으로 배가 갈린 폴의 눈이 충격과 공포로 휘둥그레졌다. 푸주한은 온몸의 힘을 짜내 도망가려고 했지만 이번엔 빗장뼈가 베이면서 동맥이 한니발의 얼굴로 피를 뿜어냈다. 연이은 두 번의 일격은 폴의 아킬레스건을 노리고 들어왔다. 사내의 커다란 몸집이 땅바닥으로 거꾸러지며 황소처럼 울부짖었다.

폴은 그루터기에 기대앉은 자세로 쓰러져 있다. 팔을 올릴 힘도 없다. 한니발은 상체를 숙여 그의 얼굴을 가까이 들여다본다.

"내 그림 볼래?"

한니발이 스케치북을 내민다. 꼬리표가 붙은 폴의 머리가 쟁반 위에 올려져 있고, 꼬리표에는 '폴 모뭉, 양질의 고기'라고 적혀 있다. 폴의 시야가 뿌옇게 흐려지기 시작했다. 한니발이 칼을 휘두른다. 순간적으로 폴의 눈앞에 모든 것이 옆으로 누워 있는 세상이 펼쳐지더니 혈압이 떨어지고 암흑이 찾아온다. 자신만의 암흑 속에서 한니발은 흑고니를 보고 소리치는 미샤의 목소리를 듣는다. 그는 큰 소리로 외쳤다.

"오, 아니바!"

오후 햇살이 사라졌다. 한니발은 땅거미가 깔릴 무렵까지 푸주한의 머리가 놓인 그루터기에 기대 눈을 감은 채 멍하니 앉아 있었다. 그는 눈을 뜨고 한참 동안 그 자리에 머물러 있다가 마침내 자리에서 일어나 부둣가로 다가갔다. 얇은 사슬로 만들어진 고기 꿰미를 보니 저도 모르게 손이 목 주위 흉터로 올라갔다. 입이 꿰인 물고기들은 아직도 살아 있었다. 한니발은 손에 물을 묻힌 다음 물고기를 한 마리씩 풀어주기 시작했다.

"가."

그는 말했다.

"가라니까."

그러고는 빈 꿰미를 강으로 멀리 내던졌다. 이번에는 귀뚜라미를 풀어줄 차례였다.

"자, 이제 가! 빨리!"

한니발은 귀뚜라미에게 말했다. 깨끗하게 손질된 채로 가방에 담긴 커다란 물고기를 보니 입안에 군침이 고였다. 그가 중얼거렸다.

"음, 맛있겠다."

22

폴 모뭉의 끔찍한 죽음은 수많은 마을 주민에게 결코 비극이 아니었다. 그들은 점령 기간에 시장을 비롯한 몇몇 나이 많은 마을 유지가 레지스탕스 활동에 대한 보복으로 나치에게 총살당한 일을 생생히 기억하고 있었다. 폴의 거대한 시신은 로제 장의사 시체처리실에 있는 아연 탁자 위에 놓였다. 얼마 전까지 렉터 백작이 누워 있던 곳이었다. 새벽 무렵, 검은색 시트로엥 트락숑 아방이 장례식장 앞에 멈췄다. 문 앞에서 기다리고 있던 경위가 서둘러 차 문을 열었다.

"어서 오십시오, 경감님."

차에서 내린 인물은 마흔 정도의 중년 남성으로 말끔하게 양복을 갖춰 입고 있었다. 그는 경위의 절도 있는 경례에 친근한 고갯짓으로 응답하고는 차 쪽으로 몸을 돌려 운전사와 뒷좌석에 앉아 있는 다른 경찰에게 말했다.

"이 상자를 경찰서로 가져가게."

경감은 시체실에서 장의사 로제와 경찰서장을 발견했다. 시체실은 수도꼭지와 호스, 에나멜 칠, 유리창이 달린 찬장에 담긴 도구들로 가득했다. 파리에서 파견된 경감을 보자 경찰서장의 얼굴이 환해졌다.

"포필 경감! 경감께서 오시다니 정말 기쁩니다. 경감께서는 절 기억 못 하시겠지만……."

경감은 서장을 자세히 살펴봤다.

"물론 기억하고 있습니다, 발망 서장. 뒤른베르크로 드레를 연행해 오셨었죠. 재판 내내 그 뒤에 앉아 계셨고요."

"경감께서 증거를 제출해 그놈들을 박살 냈죠. 절 기억하고 계시다니 영광입니다."

"그럼 시체를 볼까요?"

장의사의 조수 로랑이 시체 위에 덮인 천을 벗겼다. 폴의 시체는 여전히 옷을 입고 있었는데, 피에 완전히 젖지 않은 곳에 붉은색의 기다란 대각선무늬가 남아 있었다. 시체의 머리는 없었다.

"폴 모뭉, 아니, 그의 남은 부분이라고 해야겠군요. 그게 사망자에 대한 자료입니까?"

경찰서장의 물음에 포필이 고개를 끄덕이며 말했다.

"짧지만 구역질이 나죠. 오를레앙에서 유대인들을 실어 날랐더군요."

포필은 시체 주위를 돌아보며 폴의 손과 팔을 들어 올려 자세히 들여다봤다. 창백한 피부 위의 조잡한 문신이 평소보다 훨씬 두드러져보였다. 그는 혼잣말하듯 멍하니 중얼거렸다.

"손에 방어 상흔이 있어. 하지만 저 멍 자국은 며칠 지난 것 같은데. 얼마 전에 누군가와 싸움을 한 모양이군."

"그것도 자주요."

장의사의 말에 조수 로랑이 끼어들었다.

"지난주 토요일에 바에서 싸움을 벌였어요. 어떤 남자랑 여자애의 치아를 몽땅 부러뜨렸죠."

로랑은 고개를 휙 비틀어 주먹에 맞는 시늉을 해보였다. 그의 작은 두개골 위에 얌전히 정돈돼 얹혀 있던 머리카락이 가볍게 흔들렸다.

"최근에 싸운 사람들의 기록을 부탁합니다."

경감이 말했다. 그는 쿵쿵거리며 상체를 숙여 시체에 코를 가져다댔다.

"시체에 손을 댄 건 아니겠죠, 로제 씨?"

"그럼요. 당연히 아니죠. 서장님이 손가락 하나 대지 말라고 하셨거든요……."

포필 경감이 이쪽으로 오라는 손짓을 해보이자 로랑과 장의사가 시체 가까이 다가왔다.

"여기서 사용하는 물건 중에 혹시 이런 냄새가 나는 게 있나요?"

"청산가리 냄새예요! 독살당한 거군요!"

로제가 말했다.

"청산가리는 탄 아몬드 냄새가 납니다."

"꼭 치통약 냄새 같은데요."

경감의 말에 로랑이 무심결에 턱을 문지르며 말했다.

"이런 멍청한 녀석. 머리가 없는데 이는 무슨 이?"

장의사가 조수를 향해 몸을 돌려 면박을 주자 포필 경감이 말했다.

"아니, 맞아요. 정향기름 냄새입니다. 서장님, 이 마을 약사와 그의 손님 목록을 뽑아주시겠습니까?"

한니발은 요리사의 도움을 받아 허브를 뿌리고 브리

타니 해염에 싸서 비늘째 구운 물고기를 막 오븐에서 꺼낸 참이었다. 요리사의 칼등이 소금 껍질을 가르자 생선 비늘이 모습을 드러내면서 부엌이 군침 도는 냄새로 그득해졌다. 요리사가 말했다.

"조심해라, 한니발. 생선에서 가장 맛있는 부분은 볼살이야. 그건 다른 고기도 마찬가지지. 만약에 식탁에서 고기를 잘라 손님들을 접대할 일이 생기면 먼저 한쪽 볼살을 부인께 드리고 다른 한쪽은 그날의 초대 손님에게 대접하렴. 물론 네가 부엌에서 일한다면 양쪽 다 네가 먹어 치울 수 있겠지만 말이다."

세르주가 시장에서 장을 봐온 식료품을 들고 들어왔다. 그는 꾸러미를 풀어 음식들을 늘어놓기 시작했다. 세르주의 뒤를 따라 레이디 무라사키가 조용히 부엌으로 들어왔다. 세르주가 말했다.

"프티 쟁크에서 로랑을 만났어. 그 더러운 푸주한 자식의 머리통을 아직도 못 찾았대. 그리고 시체에서 향기가 난다던 걸. 뭐더라 그……. 맞아, 정향기름이라나? 치통약 말이야. 그 친구가 그러는데……."

한니발이 레이디 무라사키를 보며 세르주의 말을 가로막았다.

"뭐라도 좀 드셔야죠, 숙모님. 이 생선 요리 정말 맛있을 거예요."

"그리고 전 복숭아 아이스크림을 사왔습니다. 신선한 복숭아도요."

세르주가 말했다. 레이디 무라사키는 한니발의 눈을 지그시, 아주 오랫동안 바라봤다. 한니발은 아무렇지도 않은 듯 그녀에게 웃어 보이며 말했다.

"복숭아래요!"

23

한밤중, 레이디 무라사키는 침대에 누워 있었다. 열린 창 사이로 부드러운 산들바람이 정원 한구석에 심긴 미모사 꽃향기를 날라왔다. 그녀는 이불을 젖혀 팔다리에와 닿는 신선한 공기를 느꼈다. 어두운 천장을 응시하고 있으려니 눈꺼풀을 깜빡이는 소리까지 들리는 듯했다.

앞뜰에서는 나이 먹은 마스티프가 잠결에 몸을 뒤척이고 있었다. 콧구멍을 벌름거리며 공기를 빨아들이자 작은 개의 이마에 몇 줄기 주름이 잡혔다. 잠시 후 마스티프는 다시 긴장을 풀고 사냥감을 뒤쫓아 한입 가득 피를 삼키는 즐거운 꿈속으로 돌아갔다.

어둠 속에 누워 있는 레이디 무라사키의 귀에 머리 위 다락방의 마룻바닥이 삐걱거리는 소리가 들려왔다. 널빤지에 상당한 무게가 실리는 걸 보니 분명 쥐는 아니었다. 레이디 무라사키는 심호흡을 한 번 하고 침대에서 일어났다. 가벼운 기모노를 걸치고 머리를 매만진 후 홀의 꽃병에서 꽃을 그러모아 양초 등잔을 들고 다락방으로 가는 계단을 오르기 시작했다. 다락방 문에 조각된 얼굴이 그녀에게 미소를 보냈다. 레이디 무라사키는 몸을 꼿꼿이 세우고 얼굴 조각을 손으로 밀어 문을 열었다. 다락방으로 공기가 빨려 들어가며 로브가 등에 달라붙었다. 깊고 어두운 다락방 안쪽에서 작은 불빛이 아른거렸다. 레이디 무라사키는 그 불빛을 향해 나아갔다. 손에 들린 촛불이 그녀를 빤히 노려보는 노 가면을 비췄다. 그녀가 지나가자 공중에 매달린 마리오네트가 마치 살아 숨 쉬듯 몸을 흔들었다. 버들고리 바구니와 로버트와 함께하던 시절 애용하던 트렁크들을 지나, 레이디 무라사키는 촛불이 타고 있는 신단과 갑옷을 향해 걸어갔다.

갑주 앞 제단 위에 뭔지 모를 어두운 형체가 놓여 있었다. 어두침침한 촛불 아래 실루엣만 어렴풋이 보일 뿐이었다. 레이디 무라사키는 제단 옆 나무상자에 등잔을 내려놓고 꽂꽂이용 수반 위에 놓인 폴 모뭉의 머리를 찬찬히 살펴봤다. 폴의 얼굴은 깨끗하고 핏기가 하나도 없었으며 입술은 굳게 닫혀 있었다. 하지만 뺨 부위가 사라진 상태였고 입에서는 핏줄기가 흘러나와 수반의 밑바닥을 적시고 있었다. 머리카락에 붙은 꼬리표에는 동판에 새긴 듯한 선명한 글씨로 이렇게 적혀 있었다. '모뭉 정육점, 양질의 고기'

폴의 머리는 갑주를 마주했고 눈은 사무라이의 면구를 향해 치켜떠져 있었다. 레이디 무라사키 역시 갑옷의 머리를 향해 고개를 들고 일본어로 속삭였다.

"좋은 밤입니다, 조상님. 부디 이 부적절한 꽃다발을 용서해주십시오. 맹세컨대, 전 이런 도움은 상상하지도 않았습니다."

그녀는 멍하니 바닥에서 시든 꽃과 리본을 주워들어 소매 속에 집어넣었다. 그동안 그녀의 눈동자는 분주하게 주변을 훑고 있었다. 대도는 제자리에 놓여 있었고, 전투 도끼도 변함없이 그 자리에 있었다. 하지만 소도는 사라지고 없었다.

레이디 무라사키는 한 걸음 물러나 지붕창을 열어젖히고 호흡을 가다듬었다. 귓전에 자신의 심장 소리가 들

렸다. 산들바람에 그녀의 로브와 촛불이 펄럭였다. 노
의상 뒤쪽에서 자그맣게 부스럭거리는 소리가 났다. 눈
동자 한 쌍이 가면 속에 숨어 그녀를 빤히 바라보고 있
었다. 레이디 무라사키가 일본어로 말을 걸었다.

"좋은 밤이구나, 한니발."

어둠 속에서 일본어로 대답이 들려왔다.

"좋은 밤이에요, 레이디 무라사키."

"영어로 말해도 되겠니, 한니발? 조상님께 들려드리고
싶지 않은 이야기를 해야 할 것 같아서 말이야."

"그럼요. 어차피 제가 아는 일본어는 이게 다인걸요."

소년이 등불 아래로 걸어 나왔다. 손에는 소도와 천
조각이 들려 있었다. 레이디 무라사키는 소년에게 다가
갔다. 대도는 갑옷 앞의 단 위에 놓여 있다. 꼭 그래야만
하는 사정이 생긴다면 번개처럼 손을 뻗어 잡을 수 있
을 것이다. 한니발이 말했다.

"푸주한의 칼을 사용할 걸 그랬어요. 하지만 마사무
네 도노의 칼을 썼어요. 왠지 그래야만 할 것 같았거든
요. 언짢아하지 말아주세요. 칼날에는 흠 하나 가지 않
았으니까요. 꼭 버터처럼 잘리더라고요."

"한니발, 난 두렵구나."

"걱정하지 마세요. 저건…… 곧 가져다 버릴게요."

"날 위해 이런 일을 할 필요는 없었다."

"저를 위해 한 일이에요. 당신은 제게 소중한 분이니까요, 레이디 무라사키. 책임감을 느끼실 필요는 없어요. 마사무네 도노라면 자기 칼을 써도 된다고 허락해 주셨을 거예요. 정말 멋지던데요."

한니발은 소도를 칼집에 넣은 다음 갑옷에 경의를 표하고 받침대에 칼을 올려놨다.

"떨고 계시네요. 침착해 보이지만 사실은 작은 새처럼 떨고 계세요. 꽃을 가져오지 못해 죄송해요. 사랑해요, 레이디 무라사키."

한니발이 말했다. 아래층, 저택의 정원 밖에서 두 개의 높낮이가 뒤섞인 프랑스 경찰의 사이렌이 울리다 멈췄다. 마스티프가 눈을 뜨고 시끄럽게 짖어대며 뛰어나갔다. 레이디 무라사키가 한니발의 손을 움켜쥐고 자신의 얼굴에 가져다댔다. 소년의 이마에 입을 맞추고 격앙된 목소리로 속삭였다.

"서둘러! 빨리 가서 손을 닦으렴. 치요의 방에 레몬이 있을 거야."

누군가 예고 없이 현관문을 두드렸다.

24

  레이디 무라사키는 심장 박동이 차분해질 때까지 포
필 경감을 기다리게 한 후 층계참으로 향했다. 조수와
함께 현관홀에 서 있던 포필 경감이 고개를 들어 그녀
를 바라봤다. 포필 경감은 차분하면서도 기민하고 빈틈
이 없는 사내였다. 그녀는 포필 경감이 창문의 세로 창
살로 이뤄진 거미집을 앞에 두고 서 있는 잘생긴 거미
같다는 느낌을 받았다. 그리고 그 창문 너머로 그녀는
한없이 펼쳐진 밤을 봤다. 레이디 무라사키의 모습을
본 포필의 숨결이 약간 거칠어졌다. 그의 숨소리는 높고
둥근 천장 아래 또렷하게 울려 퍼졌고 레이디 무라사키

는 그 소리에 귀를 기울였다. 그녀는 소매 속에 손을 감춘 채, 단 한 번의 동작으로 미끄러지듯 계단을 내려왔다. 세르주가 발갛게 충혈된 눈을 하고 옆으로 다가와 섰다.

"레이디 무라사키, 경찰에서 오신 분들이랍니다."

"어서 오세요, 경감님."

"안녕하십니까, 마담. 이렇게 늦은 시간에 불쑥 찾아와서 죄송합니다만 몇 가지 질문을 드려야 할 것 같습니다. 조카분을 만나고 싶은데…… 조카가 맞습니까?"

"예, 제 조카입니다. 신분증을 보여주시겠어요?" 그녀의 손이 천천히 소매에서 빠져나와 맨살이 드러났다. 레이디 무라사키는 신분증에 적힌 글을 단어 하나 빠트리지 않고 꼼꼼히 읽은 다음 마지막으로 사진을 확인했다.

"폽일 경감이신가요?"

"포필입니다."

"사진을 보니 레지옹 도뇌르(프랑스 최고 영예의 훈장)를 받으셨네요."

"그렇습니다, 마담."

"이렇게 친히 방문해주셔서 감사합니다."

레이디 무라사키가 신분증을 돌려주는 순간 신선하고 희미한 향기가 포필을 스치고 지나갔다. 그녀는 포필의 얼굴을 응시하며 그 순간을 기다렸고, 그의 콧구멍과 홍채에 일어나는 변화를 확인했다.

"마담……?"

"무라사키 시키부라고 합니다."

"정식 호칭은 렉터 백작 부인이시지만 일본의 작위를 따라 레이디 무라사키라고 부릅니다."

세르주가 나름대로 용기를 내어 경찰관에게 말했다.

"레이디 무라사키, 잠시 사적으로 이야기를 나누었으면 합니다. 그리고 조카분과도 따로 대화하고 싶군요."

"존경하는 경감님, 불행히도 그건 불가능할 것 같네요."

레이디 무라사키가 말했다.

"오, 아닙니다, 마담. 가능하고말고요."

포필 경감이 말했다.

"저희 집에 오신 걸 환영합니다, 경감님. 저와 함께라면 언제라도 한니발과 이야기를 나누셔도 됩니다."

그때 한니발이 계단 위에서 말했다.

"안녕하세요, 경감님."

포필은 한니발에게로 시선을 돌렸다.

"젊은 친구, 나와 함께 가줬으면 한다만."

"기꺼이요."

레이디 무라사키가 세르주에게 말했다.

167

"숄을 가져다주겠어?"

"그러실 필요 없습니다, 마담. 부인은 안 오셔도 됩니다. 부인과는 내일 아침 여기 이 저택에서 만나 뵙도록 하죠. 조카분에게 해가 될 일은 하지 않을 테니 걱정하지 마십시오."

"전 괜찮아요, 숙모님."

소맷자락 안에서 손목을 붙들고 있던 레이디 무라사키의 손아귀가 안도감으로 느슨해졌다.

25

시체처리실은 캄캄했고 싱크대에 간간이 떨어지는 물소리를 제외하면 무섭도록 고요했다. 포필 경감은 한니발과 함께 문 앞에 서 있었다. 두 사람의 어깨와 구두에서 빗방울이 뚝뚝 떨어졌다. 모뭉은 그 안에 누워 있었다. 한니발은 그의 냄새를 맡을 수 있었다. 그는 포필이 불을 켜주길 기다리며 경감이 어떤 방법으로 극적인 효과를 낼지 궁금해했다.

"폴 모뭉을 다시 본다면 알아볼 수 있겠니?"

"온 힘을 다할게요, 경감님."

포필이 불을 켰다. 장의사는 모뭉의 옷을 벗겨 지시대

로 종이가방에 챙겨뒀다. 구멍 뚫린 복부는 고무 비옷 조각을 대고 얼기설기 꿰맸으며 잘린 목 위에는 수건을 덮어놨다.

"그 사람이 어떤 문신을 했는지 기억나니?"

"예, 하지만 뭐라고 쓰였는지 읽어보지는 않았어요."

한니발은 시체 주위를 한 바퀴 빙 돌아 시체 건너편에 서 있는 포필 경감을 바라봤다. 포필의 눈빛은 그가 현명하고 지적인 사람임을 넌지시 암시하고 있었다.

"그래, 거기 뭐라고 적혀 있니?"

경감이 물었다.

"내 건 여기 있다. 네 것은 어디 있지?"

"이제 '네 건 여기 있다. 내 건 어디 있지?'로 바뀌어야 할 것 같다. '난 여기 너의 희생자, 내 머리는 어디 있지?'처럼 말이야. 그렇게 생각하지 않니?"

"설마 평소에도 이런 식으로 범인을 찾으시는 건 아니겠죠, 경감님? 제가 있으면 시체가 피를 흘리기라도 할 거라고 기대하신 건가요?"

"도대체 무슨 말에 그렇게 꼭지가 돌았던 거냐?"

"돈 게 아니에요. 그 사람은 그 말을 들은 모든 사람의 귀를 더럽혔어요. 저를 포함해서요. 정말 무례한 인간이었다고요."

"그가 뭐라고 말했지, 한니발?"

"일본 여자들의 성기는 모두 가새표처럼 생겼느냐고 물었어요. '어이, 일본년!'이라고 불렀죠."

"가새표라. 이런 식으로 말이냐?"

포필 경감은 손가락 끝으로 폴 모몽의 배에 난 바느질 자국을 더듬었다. 경감은 한니발의 얼굴을 살피며 원하는 것을 찾아내려고 했지만 그러지 못했다. 그는 아무것도 찾지 못했다. 그래서 그는 다른 질문을 던졌다.

"그래, 이 사람이 죽어 있는 걸 보니 기분이 어떠냐?"

한니발은 목을 가려놓은 수건의 아래쪽을 바라봤다.

"별생각 없어요."

거짓말탐지기를 처음 본 마을 경관들은 그 기계에 상당한 호기심을 보였다. 포필 경감과 함께 파리에서 파견된 거짓말탐지기 전문가는 절반쯤은 필요에 의해, 또 어느 정도는 순전히 연극적 효과를 위해 기계를 만지작거렸다. 튜브가 적당히 달궈지자 절연체에서 발생한 뜨거운 면화 냄새가 방 안 가득한 찌든 땀내와 담배 냄새에 뒤섞였다. 이윽고 기계를 쳐다보는 한니발을 관찰하던 포필 경감이 사람들에게 방 밖으로 나가 있으라고 지시했다. 이제 방 안에 남은 것은 소년과 포필 경감, 거짓말탐지기 전문가뿐이었다. 거짓말탐지기에 연결된 각종 기구가 한니발의 몸에 부착됐다.

"이름."

거짓말탐지기 전문가가 말했다.

"한니발 렉터."

소년의 목소리는 쉬어 있었다.

"나이는?"

"열셋."

거짓말탐지기 종이 위로 잉크 바늘이 매끄러운 선을 그렸다.

"프랑스에는 얼마나 오랫동안 거주했지?"

"6개월이요."

"푸줏간 주인 폴 모몽과 아는 사이인가?"

"정식으로 소개받은 적은 없어요."

바늘은 여전히 흔들리지 않았다.

"하지만 그가 누구인지는 알고 있지?"

"예."

"목요일 마을 시장에서 폴 모몽과 언쟁, 그러니까 다툰 적이 있는가?"

"예."

"학교에 다니고 있는가?"

"예."

"교복을 입어야 하는 학교인가?"

"아뇨."

"폴 모웅의 사망과 관련해 죄 지식guilty knowledge을 지니고 있는가?"

"죄 지식?"

"'예, 아니오'로만 대답하도록."

"아니요."

바늘이 그리는 잉크 선에는 여전히 아무런 변화도 없었다. 혈압이 상승하지도 않았고 심박 수가 증가하지도 않았으며 호흡은 차분하고 조용했다.

"그 사람이 죽었다는 사실을 알고 있나?"

"예."

거짓말탐지기 전문가가 기계의 손잡이를 움직여 뭔가를 조절했다.

"수학을 공부한 적이 있나?"

"예."

"지리를 공부한 적이 있나?"

"예."

"폴 모웅의 시체를 봤나?"

"예."

"폴 모뭉을 죽였나?"

"아니요."

잉크 선에는 뚜렷한 변화가 나타나지 않았다. 탐지기 전문가는 안경을 벗더니 포필에게 검사가 끝났다는 신호를 보냈다. 기나긴 전과 기록 때문에 잡혀온 오를레앙 출신 강도가 한니발 다음으로 의자에 앉았다. 강도는 포필 경감과 탐지기 전문가가 바깥 복도에서 대화를 마칠 때까지 기다려야 했다. 포필이 종이테이프를 펼쳤다.

"깨끗하군."

"아무것에도 반응하지 않습니다. 단순히 전쟁 때문에 감정이 무뎌진 고아이거나 아니면 자제력이 엄청난 괴물일 겁니다."

"괴물이겠지."

"저 도둑을 먼저 심문하실 건가요?"

"놈한테는 관심이 없지만 그래도 검사는 해봐야겠지. 잘하면 어린애가 보는 앞에서 묵사발을 내놓을 수도 있고. 같이 가겠나?"

마을로 이어지는 내리막길, 전조등과 엔진을 끈 오토바이 한 대가 도로 위를 굴러가고 있었다. 운전자의 얼굴은 검은 작업복과 어깨까지 덮는 커다란 검은색 털모자에 가려 알아볼 수 없었다. 오토바이는 텅 빈 광장의 반대쪽 모퉁이를 돌아 우체국 앞에 서 있던 우편배달용 밴 뒤로 잠시 사라졌다가 다시 움직이기 시작했다. 오토바이를 끄는 모습이 힘에 부쳐 보였지만 운전자는 마을 밖 오르막길에 도착할 때까지 시동을 걸지 않았다.

포필 경감과 한니발은 경찰서장의 사무실에 앉아 있었다. 포필 경감은 서장의 책상 위에 놓인 클란조플라병의 라벨을 읽으며 먹어볼까 말까 망설였다. 경감은 책상 위에 거짓말탐지기 결과가 담긴 종이테이프를 올려놓고 손가락으로 살짝 밀었다. 돌돌 말린 종이가 스르륵 풀리며 수많은 작은 봉우리로 구성된 선을 드러냈다. 그의 눈에 그것은 마치 구름에 가려져 보이지 않는 높은 산꼭대기처럼 보였다.

"네가 폴 모몽을 죽였니, 한니발?"

"질문 하나 해도 돼요?"

"그래."

"일부러 파리에서부터 먼 길을 오셨잖아요. 푸줏간 주인이 죽은 사건을 전문으로 다루시나 보죠?"

"내 담당 분야는 전범이다. 폴 모몽은 몇몇 전쟁범죄에 대한 혐의를 받고 있었어. 하지만 전쟁이 끝나도 전범은 사라지지 않는단다, 한니발."

포필은 잠시 말을 멈추고 재떨이를 돌려가며 각 면에 적힌 광고 문구를 읽었다.

"어쩌면 난 지금 네 상황을 네가 생각하는 것보다 훨씬 잘 이해하고 있는지도 몰라."

"지금 제 상황이 어떤데요?"

"넌 전쟁 때문에 고아가 됐어. 보호시설에서는 마음을 꽁꽁 걸어 잠그고 지낼 수밖에 없었고 가족들은 모두 죽어버렸지. 그러다 마침내 네 아름다운 새엄마가 거기서 널 구해준 거야."

포필은 친밀감을 보여주기 위해 한니발의 어깨에 손을 올렸다.

"부인의 향기가 수용소 냄새를 지워줬지. 그래, 나도 알 것 같다. 그런데 그놈이 그녀를 모욕하고 더럽히려 한 거야. 네가 푸주한을 죽였다고 해도 난 이해할 수 있다. 내게 다 털어놓으렴, 한니발. 우리 둘이 노력하면 판사를 이해시킬 수 있을 거야……."

한니발은 포필의 손을 뿌리치며 의자를 뒤로 잡아 뺐다.

"부인의 향기가 수용소 냄새를 지워줬다니, 지금 시라도 쓰시는 건가요, 경감님?"

"네가 푸줏간 주인을 죽였니?"

"폴 모몽은 자살한 거나 마찬가지예요. 자신의 어리석

음과 무례함 때문에요."

　포필 경감은 풍부한 경험과 지식을 갖춘 대단히 노련한 수사관이었고 지금이야말로 그가 그토록 절실히 갈구하던 순간이었다. 희미하게 묻어나오는 그 독특한 음색은 작은 소년의 입에서 나왔다고는 믿기지 않을 정도로 낯설었다. 그는 이제껏 한 번도 접해본 적 없는 이 특이한 파장을 '이질적인 것'으로 받아들였다. 사냥의 스릴을 느껴본 지도, 두뇌 게임을 즐길 만한 적수를 만나본 지도 참으로 오래됐다. 하지만 바로 지금, 그는 머리와 팔에 끓어오르는 투지를 느낄 수 있었다. 자신은 이것을 위해 살아오지 않았던가. 마음 한구석으로는 밖에 앉아 있는 도둑이 푸주한을 죽였기를 바라면서도 그의 또 다른 부분은 이 소년이 보육원에서 얼마나 괴로웠으며 레이디 무라사키와 같은 가족을 얼마나 간절히 원하고 있었을지를 계산했다.

　"폴 모몽은 낚시를 하고 있었다. 나이프에는 생선 비늘과 피가 묻어 있었고. 하지만 물고기는 없더구나. 요리사는 네가 저녁 식사 때 아주 통통한 생선을 가져왔다고 하던데, 그 물고기는 어디서 난 거지?"

　"낚싯대에서요. 보트하우스 뒤에 언제나 미끼를 단 낚싯줄을 드리워놓거든요. 원하신다면 보여드릴 수도 있어요. 일부러 전쟁범죄를 선택하신 건가요?"

"그래."

"전쟁 때 가족들을 잃어서요?"

"그래."

"어쩌다 그렇게 됐는지 물어봐도 돼요?"

"전장에서 죽은 사람들도 있고, 몇 명은 동쪽으로 이송됐지."

"범인은 잡았어요?"

"아니."

"하지만 비시 정부에 가담한 사람들이었죠? 푸줏간 주인처럼."

"그래."

"진짜로 솔직하게 말해주실래요?"

"물론이지."

"폴 모뭉이 죽어서 아쉬웠나요?"

동네 이발사 뤼뱅은 여느 때처럼 그가 키우는 작은 테리어 종 개와 나무가 무성한 길을 따라 광장을 산책하고 있었다. 그는 온종일 손님들과 수다를 떨어놓고도 밤 산책을 하며 개에게 끊임없이 말을 걸었다. 우체국 앞 도로에서 개가 멈추자 그는 목줄을 힘껏 끌어당겼다.

"펠리프네 잔디밭에다 볼일을 봤어야지! 아무도 안 보는 데다 말이야. 여기다 싸면 벌금을 물릴지도 모른다고. 넌 돈이 없잖아. 그럼 결국 내가 내야 한단 말이지."

우체국 앞에는 우체통이 서 있었다. 개가 사슬을 잡아당기며 우체통 쪽으로 다가가더니 한쪽 다리를 들었다. 우체통 위에서 자신을 쳐다보는 얼굴을 보고 뤼뱅이 말했다.

"좋은 밤입니다, 선생."

그런 다음 개에게 말했다.

"신사분의 발을 더럽히면 안 돼."

개가 깨갱거렸다. 그 순간 뤼뱅은 깨달았다. 우체통의 반대쪽 아래에는 발이 없었다.

이제 오토바이는 희미한 전조등 불빛에 의지해 과속에 가까운 속도로 자갈이 깔린 좁은 길을 따라 달리고 있었다. 반대쪽 차선에서 차 소리가 들리자 운전자는 도로변 나무 사이에 황급히 몸을 숨기고 자동차의 후미등이 사라질 때까지 기다렸다. 저택에 딸린 어두컴컴한 차고 안에서 오토바이의 전조등이 꺼졌다. 모터가 식으면서 툴툴거리는 소리를 냈다. 레이디 무라사키는 검은 모자를 벗고 머리카락을 단정하게 쓸어 올렸다.

경찰의 손전등 불빛이 우체통 위에 얹혀 있는 폴 모뭉의 머리로 모여들었다. 그의 이마에는 '독일놈'이라는 글자가 새겨져 있었다. 집으로 돌아가던 술꾼들과 야간 일꾼들이 머리를 구경하러 몰려왔다. 포필 경감은 한니발을 불러 옆에 세워놓고는 죽은 자의 얼굴 위로 반사되는 빛줄기 속에서 소년의 얼굴을 자세히 살폈다. 그는 한니발의 표정에서 아무런 변화도 발견할 수 없었다.

"마침내 레지스탕스가 모뭉을 해치웠군."

이발사가 말했다. 그는 주변에 모인 구경꾼들에게 자기가 어떻게 모뭉의 머리를 찾았는지 떠들어대고 있었다. 물론 개의 노상방뇨에 관한 이야기는 쏙 빼트린 채. 그 자리에는 어린 한니발이 이런 끔찍한 장면을 봐서는 안 된다고 생각하는 사람들도 있었다. 밤 근무를 마치고 집으로 퇴근하던 나이 많은 간호사가 큰 소리로 경찰들에게 훈계를 늘어놨다.

포필 경감은 한니발을 경찰차에 태워 집으로 돌려보냈다. 한니발이 집에 도착했을 무렵에는 하늘이 장밋빛으로 밝아오고 있었다. 한니발은 안으로 들어가기 전 약간의 꽃을 꺾어 주먹 높이로 정돈했다. 줄기를 가지런하게 자르는데 문득 머릿속에 어울리는 시구가 하나 떠올랐다. 작업실에는 마침 레이디 무라사키가 방금 사용했는지 아직 축축하게 젖어 있는 붓이 놓여 있었다.

휘영청 밝은 달님
우짖는 밤 해오라기
뉘가 더 고우리요?

그날 밤 한니발은 오랜만에 기분 좋게 푹 잘 수 있었다. 그는 꿈속에서 전쟁이 나기 전 미샤의 모습을 봤다. 보모가 여름 햇살이 목욕물을 따뜻하게 데우도록 미샤의 목욕통을 정원에 내놨다. 욕조에 앉아 있는 미샤의 주위로 배추흰나비가 팔랑팔랑 날아다녔다. 한니발이 가지를 따다 주자, 미샤가 햇볕을 받아 따뜻해진 보랏빛 가지를 껴안았다. 잠에서 깨어났을 때, 한니발은 문 아래에서 등나무꽃 한 송이와 종이쪽지를 발견했다. 거기에는 이렇게 적혀 있었다.

'개구리에게 시달리는 자, 해오라기가 되리.'

26

치요는 일본 여행을 앞두고 있었다. 그녀는 한니발이 레이디 무라사키와 어느 정도 대화를 나눌 수 있게 하고, 영어로 말해야 하는 자신의 괴로움을 조금이나마 덜어보고자 한니발에게 기본적인 일본어를 가르치기 시작했다.

치요는 한니발이 시를 이용해 대화하는 헤이안(헤이안 시대:일본 역사에서 794~1185년의 기간) 풍습에 잘 맞는 훌륭한 학생임을 알아차리고 그를 연습 상대로 삼았다. 그녀는 미래의 남편에게 가장 부족한 자질이 있다면 바로 이것이라고 믿고 있었다. 치요는 한니발에게 서양 사람들이 신성하다고 여길 법한 것들을 걸고 레이디 무라사키를 돌보겠다는 맹세를 받아냈다. 그녀는 다락방에 있는 제단에 서약할 것을 요구했고 손가락을 핀으로 찔러 피의 맹세를 시키기까지 했다.

간절한 바람으로도 시간을 멈출 수는 없었다. 레이디 무라사키와 한니발이 파리로 떠날 준비를 할 때 치요는 일본으로 떠날 채비를 했다. 레이디 무라사키가 기차에 앉아 마지막 순간까지 치요의 손을 붙들고 있는 동안 세르주와 한니발은 리옹 역에서 치요의 가방을 임항열차(기선과 연결되는 열차)에 실었다. 누군가 그들이 작별의 인사를 나누는 모습을 봤더라면 아마 감정이 없는 사람들이라고 오해했을 것이다. 집으로 돌아가는 길에 한니발과 레이디 무라사키는 치요의 부재를 뼈저리게 느꼈다. 이제는 두 사람뿐이었다.

전쟁 전 레이디 무라사키의 아버지가 사용하던 파리의 아파트는 칠기와 그림자의 미묘한 상호작용 덕분에 일본적인 분위기가 물씬 풍겼다. 가구를 덮고 있던 천이 하나씩 벗겨질 때마다 몰려오는 아버지에 대한 추억에도 그녀는 아무런 동요를 보이지 않았다.

레이디 무라사키와 한니발이 두꺼운 커튼을 묶자 밝

은 햇빛이 집 안으로 들어왔다. 한니발은 창문 아래 펼쳐진 보주 광장을 내다봤다. 따스한 붉은 벽돌이 깔린 밝고 널찍한 광장은 정원에 아직 전쟁의 흉터가 남아 있긴 해도 파리에서 가장 아름다운 장소였다. 바로 저기, 저 아래 들판에서 앙리 2세가 디안 드 푸아티에(앙리 2세의 스무 살 연상의 정부)의 휘장 아래 마상시합을 벌이다 눈에 치명적인 상처를 입고 쓰러졌다. 저명한 베살리우스(현대 해부학의 시조)조차도 그의 생명을 구하지 못했다. 한니발은 한쪽 눈을 감고 앙리가 어디쯤에서 쓰러졌을지 추측해봤다. 어쩌면 지금 손에 화분을 든 포필 경감이 창문을 올려다보는 바로 저 자리인지도 모른다. 한니발은 손을 흔들지 않았다.

"손님이 오신 것 같아요."

한니발이 어깨 너머로 말했다. 레이디 무라사키는 누구인지 묻지 않았다. 노크 소리가 들리자 그녀는 잠시 뜸을 들이더니 현관으로 첫 손님을 맞으러 나갔다. 포필은 화분과 포숑(파리 마들렌 광장의 최고급 식료품점)에 들러 사온 사탕봉지를 들고 있었다. 양손에 짐을 들고 모자를 벗으려다 잠시 소동이 일어났다. 레이디 무라사키가 그의 손에서 모자를 받아들었다.

"파리에 오신 걸 환영합니다, 레이디 무라사키. 꽃집

아가씨가 이 화분이 이 집 테라스에 잘 어울릴 거라고 하더군요."

"아무래도 제 뒷조사를 하신 모양이네요, 경감님. 저희 집에 테라스가 있다는 건 어떻게 아셨죠?"

"그뿐입니까, 홀이 있다는 것도 알아냈고 틀림없이 부엌도 있을 거로 의심하고 있습니다."

"그럼 어떤 방이 있는지 하나씩 하나씩 순서대로 조사하신 거네요."

"그렇습니다. 그게 제 방식이죠. 하나씩, 하나씩."

"무슨 방에 닿을 때까지요?"

레이디 무라사키는 포필 경감의 얼굴에 홍조가 떠오르는 것을 발견하고는 이쯤에서 멈추는 게 좋겠다고 판단했다.

"햇볕을 얼마나 쬐어줘야 할까요?"

두 사람이 한니발을 보러왔을 때, 소년은 갑옷을 푸는 중이었다. 한니발은 손에 사무라이 면구를 들고 나무상자 옆에 서 있었다. 포필이 방에 들어오자 그는 마치 올빼미처럼 머리만 반쯤 돌려 경감을 쳐다봤다. 레이디 무라사키의 손에 들려 있는 모자를 보고 한니발은 포필의 머리가 둘레는 약 19.5센티미터에 무게는 6킬로그램쯤 나갈 것으로 짐작했다. 포필이 물었다.

"그걸 진짜 써본 적이 있니?"

"아직 그럴 자격이 안 돼서요."

"그냥 궁금한 것뿐이다."

"그 많은 훈장을 다 달아본 적이 있나요, 경감님?"

"그런 게 필요한 행사에 참석할 때에는."

"포숑의 초콜릿이라니, 정말 사려 깊으시네요. 그거라면 수용소 냄새를 지워주겠죠."

"하지만 정향기름 냄새를 지우지는 못하지. 레이디 무라사키, 부인의 거취 문제에 관해 이야기를 나누고 싶습니다만."

포필과 레이디 무라사키가 테라스로 나갔다. 한니발은 창문으로 대화하는 두 사람을 지켜보며 포필의 모자에 대한 추정치를 20센티미터로 수정했다. 레이디 무라사키와 포필은 이야기를 나누는 동안 화분을 이리저리 옮겨가며 햇빛이 들어오는 각도를 시험하고 있었다. 마치 말하는 내내 뭔가를 해야 하는 것처럼.

한니발은 갑옷을 정리하다 말고 나무상자 옆에 무릎을 꿇고 앉아 가오리 가죽으로 만들어진 단검 손잡이 위에 손을 올리고 면구의 눈구멍을 통해 포필을 노려봤다. 레이디 무라사키가 웃고 있었다. 포필 경감의 촌스럽고 경박한 농담에 친절한 레이디 무라사키가 억지로 웃어보이는 것이리라. 두 사람이 다시 안으로 들어왔다. 레이디 무라사키는 한니발과 포필 경감만 남겨놓고 자리를 비웠다.

"한니발, 네 삼촌이 돌아가셨을 때 그분은 리투아니아에서 네 동생에게 무슨 일이 있었는지 알아내려고 하던 중이셨다. 나도 그 일을 할 수 있을 것 같구나. 발트 쪽 일을 조사하는 건 쉽지 않단다. 소비에트는 가끔 협력을 해주기도 하지만 그렇지 않은 경우가 훨씬 많거든. 어쨌든 그래도 계속 노력해보마."

"감사합니다."

"혹시 뭐든 기억나는 게 있니?"

"우린 사냥용 산장에 살았어요. 그리고 폭발이 일어났죠. 군인들이 절 탱크에 태워 마을로 데려갔던 기억이 나요. 하지만 그 중간에 무슨 일이 있었는지는 전혀 모르겠어요. 기억해보려고 했지만 아무것도 생각나지 않았어요."

"뤼팽 박사와 이야기했다."

한니발은 아무런 반응도 보이지 않았다.

"너와 어떤 이야기를 했는지 자세히 말해주지 않더구나."

역시 아무런 반응도 없었다.

"하지만 네가 동생을 얼마나 걱정하고 있는지 말해줬

다. 그거야 당연하겠지. 그리고 시간이 지나면 네 기억이 되돌아올지도 모른다고도 했고. 뭔가 기억나는 게 있다면 내게도 꼭 알려주렴."

한니발은 경감을 빤히 바라보다 말했다.

"그러죠, 뭐."

그는 시계 소리가 듣고 싶었다. 시계 소리가 들리면 좋을 것 같았다.

"지난번에…… 너와 폴 모몽 사건에 관해 이야기했을 때, 내가 전쟁에서 친척들을 잃었다고 했던 거 기억나니? 나도 그 일을 떠올리는 게 두렵단다. 왜 그런지 아니?"

"아뇨, 말해주세요."

"어쩌면 내가 그들을 구할 수 있었을지도 모르기 때문이야. 그때 내가 뭔가를 했더라면 이렇게 되지 않았을 거라는 걸 알게 될까 봐 두려웠다. 만약 네가 나와 비슷한 심정이라면, 나와 똑같은 두려움에 떨고 있다면, 미샤를 찾는 데 도움이 될 기억을 묻어버리지 않길 바란다. 그게 뭐든 간에 전부 말해줘야 해."

레이디 무라사키가 방으로 들어오자 포필이 자리에서 일어나더니 화제를 돌렸다.

"리세(프랑스 국립 고등학교)는 훌륭한 학교지. 내가 도울 길이 있다면 기꺼이 도와주겠다. 가끔 널 보러 가기도 하고."

"하지만 경감님은 이 집에 오는 걸 더 좋아하실 텐데요."

"경감님이 방문해주신다면 언제나 반가울 겁니다."

레이디 무라사키가 한니발의 말을 가로막았다.

"안녕히 가세요, 경감님."

한니발이 말했다. 포필을 배웅하고 돌아온 레이디 무라사키는 화가 나 있었다.

"포필 경감은 숙모님을 좋아해요. 얼굴에 다 드러나던걸요."

"네 얼굴에서는 뭐가 보일까? 한니발, 그 사람을 자극하는 건 위험한 일이야."

"지겨운 인간이에요."

"그리고 너답지 않게 무례하구나. 내 집에 찾아온 손님에게 버릇없이 굴 생각이면 따로 살 집을 찾아보렴."

"레이디 무라사키, 전 숙모님과 함께 이곳에서 살고 싶어요."

그녀의 얼굴에서 노여움이 사라졌다.

"안 돼. 방학 때나 주말에는 함께 지낼 수 있어. 하지만 넌 약속대로 학교에 가야 한단다. 내 손이 언제나 네 가슴에 함께 있다는 걸 너도 알잖니."

레이디 무라사키는 자신의 손을 한니발의 가슴에 올려놨다.

그의 가슴에. 포필의 모자를 들고 있던 그 손이 한니발의 가슴에 놓여 있다. 모몽 동생의 목구멍에 칼을 들이댔던 그 손. 푸주한의 머리카락을 잡고 가방에 넣어 광장의 우체통 위에 올려놓은 그 손. 그의 심장이 그녀의 손바닥 위에서 달음박질쳤다. 속내를 들여다볼 수 없는 그녀의 얼굴.

27

전쟁이 시작되기 전부터 포르말린 속에 저장돼 있던 개구리들의 장기는 색깔을 잃고 희뿌옇게 변한 지 오래였다. 고약한 냄새가 진동하는 학교 실험실, 여섯 명씩 한 조를 이룬 학생들이 각각 작은 해부용 시체가 놓인 쟁반을 둘러싸고 비좁게 모여 서 있었다. 바삐 움직이는 손들이 해부도를 스케치했다. 탁자 위로 지저분한 지우개 가루가 날렸다. 석탄이 부족한 탓에 교실은 추웠으며 몇몇은 손가락 끝이 잘린 장갑을 끼고 있었다.

한니발은 탁자 가까이 다가가 개구리를 한 번 들여다본 다음, 다시 책상으로 돌아갔다. 그는 두 가지 실수를 했다. 비엥빌 선생은 교실 뒤쪽을 골라 앉는 학생에 대해 그리 좋지 않게 생각하는 전형적인 교사였다. 그는 한니발의 옆으로 슬며시 다가갔다. 소년이 개구리가 아닌 사람 얼굴을 그리고 있는 걸 보자 그는 자기가 틀리지 않았음을 확신할 수 있었다.

"한니발 렉터, 개구리를 그리지 않고 뭐 하는 게냐?"

"이미 끝냈습니다."

한니발이 한 장을 앞으로 넘겼다. 거기에는 완벽하게 묘사된, 레오나르도 다빈치의 인체비례도처럼 주변에 원을 둘러놓은 개구리 해부도가 그려져 있었다. 겉으로 드러난 장기에는 정확한 음영까지 들어가 있었다. 교사는 한니발의 얼굴을 지그시 들여다봤다. 혀끝으로 의치를 조절한 후 그가 말했다.

"이 그림은 내가 가져가마. 이걸 보여줄 만한 사람을 아는데, 네 그림을 좋아할 것 같구나."

교사는 스케치북을 다시 앞으로 넘겨 한니발이 그리고 있던 얼굴을 살폈다.

"이건 누구지?"

"모르겠습니다. 그냥 어디선가 본 얼굴인가 봅니다."

사실 그것은 블라디스 그루타스의 얼굴이었다. 하지만 한니발은 그의 이름을 알지 못했다. 그것은 그가 언제나 달 속에서, 한밤중에 천장 위에서 보는 얼굴이었다.

교실 창문으로 새어 들어오는 침침한 회색빛 아래 1년
이 지났다. 그러나 적어도 그 빛은 그림을 그리기에 충
분히 밝았으며 교사들이 서류에 한니발의 이름을 적으
면서 교실은 바뀌고, 바뀌고, 또 바뀌었다. 마침내 방학
이 시작됐다.

백작이 죽고 치요가 떠난 후 처음으로 맞는 가을, 레
이디 무라사키의 상실감은 최고조에 달했다. 남편이 살
아 있을 때 그녀는 저택 옆 냇가에 만찬을 준비하고 렉
터 백작과 한니발, 치요와 함께 만월을 바라보며 가을벌
레의 울음소리를 만끽했다. 파리에 온 후에도 그녀는 아
파트 테라스에 앉아 한니발에게 결혼 소식을 담은 치요
의 편지를 읽어주며 둥글게 차오르는 달을 감상하곤 했
지만, 더 이상 귀뚜라미 소리는 들려오지 않았다.

그날 아침 일찍, 한니발은 거실에 놓인 간이침대를 접
어 정돈한 다음 자전거를 타고 센 강을 가로질러 파리
근교의 식물원으로 향했다. 요즘 그는 그곳에서 애완동
물에 관한 탐구 조사를 하고 있었다. 그리고 오늘, 그의
손에는 주소를 휘갈겨 쓴 쪽지가 들려 있었다.

한니발은 몽주 광장과 오르톨랑 거리에서 10분 정도

더 남쪽으로 내려간 곳에서 가게를 찾아냈다. '열대어, 애완용 조류, 외국산 애완동물'

한니발은 안장에 달린 주머니에서 작은 화집을 꺼내 안으로 들어갔다. 상점 앞쪽에는 수조와 우리가 줄지어 진열돼 있고 사방에서 새들의 지저귐과 짹짹거리는 소리, 우리 안 햄스터의 바퀴 소리가 시끄럽게 들려왔다. 모이로 쓰는 곡식과 따뜻한 깃털, 물고기밥 냄새가 풍겼다. 금전등록기 옆에 매달린 새장에서 커다란 앵무새가 일본어로 말을 걸었다. 싹싹한 표정의 나이 든 일본인이 가게 뒤쪽에서 요리를 하다 말고 손님을 맞으러 나왔다.

"ごめんくだ い고멘쿠다사이 : 실례합니다."

한니발이 말했다.

"いらっしゃいませ이랏샤이마세 : 어서 오세요."

"이랏샤이마세."

앵무새가 가게 주인의 말을 따라했다.

"스즈무시 귀뚜라미 있나요?"

"Non, je suis desolee농, 주 쉬 데졸레 : 아뇨, 죄송합니다."

"농, 주 쉬 데졸레."

이번에도 앵무새가 가게 주인의 말을 따라했다. 주인이 앵무새를 보고 얼굴을 찡그리더니 알아듣기 어려운 서툰 영어로 바꿔 말했다.

"싸움용 귀뚜라미라면 다양하게 갖추고 있습니다. 정말 용맹한 싸움꾼들이죠. 이제까지 져본 적이 없다니까요. 귀뚜라미를 키우는 사람들 사이에서는 유명합니다."

"매년 이맘때면 스즈무시의 노래를 그리워하는 일본 여성분한테 선물을 드리고 싶어서요. 그냥 평범한 귀뚜라미는 안 돼요."

"그렇다면 프랑스 귀뚜라미는 추천해드릴 수 없겠군요. 철이 아니면 노래를 즐기기 어려우니까요. 하지만 판매용 스즈무시는 없는데요. 일본말을 할 줄 아는 앵무새는 어떻습니까. 모든 계층의 언어를 말할 수 있답니다."

"개인적으로 스즈무시를 키우고 계시진 않나요?"

주인은 잠깐 시선을 돌려 먼 곳을 주시했다. 곤충과 곤충알의 수입에 관한 법률은 새로운 공화국하에서 상당히 모호하게 적용되고 있었다.

"울음소리를 들어보시겠습니까?"

"그럴 수만 있다면 좋죠."

한니발의 말에 주인이 가게 안쪽에 드리워진 커튼 뒤로 사라지더니 작은 벌레 상자와 오이, 칼을 가지고 돌아왔다. 그는 상자를 카운터 위에 올려놓더니 앵무새의 탐욕스러운 눈길을 무시한 채 오이를 아주 얇게 잘라 상자 안으로 밀어 넣었다. 그러자 안에서 마치 썰매 종처럼 맑고 선명한 스즈무시의 노래가 시작됐다. 일본인 주인은 행복에 겨운 표정으로 벌레의 울음소리에 귀를 기울였다. 앵무새가 재주껏 귀뚜라미의 노래를 모방하기 시작했다. 귀청이 찢어질 듯한 커다란 소리로 온 힘을 다해 몇 번이고 재잘거렸지만 아무런 응답도 돌아오지 않자 앵무새는 욕설을 퍼부으며 난동을 부렸다. 한니발은 엘가 아저씨를 떠올렸다. 참다못한 주인이 우리 위에 가리개를 씌웠다.

"빌어먹을."

천 아래에서 욕설이 들렸다.

"이 스즈무시를 빌려주실 순 없나요? 음, 한 마리만이라도요, 1주일 단위로는 어떨까요."

"금액은 어느 정도로 생각하고 계십니까?"

"사실 전 교환을 생각하고 있었어요."

주인의 물음에 한니발이 답했다. 그는 펜과 잉크로 그린, 휘어진 나뭇가지 위에 앉아 있는 딱정벌레 그림을 화첩에서 꺼냈다. 주인은 그림의 귀퉁이를 조심스레 받아들고 빛에 비추어 보더니 현금등록기 옆에 세워뒀다.

"스즈무시를 구할 수 있는지 한번 알아보지요. 오후에 다시 들러주시겠습니까?"

남은 시간 동안 한니발은 거리를 배회하며 가판대에

서 산 자두를 베어 먹었다. 그는 진열장에 큰 뿔양과 아이벡스(알프스나 피레네 산맥 등에 서식하는 야생 염소) 등 동물의 박제 머리를 진열해놓은 사냥용품 가게를 발견했다. 진열창 구석에는 우아한 자태를 지닌 홀랜드&홀랜드 복식 라이플이 걸려 있었다. 멋들어진 작품이었다. 나무는 마치 금속에서 자연스레 자라난 듯 보였고 나무와 금속 부위 모두 아름다운 뱀과 같은 매끈한 곡선을 자랑했다. 총은 우아했고 레이디 무라사키처럼 아름다웠다. 하지만 죽은 동물들의 시선이 노려보는 가운데 이런 생각을 하는 것은 마음이 조금 불편했다. 애완동물 가게로 돌아가자 가게 주인이 귀뚜라미를 준비해놓은 채 기다리고 있었다.

"10월 이후에 벌레 상자를 돌려주실 수 있을까요?"

"가을이 끝날 때까지 귀뚜라미가 살아 있을 수 있나요?"

"온도만 따뜻하게 맞춰준다면 겨울까지도 살아남을 수 있을 겁니다. 그러니 상자는…… 언제라도 편할 때 돌려주세요."

그는 한니발에게 오이를 건네며 말했다.

"한꺼번에 너무 많이 주면 안 됩니다."

레이디 무라사키가 기도를 마치고 테라스로 나왔다.

그녀의 얼굴에는 여전히 가을의 추억이 묻어 나오고 있었다. 두 사람은 땅거미가 내려앉았지만 아직 밝은 빛이 충만한 테라스에서 낮은 탁자에 앉아 저녁 식사를 했다. 그들이 우동을 먹고 있을 때였다. 오이 덕분에 원기를 회복한 스즈무시가 테라스를 둘러싼 꽃잎 아래 어둠 속에서 선명하고 맑은 노랫소리로 레이디 무라사키를 깜짝 놀라게 했다. 그녀는 자신이 환청을 들었다고 생각했다. 그러나 순간 종소리와 비슷한 스즈무시의 노랫소리가 다시 한 번 뚜렷하게 울렸고 레이디 무라사키의 눈에 생기가 돌기 시작했다. 그녀는 다시 예전의 레이디 무라사키로 돌아와 있었다. 레이디 무라사키가 한니발에게 미소를 보냈다.

"그대 얼굴을 보니 두근거리는 내 마음, 귀뚜라미도 함께 노래하네."

"그대를 보니 내 가슴도 뛰네, 내게 마음의 노래를 가르쳐준 이여."

스즈무시의 노래에 화답하듯 둥근 달이 떠올랐다. 그들이 앉아 있는 테라스도 두둥실 떠올랐다. 망령들이 가득한 대지를 뒤로 한 채 두 사람은 손을 뻗으면 금방이라도 닿을 듯한 선명한 달빛 속으로, 행복한 세상으로 날아갔다. 그들은 이렇게 함께 있다는 것만으로도 충분했다.

시간이 지나면 한니발은 그 귀뚜라미가 빌린 것이며, 달이 이지러지면 다시 돌려주러 가야 한다고 털어놓을 것이다. 너무 오랫동안 가을에 빠져 있을 수는 없었다.

28

레이디 무라사키는 그녀의 적응력과 미적 감각을 발휘해 상당 수준의 우아한 삶을 보냈다. 저택을 경매에 부쳐 상속세를 내고도 남을 만큼의 재산이 있었기에 가능한 일이었다. 그녀는 한니발이 원하는 것이라면 무엇이든 베풀 준비가 돼 있었지만 그는 아무것도 요구하지 않았다.

따지자면 로버트 렉터는 한니발의 학비를 댔을 뿐 그 외에는 경제적으로 어떤 도움도 주지 않은 셈이었다. 한니발이 생활비를 마련하는 데 가장 중요한 역할을 한 것은 그가 직접 제작한 편지였다. 그 편지에는 한니발이 분필 가루에 심한 알레르기 증상을 보이므로 최대한 칠판에서 멀리 떨어져 앉아야 한다고 학교측에 권고하는 내용이 가밀 졸리폴리라는 알레르기 전문의의 서명과 함께 담겨 있었다.

한니발은 자신의 뛰어난 성적 덕분에 수업 시간에 뒷자리에서 무슨 짓을 하든 다른 학생들이 보고 따라하지 않는 한, 교사들이 그의 행동에 관심을 쏟지 않으리라는 사실을 잘 알고 있었다. 그는 교탁에서 가장 멀리 떨어진 자리에 홀로 앉아 한 귀로 강의를 들으며 잉크와 그림물감으로 미야모토 무사시(일본 에도시대에 활약했던 전설적인 무사이자 화가) 화풍의 그림을 그렸다. 때마침 파리에는 일본풍의 회화가 유행을 타고 있었다. 일본 그림은 화폭이 작아 좁디좁은 파리의 아파트에 안성맞춤이었으며 여행객들의 작은 여행가방에도 손쉽게 접어 넣을 수 있었다. 그는 서명 대신 영원을 의미하는 '영永' 자를 이용했다.

생페르 가와 자코브 가를 따라 작은 갤러리들이 촘촘하게 늘어서 있는 라탱 구역에는 이런 그림을 사고팔 수 있는 시장이 있었다. 그중 몇몇 갤러리는 한니발 같은 어린 소년의 작품이라는 사실이 손님들에게 새어나갈까 두려워 갤러리 문을 닫았을 때 몰래 가져올 것을 요구하기도 했다.

늦여름의 어느 날, 뤽상부르 공원에 아직 햇살이 남아 있을 무렵 한니발은 갤러리의 폐점 시간을 기다리며 연못에 떠 있는 작은 장난감 배를 스케치했다. 그런 다음 그는 생제르맹 거리까지 걸어갔다. 레이디 무라사키의 생일이 다가오고 있었다. 그는 생일 선물로 퓌르스텐베르그 광장에서 발견한 비취에 눈독을 들이고 있었다. 한니발은 자코브 가의 실내장식가에게 배 그림을 팔았지만 일본 화풍으로 그린 작품들은 생페르 가에 있는 작고 값비싼 갤러리에 팔 작정으로 남겨뒀다. 그 그림들은 최고급으로 표구돼 액자에 담겨야 했다. 그는 자기 그림의 가치를 더욱 높여줄 수 있는 화구상을 알고 있었다.

한니발은 가방 속에 그림을 짊어진 채 생제르맹 대로를 따라 내려갔다. 카페의 야외 탁자는 빈자리 하나 없이 사람들로 북적였고 거리의 어릿광대들은 카페 드 플로르(20세기 초 문학과 예술, 사상을 꽃피운 지적 패션의 중심지 역할을 했던 카페) 앞에 모인 손님들의 웃음을 끌어내려고 행인들에게 집적대며 장난을 걸었다. 강 옆에 이어지는 작은 생브누아 가와 라베이 가의 재즈 클럽들은 아직 굳게 닫혀 있었지만 레스토랑은 벌써 손님을 받고 있었다. 한니발은 학교에서 점심으로 먹은, 이른바 '순교자의 유골'이라는 음식에 대한 생각을 머릿속에서 지워버리려 안간힘을 쓰고 있었다. 그는 레스토랑 앞을 지날 때마다 메뉴판을 뚫어지게 쳐다보며 가격을 살폈다. 한니발은 레이디 무라사키의 생일날 저녁 식사를 대접하고 싶었고, 그중에서도 특히 성게 요리를 찾고 있었다.

한니발이 현관 종을 울렸을 때, 리트 갤러리를 운영하는 리트 씨는 저녁 약속을 위해 면도를 하던 중이었다. 창가에는 커튼이 드리워져 있었지만 갤러리에는 아직도 밝은 빛이 남아 있었다. 리트는 프랑스인 특유의 기질과 벨기에인의 성급함을 모두 지니고 있었다. 그는 뭐든지 살 게 분명한 미국인들을 등쳐 먹으려는 사람이었다. 리트 갤러리는 최근 이름을 날리는 구상주의 화가들의 작품과 작은 조소, 골동품 등을 전문으로 다뤘다. 특히 바다와 해변을 그린 풍경화 부문에서 명성을 날리고 있었다.

"어서 오게, 렉터 군. 얼굴을 보니 정말 반갑네. 그동안 잘 지냈겠지? 그림을 포장해야 하니 잠시만 기다려주게. 오늘 밤 미국 필라델피아로 보내야 하거든."

한니발의 경험상, 이런 식의 환대는 대개 교활한 속내를 감추기 위한 것이었다. 그는 리트에게 그림과 확고한 글씨체로 적은 가격을 건넸다.

"잠시 둘러봐도 될까요?"

"물론이지."

학교에서 빠져나와 훌륭한 그림들을 감상하는 것은 한니발에게 무엇과도 비길 수 없는 즐거움이었다. 연못에 떠 있는 배를 그리던 한니발은 그 후 줄곧 물과 물의 표현 기법에 대해 고민하고 있었다. 그는 자신이 도저히 흉내 낼 수 없는 터너(바다 풍경화로 유명한 영국의 낭만주의 화가)의 안개와 색감에 대해 생각하면서, 이 그림에서 저 그림으로 옮겨 다니며 물과 수면 위의 공기를 어떤 식으로 표현했는지 신중하게 들여다봤다. 이윽고 한니발은 이젤 위에 얹혀 있는 작은 그림을 향해 다가갔다. 산타 마리아 델라 살루테 성당을 배경으로 밝은 햇살 아래 빛나는 베네치아 대운하를 그린 그림이었다.

그것은 렉터 성에 걸려있던 과르디(베네치아 운하 그림으로 유명한 이탈리아의 풍경화가)의 그림이었다. 한니발은 미처 깨닫기도 전에 그 사실을 이미 알고 있었다. 눈꺼풀 아래에서 기억의 섬광이 번쩍거리며 스쳐 지나갔다. 그의 눈앞에 익숙한 그림이 놓여 있었다. 아니, 어쩌면 모사화일지도 모른다. 한니발은 그림을 집어 들어 자세히 살폈다. 왼쪽 위 구석에 작은 갈색 얼룩이 점점이 나 있었다. 한니발이 아주 어렸을 때 그는 부모님이 그 얼룩을 '여우 얼룩(변색됐다는 의미)'이라고 부르는 것을 들었다. 그래서 몇 번이나 그 얼룩을 들여다보며 여우나 여우 발자국을 상상해내려고 애를 썼었다. 이 그림은 복제품이나 모사화가 아니었다. 손에 쥔 액자가 뜨겁게 느껴졌다.

리트가 방으로 들어왔다. 그는 한니발을 보고 얼굴을 찡그렸다. 그러고는 곧 웃음을 터뜨렸다.

"살 게 아니면 그림을 만지면 안 되지. 자, 수표다. 좀 많긴 하지만 그래도 과르디 그림을 사기엔 무리지."

"네, 오늘은 무리겠지요. 그럼 다음에 뵙죠, 리트 씨."

29

포필 경감은 현관에서 울리는 차임 소리를 무시한 채 생페르 가에 있는 리트 갤러리의 문을 박차고 들어갔다. 갤러리 주인과 인사를 나누자마자 그는 곧장 본론으로 돌입했다.

"과르디를 어디서 구했습니까?"

"콥닉한테 샀습니다. 동업을 끝내고 둘이 갈라질 때의 일이죠."

리트가 말했다. 그는 프랑스인 주제에 트임 없는 조종사 재킷을 입은 포필의 모습이 혐오스럽다는 듯 콧잔등을 찡그렸다.

"핀란드 사람한테서 샀다고 합디다. 이름은 말해주지 않았어요."

"송장을 보여주시오. 그리고 갤러리 주인이라면 도난 예술품에 대한 도록도 가지고 있을 텐데, 그것도 같이 보여주시오."

리트는 자신의 카탈로그와 도난당한 미술품 목록을 비교해봤다.

"자, 여기요. 도난당한 과르디에 대한 설명이 다르잖습니까. 로버트 렉터는 '산타 마리아 델라 살루테의 풍경'을 도난당했다고 했는데, 난 '대운하의 풍경'을 샀단 말입니다."

"그게 뭐라고 불리든 간에 그림을 몰수할 수 있는 법원 명령서를 가지고 왔소. 수령증을 써드리지. 그리고 그 콥닉이라는 자를 찾아내시오, 리트 씨. 그래야만 앞으로 겪을 수많은 불쾌한 일들에서 해방될 수 있을 거요."

"콥닉은 죽었습니다. 나와 함께 회사를 운영했던 동업자였어요. 콥닉 앤드 리트라는 회사예요. 리트 앤드 콥닉이라고 했으면 더 듣기 좋았을 것을."

"콥닉에 관한 기록이 있소?"

"변호사가 가지고 있을 겁니다."

"그럼 그걸 찾아보시오. 아주 잘, 샅샅이 뒤져봐요. 이 그림이 렉터 성에서 어떻게 이 갤러리까지 오게 됐는지 알고 싶으니까."

"렉터? 저 그림을 그린 소년 말입니까?"

"그렇소."

"정말 대단한 아이더군요."

"그래, 대단하지. 그림을 싸주시오."

이틀 후, 리트는 서류를 들고 사법경찰 본부에 나타났다. 포필은 '2번 조사실'이라고 적힌 방 앞 복도에 그를 앉혀놨다. 주먹질과 비명으로 가득한 취조실에서는 강간 용의자에 대한 시끌벅적한 취조가 한창이었다. 포필은 리트가 그 분위기에 푹 절도록 내버려뒀다가 15분 정도 후에 자신의 사무실로 그를 불러들였다. 리트가 영수증을 내밀었다. 콥닉이 엠푸 마키넨이라는 사람에게서 과르디의 그림을 800파운드에 샀다는 증명서였다.

"당신은 이걸 믿소? 난 도무지 못 믿겠구먼."

포필의 말을 들은 리트가 헛기침을 하더니 바닥을 내려다봤다. 20초가 흘렀다.

"검사가 당신을 기소하고 싶어 안달이 나 있소, 리트 씨. 아는지 모르겠지만 그는 극단적인 칼뱅주의자거든."

"그 그림은……"

포필이 손을 들어 올려 리트의 말을 가로막았다.

"지금 당신이 처한 문제는 잠시 잊으시오. 사실 내가 당신 문제를 도와줄 수도 있지. 당신이 날 도와줬으면 좋겠소. 이걸 봐요."

그는 리트에게 깨알 같은 글씨가 인쇄된 복사용지 다발을 내밀었다.

"연합국 예술품 보호부MFAA가 뮌헨에서 가져올 미술품 목록이오. 모두 전쟁 중에 강탈당한 작품들이지."

"주드폼므 국립미술관에 전시될 건가요?"

"그래요. 소유권을 주장하는 사람들을 위해서요. 두 번째 페이지 중간쯤에 동그라미 친 게 보이죠?"

"'탄식의 다리', 베르나르도 벨로토(도시 경관 그림으로 유명한 이탈리아의 풍경화가), 36×30센티미터, 유화."

"이 그림을 아시오?"

포필이 물었다.

"들어본 적이 있습니다."

"만일 이 그림이 진짜라면 이것도 렉터 성에서 약탈당한 것이오. 이게 다른 '탄식의 다리'와 한 쌍을 이루는 유명한 작품이라는 걸 알 거요."

"벨로토의 작품이죠. 같은 날에 그린."

"그것도 렉터 성에서 도난당했지. 아마 틀림없이 같은

시간에 같은 사람이 훔쳐간 걸 거요. 만약 이 두 그림을 쌍으로 묶어 판다면 각각의 그림을 따로 팔 때보다 얼마나 높은 가격을 매길 수 있을 것 같소?"

"네 배는 될 겁니다. 제정신이 박힌 사람이라면 두 점을 따로 내놓을 리가 없죠."

"그렇다면 그림에 무지한 사람이거나 아니면 실수로 그림들이 헤어졌다는 소리로군. '탄식의 다리'를 그린 두 점의 그림. 이걸 판 사람이 만약 나머지 그림을 아직 가지고 있다면 짝을 돌려받고 싶어 하겠지?"

"아주 간절히요."

"이 그림이 주드폼므에 걸리면 많은 사람이 그 소식을 듣게 되겠지. 그러니 우리가 할 일은 그림을 걸어놓고 누가 그 주위를 어슬렁거리며 군침을 흘리는지 지켜보는 거요."

30

레이디 무라사키는 주드폼므 미술관에 들어갈 수 있는 초대장을 내밀었다. 튀일리 궁(현재의 프랑스 파리 루브르 박물관 자리와 샹젤리제 사이에 있던 옛 왕궁)은 연합국 예술품 보호부가 정당한 소유주에게 돌려주고자 뮌헨 예술품 수집소에서 가져온 500점 이상의 도난당한 작품을 확인하려고 몰려온 사람들로 북적였다. 그중에는 긴 세월에 걸쳐 프랑스와 독일을 세 번째로 오간 작품들도 있었다. 처음에는 나폴레옹이 독일에서 프랑스로 강탈해왔고 독일인에 의해 고향으로 귀환했다가 다시 연합군을 통해 프랑스로 돌아온 것이다.

레이디 무라사키는 미술관 1층에서 뒤죽박죽 혼란스레 뒤섞여 있는 서유럽의 이미지들을 발견했다. 홀의 한쪽 벽은 피투성이 종교화로 가득했다. 마치 수많은 예수 그리스도가 십자가에 매달려 대롱거리는 정육점에 온 것 같았다. 다행스럽게도 잠시 후 그녀는 햄을 향해 막 달려들려고 하는 스패니얼 종의 개를 제외하고는 아무도 참석하지 않은 호화로운 뷔페 식탁을 그린 '고기 점심' 쪽으로 몸을 돌렸다. 그 너머는 장밋빛 피부에 커다란 엉덩이를 지닌 여인이 날개를 단 통통한 어린아이들에게 둘러싸여 있는 루벤스(피터 폴 루벤스, 바로크 시대 플랑드르의 위대한 화가) 학파의 거대한 캔버스가 차지하고 있었다.

포필 경감은 루벤스의 풍만하고 혈색 좋은 나체와 대조를 이루는, 모조 샤넬을 걸친 레이디 무라사키의 늘씬하고 우아한 몸매를 바라봤다. 그때 한니발이 아래층에서 계단을 올라왔다. 포필 경감은 몸을 숨긴 채 두 사람을 지켜봤다. 두 사람은 서로 마주 보고 있었다. 아름다운 일본 여인과 그의 어린 피후견인. 포필은 그들이 인사를 나누는 모습에 흥미를 느꼈다. 둘은 고개를 숙이지는 않았지만 몇십 센티미터 떨어진 곳에서 발을 멈추고 미소로 서로를 맞이했다. 그러고 나서 가까이 다가가 포옹했다. 레이디 무라사키는 한니발의 이마에 입맞춤을 하고 뺨을 어루만진 다음 곧바로 대화를 시작했다. 애정 넘치는 인사말을 교환하는 그들의 머리 위에는 카라바조(혁신적인 명암법으로 바로크 미술에 큰 영향을 끼친 이탈리아 화가)의 '홀로페르네스의 목을 자르는 유디트'의 복사화가 걸려 있었다. 전쟁 전의 포필이라면 그 그림에 경탄했겠지만 지금은 등골이 오싹했다. 포필과 한니발의 시선이 마주쳤다. 경감은 입구 근처에 있는 작은 사무실을 향해 고개를 까닥여 보였다. 안에서는 리트가 기다리고 있었다.

"뮌헨 수집소측에서는 1년 반쯤 폴란드 국경에서 붙잡은 밀수업자가 그 그림을 가지고 있었다고 했소."

"놈이 이름을 불었나요? 그림이 어디서 났는지 말했습니까?"

리트의 물음에 포필이 고개를 저었다.

"그 밀수꾼은 뮌헨에 있는 미군 감옥에서 독일군 모범수에게 목 졸려 죽었소. 그리고 그 모범수는 그날 밤 사라졌고. 오데사(제2차 세계대전 후 독일에서 창설된 나치의 비밀 도피 조직)를 통해 탈출한 것으로 추정하고 있소. 단서가 끊긴 셈이지."

"그 그림은 구석에 있는 88번 자리에 전시돼 있습니

다. 리트 씨의 말로는 진품 같다고 하더군요. 한니발, 그 그림이 너희 집에 있던 게 맞는지 알아볼 수 있겠니?"

"네."

"만일 그 작품이 너희 가문 물건이라면 턱을 쓰다듬어라. 그리고 누가 너한테 접근하면 그 그림을 다시 보게 돼서 기쁘고, 누가 그걸 훔쳐갔는지는 그다지 관심이 없다는 투로 말해. 넌 욕심이 많은 아이야. 그림을 되찾아서 될 수 있는 한 빨리 팔아치우고 싶으면서도 그것과 짝을 이루는 다른 한 점도 갖고 싶은 아이."

"조심해야 한다, 한니발. 이기적이고 버릇없는 애처럼 보여야 해."

포필이 평소답지 않은, 약간 흥분한 기색으로 거듭 다짐했다.

"할 수 있겠지? 후견인과 사이가 좋지 않다는 걸 보여줘라. 그러면 그 사람이 네게 먼저 연락을 시도할 거야. 네가 움직일 필요도 없어. 두 사람 사이가 좋지 않은 걸 알면 안심하고 방심할 테니까. 그 사람에게 연락할 방법을 알려달라고 떼를 써봐. 나와 리트는 지금 나갈 거니까 몇 분 후에 시작하렴."

"이쪽으로."

포필이 옆에 서 있는 리트에게 말했다.

214

"우린 지금 합법적인 일을 하는 거요, 선생. 그러니 그렇게 살금살금 움직이지 않아도 돼요."

한니발과 레이디 무라사키는 일렬로 길게 늘어선 작은 그림들을 살피고 또 살펴봤다. 정말 있었다. '탄식의 다리'가 바로 눈높이에 걸려 있었다. 이 그림을 보자 과르디의 그림을 처음 발견했을 때보다도 더욱 거센 감정의 물결이 밀려왔다. 그림 속에서 한니발은 어머니의 얼굴을 봤다.

손에는 작품 목록을 들고, 겨드랑이에는 소유권을 주장하는 데 필요한 갖가지 서류들을 끼운 사람들의 무리가 복도를 따라 거세게 몰려오고 있었다. 그중에는 양복 차림에 키가 훤칠한, 모로 봐도 영국인으로 보이는 사내가 한 명 끼어 있었다. 양복 재킷이 마치 비행기의 보조날개처럼 펄럭거렸다. 목록으로 얼굴을 가린 채, 사내가 한니발의 말을 들을 수 있을 정도로 가까이 다가섰다. 한니발이 말했다.

"이건 우리 어머니의 재봉실에 걸려있던 그림들 중 하나에요. 성에서 피난 가기 전에 어머니가 이걸 주시며 요리사한테 가져다주라고 하셨죠. 뒤쪽을 망가뜨리지 말라면서요."

한니발은 벽에서 그림을 떼어내 뒤집었다. 그의 눈동자가 반짝, 하고 타올랐다. 그림의 뒷면, 바로 그곳에 갓난아기의 손바닥 윤곽이 분필로 그려져 있었다. 사람들의 손에 뭉개져 대부분은 지워졌지만 엄지손가락과 집게손가락의 윤곽이 뚜렷하게 남아 있었고 반투명의 얇은 글라신페이퍼(식품, 담배, 약품 따위에 쓰는 반투명의 얇은 종이)가 덮여 있었다. 한니발은 오랫동안 손바닥 자국을 바라봤다. 손가락이 눈앞에서 작은 파도처럼 움직였다. 그는 가까스로 포필의 말을 기억해냈다.

'그림이 맞으면 턱을 쓰다듬으렴.'

한니발은 숨을 깊게 들이쉰 다음 약속된 신호를 보냈다. 그는 레이디 무라사키에게 말했다.

"이건 미샤의 손이에요. 제가 여덟 살 때 위층에 칠을 다시 하면서 이것과 쌍둥이 그림을 어머니 방으로 옮기고는 시트로 덮어놨거든요. 미샤랑 전 그 시트 밑에 숨어서 놀곤 했어요. 그건 우리들만의 비밀 공간이었죠. 우린 사막을 떠도는 방랑자였고요. 전 미샤가 악마한테 잡히지 않게 하려고 주머니에서 꺼낸 분필로 미샤의 손 주위에 선을 그렸어요. 부모님은 대단히 화를 내셨지만 그림이 망가지지는 않았으니까 나중에는 오히려 좋아하셨던 것 같아요. 적어도 제 생각에는요."

홈부르크 모자를 쓴 남자가 목에 건 신분증을 휘날리며 바람처럼 달려왔다.

'협회 사람이 너를 꾸짖거든 화가 난 척 말다툼을 해라.'

포필은 이렇게 말했었다.

"제발, 그런 짓을 하면 안 됩니다. 그림에 손을 대면 안 돼요."

"이게 내 그림이 아니었다면 손가락 하나도 안 댔을 거예요."

직원의 말에 한니발이 대꾸했다.

"소유권이 증명되기 전까지는 손을 대면 안 됩니다. 규칙을 지키지 않으면 이곳에 있을 수 없어요. 등록담당자를 불러올 테니 기다리십시오."

직원이 사라지자마자 영국 양복을 입은 남자가 한니발의 옆에 붙어 섰다.

"난 알렉스 트레벨로라고 합니다. 내가 도움이 될 수 있을 것 같군요."

포필 경감과 리트는 20미터쯤 떨어진 곳에서 그들을 지켜보고 있었다.

"아는 사람이오?"

"아닙니다."

포필의 물음에 리트가 대답했다. 트레벨로는 한니발

과 레이디 무라사키를 여닫이창이 있는 벽감 쪽으로 안내했다. 그는 쉰 정도의 중년으로, 대머리와 손이 볕에 그을려 있었다. 밝은 햇빛이 창문을 통해 쏟아졌다. 그의 눈썹에 자그마한 비듬이 묻어 있는 것이 보였다. 한니발은 이 사람을 전에 본 기억이 없었다. 대부분의 남자는 레이디 무라사키를 만나면 즐거워한다. 하지만 트레벨로는 달랐다. 그의 사근사근한 태도에도 레이디 무라사키는 단번에 그 사실을 알아차렸다.

"만나서 반갑습니다, 마담. 후견인 되시죠? 후견인과 이야기를 해야 할까요?"

"부인은 제게 조언을 해주시는 분이에요. 저한테 말씀하세요."

한니발이 말했다.

'욕심꾸러기처럼 굴어라. 레이디 무라사키는 소극적이고 온화한 척 연기를 할 거야.'

포필은 말했었다.

"당연히 후견인과 이야기를 나누어야죠."

레이디 무라사키의 말에 한니발이 반박했다.

"하지만 저건 내 그림이에요."

"정말로 그렇다면 위원회 앞에서 청문회를 거쳐야 할 겁니다. 유감스럽게도 청문회는 앞으로 1년 반 정도 벌써 일정이 꽉 차 있지요. 그림은 그때까지 압류되어 있을 거고요."

"난 기숙학교에 다녀요, 트레벨로 씨, 당연히 나도 참석……"

"제가 도울 수 있습니다."

트레벨로가 말했다.

"어떻게요?"

"3주 후에 다른 일로 청문회가 잡혀 있거든요."

"선생께서는 미술품 거래상인가요?"

레이디 무라사키가 물었다.

"가능하다면 저는 수집가로 남고 싶습니다, 마담. 하지만 작품을 사려면 반드시 무언가를 팔아야 하죠. 비록 잠깐이라고 해도 그토록 아름다운 물건을 소유할 수 있다는 건 커다란 기쁨입니다. 렉터 성에 있던 당신 가문의 예술 작품들은 작지만 참으로 귀한 것들이었죠."

"어떤 작품들이 있었는지 알고 계시나요?"

"렉터 성에서 도난당한 작품들은 모두 연합국 예술품 보호부 자료에 명시돼 있습니다. 고인이 되신…… 로버트 렉터 경이 작성하신 것이겠죠."

"청문회에서 제 이야기를 하실 거라고요?"

한니발이 말했다.

"1907년 헤이그 협약에 따라 제가 당신의 권리를 대신 주장해드릴 수 있습니다. 그게 무슨 내용이냐면……"

"46조 말씀이시군요. 네, 저희도 생각해봤어요."

한니발이 레이디 무라사키를 쓱 쳐다보며 말했다. 그는 탐욕스러운 인상을 줄 수 있도록 입술을 한번 핥았다.

"다른 방법에 관해서도 얘기해봤잖니, 한니발."

레이디 무라사키가 말했다.

"만약에 내가 그림을 팔고 싶어 하지 않다면요, 트레벨로 씨?"

한니발이 물었다.

"청문회에서 차례가 올 때까지 기다려야죠. 그때쯤이면 어른이 되어 있겠지만 말입니다."

"이 그림과 쌍을 이루는 다른 그림이 있어요. 내 남편이 설명해줬죠. 그 그림을 찾아 짝을 맞출 수만 있다면 그림의 가치는 훨씬 올라갈 거예요. 혹시 다른 그림, 그러니까 벨로토의 그림이 어디 있는지 아시나요?"

레이디 무라사키가 말했다.

"아니요, 마담."

"그 그림은 찾을 만한 가치가 충분하죠, 트레벨로 씨."

레이디 무라사키의 눈길이 트레벨로의 시선과 부딪쳤다.

"제가 연락할 방법을 알려주세요."

그녀는 눈치채기 어려울 정도로 아주 희미하게 '제가'라는 부분을 강조해 말했다. 트레벨로는 동역 근처 작은 호텔의 이름을 대고는 한니발에게 눈길도 보내지 않고 악수한 후 군중 속으로 사라졌다.

그림에 대한 소유권을 신청한 후 한니발과 레이디 무라사키는 미술품으로 가득한 거대한 난장판을 거닐었다. 미샤의 손자국을 본 뒤로 한니발은 온몸에 아무런 감각도 느낄 수 없었다. 자신의 뺨에 닿던 미샤의 손길을 느낄 뿐. 한니발은 '이삭의 희생'이라는 이름의 태피스트리 앞에 서서 오랫동안 그것을 응시했다.

"우리 집 2층 복도에도 태피스트리가 걸려 있었어요. 발꿈치를 들어야 겨우 끝자락에 손이 닿았죠."

한니발이 태피스트리를 뒤집어 뒷면을 바라봤다.

"전 언제나 이쪽을 더 좋아했어요. 이런 실이 매듭을 이뤄 그림이 되잖아요."

"어지러이 뒤엉킨 생각처럼 말이지."

레이디 무라사키가 말했다. 한니발은 태피스트리를 손에서 놨다. 팽팽하게 긴장된 아들의 목을 쥐고 있던 아브라함이 출렁거리며 몸을 흔들었다. 천사가 아브라함의 손에 든 칼을 막으려고 손을 뻗고 있었다.

"신은 정말로 이삭을 먹으려고 했던 걸까요? 그래서

아브라함한테 아들을 죽이라고 한 걸까요?"

"아니야, 한니발. 그럴 리가 없잖니. 그전에 천사가 날아와 그를 막았으니까."

"항상 그런 건 아니죠."

한니발이 말했다.

한니발과 레이디 무라사키가 건물을 떠나는 것을 확인한 트레벨로는 화장실에서 손수건에 물을 묻혀 다시 그림이 걸려 있는 곳으로 다가갔다. 그는 재빨리 주위를 둘러봤다. 미술관 직원들은 다들 다른 곳을 바라보고 있었다. 긴장한 그의 가슴이 두근거렸다. 그는 그림을 내려 글라신페이퍼를 벗긴 다음, 젖은 손수건으로 미샤의 손자국을 문질렀다. 보관 중 누군가가 그림을 부주의하게 다룬다면 언제라도 일어날 수 있는 일이다. 트레벨로는 그림에 실려 있는 감정적 가치와 애착을 벗겨내길 원했다.

31

사복경찰 르네 아덴은 트레벨로가 묵고 있는 호텔 밖에서 잠복 중이었다. 3층 창문에 불이 꺼지자 그는 간단히 요기를 하러 기차역에 갔다가 운 좋게도 트레벨로가 운동가방을 들고 호텔에서 나오기 직전에 잠복 위치로 돌아왔다. 트레벨로는 기차역 앞에서 택시를 잡아타고 센 강을 지나 바빌론 가에 있는 증기탕으로 들어갔다. 아덴은 아무 특징도 없는 자신의 자동차를 소방도로에 주차하고 오십까지 센 후에 로비로 들어갔다. 공기는 무거웠고 소독약 냄새가 풍겼다. 알몸에 가운만 걸친 남자들이 여러 언어의 신문을 읽고 있었다.

아덴은 옷을 홀딱 벗고 증기탕 안까지 트레벨로를 미행하고 싶지는 않았다. 그는 강한 정신력을 가진 사내였지만 부친이 참호족염으로 돌아가셨기에 이런 곳에서 신발을 벗는 것은 질색이었다. 그래서 그는 옆에 놓인 선반에서 철해놓은 신문을 집어 들고 의자에 앉았다.

트레벨로는 지나치게 짧은 나막신을 따가닥거리며 일렬로 늘어선 방을 지나쳤다. 안에서는 많은 수의 남자가 의자에 앉아 열기를 쐬고 있었다. 개인 사우나실은 15분을 기준으로 빌릴 수 있었다. 그는 두 번째 방으로 들어갔다. 입장료는 이미 지급된 상태라 돈을 낼 필요도 없었다. 숨이 턱 막히는 뜨거운 공기가 밀려오자 그는 수건으로 안경에 서린 김을 닦아냈다.

"왜 이리 늦었소? 막 떠나려던 참이었단 말이오."

증기 속에 앉아 있던 리트가 투덜거렸다.

"잠자리에 든 후에야 연락을 받았어요. 오늘 주드폼므에서 경찰이 당신을 감시하고 있었소. 당신이 내게 판 과르디가 장물이라더구먼."

"누가 날 꼰지른 거요? 당신?"

"아니, 경찰은 누가 그 그림을 렉터 성에서 훔쳤는지 당신이 안다고 생각하던데. 당신이 훔쳤소?"

"아뇨, 어쩌면 내 손님이 아닐까 싶소만."

"나머지 '탄식의 다리' 그림을 구할 수만 있다면 밖으로 내가는 건 간단한데."

리트의 말에 트레벨로가 물었다.

"어디다 팔 셈이오?"

"그건 내 문제니 신경 끄시오. 미국에 있는 손 큰 고객인데, 그냥 어떤 단체라고 하는 편이 낫겠군. 어쨌든, 당신 진짜로 아는 게 있는 거요, 아니면 내가 지금 헛수고를 하는 거요?"

"나중에 다시 연락하죠."

다음날 오후, 트레벨로는 파리 동역에서 룩셈부르크로 가는 기차표를 샀다. 그는 슈트케이스를 들고 기차에 올랐다. 포터는 팁의 액수에 그다지 만족하지 못하는 표정을 지어 보였다. 아덴 경관은 경찰본부와 짧게 전화 통화했다. 그러고는 다음 기차가 출발하기 직전 경찰 배지를 손바닥에 숨긴 채 재빨리 올라탔다.

기차가 모Meaux에 도착했을 무렵에는 벌써 밤이 내려앉아 있었다. 트레벨로는 면도 도구를 들고 욕실로 들어갔다. 그리고 기차가 막 출발하려는 순간, 가방을 포기하고 기차에서 뛰어내렸다. 역에서 한 블록 떨어진 곳에서 자동차 한 대가 그를 기다리고 있었다.

"왜 하필 여기요? 퐁텐블로에 있는 당신 집에서 만날 수도 있었잖습니까."

트레벨로가 조수석에 올라타며 옆에 앉은 운전자에게 물었다.

"여기에 볼일이 있어서."

"좋은 일이겠죠?"

트레벨로는 그의 이름을 크리스토프 클레버로 알고 있었다. 클레버는 역 근처에 있는 카페로 차를 몰았다. 그는 비시수아즈를 접시째 들고 들이키며 왕성한 식욕으로 메뉴를 해치웠다. 트레벨로는 샐러드를 깨작거리며 콩알로 접시 위에 자신의 머리글자를 만들었다.

"경찰이 과르디의 작품을 억류하고 있어요."

클레버의 송아지 요리가 나오자 트레벨로가 말했다.

"에르퀼이 그렇다고 하더군. 그런 이야기는 전화로 하면 안 된다는 걸 모르겠소? 그래서 대체 문제가 뭔데?"

"경찰이 리트에게 그게 동부에서 도난당한 물건이라고 했다는데, 사실입니까?"

"말도 안 되는 소리. 누가 그래?"

"연합국 예술품 보호부에서 나온 목록을 보여준 경

감이 그랬소. 도둑맞은 거라고. 진짜입니까?"

"당신도 공인 인증이 찍혀 있는 걸 봤잖소?"

"계몽위원회라고 찍힌 것 말입니까? 그게 무슨 쓸모가 있다고?"

트레벨로가 대꾸했다.

"그림의 원래 소유주가 누군지 경찰이 말해줬소? 유대인이라면 아무런 문제도 없겠지. 유대인들 물건은 연합군도 다시 돌려보낼 수 없으니까. 다 죽었으니 말이요. 소비에트가 손아귀에 쥐고 있겠지."

"단순한 경찰관이 아니에요. 중앙의 수사관이라니까."

"스위스 사람 티 내기는. 그 작자 이름이 뭐라고?"

"포필, 무슨 포필이라고 했소."

"아하."

클레버가 냅킨으로 입가를 닦으며 말했다.

"그럴 줄 알았어. 그럼 아무 문제도 없소. 몇 년 동안 내 장부에 올라 있는 사람이거든. 우리한테 돈을 뜯어내려는 수작일 거요. 리트는 그 사람한테 뭐라고 했고?"

"아직 입을 열진 않았지만 불안해하는 것 같았어요. 지금은 죽은 파트너인 콥닉을 대며 버티고 있고."

트레벨로가 말했다.

"리트는 그림의 출처에 대해 아무것도 모르나?"

"우리가 전에 이야기한 대로 내가 로잔에서 구한 거로 알고 있어요. 돈을 되돌려달라고 징징거려서 손님과 이야기해보겠다고 했소."

"포필은 내 손안에 있소. 내가 해결할 테니 이 문제는 잊어버리시오. 그것보다 더 중요한 이야기가 있는데, 혹시 미국에 갈 수 있겠소?"

"세관을 통해 물건을 몰래 가져갈 수는 없어요."

"세관 걱정은 안 해도 돼요. 그저 미국에 가서 협상을 좀 해줬으면 하는 거라서. 물건이 미국으로 가기 전에 여기서 한 번 살펴보고 거기서 다시 확인하는 거지. 은행에 있는 개인실에서 탁자를 마주 보고 말이오. 비행기를 타고 가요. 1주일이면 될 거요."

"무슨 물건이요?"

"자그마한 골동품이오. 성상이라든가 소금그릇 같은 거. 나중에 보여줄 테니 감상평이나 좀 들려주시오."

"그리고 다른 문제는?"

"당신은 안전하니 쓸데없는 걱정하지 마쇼."

클레버는 그가 프랑스에서 사용하는 이름이었다. 그의 본명은 페트라스 콜나스. 그는 포필 경감의 이름을 잘 알고 있었다. 그러나 말한 대로 그가 뇌물을 주는 장부에 올라 있기 때문은 아니었다.

32

운하선 크리스타벨은 파리 동쪽에 있는 마른 강 부둣
가에 계류선 한 가닥에 의지해 떠 있었다. 트레벨로가
도착하자 배는 곧장 물 위로 출발했다. 크리스타벨은 갑
판실이 낮아 다리 아래쪽을 자유로이 통과할 수 있는
검은색의 네덜란드제 양두 기관선이었다. 갑판 위 컨테
이너 화단에는 화초가 심겨 있었다. 선주는 엷은 푸른
눈동자의 홀쭉한 사내였다. 그는 트랩까지 나와 트레벨
로를 반갑게 맞이했다.

"반갑습니다."

그가 인사말을 건네며 손을 내밀었다. 손에 난 털이

다른 사람과는 반대쪽으로 손목을 향해 자라고 있어서 스위스인은 악수를 하면서도 왠지 소름이 끼쳤다.

"밀코 씨를 따라가세요. 물건은 아래 칸에 있거든요."

선주는 콜나스와 함께 갑판에 남아 있었다. 그들은 잠깐 적갈색의 토기 화분들 사이를 어슬렁거리다가 보기 좋은 정원에서 눈살을 찌푸리게 하는 단 하나의 흉물스러운 물건 앞에서 걸음을 멈췄다. 물고기가 들락날락할 정도로 커다란 구멍이 뚫린 50갤런 들이 드럼통으로, 위 뚜껑을 토치로 잘라 철사로 느슨하게 묶어둔 것이었다. 통 아래에는 방수 처리된 천이 깔려 있었다. 선주가 드럼통을 두들기자 텅, 하고 울렸다.

"이리 와봐."

그가 말했다. 선주는 하갑판에 내려가 커다란 캐비닛을 열었다. 다양한 종류의 화기가 가득 쌓여 있었다. 드라구노프 저격용 소총, 미국제 톰슨 기관단총, 독일제 슈마이저 몇 정과 다른 배를 공격할 때 사용하는 팬저파우스트 대전차 로켓 다섯 대, 그리고 여러 종류의 권총이었다. 선주는 세 개짜리 날을 줄로 날카롭게 갈아놓은 작살을 골라 콜나스에게 건넸다.

"너무 거칠게 하지는 않을 거야. 청소해줄 에바가 지금 없거든. 우선 저치가 뭐라고 불렸는지 알아낸 다음에 네가 갑판에서 해치워. 드럼통이 떠오르지 않게 확실히 찔러주라고."

푸른 눈의 사내가 부드러운 목소리로 말했다.

"밀코가……"

"네가 저 작자를 끌어들이자고 했잖아. 네가 만든 문제니까 네가 알아서 해결해야지. 날마다 칼질로 먹고사는 주제에 사람 몸에 구멍 하나 내는 게 뭐 대수라고. 일을 마치고 나면 밀코가 통에 시체 처리하는 걸 도와줄 거야. 호주머니에서 열쇠 꺼내는 거 잊지 말고 그 자식이 묵고 있던 방에 갔다와. 나중에 봐서 안 되겠다 싶으면 리트도 해결해버려. 정신 바짝 차리고 확실히 해. 한동안 미술품은 손 뗀다."

콜나스가 입을 열자 선주가 말했다. 선주의 프랑스 이름은 빅토르 귀스타브송이었다. 그는 성공한 사업가로 전문 분야는 전 무장친위대에서 쓰이던 모르핀과 창녀 공급이었다. 그의 진짜 이름은 블라디스 그루타스였다.

리트는 목숨을 부지했지만 그림을 손에 넣을 수는 없었다. 그 그림들은 법원이 전후 배상에 관한 크로아티아 협정에 리투아니아가 포함되는지의 문제를 놓고 지지부진한 논의를 벌이는 동안 몇 년이나 정부 금고에 보관돼 있었다. 그리고 트레벨로는 초점 없는 눈동자를 멍하니 뜬 채 마른 강 바닥에 가라앉은 드럼통 안에 웅크리고 있었다. 그는 이제 대머리가 아니었다. 이마 위에 덥수룩한 초록색 해초가 젊은 시절 자랑하던 풍성한 머리칼처럼 물결에 흔들렸다.

그 후로 렉터 성에서 사라진 그림들은 단 한 점도 수면 위로 떠오르지 않았다. 포필 경감의 호의에 힘입어 한니발 렉터는 가끔 압류된 그림들을 보러 갈 수 있었다. 하지만 경비원의 삼엄한 시선과 씩씩거리는 숨소리를 느끼며 어색한 침묵이 흐르는 금고 안에 앉아 있는 것은 꽤나 부아가 치미는 일이었다.

한니발은 그림을 바라보며 어머니의 손을 떠올렸고 과거가 실은 전혀 과거가 아니라는 것을 깨달았다. 그와 미샤의 얼굴에 악취가 진동하는 뜨거운 입김을 내뿜던 그 짐승은 여전히 세상 어디서인가 숨을 쉬고 있었다. 그는 '탄식의 다리'를 벽에서 떼어내 그림의 뒷면을 뚫어지게 쳐다봤다. 미샤의 손자국이 사라지고 없었다. 아무것도 없는 그 텅 빈 공간 위에 그의 꿈이 소용돌이치며 쏟아졌다. 한니발은 성장하고 변화했다. 아니, 어쩌면 마침내 진정한 그가 떠오르고 있는 것일지도.

2부

/

숲속에 자비가 있다고 말했을 때,
나는 피투성이 발톱과 억센 턱으로
신속한 죽음을 선사하는
너그러운 짐승들을 의미한 것이었다.

_로렌스 스펀간

33

파리 오페라하우스의 중앙 무대 위, 악마와 계약한 파우스트 박사의 시간이 점점 촉박해지고 있었다. 지옥의 불길을 면하게 해달라는 파우스트 박사의 간절한 외침이 가르니에 대극장의 높은 천장에 부딪혀 울려 퍼졌다. 한니발 렉터와 레이디 무라사키는 무대 왼쪽에 있는 박스석에 앉아 관람하는 중이었다.

열여덟의 청년이 된 한니발은 남몰래 악마 메피스토펠레스를 응원하고 파우스트를 경멸했지만 실제로 극의 내용에 그리 집중하고 있지는 않았다. 그는 오페라가 진행되는 내내 레이디 무라사키를 바라보며 그녀의 향기를 맡고 있었다. 반대쪽 박스에서 작은 불빛이 반짝거렸다. 오페라글라스로 레이디 무라사키를 훔쳐보는 치들이 틀림없었다. 눈부신 무대 조명 속에서 레이디 무라사키의 모습이 실루엣으로만 어른거렸다. 마치 어린 시절, 그가 저택에서 그녀를 처음 보았을 때처럼. 꼬리에 꼬리를 무는 이미지가 그를 덮쳐왔다.

지붕 위 물웅덩이에서 물을 마시는 잘생긴 까마귀의 윤기 나는 깃털. 레이디 무라사키의 매끄러운 머리카락과 그림자, 그녀가 미닫이창을 열어젖히자 햇빛이 그녀의 얼굴을 어루만진다.

한니발은 오랫동안 꿈의 다리를 지나왔다. 그는 죽은 삼촌의 야회복을 입을 수 있을 정도로 성장했지만 레이디 무라사키의 모습에는 변함이 없었다. 그의 기억 속 그대로였다. 곱게 모아 쥔 두 손이 치마 위에 얹혀 있었다. 한니발은 무대에서 뿜어져 나오는 선율 위로 그녀의 옷자락이 스치는 소리를 들었다. 레이디 무라사키가 자신의 시선을 느끼고 있다는 걸 눈치챈 그는 시선을 돌려 박스 주위를 돌아봤다.

박스석은 독특한 분위기가 있는 곳이었다. 반대편 박

스에서 볼 수 없는 좌석 뒤에는 아래층에서 오케스트라
가 경쾌한 음악을 선사하는 동안 연인들이 몸을 숨길
수 있는 긴 의자가 교묘하게 숨겨져 있었다. 지난 시즌
에는 '왕벌의 비행' 마지막 악장이 연주되는 도중 한 나
이 많은 신사가 그 긴 의자에서 심장마비로 죽었다. 한
니발은 응급의료팀을 통해 그 소식을 들었었다.

박스석에는 한니발과 레이디 무라사키만 앉아 있는
게 아니었다. 앞좌석에 파리 경찰국장과 그의 아내가
앉아 있었다. 레이디 무라사키가 어디서 오페라 표를 얻
었을지는 오래 생각할 필요도 없었다. 포필 경감. 달리
누가 있겠는가. 포필이 이 자리에 참석하지 못한 게 얼
마나 다행인지. 아마도 또 다른 살인사건 때문일 것이
다. 부디 혹독한 비바람 속에서 무시무시한 천둥 번개에
시달리며 몇 날 며칠을 매달려야 하는 그런 위험한 사
건이기를.

객석에 조명이 들어왔다. 테너 베니아미노 질리(20세
기 초반 이탈리아 최고의 오페라 테너 가수)에게 우레 같은
박수갈채가 쏟아졌다. 경찰국장과 아내가 몸을 돌리고
주위의 사람들과 일일이 악수하기 시작했다. 모두가 손
뼉을 치느라 손바닥이 얼얼해져 있었다. 경찰국장의 부
인은 밝고 호기심 넘치는 눈을 하고 있었다. 그녀는 죽

은 백작의 야회복을 꼭 맞춘 듯이 차려입은 한니발에게 질문을 던지지 않고는 배길 수가 없었다.

"젊은이, 우리 남편이 그러는데 자네가 프랑스에서 최연소로 의대에 합격한 사람이라면서?"

"기록이란 완벽하지 않습니다, 마담. 군의관 조수들도 있고요……."

"교과서를 사면 1주일 안에 다 읽고 서점에 다시 갖다줘서 환불받는다는 이야기는 사실인가?"

한니발은 미소를 지었다.

"아뇨, 마담. 정확하게는 그건 사실이 아닙니다."

'대체 이런 정보는 어디서 얻은 거지? 아마 우리가 표를 얻은 곳과 똑같은 출처겠지.'

한니발은 몸을 부인 쪽으로 기울였다. 그는 출구로 빠져나가는 다른 관객들을 따라 자리에서 일어나며 경찰국장에게 힐끗 눈길을 보냈다. 그러고는 부인의 손 위에 몸을 구부리고 큰 소리로 속삭였다.

"제가 꼭 범죄 행위를 한 것처럼 들리는데요."

조금 전까지 자신의 죄로 고통받던 파우스트를 만끽한 경찰국장이 너그럽게 유머 감각을 발휘했다.

"이 자리에서 내 아내에게 모든 걸 고백한다면 자네의 비행 정도는 내 친히 눈감아주겠네."

"사실은요, 마담. 돈을 완전히 환불받지는 못했답니다. 서점들이 반품 수수료를 200프랑이나 떼 갔거든요."

그렇게 대답한 후 한니발과 레이디 무라사키는 악마에게서 도망가는 파우스트보다 더 빠른 걸음으로 군중에게서 벗어나 플로어 램프가 찬란한 오페라 극장의 위풍당당한 계단으로 내려갔다. 머리 위에서 그림이 그려진 천장이 흘러 지나갔다. 그림과 돌, 온 사방에 날개가 난무했다. 오페라 광장에는 택시들이 오가고 있었다. 행상들이 쬐는 목탄 화로가 파우스트의 악몽처럼 검은 연기를 내뿜었다. 한니발은 손을 들어 택시를 잡았다.

"포필 경감한테 제 책에 대해 말씀하시다니, 믿을 수가 없어요."

한니발이 차 안에서 말했다.

"난 말한 적 없어. 그 사람이 직접 알아낸 거야. 그가 국장에게 말했고, 국장은 아내에게 말했겠지. 그분은 젊은이들과 시시덕거리는 걸 좋아하거든. 네가 그걸 모를 만큼 둔한 애가 아닐 텐데, 한니발."

레이디 무라사키가 말했다.

'이제 그녀는 밀폐된 공간에 나와 함께 있는 것을 불편해한다. 그리고 그런 감정을 짜증스럽게 표현한다.'

"죄송해요."

레이디 무라사키가 스쳐 지나가는 가로등 불빛 아래 재빨리 한니발에게 눈길을 던졌다.

"적개심으로 판단력을 흐리는구나. 포필 경감이 우리 곁을 맴도는 이유는 네가 그를 자극하기 때문이야."

"아니에요, 숙모님이 그 사람을 자극하는 거죠. 그 사람이 형편없는 방식으로 숙모님을 귀찮게 굴고 있……"

레이디 무라사키는 한니발의 호기심을 충족시켜줄 생각이 없었다.

"포필 경감은 네가 대학에서 으뜸가는 학생이라는 걸 알고 있어. 그는 널 자랑스럽게 생각한단다. 친절한 마음에서 네게 관심을 두는 거야."

"친절한 마음이라니, 그런 분석은 별로군요."

보주 광장에 늘어선 나무들이 내뿜는 꽃향기가 밤을 향기롭게 물들이고 있었다. 한니발은 택시에서 내려 돈을 지불했다. 회랑의 어두컴컴한 그늘 속에서도 레이디 무라사키의 불안한 눈짓을 느낄 수 있었다. 한니발은 이제 어린아이가 아니다. 그는 더 이상 이 집에서 밤을 보내지 않는다.

"아직 한 시간쯤 여유가 있네요. 좀 걷고 싶어요."

34

"차를 마실 시간 정도는 있겠지?"

레이디 무라사키가 말했다. 그녀는 한니발을 테라스로 데려갔다. 그와 갇힌 공간에 함께 있지 않으려는 의도가 역력했다. 한니발은 지금 자신이 느끼는 감정이 무엇인지 알 수 없었다. 그는 변했지만 그녀는 그렇지 않았다. 한 줄기 산들바람이 불어오자 기름등잔의 불꽃이 일순간 매섭게 솟구쳤다. 녹차를 따르는 레이디 무라사키의 손목에 가느다란 맥박이 느껴졌다. 그녀의 소매에서 풍기는 희미한 향기가 마치 원래 자기 생각이었던 것처럼 한니발의 머릿속에 저절로 흘러들었다.

"치요에게서 편지가 왔단다. 파혼을 했다는구나. 자기한테는 외교관 부인 역할이 어울리지 않는대."

"행복하대요?"

"그런 것 같다. 세속적인 눈으로 보자면 상당히 좋은 혼사였는데. 하지만 내가 뭐라고 할 처지는 아니니까. 그 애는 편지에 나와 똑같이 행동했다고 썼더구나. 자신의 마음에 충실했다고 말이야."

"치요의 마음은 지금 누구를 향해 있는데요?"

"교토 대학교에서 공학을 공부하는 어떤 젊은이."

"치요가 행복했으면 좋겠어요."

"난 네가 행복하길 바란다, 한니발. 요즘 잠은 잘 자니?"

"그럴 시간이 있으면요. 방에서 잘 수 없으면 간이침대에서 눈을 붙이죠."

"내 말이 무슨 뜻인지 알잖니."

"꿈을 꾸냐고요? 네, 숙모님도 히로시마 꿈을 꾸지 않으시나요?"

"난 꿈을 초대하지는 않아."

"하지만 전 기억해야 해요. 어떤 방법을 써서라도요."

현관문 앞에서 레이디 무라사키는 한니발에게 밤에 먹을 간식이 든 도시락과 캐모마일 차 봉지를 건네며 말했다.

"숙면을 위해서야."

한니발은 레이디 무라사키의 손에 입을 맞췄다. 나무 랄 데 없는 프랑스식 예절에 따르기 위해서가 아니었다. 단지 그녀의 손을 느끼고 싶어서였다. 그는 오래전 푸주 한을 죽인 날 그녀를 위해 지은 하이쿠를 낭송했다.

"휘영청 밝은 달님
우짖는 밤 해오라기
뉘가 더 고우리오?"

"지금은 중추가 아니야."

레이디 무라사키가 미소를 지으며 한니발이 열세 살 때부터 늘 그랬던 것처럼 그의 가슴에 손을 얹었다. 그 녀가 손을 거두자 한니발은 가슴이 차갑고 텅 빈 것처 럼 느껴졌다.

"정말로 책들을 가져다주고 환불하니?"

"네."

"책의 내용을 모두 기억할 수 있는 거니?"

"중요한 건 다요."

"그렇다면 포필 경감을 괴롭히지 않는 게 중요하다는 것도 기억하겠구나. 한니발, 쓸데없이 자극하지만 않는

242

다면 포필 경감은 위험한 사람이 아니야. 네게도, 그리
고 내게도."

　　그녀는 겨울용 기모노처럼 온몸에 초조함을 두르고 있
다. 이런 그녀를 접하다 보면 오래전 저택의 욕탕에서 봤
던 모습을 잊을 수 있을까? *수련과도 같은 얼굴과 가슴.* 해
자 위에 떠다니는 분홍빛과 우윳빛 수련과도 같은 그녀
를? 내가 할 수 있을까? 할 수 있을까? 아니, 할 수 없다.

　　한니발은 밤거리를 하염없이 걸었다. 처음 한두 블록
을 언짢은 마음으로 성큼성큼 걷다가 마레의 샛길을 빠
져나와 센 강 위에서 영롱한 달빛을 받으며 서 있는 루
이 필립 다리를 건넜다. 동쪽에서 바라보는 노트르담
성당은 진짜 다리와 눈 대신 길게 뻗은 아치형 벽면과
수많은 둥근 창문을 지닌 거대한 거미처럼 보였다. 이
커다란 돌거미가 어둠 속에 숨어 마을 주위를 돌아다니
다가 오르세 역에서 나오는 기차를 붙잡아 그저 재미로
두 동강 내는 장면이 눈앞에 떠올랐다. 거기다 경찰본
부에서 나오는 맛 좋은 경감 하나를 덮쳐주면 금상첨화
일 것이다. 한 방이면 완전히 끝날 텐데.
　　그는 시테 섬으로 통하는 다리를 건너서 돌아가는 경

로로 성당에 접근했다. 건물에서는 성가대의 노랫소리가 새어 나오고 있었다. 한니발은 중앙 입구의 둥근 천장 아래 잠시 멈춰 서서 머리 위 아치와 상인방(창이나 문짝의 상부에 부착하는 횡목)에 그려진 '최후의 심판'을 바라봤다. 그는 인후의 복잡한 해부 과정을 기록해둔 기억의 궁전에 이 그림을 장식해볼까 생각했다. 상부 가로대에는 성 미카엘이 시체 해부를 하는 의사처럼 저울을 손에 들고 있었다. 성 미카엘의 저울은 설골舌骨과 별로 다를 바가 없었다. 게다가 유양돌기(귓바퀴 뒤쪽에 있는 뼈의 돌기)가 발달한 성인들에게 둘러싸여 있기까지 하지 않은가. 저주받은 이들이 사슬에 묶여 행진하고 있는 하부 가로대는 쇄골, 계속해서 이어지는 아치는 인후에 있는 각각의 구조층을 의미한다. 교리문답을 외우듯, '흉골설골, 견갑설골, 갑상설골, 경정맥액…… 아아멘.'

아니, 이걸로는 안 된다. 문제는 빛이다. 기억의 궁전에 배치하려면 훌륭한 조명과 충분한 공간을 지녀야 한다. 이 더러운 돌은 한 가지 색으로만 이뤄졌기에 부적합하다. 언젠가 한니발은 해답이 너무 어두운 곳에 묻혀 있던 탓에 시험 문제를 틀린 적이 있었다. 궁전 속에서도 하필 조명이 침침한 곳에 배치해뒀던 것이다. 다음 주에 있을 목삼각 부위의 복잡한 해부 절차를 기록하려면 깔끔하고 넓은 공간이 있어야 할 것이다.

성가대원들이 팔 위에 제의를 걸치고 마지막으로 성당을 빠져나오기 시작했다. 한니발은 성당 안으로 들어갔다. 노트르담은 봉헌 촛불 때문에 조명의 밝기를 늘 어둡게 유지했다. 그는 남쪽 출구 근처에 서 있는 성 잔 다르크에게 다가갔다. 입구에서 새어 들어오는 바람결에 층층이 늘어선 촛불들이 가냘프게 흔들린다. 한니발은 어둠 속에서 기둥에 기대선 채 흔들리는 불꽃 사이로 잔 다르크의 얼굴을 바라봤다.

불길에 휩싸인 어머니의 옷자락.

불꽃이 그의 눈에 붉게 반사됐다. 무심코 불어오는 바람에 처마 끝에 매달린 풍경이 우연한 음악을 노래하는 듯했고, 촛불이 흔들리며 성녀의 얼굴에 다양한 표정들을 선사했다. 기억, 기억, 수많은 기억. 문득 잔 다르크가 자기의 죽음을 기억하고 있다면 불이 아닌 다른 봉헌물을 더 좋아했을 거란 생각이 들었다. 적어도 그의 어머니라면 그랬을 것이다.

성당지기의 발소리가 가까워졌다. 허리춤에서 짤랑거리는 열쇠 소리가 벽에 부딪혔다가 다시 천장에 반사됐다. 바다 위를 터벅거리는 발소리가 광활한 어둠 속에서 다시 메아리치며 이중으로 들렸다. 성당지기가 한니발의 눈을 바라봤다. 붉은색을 발하는 강렬한 눈빛에 그는 원초적인 공포감에 사로잡혔다. 목 뒤의 털이 쭈뼛 일어섰다. 그는 열쇠로 십자가를 그었다. 아, 하지만 그것은 인간, 그것도 아직 새파란 젊은이에 불과했다. 성당지기는 열쇠꾸러미가 마치 의식에 사용하는 향로라도 되는 양 눈앞에 대고 흔들었다.

"시간 됐습니다."

그가 턱으로 입구를 가리켰다.

"그래요, 시간이 됐군요."

한니발은 이렇게 대답하고는 옆문을 통해 다시 어두운 밤 속으로 녹아들었다.

35

퐁 오 두블르를 건너 부셰리 가를 내려가던 참이었
다. 마침 지하 재즈 클럽에서 새어 나오는 색소폰 연주
와 시끌벅적한 웃음소리가 귀를 간질였다. 클럽 문 앞에
서는 황홀경에 빠진 듯한 한 쌍의 남녀가 담배를 피우
고 있었다. 여자가 발꿈치를 들더니 남자의 뺨에 입을
맞췄다. 한니발은 마치 자신이 키스를 받은 것처럼 볼에
그녀의 입술을 느꼈다. 클럽에서 들려오는 음악의 파편
들이 그의 머릿속에 맴도는 음악과 뒤섞여 빙글빙글 돌
았다. 시간에 맞춰, 시간. 시간.

당트 가를 따라 드넓은 생제르맹 대로를 건넜다. 머

리 위에서 따라오는 달빛을 느끼며 클뤼니 뒤쪽을 돌아 레콜 드 메드신 거리로 향했다. 의과대학의 야간 출입구에는 어두침침한 등불이 켜져 있었다. 한니발은 문을 열고 들어갔다. 아무도 없는 건물 안에서 그는 흰색 가운을 걸치고 할 일을 적어놓은 클립보드를 집어 들었다. 지도교수인 뒤마 박사는 재능 있는 해부학자였다. 그는 살아 있는 사람에게 시술하기보다 학생들에게 지식을 전수하는 길을 택했다. 뒤마는 능력은 뛰어나지만 어딘가 멍한 데가 있어 외과의사 특유의 광채가 부족했다. 그는 해부학 수업을 듣는 학생들에게 앞으로 그들이 칼을 댈 이름 없는 시신들을 상대로 편지를 쓰게 했다. 소중한 몸을 연구 목적으로 쓸 수 있도록 기증해준 데 대해 감사하고 수업 내내 최대한 존중하는 마음으로 그의 몸을 다룰 것이며 메스를 대지 않는 부위는 항상 천으로 가려둘 것을 약속하는 내용이었다.

내일 강의를 위해 한니발은 두 가지 준비를 해둬야 했다. 먼저 흉곽을 열어 심장막을 고스란히 드러내고 두개골을 잘라 조심스럽게 열어놓는다. 해부 실습실에 밤이 내려앉는다. 높은 창문과 커다란 선풍기가 달린 넓은 실습실에는 포르말린 처리된 실습용 시체들을 천으로 감싸 밤새도록 스무 개의 탁자 위에 뉘여놓아도 될 정도로 서늘한 기운이 감돌았다. 여름에는 일과를 마치면 다시 보존 탱크로 돌려보내야 했다. 으슥한 골목길에서 몸을 웅크린 채 굶어 죽어 아무도 찾아가지 않는 사람들, 죽어서도 여전히 고통을 끌어안은 불쌍한 이들은 동료와 함께 오랜 시간 동안 탱크 안에서 포르말린 목욕을 거친 후에야 비로소 해방될 수 있었다. 가녀리고 연약한 그들은 마치 눈 속에 얼어 죽은 새처럼 초라하게 오그라들어 있었다. 굶주린 사내들이 이로 물어뜯던 그 불쌍한 새들처럼.

전쟁 중에 무려 4천만 명의 사람들이 목숨을 잃었다는 점을 고려하면, 의과대 학생들이 왜 군이 오랫동안 탱크 속에 저장돼 포르말린으로 색깔까지 뿌옇게 표백된 낡아빠진 시체들로 해부 실습을 해야 하는 건지 한니발은 이해할 수 없었다. 물론 간혹 몽루즈나 프렌느 요새의 총살대나 교수대, 혹은 라 상테의 단두대에서 사형된 신선한 범죄자들의 시체를 얻는 행운을 맛볼 수도 있었다. 그나마 한니발은 싱크대 안에서 피와 지푸라기로 범벅된 라 상테 졸업생의 머리가 그를 쳐다보는 행운을 누리고 있었다.

한니발은 해부용 톱에 사용하기 위해 주문한 모터가 오길 기다리는 몇 달 동안 작은 회전 칼날을 납땜해 개

조한 미제 전기 드릴을 사용하고 있었다. 빵상자만 한 최신식 컨버터가 윙윙거리는 톱에 버금갈 정도로 시끄러운 소리를 냈다. 흉부 절개를 막 끝냈을 때에는 언제나 그렇듯 갑자기 전기가 나가버리더니 방 안의 모든 불이 꺼졌다. 그는 전기가 다시 들어오기를 기다리며 등유등잔의 불빛에 의존해 시체의 얼굴에서 피와 지푸라기를 씻어냈다. 조명이 다시 들어오자 그는 1초도 지체하지 않고 두개골의 윗부분을 들어내 뇌를 노출했다. 조심스러운 손길로 뇌를 감싼 경막에 최대한 작은 구멍을 내며 주요 혈관에 염색한 젤을 투여했다. 정교한 솜씨가 필요한, 무척 까다로운 일이었지만 극적인 효과를 좋아하는 담당교수가 학생들 앞에서 직접 경막을 제거하는 모습을 보여주고 싶어 할 것이기에 한니발은 되도록 뇌를 커다란 손상 없이 남겨두고 싶었다.

그는 장갑 낀 손을 시체의 뇌 위에 가볍게 올려놨다. 사라진 기억들, 늘 잃어버린 것들에 사로잡혀 있는 그는 손을 대기만 해도 죽은 자들의 꿈을 읽을 수 있다면 얼마나 좋을까 생각했다. 오직 의지만으로 잃어버린 꿈을 탐색할 수 있다면! 어둠에 둘러싸인 한밤의 실습실은 생각의 흐름을 풀어놓기에 안성맞춤인 장소였다. 침묵이 깨지는 경우는 그가 사용하는 각종 도구가 짤그랑

거리거나 아주 간혹, 아직 실습의 초기 단계에 있는 시체들이 장기에 남아 있는 공기를 뿜어내며 신음을 뱉어낼 때뿐이었다. 한니발은 신중한 손놀림으로 안면의 왼쪽 부분을 절단하고 잘려나간 단면과 아직 온전하게 남아 있는 인간의 얼굴을 스케치했다. 그의 장학금에 대한 대가인 해부 도해를 위한 것이었다.

이제 얼굴의 근육과 신경, 혈관의 모든 정확한 위치를 그의 머릿속에 영원히 간직할 차례였다. 장갑 낀 손을 시체 위에 올려놓은 채로 한니발은 마음속 깊은 곳에 있는 기억의 궁전으로 들어섰다. 복도에 흐르는 배경 음악으로는 바흐의 현악 사중주를 선택하고 빠른 걸음으로 '수학의 홀'과 '화학의 홀'을 지나, 얼마 전 카르나발레 박물관에서 가져와 '두개골의 홀'이라고 이름 붙인 공간으로 향했다. 카르나발레 박물관의 전시 형태를 손상하지 않도록 세심하게 신경 쓰며 태피스트리의 푸른색과 얼굴 정맥의 푸른색을 조화롭게 진열해 모든 정보를 저장하기까지는 채 몇 분도 걸리지 않았다.

두개골의 홀에서 볼일을 끝마친 후, 한니발은 입구 근처에 있는 수학의 홀에서 잠시 휴식을 취했다. 그곳은 그의 마음속 궁전에서 가장 오래된 장소 중 하나였다. 한니발은 일곱 살 때 자코브 선생이 가르쳐준 수학적 정리를 이해했을 때와 같은 환희를 느끼고 싶었다. 그곳에는 자코브 선생이 성에서 가르친 모든 수업 내용이 저장돼 있었지만 그들이 산장에서 나눴던 대화는 하나도 없었다. 산장에서 일어났던 일들은 모두 기억의 궁전 바깥에 존재하고 있었다. 그것들은 얼음장 같은 땅바닥 위와 그들이 살던 산장처럼 검게 그을린 꿈속의 어두운 오두막 안에 놓여 있었다. 그곳에 가려면 궁전 밖으로 나가야 했다. 바닥에 흩뿌려져 눈 위에 꽁꽁 얼어붙은 자코브 선생의 피와 뇌수 위로 하위헌스의 찢긴 책장들이 휘날리는 들판을 가로질러 가야만 했다.

궁전 안 복도에서라면 좋아하는 음악을 고르거나 아예 정적을 선택할 수도 있었지만, 오두막 안에 들어가면 그는 소리에 대한 모든 통제력을 잃었다. 특히 그를 죽일 수도 있는 그 소리만은 도저히 어쩔 도리가 없었다. 한니발은 기억의 궁전을 빠져나와 다시 현실의 의식 속으로, 실습용 탁자 옆에 앉아 시체의 뇌에 손을 올려놓고 있는 열여덟 살의 청년으로 돌아왔다.

그 후 그는 한 시간 동안 스케치에 전념했다. 완성된 그림 속 혈관과 신경들은 실습대에 누워 있는 해부용 시체의 얼굴 반쪽을 그대로 옮겨놓은 듯 완벽하게 똑같았다. 그러나 칼을 대지 않은 나머지 반쪽의 얼굴은 시체와는 전혀 닮지 않았다. 그것은 그가 오두막에서 본 얼굴이었다. 그것은 한니발이 '푸른 눈'이라고 부르는, 블라디스 그루타스의 얼굴이었다.

한니발은 좁은 계단으로 다섯 개 층을 올라가 의과대학 위에 있는 자신의 방에서 잠들어 있었다. 다락방 천장은 비스듬하게 경사가 졌다. 천장이 낮은 부분은 아늑한 일본풍의 분위기를 풍겼으며 낮은 침대가 놓여 있었다. 천장이 높은 쪽에는 책상이 자리했다. 책상 주위의 벽은 갖가지 그림들과 한창 작업 중인 해부 도해, 스케치 등으로 복잡했다. 그림 속의 장기들과 혈관은 어느 것이든 완벽하게 묘사돼 있었지만 실습용 시체들의 얼굴은 그가 꿈속에서 보는 얼굴을 하고 있었다. 선반 위에서는 길고 날카로운 송곳니가 달린 긴팔원숭이의 해골이 이 모든 것을 내려다보고 있었다.

한니발은 몸에 밴 포르말린 냄새를 씻어 없앴다. 실습실에서 나는 화학약품의 냄새는 이 오래된 건물의 꼭대기까지는 미치지 못했다. 내장을 드러낸 채 죽은 자들의 소름 끼치는 영상은 그의 꿈에 침범할 수 없었고 때로 감옥에서 마주쳤던 목이 매달렸거나 얼굴이 없는 범죄자들 역시 마찬가지였다. 그를 방해하는 것은 오직

단 하나의 이미지, 단 하나의 목소리뿐이었다. 그리고 그것이 언제 덮쳐올지 그는 전혀 알 수 없었다.

달이 기울었다. 공기 방울이 몽글진 울퉁불퉁한 창유리로 흩어진 달빛이 한니발의 얼굴 위를 기어올라 조금씩 벽을 타고 이동했다. 달빛은 침대 머리맡에 놓인 미샤의 손 그림을 살짝 건드렸다가 해부도의 얼굴 단면을 스치고 그의 꿈속에 등장하는 얼굴을 지나서 마침내 원숭이의 두개골 위에 도달했다. 거대한 송곳니를 하얗게 비추고 깊게 파인 눈구덩이 위의 눈썹을 건넜다. 어둡고 공허한 원숭이의 눈구멍이 잠에 빠진 한니발을 지켜봤다. 잠든 한니발은 마치 어린아이 같았다. 그는 신음을 내더니 옆으로 뒤척였다. 보이지 않는 손아귀에서 빠져나오려는 몸부림이었다.

산장 옆 헛간에 서서 미샤를 가까이 끌어당겼다. 미샤가 콜록거린다. '밥그릇'이 아이들의 팔을 주무르며 뭐라고 말하지만 그의 냄새 고약한 숨결만이 차가운 공기 중에 그림을 그릴 뿐, 아무런 소리도 들리지 않는다. 미샤가 '밥그릇'의 입냄새를 피해 한니발의 가슴에 얼굴을 묻는다. '푸른 눈'이 무어라 속삭이고 이제 그들은 노래를 부르며 아이들을 꾀어낸다. 도끼와 그릇. '푸른 눈'에게 덤벼든다. 입안에 피 맛이 느껴지고 살갗에 수염 그루터기가 와 닿는다. 그들이 미샤를 데려간다. 그들은 도끼와 그릇을 들고 있다. 자유롭게 풀려나 그들의 뒤를 쫓아간다. 문까지 가는 길이 너무우우우우우나도 기이이이이이일다. 푸른 눈과 밥그릇이 바닥에 미샤를 눕히고 손목을 찍어 누르고 있다. 미샤가 고개를 돌려 피투성이 눈밭 너머의 그를 간절한 눈길로 바라보며 외친다…….

한니발은 숨이 막혀 버둥거리며 잠에서 깼다. 눈을 질끈 감은 채 꿈의 끝자락을 붙잡고 그 뒤를 계속 따라가려 안간힘을 썼다. 그는 베개 귀퉁이를 앙, 물고 다시 꿈속으로 돌아가려 애썼다. 그들이 서로 뭐라고 불렀지? 그들의 이름이 뭐지? 언제부터 소리가 들리지 않게 되었더라? 그는 기억할 수 없었다. 그는 그 사내들이 서로 뭐라고 불렀는지 알고 싶었다. 그는 꿈의 결말을 봐야만 했다. 한니발은 기억의 궁전으로 들어가 들판을 가로질러 어두운 오두막으로 향하는 시도를 했다. 자코브 선생의 뇌수가 눈 위에 흩어져 있다. 그는 그곳을 지나가야 한다. 하지만 그럴 수가 없다. 그는 불꽃에 휩싸여 타오르는 어머니의 옷자락을, 부모님과 베른트와 자코브 선생이 죽어서 누워 있는 광경을 견뎌내야 한다. 그는 산장에서 미샤와 아래층에서 움직이는 약탈자들을 본다. 그러나 공중에 매달려 고개를 돌리고 그를 바라보는 미샤의 모습만은 감당할 수 없다. 그는 그 후로 무슨 일이 일어났는지 아무것도 기억할 수 없다. 단지 얼마일지 모를 긴 시간이 지난 후, 목에 사슬이 묶인 채로 군인들에게 발견돼 탱크에 탄 자신의 모습만 기억날 뿐이다. 그는 기억하고 싶다. 그는 기억해야만 한다.

구덩이 속의 이.

이런 기억의 단편은 자주 찾아오지 않는다. 그는 침대에서 일어나 앉았다. 한니발은 달빛을 받아 빛나는 원숭이 해골을 바라봤다.

저것보다 훨씬 작은 이. 어린애의 이. 귀여운 이. 내 것일 수도 있어. 그들의 악취 나는 숨결에 실어 나르는 목소리를 들어야만 한다. 나는 그들의 말이 어떤 냄새를 풍기는지 알아. 그들의 이름을 기억해내야만 한다. 그들을 찾아내야만 한다. 맹세코, 그러고야 말겠다. 나 자신을 심문하려면 어떻게 해야 하지?

36

뒤마 교수는 의사치고는 어울리지 않게 둥그스름하고 알아보기 쉬운 필체를 구사했다. 그의 쪽지에는 이렇게 쓰여 있었다. '한니발, 라 상테의 루이 페라 건 말인데, 수를 좀 알아보지 않겠나?' 교수는 루이 페라의 선고 내용과 그의 신상이 간단하게 적힌 신문 기사를 첨부해뒀다. 리옹 출신의 페라는 어쭙잖은 비시 부역자였다. 점령 기간 동안 독일에 상당한 협조를 제공했지만 곧 식량배급표를 위조 판매한 죄목으로 독일군에게 체포됐다. 전쟁 후 그는 전범으로 기소됐지만 증거불충분으로 풀려났다. 프랑스 법원은 1949년과 1950년 사이에 사적인 이유로 두 여성을 살해한 혐의로 그를 기소했다. 그는 3일 뒤에 사형당할 예정이었다.

라 상테 감옥은 의과대학과 그리 멀지 않은 14구에 있었다. 15분이면 걸어서 갈 수 있는 거리였다. 감옥 앞뜰에서 일꾼들이 파이프 더미를 쌓아둔 채 배수관을 수리하고 있었다. 1939년 이후 일반 군중의 참수형 참관은 금지였지만, 한니발을 자주 봐온 입구의 경비원은 그를 통과시켰다. 한니발은 방문객 명부에 서명하다가 페이지 제일 위쪽에서 포필 경감의 이름을 발견했다.

중앙 복도와 약간 떨어진 커다란 빈방에서 망치 소리가 들렸다. 그 옆을 지나는데 익숙한 얼굴이 눈에 띄었다. 국가 공인 사형집행관 아나톨 투르노였다. 이른바 '무슈 파리'로 널리 알려진 그는 톰브 이소와르 가의 창고에서 가져온 기요틴(목을 자르는 사형 기구. 프랑스 혁명 때 사용했다)을 세우고 있었다. 그가 절단용 칼날에 붙은 작은 바퀴를 만지작거렸다. 무통mouton, 그러니까 칼날이 내려가다 걸려 멈추는 것을 방지하는 장치였다.

무슈 파리는 완벽주의자였다. 그는 죄수가 칼날을 보지 않아도 되도록 언제나 단두대 기둥 꼭대기에 덮개를 씌우곤 했다. 루이 페라는 라 상테 본관 2층, 일반 감방과 복도를 사이에 두고 분리된 사형수 감방에 머무르고 있었다. 죄수들의 중얼거림과 울음소리, 밥그릇이 땡그랑거리는 왁자지껄한 소음이 그의 감방을 가득 메웠지만 아래층에서 무슈 파리가 단두대를 조립하는 떵떵거리는 망치 소리만은 그중에서도 뚜렷하게 울려 퍼지고 있었다. 루이 페라는 빈약한 몸집의 마른 사내였다. 뒤통수와 목 뒤쪽의 검은 머리칼은 짧게 자른 상태였는데 정수리 부분의 머리카락은 꽤 길었다. 무슈 파리의 조수가 루이의 머리를 집어 들 때 자그마한 귀보다는 이편이 훨씬 효과적이었기 때문이다. 페라는 간이침대 위에 속옷 차림으로 앉아 손가락으로 목에 감긴 사슬을 만지작거리고 있었다. 의자 위에는 셔츠와 바지가 세심하게 배치돼 있었다. 마치 누군가가 거기 앉아 있다가 옷만 남기고 증발해버린 것처럼 보였다. 신발은 바짓단 아래 가지런히 정렬돼 있고 옷은 의자 위에 해부학적 자세로 기대 있었다. 페라는 한니발이 오는 소리를 듣고도 고개를 들지 않았다. 한니발이 먼저 인사했다.

"루이 페라 씨, 안녕하십니까?"

"페라 씨는 감옥에서 나갔어. 난 대리인이지. 원하는 게 뭐야?"

페라가 말했다. 한니발은 눈 하나 깜짝하지 않고 옷가지의 정체를 받아들였다.

"그의 시체를 의과대학에 기증해주십사 부탁하러 왔습니다. 과학의 발전을 위해서요. 최대한 존중하는 마음으로 다루겠습니다."

"어차피 끝난 뒤에 가져갈 거잖아. 그냥 끌고 가라고."

"그럴 수는 없습니다. 본인의 허락이 없다면 그러지도 않을 거고요. 질질 끌고 나가지도 않을 겁니다."

"오, 저기 내 의뢰인이 보이는군."

페라가 말했다. 그는 한니발을 뒤로하고 마치 옷이 방금 감방 안으로 걸어 들어와 의자에 앉은 것처럼 무언의 대화를 나눴다. 페라가 창살 근처로 돌아왔다.

"자기가 왜 그래야 하는지 묻는데?"

"그의 친척에게 1만 5천 프랑이 지급됩니다."

페라가 옷 쪽으로 향했다가 다시 한니발에게 돌아왔다.

"페라 씨가 이렇게 말하더라고. '빌어먹을 친척 나부랭이들. 한 푼이라도 얻어 보려고 손을 내밀면 거기다 똥무더기를 싸지를 테다.'"

그러고는 목소리를 낮춰 덧붙였다.

"이렇게 말하는 걸 용서해주게. 내 의뢰인은 지금 혼란스러운 상태거든. 그리고 이런 일은 말을 정확하게 전달하는 게 중요하니까."

"이해합니다."

"그렇다면 그 돈이 친척들이 싫어할 만한 일에 사용되길 바라시는 건가요? 그러면 그가 만족할까요, 선생……?"

"루이라고 불러. 페라 씨와 나는 이름이 같지. 아니, 그의 결심은 확고해. 페라 씨는 지금 정신이 딴 데 가 있거든. 그래서 자기 자신을 설득할 수가 없다고 하는군."

"알겠습니다. 페라 씨만 이러시는 것도 아니니까요."

"자네가 아는 게 하나라도 있는지 모르겠군. 아직 애…… 아니지, 학생인 것 같은데."

"그럼 신사분께서 저를 도와주실 수도 있겠군요. 모든 의과대생들은 시신 기증자분께 감사편지를 쓰게 되어 있습니다. 페라 씨를 잘 알고 계시죠? 제가 감사편지를 쓸 수 있도록 도와주시겠어요? 혹시나 그분이 마음을 바꿔 너그럽게도 기증을 허락하실 경우를 대비해서요."

페라는 얼굴을 문질렀다. 손가락 관절이 유난히 울퉁불퉁했다. 오래전 부러져 제대로 맞추지 못한 자국이었다.

"페라 씨 말고 그런 걸 읽을 사람이 누가 있다고?"

"원하신다면 학교에 붙여놓을 수도 있습니다. 모든 학생과 직원들이 편지를 읽게 될 거예요. 전도유망하고 영향력이 큰 사람들이죠. 〈카나르 앙셰네〉에 보내서 기사화를 부탁할 수도 있고요."

"정확하게 뭐라고 쓸 건데?"

"그는 욕심이 없는 사람이었고, 또 그가 과학과 프랑스 국민, 그리고 앞으로 태어날 아이들을 위한 의학적 발전에 이바지한 공헌에 감사한다고 쓸 겁니다."

"애들은 싫어. 애들 이야기는 빼줘."

한니발은 재빨리 수첩에 편지의 서두를 휘갈겨 썼다.

"이 정도면 충분할까요?"

한니발은 수첩을 높이 쳐들었다. 루이 페라가 수첩을 올려다볼 때 그의 목 길이를 측정해보기 위해서였다.

'별로 길지는 않군. 무슈 파리가 머리칼을 제대로 꽉 잡지 않는다면 쇄골 아래로는 별로 남는 게 없겠어. 목 앞 삼각 부위를 그리는 데는 쓸모가 없겠는걸.'

"그이의 애국심을 무시해서는 안 돼. 런던에서 그랑 샤를(샤를 드골의 별명)이 방송했을 때, 누가 응답했지? 페라야! 바리케이드에 있던 페라라고! 비바 프랑스!"

페라가 말했다. 한니발은 배신자 페라의 이마에 애국심이 스며들면서 목의 인후와 경동맥이 불거져 나오는 모습을 지켜봤다.

'어디든 주삿바늘을 꽂기에 안성맞춤인 머리로군.'

한니발은 노력의 강도를 두 배로 높였다.

"그래요. 비바 프랑스! 편지에 그 점을 강조하도록 하죠. 항간에서는 그를 비시 부역자라고 부르지만 사실은 레지스탕스였던 거죠?"

"물론."

"불시착한 아군 공군들의 목숨도 구했겠군요?"

"아주 많이."

"사포타주도 이끌었고요?"

"당연하지. 그러면서 본인의 안전은 안중에도 없었어."

"유대인들도 보호해주고요?"

찰나의 침묵.

"자기 목숨을 걸고."

"고문에도 시달리고 조국 프랑스를 위해 손가락이 부러져도 고통을 감내했겠군요?"

"그랑 샤를이 돌아오면 그 손으로 자랑스럽게 경례를 해보일 거야."

페라의 말에 한니발은 끼적거리던 손을 멈췄다.

"그중에서도 특히 두드러지는 업적을 적어 봤어요. 이걸 그분께 보여줘도 괜찮을까요?"

페라는 수첩을 보고 입으로 웅얼거리며 손가락으로 단어를 짚어 내려가더니 고개를 끄덕였다.

"레지스탕스에 있던 친구들의 증언을 몇 개 포함해도

될 거야. 내 의뢰인에게 이걸 보여주지. 잠깐만 기다려봐."

페라가 한니발에게서 등을 돌리고 옷 위에 고개를 수그렸다. 잠시 후 그가 돌아와 결론을 발표했다.

"내 의뢰인의 답변은 이래. '빌어먹을. 저 애송이 자식에게 나한테 약을 갖다주면 서명을 하겠다고 전해줘.' 말투가 이래서 미안. 하지만 들은 그대로 옮긴 거야."

페라는 자신감을 얻었는지 창살에 몸을 기댔다.

"같은 층에 있는 다른 죄수들이 아편을 얻을 수 있다고 말해줬다는군. 칼날이 목에 들어와도 아무것도 느껴지지 않을 정도로 넉넉한 양의 아편 말이야. 내가 법정에서 표현한 바에 따르면 '꿈을 꾸되 비명을 지르지 않을 만한' 그런 약. 그걸 승낙…… 하는 대가로 생 피에르 의과대학은 아편을 제공해줘야 해. 아편 있어?"

"곧 대답을 얻어서 돌아오겠습니다."

"오래 기다리지는 않을 거야. 곧 다시 오겠지?"

그가 갑자기 목소리를 확 높이더니 연설가들이 조끼 자락을 붙잡듯이 속셔츠의 목 부분을 꽉 쥐었다.

"저는 페라 씨로부터 생 피에르와 협상을 벌일 권한을 위임받았습니다."

페라가 감방 창살 가까이 얼굴을 들이대고 낮은 목소리로 말했다.

264

"3일 후면 불쌍한 페라는 죽어 있을 거야. 그리고 난 의뢰인을 잃고 애도할 거고. 넌 의사지? 그거 아플까? 페라 씨가 고통을 느낄까?"

"전혀 그렇지 않습니다. 가장 힘든 건 바로 지금이죠. 일이 일어나기 전이요. 그리고 그 일에 관해 말하자면 아뇨, 조금도 고통스럽지 않아요."

한니발은 몸을 돌리고 걷기 시작했다. 페라가 그를 부르자 한니발은 다시 감방 앞으로 돌아왔다.

"학생들이 나중에 그의 몸을 보고 비웃지는 않겠지? 그, 거시기라든가."

"아닙니다. 그날 연구하는 부위를 제외하고는 언제나 천으로 완벽하게 덮어놓습니다."

"만약에……. 어, 좀 독특하게 생겼어도?"

"어떤 면을 말씀하시는 건가요?"

"만약에, 음…… 그게 좀 작다거나."

"그건 아주 흔한 일이에요. 그리고 어떤 일이 있어도 절대로, 농담거리나 웃음의 대상이 되지 않습니다."

한니발이 말했다.

'해부학 박물관(파리 5대학 의학부에 있는 프랑스 최대의 해부학 박물관)에 갈 인간이 하나 더 늘었군. 기증자가 감사의 말 하나 못 듣는.'

사형집행인의 망치 소리가 들려왔다. 간이침대 위에 앉아 있는 루이 페라의 눈 한쪽 구석에 경련이 일었다. 손은 자신의 동반자인 옷의 소매를 굳게 붙들고 있었다. 한니발은 그가 마음속에 사형대를 그리고 있다는 걸 알 수 있었다. 곧추선 기둥, 정원 호스로 감싸놓은 칼날, 아래쪽에 놓인 머리를 담는 바구니. 자신의 마음속에 떠오르는 광경을 들여다보며 한니발은 그 바구니의 정체를 알아차렸다. 그것은 어린아이의 목욕통이었다. 번개처럼 떨어지는 기요틴의 칼날처럼 한니발의 의식이 기억을 순식간에 잘라 동강 냈다. 침묵이 찾아왔다. 루이의 고뇌가 친숙하게 느껴졌다. 몇 차례나 보아온 인간의 혈관처럼, 마치 한니발 자신의 얼굴 속에 얽혀 있는 혈관들처럼 익숙하게.

"약을 구해보겠습니다."

한니발이 말했다. 아편제를 구할 수 없다면 아편정이라도 손에 넣을 수 있을 것이다.

"동의서를 줘. 약을 가져오면 돌려주지."

한니발은 루이 페라를 바라봤다. 그의 목을 관찰할 때처럼 그의 얼굴에 떠오른 표정을 읽었다. 페라에게서 공포의 냄새가 풍겼다. 한니발이 말했다.

"루이, 당신의 의뢰인이 생각해봐야 할 게 있어요. 그가 태어나지도 않았을 때, 이 세상에 존재하지도 않았을 때 있었던 그 모든 전쟁과 고통과 괴로움에 대해 생각해봐요. 그 때문에 그가 고통받은 게 있나요?"

"전혀."

"그렇다면 세상을 떠난 뒤에도 고통스러울 게 뭐가 있겠어요? 그건 누구의 방해도 받지 않고 푹 자는 것과 똑같아요. 차이가 있다면 이번에는 깨어나지 않는다는 것뿐이죠."

37

나무판에 새겨진 베살리우스의 원본 인체해부도 '드 파브리카'는 제2차 세계대전 때 뮌헨에서 파괴됐다. 그 판화를 성물처럼 숭배하던 뒤마 박사는 슬픔과 분노에 못이겨 새로운 인체해부도를 제작하기로 결심했다. 그것은 '드 파브리카' 이후 400년 간 베살리우스의 뒤를 이은 모든 인체해부도 가운데 최고의 작품이 될 것이었다.

뒤마는 해부도를 묘사하는 데 그림이 사진보다 훨씬 유용하며 알아보기 어려운 엑스레이 사진을 명확히 해석하는 데에도 필수적이라는 사실을 깨달았다. 뒤마 박사는 탁월한 해부학자였지만 불행히도 예술가는 아니었다. 그러나 참으로 다행스럽게도 그는 한니발 렉터가 학창시절에 그린 개구리 해부도를 접한 이후로 그의 성장과 발전을 지켜보며 의대 장학금을 제안했다.

이른 저녁 실습실. 뒤마 교수는 낮에 있었던 강의에서 내이(內耳)를 해부하고 한니발을 위해 남겨뒀다. 지금 한니발은 다섯 배로 확대한 와우각(달팽이의 껍데기처럼 감겨 있는 내이의 관)을 칠판에 그리는 중이었다. 저녁종이 울렸다. 한니발은 프렌느에서 오는 전갈을 기다리고 있었다. 그는 바퀴 달린 환자용 들것을 챙겨 야간 출입구를 향해 기나긴 복도를 따라 밀었다. 바퀴 하나가 돌바닥 위에서 삐걱거렸다. 시간이 나면 바퀴를 고쳐야겠다고 마음의 메모장에 새겨뒀다.

시체 옆에 포필 경감이 서 있었다. 두 명의 응급요원이 아직도 피를 흘리며 축 늘어진 시체를 한니발이 가져온 들것 위로 옮겨놓고는 사라졌다. 한니발에게는 무척 신경에 거슬리는 사실이었지만 포필은 언젠가 레이디 무라사키가 말했던 것처럼 프랑스의 미남 배우 루이 주르당과 무척 닮아 보였다.

"안녕하세요, 경감님."

"잠깐 이야기 좀 하자, 한니발."

그가 루이 주르당과는 전혀 닮지 않은 태도로 말했다.

"말씀하시는 동안 제가 일을 해도 괜찮을까요?"

"그래."

"그럼 이쪽으로 오세요."

한니발은 복도를 따라 들것을 밀었다. 삐걱거리는 소리가 점점 더 심해졌다. 바퀴의 베어링이 문제인 것 같았다. 포필이 실습실 문을 밀어젖혔다. 한니발의 예상대로 시체는 가슴의 총상에서 흘러나온 피로 흠뻑 젖어 있었다. 드디어 시체가 언제든 보존 탱크에 들어갈 수 있는 준비를 끝마쳤다. 사실 지금 당장 탱크에 집어넣을 필요는 없었지만 한니발은 포필이 탱크실에서 얼마나 루이 주르당과 닮아보일지, 주변 환경이 그의 보기 좋은 외모에 어떤 영향을 미칠지 궁금했다.

실습실 한쪽에는 고무 문풍지가 붙은 이중문으로 연결된 작은 공간이 있었고, 그 콘크리트 방에는 지름 3.5미터의 포르말린이 가득 담긴 원통형 탱크가 있었다. 탱크 꼭대기의 아연 뚜껑에는 연속 경첩이 달린 여러 개의 문이 달려 있었다. 방 한쪽 구석에는 그날그날 나온 폐기물을 태우는 소각로가 있었다. 오늘은 귀의 잔해물이 여기에 들어갈 차례였다.

탱크 위에서 사슬 도르래가 대롱거렸다. 숫자가 매겨진 꼬리표가 붙은 시체들이 사슬 고정구에 매달려 있고 그 사슬은 탱크 옆면에 둘린 막대로 연결됐다. 한니발은 벽 옆면에 달린 먼지가 자욱이 쌓인 커다란 선풍기를 켠 후에 탱크의 무거운 철제문을 열었다. 시체에 꼬리표를 붙여 고정구에 매단 다음, 도르래를 이용해 탱크 위로 끌어 올렸다가 포르말린 속으로 천천히 내려보냈다.

"프렌느에서 시체랑 같이 오신 건가요?"

거품이 부글부글 솟아오르기 시작하자 한니발이 포필에게 물었다.

"그래."

"사형에 참관하셨어요?"

"그래."

"왜요?"

"내가 그를 체포했으니까. 그 자리에 데려다놓은 게 나니까, 가는 자리에도 참석해야지."

"그건 양심 때문인가요, 경감님?"

"죽음은 내가 하는 일의 결과야. 난 결과를 믿지. 네가 루이 페라에게 아편을 주겠다고 약속했니?"

"합법적으로 구한 거예요."

"하지만 합법적인 처방전으로 얻은 건 아니지."

"사형수들에게 으레 제공하는 거예요. 시체를 기부하는 보답으로 말이죠. 다 아시리라고 생각하는데요."

"그래. 하지만 그에게는 아편을 주지 말거라."

"페라도 당신 죄수인가요? 사형을 당할 때 제정신이길 바라는 겁니까?"

"그래."

"그 사람이 정말로 자신의 종말을 받아들이길 원하세요? 무슈 파리에게 기요틴의 칼날을 덮은 천을 걷어내라고 하지 그래요. 그럼 칼날이 내려오는 걸 맑은 정신으로 두 눈 똑똑히 뜨고 볼 수 있을 텐데요."

"다 이유가 있어서야. 어쨌든 그에게 아편을 주면 안돼. 혹시나 내가 페라가 약물에 취해있는 걸 보게 되면 넌 죽을 때까지 프랑스에서 의학 자격증을 받지 못할 거다. 두 눈 똑똑히 뜨고 내 말 잘 생각해보도록 해."

시체들이 가득한 방에서도 포필은 전혀 변함이 없었다. 한니발은 포필이 내뿜는 수사관의 사명감을 본다. 포필이 한니발에게서 등을 돌리더니 말했다.

"그렇게 되면 정말 유감일 거다. 넌 앞날이 창창하니까. 학과 성적이 아주 특출하다고 들었다. 네 가족도 너를 무척 자랑스러워할 거야. 잘 있으렴."

"안녕히 가세요, 경감님. 오페라 입장권 감사했어요."

38

가벼운 빗줄기가 파리의 밤을 적셨다. 도로 위, 젖은 자갈들이 번들거렸다. 가게 문을 닫는 상점 주인들은 깔개 조각을 말아 빗물이 도랑으로 빠져나가도록 물길을 만들었다. 의대 소유의 밴 앞창에 달린 작은 와이퍼는 엔진의 힘으로 작동했기 때문에 라 상테 감옥으로 향하는 짧은 시간 동안 한니발은 와이퍼를 겨우 몇 번밖에 작동시키지 못했다. 그는 앞뜰로 이어지는 문을 통과했다. 초소 경비병이 보이지 않아 유리창 밖으로 고개를 내밀고 주위를 살펴봤다. 목 뒤에 닿는 빗물이 차가웠다.

라 상테의 중앙 복도에 들어가니 무슈 파리의 조수가

기계가 설치된 방으로 한니발을 불러들였다. 조수는 방수 앞치마를 두르고 만약의 경우를 대비해 새로 산 중절모자 위에도 방수포를 씌웠다. 신발과 커프스를 더럽히지 않기 위해 단두대 앞 그의 자리에는 아예 방호막을 쳐뒀다. 테두리를 아연으로 두른 긴 버들고리가 당장이라도 시체를 받을 준비를 마친 채 기요틴 옆에 놓여 있었다. 조수가 말했다.

"운반은 안 합니다. 소장 명령이오. 바구니는 가져갔다가 다시 가져오고. 바구니가 밴에 들어갈 것 같소?"

"예."

"재봐야 하지 않을까?"

"괜찮습니다."

"그럼 통째로 가져가요. 머리는 팔 밑에 넣어두지. 다음 방이오."

창문에 높은 창살이 달린 하얀 방에는 침침한 불빛 아래 루이 페라가 환자용 들것에 누워 있었다. 페라의 몸 아래에는 기요틴의 받침판인 바스클이 놓여 있고 팔에는 IV가 꽂혀 있었다. 포필 경감이 루이 페라의 몸 위에 고개를 수그린 채 손으로 페라의 눈을 가리고 조용한 목소리로 말을 걸었다.

교도소 담당의사가 IV에 피하 주사약을 주입한 후 투

명한 액체를 팔에 투여했다. 한니발이 도착했을 때 포필은 고개를 들지 않고 이렇게 말했다.

"기억해봐, 페라. 반드시 기억해내야 해."

페라의 희번덕거리는 눈동자가 한니발을 향했다. 포필이 한니발에게 다가오지 말라는 손짓을 해보였다. 그는 땀에 젖은 페라의 얼굴로 더욱 가까이 몸을 굽혔다.

"자, 모조리 털어놔."

"상드린느의 시체를 가방 두 개에 담았어요. 쟁기 날을 매달아서 무겁게 만들었죠. 그런데 머릿속에서 소리가……."

"상드린느를 말하는 게 아니야, 페라. 기억을 더듬어봐. 누가 클라우스 바비에게 어린아이들이 숨어 있는 장소를 불었지? 클라우스 바비는 아이들을 동부로 이송했어. 그자의 이름을 생각해내."

"난 상드린느한테 빌었어요. '그냥 만져만 봐.' 하지만 그녀는 날 비웃었죠. 그때 귓전에서 음악 소리가……."

"아냐! 상드린느 이야기가 아니라니까! 누가 나치에게 아이들에 관해 말해주었나?"

"그런 건 생각하기도 싫어요."

"딱 한 번만이야. 딱 한 번만 더 생각해보면 돼. 이러면 기억을 되살리는 데 도움이 될 거야."

의사가 페라의 혈관에 주사약을 더 투여하더니 약물이 잘 돌도록 팔을 문질렀다.

"페라, 반드시 기억해내야 해. 클라우스 바비는 아이들을 아우슈비츠로 실어 날랐어. 누가 그에게 아이들이 숨어 있는 곳을 말해줬지? 네가 그랬나?"

페라의 얼굴은 잿빛으로 변해 있었다.

"난 배급표를 위조하다가 게슈타포한테 잡혔어요. 그들이 내 손가락을 분질렀죠. 난 파르두의 이름을 댔어요. 그는 고아들이 어디 숨었는지 알고 있었고요. 애들이 있는 곳을 말한 덕분에 그놈 손가락은 멀쩡했죠. 파르두는 지금 트렝 라 포레의 시장이에요. 난 다 봤지만 그 짓을 돕지 않았어요. 아이들이 트럭에서 날 쳐다봐요."

"파르두. 고맙네, 페라."

포필이 고개를 끄덕였다. 포필이 그에게서 몸을 돌리자 페라가 말했다.

"수사관님?"

"왜, 페라?"

"나치가 아이들을 트럭에 몰아넣을 때, 경찰은 어디 있었나요?"

포필은 잠시 눈을 감더니 경비병에게 고개를 끄덕여 보였다. 경비병이 단두대로 향하는 문을 열었다. 가톨릭

신부와 무슈 파리가 기요틴 옆에 서 있었다. 사형집행인의 조수가 페라의 목에서 십자가 목걸이를 벗겨내 그의 손에 쥐여줬다. 페라가 한니발을 쳐다봤다. 그가 머리를 약간 쳐들고 입을 벌리자 한니발이 곁으로 다가갔다. 포필 경감은 가로막지 않았다.

"돈은 어떻게 할까요, 페라?"

"생 쉴피스 성당에. 싸구려는 말고, 연옥으로 가는 불쌍한 영혼에 어울리는 상자로 부탁해. 약은 어디 있지?"

"말한 대로 해줄게요."

한니발의 재킷 주머니에는 묽게 희석한 아편 팅크제가 담긴 유리병이 들어 있었다. 경비병과 사형집행인의 조수는 관례대로 시선을 다른 쪽으로 돌렸다. 하지만 포필은 눈을 돌리지 않았다. 한니발은 아편제를 페라의 입술에 떨어뜨렸다. 그는 약을 받아 마셨다. 페라가 자기 손을 향해 고개를 까딱이더니 다시 입을 벌렸다. 한니발은 그의 입에 십자가 목걸이를 물려줬다. 사람들이 페라가 누워 있는 널빤지를 통째로 들고 칼날 아래로 운반하기 시작했다. 한니발은 페라의 불안과 동요가 조금씩 사라지는 모습을 지켜봤다. 간이침대가 단두대실 문턱에 걸려 한 번 덜컹거리더니 뒤이어 경비병이 문을 닫았다. 포필이 말했다.

"페라는 십자가가 자신의 가슴이 아니라 머리와 함께 있길 바랐군. 넌 그걸 어떻게 알았지? 페라와 넌 또 어떤 공통점이 있는 게냐?"

"나치가 아이들을 트럭에 실어 갔을 때 경찰은 어디 있었느냐는 자그마한 궁금증이요. 그런 점에서 우린 확실히 공통점이 있네요."

포필은 하마터면 주먹을 휘두를 뻔했다. 충동의 순간은 지나갔다. 그는 수첩을 덮고 방을 떠났다. 한니발은 곧바로 의사에게 다가갔다.

"박사님, 방금 사용하신 건 무슨 약이죠?"

"티오펜탈나트륨(해리성 마취제)과 다른 진정제 두 종류를 배합한 거야. 경찰이 범인 취조에 사용하곤 하는데, 가끔 억압돼 있던 기억을 되살리는 효과가 있거든."

"실습실에서 혈액 조사를 할 때 필요하겠군요. 샘플을 좀 얻을 수 있을까요?"

의사가 약병을 건넸다.

"성분과 복용량은 라벨에 붙어 있네."

옆방에서 무거운 쿵, 소리가 들렸다. 의사가 말했다.

"내가 자네라면 몇 분 더 기다리겠어. 페라가 완전히 안정을 되찾을 때까지 말이야."

39

지붕 밑 한니발의 다락방, 그는 낮은 침대에 누워 있었다. 꿈을 향해 서서히 끌려가는 한니발의 얼굴 위로 촛불이 일렁이고 원숭이의 해골 위에는 그림자가 어른거렸다. 그는 어두컴컴한 해골의 눈구멍을 쳐다보며 원숭이와 송곳니를 견줘보려는 듯 아랫입술을 이로 깨물어 윗니를 드러냈다. 침대 옆에는 백합 모양의 확성기가 달린 축음기가 놓여 있었다. 한니발의 팔에 꽂힌 바늘은 루이 페라의 심문에 사용됐던 마취제가 들어 있는 피하 주사기에 연결돼 있었다.

"미샤, 미샤. 내가 간다."

불꽃에 휘감긴 어머니의 옷자락. 성 잔 다르크 앞에서 어른거리는 봉헌 촛불. 성당지기가 말한다. "시간 됐습니다."

한니발은 턴테이블을 작동시키고 두꺼운 바늘을 동요가 담긴 레코드판 위에 내려놨다. 상처가 많아 소리가 거칠고 가끔 튀기도 했지만 음악이 그를 꿰뚫었다.

Sagt, wer mag das Männlein sein
그 난쟁이 아저씨는 누구일까

Das da steht im Walde allein
숲속에 홀로 서 있는 난쟁이 아저씨

한니발은 주사기의 플런저를 1센티미터쯤 밀었다. 혈관 안에서 약물이 타오르는 것이 느껴졌다. 약이 잘 흡수되도록 팔을 문질렀다. 어두운 촛불 아래, 벽에 붙어 있는 꿈속의 얼굴들을 멍하니 바라보며 그들의 입술을 움직여보려 노력했다. 생각해보니 노래를 먼저 부르고 나서 이름을 불렀던 것 같기도 하다. 한니발은 홀로 노래를 부르기 시작했다. 그들이 따라 부를 수 있도록.

선반 위의 해골에 살과 피를 되돌릴 수 없는 것처럼 벽에 붙은 얼굴들을 움직이게 하는 것은 불가능했다.

하지만 그때 원숭이의 입술 없는 입이 송곳니를 드러내며 미소 지었다. 원숭이의 아래턱뼈가 히죽거렸다.

그러자 '푸른 눈'도 미소를 지었다. 그 어리벙벙한 표정이 한니발의 가슴속에서 뜨겁게 타올랐다. 나무 연기 냄새가 코를 찔렀다. 차가운 방에는 검은 연기가 자욱하고 입에서 썩은 냄새를 풍기는 그자들이 벽난로 옆에 서 있는 미샤와 그를 옥죄며 둘러쌌다. 그들이 아이들을 헛간으로 데려갔다. 헛간에는 아이들의 옷가지가 여기저기 흩어져 있다. 얼룩투성이의 낯선 옷가지들. 그는 남자들의 말소리를 들을 수가 없다. 그들이 서로 뭐라고 불러대는지 알 수가 없다. 하지만 밥그릇의 기괴한 목소리만은 똑똑히 들려왔다. "여자애로 해. 어차피 주구으을 테니까. 남자애는 좀 더 오랫동안 신서어어어어언하게 살아 있을 거야." 싸우고, 깨물고, 발버둥 치고. 이제 그가 도저히 견딜 수 없는 장면이 시작된다. 미샤가 사내들의 팔에 들려 나간다. 피 묻은 눈밭 위에서 대롱거리는 발. 미샤가 몸을 비틀어 그를 똑바로 바라본다. "아니바!" 동생의 목소리.

한니발은 침대 위에 벌떡 일어나 앉았다. 팔을 구부

려 피하 주사기의 플런저를 끝까지 힘주어 눌렀다.

곧 헛간이 주위에서 둥둥 떠다니기 시작했다. "아니
바!" 한니발은 황급히 그들을 좇아 문으로 달려가지만
그의 팔 위로 헛간 문이 닫힌다. 우두둑 소리를 내며 뼈
가 으스러진다. '푸른 눈'이 몸을 돌리고 그의 머리에 장
작개비를 휘두른다. 앞뜰에서 도끼 소리가 들려온다. 그
리고 어둠이 찾아왔다.

한니발은 침대에다 배 속에 있는 것을 게워냈다. 눈동
자의 초점이 흐려졌다가 맑아지기를 반복했다. 얼굴들
이 벽 위를 떠다니고 있었다.

생략해. 차마 바라볼 수 없는 거, 차마 들을 수 없는
것들은 생략해버려. 한니발은 머리 한쪽에 피가 말라붙
은 채로 산장에서 눈을 떴다. 팔이 욱신거린다. 그는 2층
난간에 사슬로 묶여 있다. 차가운 깔개를 잡아당겨 몸에
둘렀다. 천둥이 울렸다. 아니, 저건 포탄 소리다. 요리사
용 가죽행낭을 두른 남자가 황급히 벽난로 앞으로 달려
가더니 군번표를 잡아채 서류와 함께 행낭에 쑤셔 넣는
다. 지갑에서 종잇장을 꺼내 불 속에 던져버리고 적십자

완장을 팔에 두른다. 갑자기 찢어지는 듯한 비명과 함께 눈부신 섬광이 번쩍한다. 산장 밖, 이미 죽어 움직이지 않는 탱크에 탄피가 부딪히더니 산장이 불길에 휩싸인다. 탄다, 탄다, 불타오른다. 약탈자들이 밤의 장막 속으로, 그들의 반궤도차량을 향해 뛰쳐나간다. 요리사가 발을 멈춘다. 가방을 들어 올려 열기를 피하며 주머니에서 열쇠를 꺼내 한니발에게 던져준다. 두 번째 포탄이 날아왔다. 두 사람은 그 소리를 듣지 못했다. 집이 휘청하더니 한니발이 누워 있던 난간이 기우뚱 기울어진다. 그는 난간을 타고 미끄러졌다. 계단 전체가 요리사의 머리 위로 무너져 내린다. 한니발의 머리카락이 날름거리는 불꽃에 그슬린다. 다음 장면에서 그는 바깥에 나와 있다. 반궤도차량이 으르렁거리며 숲속으로 사라진다. 그가 걸친 깔개 가장자리에서 연기가 피어오른다. 포탄이 대지를 흔들고 파편이 새된 소리를 지르며 그의 옆을 스쳐 지나간다. 바닥에 깔린 눈으로 깔개에 붙은 불을 끄고, 뛴다. 뛴다. 뛴다. 그의 팔이 덜렁거린다.

파리 시내에 늘어선 지붕들 위로 회색빛 새벽이 서서히 밝아왔다. 다락방에서 흐르던 축음기 소리는 점점 느려지더니 마침내 완전히 멈춰버렸고 양초는 짧게 닳아 두꺼운 촛농에 묻혔다. 한니발은 눈을 떴다. 벽 위의 얼굴은 꼼짝도 하지 않았다. 얼굴들은 다시 그림으로 돌아와 있었다. 바람에 흔들리는 얇은 종이들. 원숭이는 평소와 똑같은 무표정이다. 아침이 시작된다. 밝은 빛이 온 세상으로 뻗어나간다. 온 사방에 새로운 빛이.

40

리투아니아의 수도 빌니우스의 낮은 잿빛 하늘 아래,
경찰용 스코다 세단 한 대가 사람들로 북적대는 스벤
타라지오 거리를 돌아 대학 옆 좁은 길로 들어섰다. 시
끄럽게 울려대는 경적 소리에 사람들이 속으로 욕을 해
댔다. 경찰차는 언제라도 허물어질 듯한 낡아빠진 아파
트 건물 사이에서 하얗게 두드러지는 러시아제 신축 아
파트 단지 앞에 멈췄다. 소비에트 경찰 제복을 입은 키
큰 남자가 자동차에서 내리더니 손가락으로 나란히 늘
어선 초인종 버튼들을 죽 훑다가 '도르틀리히'라고 적힌
버저를 눌렀다.

그 버저는 3층과 연결돼 있었다. 3층 집에는 한 노인이 침대에 누워 있었다. 옆에 놓인 탁자 위에는 온갖 종류의 약병들이 늘어서 있다. 침대 머리맡 위에는 스위스제 추시계가 걸려 있고 시계에서 빠져나온 줄 한 가닥이 베개 위까지 드리워져 있다. 그는 깐깐한 노인네였다. 하지만 간혹 끔찍한 공포에 휩싸이는 밤이면 줄을 잡아당겨 울리는 시계 종소리에 귀를 기울였다. 자신이 아직 죽지 않았다는 걸 확인하려는 듯이. 분침이 똑딱거리며 움직였다. 그는 이 시계의 추가 1초, 1초, 계속해서 그를 죽음의 시점으로 데려간다고 상상했다. 노인은 처음에 버저 소리를 자신의 숨소리로 착각했다. 그러나 곧 홀 바깥에서 하녀의 목소리가 들려왔다. 그녀가 문틈으로 모브캡(19세기 실내용 여성 모자)을 쓴 머리를 내밀고 거칠게 말했다.

"아드님이 왔습니다, 주인님."

도르틀리히 경관은 빠른 걸음으로 그녀를 지나쳐 방 안으로 들어섰다.

"아버지."

"나 아직 안 죽었다. 유산을 노리고 온 거라면 너무 성급했어."

노인은 아들에 대한 분노가 머릿속에서만 번쩍거리고

있을 뿐, 심정적으로는 아무런 느낌도 없다는 데 묘한 기분이 들었다.

"초콜릿을 좀 가져왔어요."

"나가면서 베르기드한테나 줘라. 겁탈하지는 말고. 잘 가게, 도르틀리히 경관."

"이제 이런 짓을 하기도 늦었어요. 아버지는 지금 죽어가고 있잖아요. 혹시 제가 해드릴 일이 없나 들렀어요. 여기 집세를 내주는 거 말고도요."

"이름을 바꿔라. 네놈이 도대체 친구를 몇 번이나 팔아넘겼더라?"

"목숨을 부지할 정도는 되죠."

도르틀리히는 짙은 초록색의 소비에트 국경수비대 제복을 입고 있었다. 그는 장갑을 벗고 아버지가 누워 있는 침대 옆으로 다가갔다. 노인의 손을 잡고 맥박을 재보려 했지만 부친은 도르틀리히의 흉터투성이 손을 힘껏 뿌리쳤다. 아들의 손을 보자 노인의 눈에 눈물이 핑 돌았다. 그는 아들이 침대 위로 몸을 구부리자 안간힘을 다해 도르틀리히의 가슴에서 흔들리는 메달들을 향해 손을 뻗쳤다. 그중에는 우수 MVD 경찰, 포로수용소 및 교도소 관리 고급 훈련 기관, 소비에트 부교 건설 공훈 훈장도 포함되어 있었다. 사실 마지막 훈장은 올

바로 주어졌다고 할 수 없었다. 도르틀리히가 부교 건설에 몇 번 참여한 것은 사실이지만, 전쟁 중 나치를 위해 한 일이었기 때문이다. 그럼에도 그 훈장은 최소한 에나멜을 입힌 멋들어진 물건이었고 만일 누군가가 그것에 관해 묻는다면 그는 입심 좋게 이야기를 늘어놓을 것이다.

"그놈들이 낡아빠진 판지상자에서 아무거나 꺼내 던져주더냐?"

"아버지한테 그런 말이나 들으러 온 거 아니에요. 필요한 게 없나 보러온 거라고요. 그리고 작별 인사도 할 겸 해서요."

"러시아 제복 따위를 입은 널 본 것만으로도 충분하다."

"27 소총 부대예요."

도르틀리히가 말했다.

"나치 제복은 더 했지. 네놈 어미가 그래서 죽었잖아."

"나만 그런 게 아니에요. 우리 같은 사람들이 넘쳤다고요. 어쨌든 난 살아남았고 덕분에 아버지도 차가운 도랑이 아니라 따뜻한 침대에서 죽을 수 있게 됐잖습니까. 석탄도 넉넉하고요. 이게 다 내 덕분이죠. 시베리아행 기차는 날마다 만원이에요. 거기서는 서로 몸뚱이를 짓밟고 머리에 똥을 싸댄다고요. 깨끗한 침대가 있는 걸 다행으로 생각하시죠."

"그루타스는 너보다도 더 나쁜 놈이었어. 그리고 너도 그걸 알았고."

노인은 잠시 말을 멈추고 힘겹게 숨을 내뱉었다.

"왜 그런 자식을 따라다닌 거냐? 넌 도둑놈들이랑 어울려 다른 집을 약탈하고 죽은 사람들의 옷을 벗겼어."

도르틀리히는 아버지의 말이 들리지 않는 듯 아랑곳하지 않고 대답했다.

"어렸을 때 불에 데인 적이 있죠. 아버진 내 침대 옆에 앉아서 팽이를 깎아주셨어요. 채찍을 쥘 수 있게 됐을 땐 팽이 치는 법을 가르쳐주셨고요. 그 팽이는 정말 멋졌어요. 온갖 동물이 그려져 있었죠. 아직도 그걸 가지고 있어요. 그걸 선물해주셔서 정말 감사해요."

그는 노인이 초콜릿을 바닥으로 팽개쳐버리지 못하게 침대 발치에 내려놨다.

"빌어먹을 경찰서로 돌아가서 네 파일에 '생존 가족 없음'이라고 적어둬라."

도르틀리히의 부친이 말했다. 도르틀리히가 주머니에서 종이 한 장을 꺼냈다.

"돌아가신 후에 시신을 고향으로 보내고 싶으면 여기 서명해서 나한테 주세요. 베르기드가 도와줄 겁니다. 증인도 돼줄 거고요."

도르틀리히는 자신이 탄 차가 라트빌라이츠에 도착할 때까지 아무 말 없이 앉아 있었다. 운전대를 잡고 있던 스벤카 경사가 도르틀리히에게 담배를 권했다.

"아버님을 뵈는 일이 힘든가보죠?"

"내가 저 꼴 난 게 아니라 얼마나 다행인지. 그 거지 같은 하녀 계집애도 그래. 베르기드가 교회에 갔을 때 들렀어야 했는데. 교회라니. 감옥에 가고 싶어서 환장한 년. 내가 모르는 줄 알고? 아버진 한 달도 못 버텨. 난 시신을 스웨덴에 있는 고향으로 돌려보낼 거야. 물론 시체 밑에 상당한 공간을 마련해서……. 길이가 3미터쯤 되는 빈 공간 말이야."

도르틀리히 경관이 말했다. 그는 아직 개인실을 얻지 못했지만 경찰서 공용실에서 가장 좋은 책상을 차지하고 있었다. 권력이란 곧 난로와 얼마나 가까이 앉을 수 있는가를 의미했다. 봄인 탓에 난로는 차가웠고 그 위에는 종이 뭉치가 어지럽게 쌓여 있었다. 도르틀리히의 책상을 가득 메운 서류들 가운데 절반 정도는 관료주의 특유의 쓰레기 뭉치에 지나지 않았고 그중 절반은 아무렇게나 휴지통에 버려도 되는 것들이었다.

국경을 맞대고 이웃해 있는 라트비아와 폴란드의 MVD와 경찰국 사이에는 실질적 의사소통이 거의 이뤄지고 있지 않았다. 소비에트 위성국가의 경찰들은 마치 살만 있고 테두리는 없는 바퀴처럼 모스크바에 있는 중앙 경찰을 중심으로 돌아갔다.

도르틀리히가 반드시 살펴봐야만 하는 서류가 있었다. 리투아니아 비자를 받은 외국인 명단이었다. 그는 그 명단을 기나긴 수배범과 정치범 용의자 목록과 비교했다. 위에서 여덟 번째로 적혀 있는 이름이 눈에 들어왔다. 한니발 렉터, 프랑스 공산당 청년동맹의 새로운 당원이었다. 도르틀리히는 직접 자신의 2사이클 바르트부르크를 몰고 한 달에 한 번 정도 들러 볼일을 보곤하는 주립 전화국으로 향했다. 그는 스벤카가 들어가 업무를 인계받을 때까지 밖에서 기다렸다. 잠시 후 스벤카가 전화 교환기 통제권을 완전히 장악하자 도르틀리히는 지지직거리는 소리를 내는 프랑스 중계선이 설치된 전화실에 홀로 들어갔다. 도청에 대비해 먼저 전화기에 전파 강도 측정기를 설치하고 바늘의 움직임을 주의 깊게 살폈다.

프랑스 퐁텐블로 인근에 있는 한 레스토랑 지하, 어둠을 뚫고 '따르릉' 전화벨이 울렸다. 5분 후 누군가가 수화기를 들었다.

"말해."

"빨리 안 받고 뭐 하는 거야? 엉덩이가 시큰거리는구
먼. 스웨덴에서 시체 인수할 친구를 구해야 해. 그리고
꼬맹이 렉터가 살아 있는 것 같아. 공산주의 부활을 꿈
꾸는 청년회를 통해서 학생 비자를 받았더라고."

"누구?"

"기억 안 나? 지난번에 저녁 먹으면서 얘기했잖아."

도르틀리히가 말했다. 그는 명단을 힐끗 쳐다봤다.

"방문 목적. 인민들을 위해 렉터 성 도서관의 장서 목
록을 정리하고 싶음. 웃기고 있네. 러시아놈들이 책으로
뒤를 닦아서 버린 게 언제 적 얘긴데. 뭔가 조치를 취해
야 해. 내 말 누구한테 전해야 할지 알지?"

41

네리스 강 인근 빌니우스 북서쪽에는 폐허로 변한 오래된 발전소가 있었다. 이 근방에서 최초로 건설된 발전소였다. 전성기 무렵에는 도시 전체와 강을 따라 늘어선 기계 조립 공장과 제재소에 상당량의 전력을 공급했다. 기후가 악화됐을 때도 강의 바지선이나 협궤차량으로 폴란드에 공급되는 석탄을 이용할 수 있었기에 가동을 멈추는 경우는 거의 없었다.

하지만 독일의 침공이 시작되고 처음 닷새 사이에 독일 공군이 발전소를 묵사발로 만들었다. 그 후 소비에트의 새로운 수송 철도가 건설된 탓에 발전소는 재건되지 못했다. 발전소로 가는 길은 콘크리트 말뚝과 그 사이에 걸어놓은 사슬로 가로막혀 있었다. 자물쇠는 겉으로 보기에는 녹이 잔뜩 슬어 있었지만 안쪽은 기름칠이 돼 있었다. 러시아어와 리투아니어, 폴란드어로 적힌 표지판이 보였다. '불발탄 주의, 출입 엄금'

도르틀리히는 트럭에서 내려 길을 가로막은 사슬을 풀었다. 스벤카 경사가 차를 몰고 지나갔다. 자갈길을 뒤덮은 무성한 잡초가 트럭 바퀴 아래서 으스러졌다. 스벤카가 말했다.

"여기가 바로……"

"그래."

도르틀리히가 그의 말을 가로막았다.

"진짜로 지뢰가 있을까요?"

"아니. 하지만 내가 틀렸다고 해도 자네만 알고 있게."

도르틀리히는 누군가를 신뢰하는 성격이 아니었고 스벤카의 도움이 필요하다는 자체가 짜증스러웠다. 새까맣게 무너져버린 발전소 건물의 잔해 옆에 한쪽 벽이 그을린 군용 퀸셋 막사가 서 있었다.

"저기 덤불 더미 옆에 세워. 뒤에서 사슬 가져오고."

도르틀리히는 그렇게 말하고 나서 트럭의 토우바에 사슬을 잡아맨 다음 매듭을 잡아당겨 흔들어봤다. 덤불을 헤치고 나무 팔레트를 찾아 사슬의 한쪽 끝을 묶은 후에 트럭을 향해 전진하라는 손짓을 해보였다. 나뭇가지로 덮여 있던 팔레트가 움직이더니 이어서 방공호의 철문이 나타났다.

"독일군이 공습을 퍼부은 후에 네리스 교차로를 장악하려고 여기로 낙하산 부대를 내려보냈지. 그래서 발전소 직원들은 여기 숨었어. 방공호 문을 두드리는 낙하산병에게 문을 열어줬는데 그때 독일군이 안에 수류탄을 집어 던진 거야. 그걸 다 치우느라 정말 죽는 줄 알았지. 익숙해지려면 시간이 좀 걸릴 거야."

도르틀리히는 이야기를 하며 문에 설치된 세 개의 자물쇠를 순서대로 풀었다. 그가 문을 밀자 탄내를 풍기는 퀴퀴한 공기가 스벤카의 얼굴을 때렸다. 도르틀리히가 전기 랜턴을 켜더니 가파른 철제 계단을 따라 내려갔다. 스벤카는 숨을 한 번 깊이 들이 마시고 그의 뒤를 따라가기 시작했다. 석회칠이 된 벽에 조잡한 나무 선반이 죽 늘어서 있고 선반 위에는 온갖 미술품들이 놓여 있었다. 헝겊 조각에 싸인 성상들, 일렬로 늘어선 수십 개의 원통형 알루미늄 화통. 화통 뚜껑은 왁스로 튼튼하게 봉해진 상태였다. 방공호 뒤쪽에는 빈 액자들이 수없이 쌓여 있었는데, 몇 개는 압정을 뽑아냈고 어떤 것들은 그림을 너무 급히 뜯어내는 바람에 가장자리에 헤진 캔버스 조각이 아직도 남아 있었다.

"저 선반에 있는 거 다 가져와. 그리고 저 끝에 있는 것들도."

도르틀리히가 말했다. 그는 방수포에 꾸러미들을 담더니 스벤카를 데리고 막사로 향했다. 바닥에 괴어놓은 나무 조각 위에 훌륭한 떡갈나무 관이 누워 있었다. 클라이페다의 해양 및 하천 노동자조합의 상징이 조각된 관 주위에는 정교한 가로장이 둘려 있고, 아래쪽 절반 부분은 마치 물에 잠긴 배의 수위선 아래처럼 더 어두운색을 띠고 있었다. 근사하고 멋진 작품이었다. 도르틀리히가 말했다.

"우리 아버지의 영혼의 배랄까. 저기 솜 찌꺼기가 들어 있는 상자를 가져와. 소리가 나면 곤란하니까."

"뭐가 달그락거린다고 해도 노인네 뼈다귀인 줄 알 텐데요, 뭘."

도르틀리히가 이 말을 하는 스벤카의 얼굴을 후려쳤다.

"예의도 모르는 버르장머리 없는 자식. 스크루드라이버나 내와."

42

한니발 렉터는 기차의 더러운 유리창 가까이 몸을 붙이고 바깥을 내다봤다. 철도 양쪽으로 나란히 늘어선 키 높은 보리수와 소나무 재생림이 지나갔다. 전쟁 후에 다시 자라나기 시작한 것들이었다. 그때 2킬로미터도 채 떨어지지 않은 곳에 서 있는 렉터 성의 탑 꼭대기가 잠시 모습을 드러냈다. 그 후 기차는 4킬로미터 정도를 더 달려 날카로운 쇳소리를 내지르며 두브룬스트 급수역에 멈췄다. 몇 명의 군인과 노동자가 기차에서 내려 철로에 오줌을 눴다. 차장의 신경질적인 불평에 그들은 기차와 승객들을 등지고 돌아섰다. 한니발은 등에 가방을 짊어지고 그들과 함께 내렸다. 차장이 기차로 돌아왔을 때 그는 막 숲에 들어선 참이었다. 물탱크 위에 있는 다른 승무원한테 발견될 경우를 대비해 그는 걸어가면서 신문 한 장을 찢어 들었다. 한니발은 숲속에 숨어 기다렸다. 증기 기관차가 칙칙폭폭 연기를 내뿜으며 사라져갔다. 이제 그는 조용한 숲속에 홀로 남았다. 피곤하고 입안이 껄끄러웠다.

한니발이 여섯 살 때, 베른트가 그를 업고 나선 계단을 타고 물탱크 꼭대기에 올라가 이끼투성이 탱크 속을 들여다보게 해준 적이 있었다. 둥그런 수면에는 둥그런 푸른 하늘이 떠 있었다. 탱크 안쪽에는 아래로 이어지는 사다리가 있었는데 베른트는 종종 마을에 사는 여자애와 탱크에서 헤엄을 즐겼다. 하지만 베른트는 죽었다. 그때, 그 숲속에서. 아마 그 여자도 죽었으리라.

한니발은 탱크 안에서 서둘러 목욕을 한 다음 옷가지를 빨았다. 그는 물속에 몸을 담근 레이디 무라사키를, 그녀와 함께 탱크 안에서 헤엄치는 모습을 상상했다. 철도를 따라 걷다가 핸드 카트가 삐걱거리는 소리를 듣고 황급히 숲으로 뛰어 들어갔다. 셔츠를 허리에 질끈 묶은 검은 피부의 두 마자르인이 열심히 핸들을 펌프질하며 철로를 따라 지나갔다.

성에서 1.5킬로미터쯤 떨어진 곳에 이르자 철도 위를 가로지르는 소비에트 전력선이 눈에 들어왔다. 새로 생긴 것이었다. 불도저가 숲속에 넓은 길을 뚫어놨다. 두꺼운 전선 아래를 지나자 짜릿한 정전기에 팔뚝의 털이 곤두서는 게 느껴졌다. 한니발은 아버지의 망원경에 붙어 있는 나침반이 제대로 작동할 수 있도록 전선과 충분한 거리를 두고 걸었다. 산장으로 가는 길은 두 개였다. 적어도 그 길이 아직 남아 있다면 말이다. 한니발의 눈앞에 전선이 지평선을 향해 곧게 펼쳐져 있었다. 이 방향으로 계속 이어진다면 아마 사냥용 산장과 몇 킬로미터 떨어지지 않은 곳을 지나갈 것이다.

한니발은 가방에서 미제 시레이션(전투식량의 일종)을 꺼내 노란색 담배를 내팽개치고 깡통에 든 고기를 씹으며 곰곰이 생각했다.

계단이 요리사의 머리 위를 덮친다. 서까래가 무너진다.

산장은 이제 형체도 없이 사라졌을지 모른다. 만일 집이 그 자리에 그대로 있고 무언가 남아 있는 게 있다면, 그건 아마도 약탈자들이 크고 무거운 잔해들을 옮길 수 없었기 때문일 것이다. 그들도 못한 일을 해내려면 힘이 필요했다. 그렇다면 먼저 성으로 가야 한다.

해가 지기 직전, 한니발은 숲을 가로질러 렉터 성에 도착했다. 한때 자신이 살았던 집인데도 그의 무딘 가슴에는 아무런 감흥도 느껴지지 않았다. 어린 시절의 집을 만난다 해도 상처가 치유되지는 않는다. 다만 정말로 자신의 감정이 산산조각 났다는 것, 어떻게 그리고 왜 그렇게 됐는지를 깨닫는 데에는 확실히 도움이 됐다.

렉터 성은 서쪽으로 저무는 붉은빛 아래 검은 그림자처럼 서 있었다. 마치 판지로 만든 미샤의 종이 인형 집처럼 비현실적이고 납작해 보였다. 별안간 미샤의 종이 성이 눈앞의 바위 성보다 훨씬 커다랗게 어른거리며 시야 가득 다가오기 시작했다. 불 속에서 둥그렇게 말려 짜부라드는 미샤의 종이 인형.

불붙은 어머니의 옷자락.

마구간 뒤 숲속에 몸을 숨긴 채, 한니발은 식사할 때나는 시끄러운 소리와 고아들의 '인터내셔널가'를 들었다. 깊숙한 숲 저편에서 여우가 컹컹거렸다. 진흙투성이 부츠를 신은 남자가 삽과 말뚝을 들고 마구간에서 나오더니 채소밭을 가로질렀다. 그는 까마귀돌에 걸터앉아 부츠를 벗고 부엌으로 들어갔다.

"요리사는 까마귀돌 위에 앉아 있었어요."

베른트가 말했다. 유대인은 총살형. 요리사는 총을 쏜 히비에게 침을 뱉었다. 베른트는 그 히비의 이름을 절대 말해주지 않았다. 베른트가 두 손을 맞잡으며 말했다.

"전쟁이 끝나고 내가 그 문제를 바로잡기 전까지 도련님은 모르는 게 좋아요."

주위가 완전히 깜깜해졌다. 성의 군데군데에 전깃불이 들어왔다. 원장실에 불이 켜지자 한니발은 망원경을 집어 들었다. 그는 유리창 너머로 종교와 신화적 그림들을 없애버리자는 부르주아지들의 취지에 따라 어머니 방의 이탈리아 양식 천장이 스탈린의 흰색 석회로 덮혀 사라진 것을 확인할 수 있었다. 원장이 손에 잔을 들고 창가에 나타났다. 몸집은 더 커졌지만 등이 굽어 있었다. 일등 감독위원이 뒤에서 그의 어깨에 손을 얹었다. 원장이 창가에서 돌아섰다. 잠시 후, 불이 꺼졌다.

조각조각 헤진 구름이 달빛을 가렸다. 구름 그림자가 흙벽을 가리더니 곧 지붕을 덮었다. 한니발은 30분 정도 더 기다렸다. 그는 구름 그림자에 숨어 마구간으로 향했다. 어둠 속에서 커다란 말의 코 고는 소리가 들렸다. 세자르가 잠에서 깨어나 목을 한 번 울리더니 한니발이 들어오는 소리를 들은 듯 귀를 뒤쪽으로 젖혔다. 한니발은 말의 코에 입김을 불어 넣고 목을 문질러줬다.

"일어나, 세자르."

그는 말의 귀에 속삭였다. 세자르의 귀가 한니발의 얼굴 앞에서 쫑긋거렸다. 한니발은 재채기를 막으려고 손가락을 코 아래에 가져다대야 했다. 그는 손을 둥그렇게 오므려 손전등 불빛을 가리고 말을 올려다봤다. 세자르는 빗질이 잘 돼 있었고 편자의 상태도 좋아보였다. 한니발이 다섯 살 때 태어났으니 벌써 열세 살이었다.

"한 100킬로그램 정도만 실으면 돼."

세자르가 장난을 치듯 코로 한니발을 건드리는 바람에 그는 밀려나지 않으려 벽을 붙잡고 버텨야 했다. 그는 세자르에게 굴레와 안장 받침이 달린 어깨줄, 재갈을 씌운 다음 마구를 단단히 묶었다. 여물주머니를 걸고 안에 여물을 넣자 세자르가 곧장 코를 주머니 안으로 집어넣으려 했다. 한니발은 어린 시절에 들어가 놀곤 했던 광에서 밧줄과 연장, 등잔을 가져왔다. 렉터 성은 불빛 하나 없이 고요했다. 한니발은 세자르를 끌어내 부드러운 땅 위로, 어두운 숲과 뿔 모양의 달을 향해 몰기 시작했다. 성에는 아무런 기척도 없었다. 서쪽 탑 꼭 대기에서 총안으로 내다보고 있던 스벤카 경사가 계단 200개를 올라 들고 온 야전 무전기를 집어 들었다.

43

숲 끄트머리에 이르러서 보니 커다란 나무가 쓰러져 길을 가로막고 있었다. 표지판에는 '위험, 불발탄 주의' 가 러시아어로 적혀 있었다. 한니발은 말을 끌고 쓰러진 나무 옆을 돌아 어린 시절을 보낸 숲으로 들어갔다. 머리 위로 솟은 나무 사이로 창백한 달빛이 비쳐 풀이 무성한 오솔길 위에 회색 얼룩을 만들었다. 한 치 앞도 보기 어려운 깜깜한 어둠 속에서 세자르는 아주 신중하게 한 걸음 한 걸음을 내디뎠다. 숲으로 상당히 깊이 들어온 후에야 한니발은 등불을 켰다. 그는 길을 앞장서며 말을 이끌었다. 세자르의 커다란 발굽이 등불의 가장자리를 밟으며 전진했다. 길 가장자리에는 인간의 대퇴골들이 마치 버섯처럼 바닥에서 삐죽삐죽 튀어나와 있었다. 때때로 한니발은 세자르에게 말을 걸었다.

"네가 이 길을 따라 얼마나 자주 마차를 끌었었지, 세자르? 나랑 미샤랑, 보모랑, 자코브 선생을 태우고 말이야."

자그마치 세 시간이나 수풀과 잡목림을 뚫고 나온 후에야 한니발과 세자르는 공터의 가장자리에 도착했다. 산장은 아직도 그 자리에 서 있었다. 정말 놀랍게도 그 집은 전혀 작거나 초라하다는 느낌이 들지 않았다. 렉터 성처럼 납작하고 단조롭거나 비현실적으로 느껴지지도 않았다. 마치 꿈속에서처럼 생생하게 그 자리에 서 있었다. 한니발은 숲 옆에 서서 그 오두막집을 뚫어지게 바라봤다. 불 속에서 타오르던 종이 인형이 아직도 오그라든 채로 남아 있었다. 산장은 반쯤 타버렸고 지붕은 반쯤 무너져 내렸다. 그나마 돌벽이 아직 남아 집이 완전히 무너지는 걸 가까스로 막고 있었다. 공터에는 잡초가 허리 높이까지 무성했고 덤불은 성인의 키보다도 더 높게 자라 있었다.

무성한 덩굴이 오두막 앞에 서 있는 탱크의 잔해를 휘감았다. 대포 앞에 늘어진 덩굴에는 꽃이 피었고 추락한 급강하폭격기의 꼬리 날개는 마치 보트의 돛처럼 키 높은 잡초들 사이에 우뚝 솟아 있었다. 샛길 같은 건 보이지도 않았다. 정신없이 자란 잡초들 사이로 가끔 바닥에 박힌 정원의 콩 지지대가 눈에 들어왔다.

바로 저기였다. 보모는 이 채소밭에 미샤의 목욕통을 내놨다. 햇볕으로 물을 따뜻하게 데우면 미샤는 욕조 안에 앉아 주위를 팔랑팔랑 날아다니는 배추흰나비에게 작은 손을 흔들었다. 한니발이 가지를 줄기에서 잘라 내 건네줬다. 미샤는 가지의 보라색을 좋아했다. 미샤가 따뜻한 보라색 가지를 껴안았다.

문 앞에 자란 풀들은 아직 인간의 발에 밟힌 적이 없는 것 같았다. 계단과 문 앞에는 낙엽이 두껍게 쌓여 있었다. 한니발은 오두막에서 시선을 떼지 못했다. 달이 손가락 너비만큼 움직이는 동안 그는 꼼짝도 하지 않고 집을 지켜보며 서 있었다. 드디어 시간, 시간이 됐다. 한니발은 몸을 숨기고 있던 나무 그림자에서 빠져나와 세자르를 달빛 아래로 끌고 갔다. 물통에서 약간의 물을 따라 펌프에 넣고 삐걱거리는 손잡이를 움직여 펌프질했다. 지하에서 차가운 물이 빨려 올라왔다. 그는 냄새를 맡아보고 한 모금 맛을 본 후에 말에게 물을 줬다.

세자르는 허겁지겁 1갤런 정도의 물을 들이켜고는 여물
주머니에서 두 줌의 곡물을 집어 먹었다. 삐걱거리는 펌
프 소리가 숲속에 요란스럽게 울려 퍼졌다. 부엉이가 울
자 세자르가 소리 나는 쪽을 향해 고개를 돌렸다.

몇백 미터쯤 떨어진 장소. 도르틀리히는 펌프의 삐걱
거리는 소리를 듣고 그쪽으로 발걸음을 옮기기 시작했
다. 그는 높이 자란 식물들을 헤치며 최대한 소리 없이
걸었지만 발아래 솔방울과 떡갈나무 열매들이 으서지
는 소리만은 어쩔 도리가 없었다. 공터에 이르자 사방
에 갑작스러운 정적이 흘렀다. 그는 순간적으로 얼어붙
었다. 그때, 오두막으로 향하는 길 중간 어디선가 새 울
음소리가 울렸다. 그의 머리 위로 입이 쩍 벌어질 정도
로 커다란 날개를 펼친 새 한 마리가 아무 소리도 없이
뒤엉킨 나뭇가지 사이로 날아올랐다. 도르틀리히는 온
몸에 소름이 돋는 걸 느끼며 옷깃을 곧게 세웠다. 그는
덤불 사이에 숨어 기다렸다.

한니발이 오두막을 바라보자 오두막도 그를 마주 봤
다. 유리창은 모두 깨지고 없었다. 어둡고 텅 빈 창문들
이 마치 원숭이 해골의 공허한 눈구멍처럼 그를 쳐다봤

다. 포탄에 지붕과 벽이 뒤틀리고 주변에 빽빽이 자란 풀들로 집의 높이 역시 줄어들었다. 그가 어린 시절을 보낸 산장은 이제 그의 꿈속에 나타나는 어두운 오두막이 돼 있었다. 높은 풀들이 가득한 정원을 지나 집으로 다가가고 있었다.

저기 그의 어머니가 누워 있다. 옷자락에 불이 붙은 채로 차가운 눈 속에. 그는 어머니의 가슴에 머리를 묻어본다. 얼어붙은 가슴이 딱딱하다. 저쪽에는 베른트가, 저기에는 자코브 선생의 뇌가 바람에 날리는 종이들 사이에 흩뿌려져 눈 위에 얼어붙어 있다. 아버지는 그가 내린 결정 때문에 얼굴을 바닥으로 향하고 계단 옆에 죽은 채로 누워 있다.

바닥에는 아무것도 없었다. 부서진 앞문은 경첩 하나에 가까스로 매달려 흔들거렸다. 한니발은 계단에 올라 문을 밀어 열었다. 어둠 속에서 작은 동물 한 마리가 쏜살같이 몸을 숨겼다. 한니발은 등불을 켜고 안으로 들어갔다. 방은 반쯤 까맣게 그을렸고 지붕은 내려앉아 하늘이 환히 보였다. 계단 아랫부분은 부서졌고 지붕의 서까래와 목재가 그 위에 쌓여 있었다. 탁자는 산산이 조각났다. 구석에 옆으로 넘어져 있는 작은 피아노의 상앗빛 건반은 군데군데 이가 빠져 있었다. 벽에 휘갈겨진 러시아어 낙서들이 불빛에 드러났다. '5년 계획 따위 엿 먹어라.' '그렌코 대위 개자식.' 작은 동물 두 마리가 창문 위로 팔짝 뛰어 도망갔다.

방을 본 한니발의 입술이 굳게 닫혔다. 그는 대담하게 엄청난 소리를 내며 커다란 난로 위를 지렛대로 긁어내고 그 위에 등불을 세웠다. 오븐 뚜껑은 열려 있었지만 오븐 선반은 사라지고 없었다. 도둑들이 캠프파이어에 사용하려고 냄비와 같이 훔쳐간 게 틀림없었다. 한니발은 등불을 이리저리 비추며 계단 근처의 파편들을 치워 움직이기 편하게 만들었다. 나머지 잔해들은 바닥의 거대한 목재와 커다랗고 검게 그을린 나무 막대들 때문에 꼼짝도 하지 않았다.

텅 빈 창문으로 새벽이 다가올 때까지 한니발은 열심히 손을 놀렸다. 벽에 걸린 박제동물들의 눈동자가 붉은 햇살에 반짝, 빛났다. 한니발은 얼마 동안 나뭇더미를 신중하게 살펴보고는 중간쯤에 있는 나무에 밧줄을 걸어 문을 통해 밖으로 나갔다. 그는 풀을 뜯으며 선 채로 졸고 있는 세자르를 깨웠다. 세자르가 정신을 차릴 수 있도록 몇 분간 달리게 했다. 이슬방울이 바짓자락을 무겁게 적셨다. 풀잎과 급강하폭격기의 알루미늄 피부 위에 차가운 땀방울처럼 맺힌 이슬이 반짝거렸다. 희미한 새벽빛 아래서 한니발은 커다란 이파리와 복잡하게 얽힌 덩굴손을 뻗은 덩굴식물이 폭격기 조종실이라는 천연 온실에서 소박하게 시작됐다는 걸 깨달았다. 조종실 안에는 아직도 조종사와 사수가 앉아 있었다. 주위의 줄기들이 시체를 관통해 갈비뼈와 해골 사이에 둘둘 똬리를 튼 상태였다.

한니발은 마구에 밧줄을 묶고 세자르를 앞으로 걸어가게 했다. 밧줄이 팽팽해지면서 어깨와 가슴에 무게감이 실리자 세자르는 발을 멈췄다. 한니발은 어렸을 때하던 대로 세자르의 귀에 혀 차는 소리를 냈다. 세자르가 힘을 주기 시작했다. 근육이 꿈틀대더니 말이 앞으로 걷기 시작했다. 건물 안에서 쿵, 하고 뭔가가 부서지며 무너지는 소리가 들렸다. 창문으로 재와 그을음이 구름처럼 뿜어져 나와 마치 어둠을 피해 달아나듯 숲으로 날아갔다.

한니발은 말의 등을 두드려줬다. 먼지가 채 가라앉기도 전에 그는 결국 조바심을 참지 못하고 얼굴에 손수건을 두른 채 집 안으로 들어갔다. 무너진 잔해 위에 올라 재채기를 하며 밧줄을 풀어서 다시 다른 곳에 감았

다. 이 일을 두 번쯤 반복하고 나니 계단 위에 쌓인 잔
해 중 가장 무거운 것들 대부분을 치워낼 수 있었다. 그
는 세자르에게 밧줄을 그대로 매어둔 채 지렛대와 삽을
가지고 잔해 더미를 파헤치기 시작했다. 부서진 가구의
파편들. 반쯤 탄 쿠션과 코르크 보온병. 그는 장식판에
박혀 있는 그을린 멧돼지 머리 박제를 들어 올렸다.

어머니의 목소리. 돼지 목에 진주 목걸이.

박제를 흔들자 안에서 달그락거리는 소리가 났다. 한
니발은 멧돼지의 혀를 잡아당겼다. 끝에 마개가 달린 혀
가 튀어나왔다. 코가 아래쪽으로 오도록 박제 머리를
기울여 흔들자 어머니의 보석들이 난로 뚜껑 위로 쏟아
졌다. 한니발은 보석을 살펴보는 일 따위에 시간을 낭비
하지 않고 다시 잔해 더미로 몸을 돌렸다.

마침내 미샤의 목욕통이 나타났다. 소용돌이 모양의
손잡이가 달린 목욕통의 한쪽 끝이 모습을 드러냈다.
그제야 한니발은 동작을 멈추고 허리를 폈다. 오두막 벽
이 빙글빙글 어지럽게 돌기 시작했다. 그는 난로 모퉁이
를 부여잡고 차가운 쇠붙이에 이마를 기댔다. 잠시 후
밖으로 나가 꽃이 피어 있는 덩굴을 끊어서 돌아왔다.

한니발은 욕조 안을 들여다보지 않았다. 단지 꽃과 이파리로 장식해서 다시 난로 위에 놓았을 뿐이다. 차마 그 자리에 놓여 있는 목욕통을 볼 용기가 나지 않았다. 결국 그는 욕조를 다시 밖으로 가지고 나가 탱크 위에 올려놨다.

폐허를 파헤치고 잔해 더미를 뒤지는 소리 덕분에 도르틀리히는 손쉽게 한니발을 찾을 수 있었다. 그는 어둑어둑한 나무 아래 몸을 숨겼다. 그러고는 한쪽 눈만 내놓은 채 유난히 시끄러운 소리가 날 때만 망원경으로 오두막을 엿봤다.

한니발의 삽이 무언가에 부딪히더니 뼈만 남은 손을 파냈다. 얼마 안 가 요리사의 머리가 모습을 드러냈다. 해골의 미소에는 기쁜 소식이 담겨 있었다. 고스란히 남아 있는 금니로 미뤄 짐작해보건대 약탈꾼들은 아직 여기까지 손을 대지 않은 게 틀림없었다. 그다음에 발견한 건 헤진 소맷자락 속에서 뼈만 남은 요리사의 팔이 가죽행낭을 아직도 꼭 쥐고 있는 모습이었다. 그는 주머니를 집어 안에 든 것을 난로 위에 쏟아냈다. 군용 견장, 리투아니아 경찰 기장, 무장친위대의 번개 문양과 해골과 십자 모양으로 교차된 뼈가 그려진 모자 휘장, 그리고 마지막으로 여섯 개의 스테인리스 군번표. 제일 위에 놓인 것에는 도르틀리히의 이름이 적혀 있었다.

세자르는 사내의 손에 들린 두 가지 물건을 알아차렸다. 한쪽 손에는 사과와 여물주머니, 다른 손에는 채찍과 막대기가 들려 있었다. 세자르는 막대기를 든 사람이라면 질색이었다. 망아지일 때 밭의 채소를 훔쳐 먹다가 성난 요리사에게 쫓겨 다녔던 기억 때문이다. 만일 도르틀리히가 납을 입힌 경찰봉을 들고 숲에서 나왔다면 세자르는 그를 무시했을 것이다. 그러나 말은 쿵쿵 콧김을 내뿜고 밧줄을 질질 끌어당기며 뒷걸음질을 치고는 거리를 벌린 채 고개를 돌려 낯선 사내를 바라봤다.

도르틀리히는 뒤로 물러나 다시 나무 사이로 사라졌다. 이슬에 젖은 가슴 높이 덤불을 헤치고 텅 빈 창문에서 보이지 않을 만한 장소로 100미터 정도 이동했다. 그러고는 권총을 꺼내 약식에 탄약을 채웠다. 산장에서 40미터쯤 뒤로 가면 처마 밑에 싸구려 장식을 매단 빅토리아풍 변소가 있었다. 변소로 향하는 좁은 샛길에 심긴 백리향은 크고 거침없이 자라났고 산장과 변소 사이의 울타리는 길을 가로막을 정도로 무성했다. 도르틀리히는 수시로 목을 긁어대는 나뭇가지와 이파리들을 치워내고 상처를 문지르면서 간신히 울타리를 헤치며 걸었다. 워낙 유연한 줄기 탓에 다행히도 울타리가 우지직거리며 부러지지는 않았다. 그는 경찰봉을 얼굴 앞쪽으로 든 채 조용히 나아갔다. 한 손에는 경찰봉을, 다른 한 손에는 권총을 쥐고 산장의 옆쪽에 난 창문을 향해 두 걸음을 내디뎠다. 바로 그때 날카로운 삽이 날아와 그의 척추를 찍었다. 다리에 감각이 느껴지지 않았다. 도르틀리히는 쓰러지면서 바닥을 향해 총을 한 방 쐈다. 이번에는 삽의 평평한 부분이 두개골 뒤쪽을 강타했다. 도르틀리히는 얼굴에 풀잎이 스치는 느낌을 받았다. 잠시 후, 어둠이 찾아들었다.

새 소리. 나무 위에서 멧새떼가 지저귄다. 노란 아침 햇살이 키 높은 풀잎 사이로, 한니발과 세자르가 지나온 길 위로 둥그렇게 비쳐 들어왔다. 한니발은 5분 남짓한 시간 동안 까맣게 불타버린 탱크에 기대서 눈을 감고 있었다. 그는 목욕통을 바라보다가 미샤의 잔해를 확인할 정도로만 손가락으로 살며시 덩굴을 걷었다. 미샤의 젖니가 모두 남아 있는 걸 보니 오히려 마음이 편해졌다. 끔찍한 영상 하나가 사라진 셈이었다.

그는 목욕통에서 월계수 잎을 건져내 멀리 던져버렸다. 스토브 위에 쏟아낸 보석을 뒤져 기억 속 어머니가 찼던 브로치를 골라냈다. 다이아몬드가 가득 박힌 줄이 뫼비우스의 띠처럼 비틀린 브로치였다. 그는 카메오에서 리본을 풀어 미샤가 머리에 리본을 달곤 했던 자리에 브로치를 잡아맸다.

위쪽 언덕의 따스한 동쪽 경사면에 무덤을 파고 근처를 이 잡듯 뒤져 모은 야생화로 무덤 주위를 둘렀다. 한니발은 목욕통을 구멍에 내려놓고 지붕의 타일로 위를 덮었다. 그는 무덤의 머리맡에 꼿꼿이 섰다. 그의 목소리에 세자르가 풀을 뜯다가 고개를 쳐들었다.

"미샤, 우리는 신이 존재하지 않는다는 사실에 위안을 얻는다. 앞으로 너는 영원토록 천국의 노예가 되지도 않을 것이고 신의 엉덩이에 키스할 필요도 없어. 네게는 낙원보다 더 좋은 것이 있어. 넌 망각이라는 축복을 받았지. 난 날마다 네가 그립단다."

한니발은 무덤을 흙으로 메우고 손으로 단단하게 두드렸다. 그러고는 평범한 바닥처럼 보이도록 나뭇가지와 솔방울, 잎사귀를 덮었다. 미샤의 무덤에서 조금 떨어진 작은 공터에는 입에 재갈이 물린 도르틀리히가 나무에 묶여 있었다. 한니발과 세자르가 그에게 다가왔다. 한니발은 바닥에 앉아 도르틀리히의 가방을 뒤졌다. 지도한 장과 자동차 열쇠, 군용 캔 따개, 방수 처리된 주머니에 들어 있는 샌드위치, 사과, 양말 한 켤레와 지갑. 한니발은 지갑에서 신분증을 꺼내 오두막에서 발견한 군번표와 비교했다.

"헤어(Herr. 영어의 Mr에 해당하는 독일어)······ 도르틀리히. 오늘 이렇게 와주셔서 고인이 된 내 가족을 대신해 감사의 말을 전하고 싶네요. 오늘의 만남은 우리에게, 특히 내게 아주 커다란 의미가 있어요. 당신이 내 동생을 먹어 치운 일에 대해 진지한 대화를 나눌 기회가 생겨 무척 기쁘네요."

한니발이 재갈을 벗겨내자마자 도르틀리히는 속사포로 말을 쏟아내기 시작했다.

"나는 시내에서 일하는 경찰관이고 저 말은 도난당한 거야. 내가 여기 온 건 그것 때문이라고. 말만 돌려주면 모두 없던 일로 해주겠어."

한니발은 고개를 저었다.

"난 당신 얼굴을 기억해요. 몇 번이나 봤는지 모를 겁니다. 우리에게 스멀스멀 다가오던 당신의 손가락과 손가락 사이의 거미줄도요. 그 손가락으로 누가 더 통통한지 만지작거렸었죠. 저 목욕통이 난로 위에서 부글부글 끓던 거 기억나요?"

"아니, 전쟁 때 기억나는 건 정말 추웠다는 것뿐이야."

316

"오늘은 날 먹을 작정이었나요, 헤어 도르틀리히? 여기 점심 도시락이 있네요."

한니발은 샌드위치의 속을 살폈다.

"이런, 마요네즈가 너무 많잖아요, 헤어 도르틀리히!"

"사람들이 날 찾으러 올 거야."

"당신은 우리 팔을 만져봤죠."

한니발이 도르틀리히의 팔을 만지작거렸다.

"그리고 우리 뺨도요."

그는 도르틀리히의 볼을 꼬집었다.

"'헤어'라고 부르긴 하지만, 사실 당신은 독일인이 아니죠? 리투아니아나 러시아 사람인가요? 아니, 당신은 당신 자신만의 국민이죠. 도르틀리히인. 다른 친구들은 지금 어디 있죠? 아직도 연락하며 지내나요?"

"다 죽었어. 전쟁 통에 다 죽었다고!"

한니발은 그에게 미소를 지어 보이더니 손수건을 풀었다. 손수건 위에는 버섯이 가득했다.

"이 그물버섯은 파리에서는 1센티그램에 100프랑이나 해요. 그런데 여긴 사방에 널려 있네요."

한니발이 일어나 말에게 다가갔다. 도르틀리히는 한니발의 주의가 딴 곳에 쏠린 새를 틈타 손목을 이리저리 비틀었다. 세자르의 넓은 등에는 밧줄 뭉치가 실려 있었다. 한니발은 밧줄의 한쪽 끝을 마구에 그러매고 다른 한쪽 끝으로 올가미 매듭을 만들었다. 그는 밧줄을 쥐고 도르틀리히에게 돌아왔다. 도르틀리히의 샌드위치를 벌려 밧줄이 미끈거리게 마요네즈를 묻힌 다음 도르틀리히의 목에도 마요네즈를 펴 발랐다. 한니발의 손길에 몸서리를 치며 도르틀리히가 말했다.

"한 사람은 살아 있어! 캐나다에! 그렌츠, 그렌츠 녀석 말이야! 군번표를 뒤져봐. 내가 증언을 해줄게."

"무슨 증언이요, 헤어 도르틀리히?"

"네가 말한 거 말이야. 난 안 그랬어. 하지만 내가 봤다고 말할게."

한니발은 도르틀리히의 목에 올가미를 고정하고 그의 눈을 똑바로 바라봤다.

"내가 당신한테 화난 것처럼 보여요?"

그는 다시 말 옆으로 돌아갔다.

"살아남은 건 그 친구뿐이야. 그렌츠. 브레머하펜에서 피난선을 탔지. 맹세도 하고 진술도 할게."

"잘됐군요. 그럼 노래도 부를래요?"

"그래, 그래, 부를게."

"우리 미샤를 위해 노래 불러요, 헤어 도르틀리히. 당신도 아는 거예요. 미샤가 정말 좋아하던 노래거든요."

그는 세자르의 엉덩이를 도르틀리히 쪽으로 돌렸다.

"넌 이런 걸 보면 안 돼."

그는 말의 귀에 속삭이고 노래를 부르기 시작했다.

"Ein Mannlein steht im Walde granz still und stumm 숲속에 말없이 홀로 서 있는 난쟁이 아저씨……."

한니발이 세자르의 귀에 혀 차는 소리를 냈다. 그러자 세자르가 앞으로 걷기 시작했다.

"편하게 불러요, 헤어 도르틀리히. Es hat von lauter Purpur ein Mantlein um 새빨간 외투를 둘렀네."

도르틀리히는 매끈거리는 올가미 안에서 목을 이리저리 비틀며 초록색 풀 위에서 원을 그리며 서서히 풀려나가는 밧줄을 바라봤다.

"노래를 안 부르는군요, 헤어 도르틀리히."

도르틀리히가 입을 열고 메마른 목소리로 소리치기 시작했다.

"Sagt, wer mag das Mannlein sein 그 난쟁이 아저씨는 누구일까."

두 사람은 함께 노래했다.

"Das da steht im Wald allein 숲속에 홀로 서 있는 난쟁이 아저씨……."

밧줄이 수풀 사이로 떠오르기 시작했다. 도르틀리히가 뱃속에서 우러나오는 비명을 질렀다.

"포르빅! 그 친구 이름은 포르빅이야! 우리는 냄비지기라고 불렀지. 오두막에서 죽었어. 네가 시체를 찾았잖아."

한니발이 말을 멈추더니 도르틀리히에게 걸어와 허리를 굽히고 그의 얼굴을 들여다봤다. 도르틀리히가 말했다.

"말을 묶어, 말을 묶어 놓으라고. 벌한테 쏘일지도 모르잖아!"

"예, 숲에는 벌이 아주 많죠."

한니발이 군번표를 치켜들었다.

"밀코?"

"몰라, 모른다고. 진짜야."

"그럼 이번에는 그루타스 차례군요."

"몰라, 난 몰라. 제발 날 풀어줘. 그럼 그렌츠에 대해서 증언할게. 놈은 캐나다에 있어."

"조금만 더 부르고요, 헤어 도르틀리히."

한니발은 말을 앞으로 몰기 시작했다. 밧줄 위에서 이슬방울이 빛난다. 이제 밧줄은 거의 팽팽해져 있었다.

"Das da steht im Wald allein숲속에 홀로 서 있는 난쟁이 아저씨……."

도르틀리히의 목 졸린 비명이 들려왔다.

"콜나스! 콜나스가 그 친구랑 같이 일을 해!"

한니발이 말의 목을 두드리고는 도르틀리히의 머리 위로 허리를 수그렸다.

"콜나스는 어디 있죠?"

"퐁텐블로, 프랑스 퐁텐블로 광장 근처에 살아. 카페를 운영하지. 내가 전갈을 남길게. 그 녀석한테 연락하는 길은 그것뿐이야."

도르틀리히는 한니발의 눈동자를 마주 봤다.

"하느님한테 맹세코, 그 앤 죽었었어. 어차피 죽었었다고. 진짜야, 맹세해."

도르틀리히의 얼굴을 뚫어지게 바라보며 한니발은 말을 향해 혀를 찼다. 밧줄이 공중에 팽팽하게 떠올랐다. 밧줄에서 삐져나온 작은 실가닥들이 고개를 쳐들고 부르르 떨자 이슬방울들이 후두두 떨어져 내렸다. 한니발이 도르틀리히의 얼굴에 대고 큰 소리로 노래를 부르는 사이, 도르틀리히의 비명이 멈췄다.

"Das da steht im Wald allein
숲속에 홀로 서 있는 난쟁이 아저씨,

Mit dem purporroten Mantelein
새빨간 외투를 두른 난쟁이 아저씨."

땅바닥이 젖고 동맥에서 핏줄기가 솟구쳤다. 도르틀리히의 머리는 올가미를 따라 6미터 정도 더 굴러갔고, 지금은 하늘을 올려다보며 누워 있었다. 한니발이 휘파람을 불자 세자르가 귀를 빙글 돌리며 발을 멈췄다.

"진짜로 새빨간 망토로군."

한니발은 도르틀리히의 가방에 들어 있던 물건들을 바닥에 팽개쳐버리고 자동차 열쇠와 신분증만 챙겼다. 나뭇가지로 조잡한 삽을 만들고는 주머니를 뒤져 성냥을 찾았다. 나뭇가지가 불 속에서 쓸 만한 연료로 변하는 동안 한니발은 도르틀리히의 사과를 세자르에게 먹였다. 그는 세자르가 나뭇가지에 걸리지 않도록 마구를 모두 떼어낸 후 성으로 향하는 오솔길로 말을 몰았다. 세자르의 목을 껴안아주고 엉덩이를 한 대 손바닥으로 툭, 쳤다.

"집으로 가렴, 세자르. 집으로 가."

세자르는 집으로 가는 길을 알고 있었다.

44

전선을 따라 이어지는 벌거숭이 샛길에 우윳빛 안개가 깔렸다. 스벤카는 보이지 않는 그루터기와 충돌할까 두려워 운전사에게 트럭 속도를 늦추라고 지시했다. 그는 지도를 보고 무거운 전송선이 매달린 철탑에 새겨진 숫자를 확인했다.

"여기야."

도르틀리히의 자동차 자국은 저 멀리까지 이어져 있었지만 기름 자국에 의하면 여기서 멈춘 게 확실했다. 트럭 뒤에서 개와 경찰관이 쏟아져 내렸다. 두 마리의 커다란 셰퍼드는 숲에 들어간다는 생각에 벌써 흥분

상태였고 하운드는 진지한 태도를 고수했다. 스벤카 경사는 개들에게 도르틀리히의 플란넬 파자마 윗도리 냄새를 맡게 했다. 개들이 출발했다. 구름으로 가득한 하늘은 회색빛이었다. 짙은 잿빛 안개 속에서는 나무들도 온통 회색으로 보였다. 수색견들은 사냥용 막사를 향해 달려갔다. 하운드가 집 주위를 빙빙 돌다가 숲으로 뛰어 들어갔지만 수색대원이 나무 뒤에서 불러들이자 다시 돌아왔다. 다른 개들이 신호를 단번에 알아듣지 못해 그는 호루라기를 불었다.

그루터기에 놓인 도르틀리히의 머리 위에는 까마귀 한 마리가 앉아 있었다. 경찰들이 접근하자 까마귀가 최대한 커다란 살점을 입에 담뿍 물고 날아갔다. 스벤카 경사는 크게 심호흡한 뒤 부하들에게 모범을 보이기로 마음먹고 도르틀리히의 머리를 향해 걸어갔다. 얼굴의 볼 부위가 사라지고 없었다. 완전히 깨끗하게 잘려나가 옆에서 이가 드러나 보였다. 입은 열려 있었고 치아 사이에는 도르틀리히의 군번표가 박혀 있었다. 경찰들은 모닥불과 구덩이를 찾아냈다. 스벤카 경위는 모닥불의 재를 손으로 만져봤다. 차가웠다. 그가 말했다.

"요리용 꼬치와 뺨과 그물버섯이라……"

45

오르페브르에 있는 경찰본부에서 나온 포필 경감은 얇은 서류첩을 손에 들고 보주 광장을 향해 걷기 시작했다. 에스프레소 한 잔을 마시러 바에 들렀다가 칼바도스(노르망디 지방산 사과 브랜디)의 향을 맡으니 지금이 저녁때라면 좋겠다는 생각이 들었다. 포필은 자갈이 깔린 거리를 돌고 돌아 마침내 레이디 무라사키의 창문 아래 서서 위를 올려다봤다. 창문을 가린 얇은 커튼이 이따금 어른거렸다. 주간 관리인인 늙은 그리스 여자가 그를 알아봤다.

"부인이 절 기다리고 계실 겁니다. 젊은 청년이 집에

들르지는 않았던가요?"

포필이 말했다. 관리인은 본능적으로 위험신호를 감지하고 최대한 안전한 대답을 하기로 마음먹었다.

"아뇨, 못 봤습니다요. 제가 쉬는 날도 있으니까요."

그녀는 포필을 건물 안으로 들여보냈다. 레이디 무라사키는 향기로운 목욕을 즐기는 중이었다. 물 위에는 치자꽃 네 송이와 오렌지 몇 개가 둥둥 떠다녔다. 그녀의 모친이 제일 좋아하던 기모노에도 치자꽃이 수 놓여 있었지만 지금은 그것도 재가 돼 사라지고 없다. 레이디 무라사키는 추억을 되살리며 손으로 잔물결을 일으켜 꽃송이를 흔들었다. 로버트 렉터와 결혼했을 때 그녀를 이해해준 사람은 어머니 한 분뿐이었다. 일본에 계신 아버지가 간혹 보내오는 편지에는 여전히 차가운 기운이 맴돌았다. 향내 나는 잎사귀나 말린 꽃잎을 첨부하는 대신, 얼마 전 아버지는 편지와 함께 새까맣게 탄 히로시마의 나뭇가지를 보내왔다.

현관 종이 울린 건가? '한니발'을 떠올리고 미소 지은 레이디 무라사키는 기모노를 향해 손을 뻗었다. 하지만 그 애는 언제나 오기 전에 전화를 하거나 메시지를 보내고 벨을 울리는 대신 자기가 지닌 열쇠를 사용한다. 귀를 기울여도 열쇠 소리는 들리지 않았다. 벨이 또 한

번 울렸다. 그녀는 욕조에서 일어나 순면으로 만들어진 가운을 급히 걸쳤다. 현관문의 구멍을 통해 내다보니 문 앞에 포필이 서 있었다.

레이디 무라사키는 가끔 포필과 만나 점심을 즐겼다. 처음 불로뉴 숲(파리 서쪽 교외에 있는 대공원)에 있는 르 프레 카트람에서 만났을 때는 두 사람 다 어색함을 감출 수 없었다. 하지만 포필의 직장 근처에 자리한 셰 폴에서 만남을 지속하면서 두 사람은 훨씬 편한 관계로 발전했다. 때로 포필은 저녁 식사 초대장을 보내기도 했는데 언제나 계절의 풍취를 담은 하이쿠를 함께 적어 보냈다. 그녀는 역시 편지로 그 초대를 거절하곤 했다.

레이디 무라사키가 문을 열었다. 머리카락을 위로 모아 올린 그녀는 맨발로도 충분히 우아해보였다.

"경감님."

"아무런 연락도 없이 이렇게 불쑥 찾아와서 죄송합니다. 전화를 먼저 드리려고 했습니다만."

"전화벨 소리가 나긴 했어요."

"목욕 중이셨나보군요."

"들어오세요."

레이디 무라사키는 그의 시선이 곧장 갑옷 앞에 놓인 무기로 향하는 것을 눈치챘다. 대도와 소도, 그리고 단

도와 전투 도끼.

"한니발은요?"

"여기에 없어요."

아무리 매력적이라 할지라도 레이디 무라사키는 여전히 사냥꾼의 본능을 지니고 있었다. 그녀는 벽난로 장식을 등지고 서서 손을 소맷부리 안에 집어넣은 채 사냥감이 자신에게 다가오기를 기다렸다. 한편 포필의 사냥 본능은 움직이는 것, 사냥감을 몰아 날아오르게 만드는 것이었다. 그는 긴 의자 뒤에 서서 쿠션의 천을 만지작거렸다.

"한니발을 찾아야 합니다. 그 애를 마지막으로 보신 게 언제죠?"

"글쎄요, 며칠이나 됐을까요. 한 5일 정도? 그런데 무슨 일인지요?"

포필은 갑옷 앞에 발을 멈추고 서서 옻칠이 된 흉갑 표면을 손으로 문질러봤다.

"한니발이 지금 어디 있는지 혹시 아십니까?"

"아니요."

"어디에 간다고 슬쩍 내비친 적은요?"

'내비친다'라. 레이디 무라사키는 포필을 살펴봤다. 그의 귀는 붉게 물들어 있었다. 그는 쉴 새 없이 몸을 움

직이고 질문을 던지고 물건을 만지작거렸다. 그는 인공
섬유를 좋아했고 부드러운 천과 그 위의 보풀을 희롱했
다. 그와 식사를 할 때도 이와 비슷한 모습을 본 적이
있다. 거칠게, 그다음에는 부드럽게. 마치 혀끝과 혀뿌리
처럼. 레이디 무라사키는 그런 이미지를 사용하면 포필
을 흥분시킬 수 있으며 그의 두뇌를 마비시킬 수도 있
다는 걸 알았다. 포필은 이제 화분 주위를 맴돌고 있었
다. 그가 화분 맞은편에 있는 그녀를 힐끗 쳐다본 순간,
레이디 무라사키는 미소를 지어 보이며 그의 리듬을 흐
트러뜨렸다.

"그 아인 여행을 갔어요, 경감님. 어디로 갔는지는 잘
모르겠군요."

"그래요, 여행. 아마 전범들을 잡는 사냥 여행을 떠난
것 같군요."

그는 그렇게 말하고는 레이디 무라사키의 얼굴을 관
찰했다.

"죄송하지만 이걸 보여드려야 할 것 같아서요."

포필은 차 탁자 위에 흐릿한 사진 한 장을 올려놨다.
방금 소비에트 대사관의 팩스에서 뽑아온 종이는 아직
축축하고 동그랗게 말려 있었다. 그것은 나무 그루터기
위에 전시된 도르틀리히의 머리였다. 두 마리의 셰퍼드

와 하운드 한 마리, 그것을 둘러싸고 있는 경찰들도 함께였다. 다른 사진은 도르틀리히의 소비에트 경찰 신분증이었다.

"한니발의 가족들이 전쟁 전에 소유했던 숲 근처에서 발견된 겁니다. 저는 한니발이 그 근처에 있다는 걸 압니다. 그 전날 폴란드 국경을 통과했거든요."

"왜 꼭 한니발이라고 생각하시는 거죠? 이 사람한테 적이 많을지도 모르잖아요. 경감님께서 방금 전범이라고 하셨으니까요."

포필이 신분증 사진을 앞으로 밀었다.

"살아 있을 때 그는 이렇게 생긴 사람이었죠."

포필은 서류첩에 끼워진 몇 장의 종이 중 한 장을 꺼내 보여줬다.

"이건 한니발이 자기 방에 붙여놓은 그림입니다."

스케치의 얼굴 반쪽은 해부도였지만 나머지 반쪽은 분명 도르틀리히의 얼굴이었다.

"그 애의 방에 허락 없이 들어가신 건가요?"

포필은 별안간 화를 내기 시작했다.

"당신의 애완용 뱀이 사람을 죽였습니다. 그것도 처음이 아니겠죠. 저보다 당신이 더 잘 아시겠지만 말입니다. 자, 여기 나머지도 보여드리죠."

포필이 가방 속의 그림들을 늘어놓았다.

"이게 다 그 애의 방에서 발견된 겁니다. 이것, 이것, 이것도요. 이 사람은 뉘른베르크 재판에 회부됐었어요. 저도 기억납니다. 이들은 전부 도망자들이고 어쩌면 한니발을 죽일 수도 있어요."

"소비에트 경찰은요?"

"지금 프랑스에서 조용히 조사를 진행하고 있습니다. 인민 경찰 내에 도르틀리히 같은 나치주의자들이 있다는 건 소비에트한테도 치욕적인 일이니까요. 어제 슈타지(옛 동독의 비밀경찰)로부터 이 사람에 대한 파일을 받았어요."

"만약 그들이 한니발을 체포한다면……."

"만약 한니발이 동유럽에서 체포된다면 총살형을 받을 겁니다. 하지만 무사히 도망친다면 소비에트 쪽에서는 이번 사건이 조용히 잊혀지게 내버려둘 수도 있습니다. 한니발이 입을 다물면 이 사건은 소리 소문도 없이 묻혀버리겠죠."

"경감님은요? 경감님은 이 사건이 묻히게 내버려두시겠어요?"

"한니발이 프랑스에서 범죄를 저지른다면 전 그 애를 감옥에 보낼 겁니다. 교수형을 당할지도 몰라요."

포필이 동작을 멈췄다. 그의 어깨가 축 늘어졌다. 그가 호주머니에 손을 쑤셔 넣었다. 레이디 무라사키는 소매 속에서 손을 빼냈다. 그가 말했다.

"그리고 당신은 추방될 겁니다. 전 낙담하겠죠. 당신을 만나 뵙는 건 즐거운 일이니까요."

"경감님께선 자신의 눈만을 믿는 분이신가요?"

"한니발은 어떻습니까? 그 애를 위해서라면 당신은 뭐든 하겠죠, 그렇죠?"

레이디 무라사키는 자신을 변명하고자 뭔가 말하려 했지만 결국 한마디밖에 할 수 없었다.

"그래요."

그런 다음 그녀는 기다렸다.

"그 아이를 도와주세요. 저를 도와주세요, 파스칼."

이제껏 그녀는 포필의 이름을 부른 적이 단 한 번도 없었다.

"그 애를 내게 돌려주세요."

46

베르 르 프티 근처의 선착장. 어두운 에손 강이 창고
옆을 지나 가볍게 흔들리는 검은 하우스보트 아래로
유유히 흘러간다. 갑판 밑 선실에는 커튼이 드리워져 있
었다. 배에는 전화선과 전력선이 연결돼 있고 갑판 위
컨테이너 화단의 잎사귀들은 물에 젖어 번들거렸다.

갑판 위의 통풍관이 활짝 열려 있었다. 그중 하나에
서 비명이 새어 나왔다. 현창에 여자의 얼굴이 불쑥 나
타났다. 유리에 눌린 뺨에 고통스러운 표정이 생생했다.
우악스러운 손길이 얼굴을 세게 찍어 누르며 커튼을 닫
았다. 그 짧은 장면을 목격한 사람은 아무도 없었다.

가벼운 안개가 깔리면서 부둣가 가로등에 밝은 후광이 생겨났다. 가로등 머리 위에서 작은 별 몇 개가 반짝였지만 작고 희미해 잘 보이지 않았다. 길 위에서는 문 앞의 경비병이 '카페 드 레스테'라고 적힌 밴에 전등을 비춰봤다. 그는 차 안에 앉아 있는 페트라스 콜나스를 알아보고 철조망으로 둘린 주차구역으로 들어와도 좋다는 손짓을 해보였다.

콜나스는 빠른 걸음으로 창고를 가로질렀다. 안에서는 일꾼 한 명이 전기 제품이 들어 있는 나무상자에 스텐실로 인쇄된 '미 육군 PX, 뇌이'라는 글자를 열심히 긁어내고 있었다. 창고에는 그것과 비슷한 나무상자들이 잔뜩 쌓여 있었다. 그는 상자들 사이를 재빨리 빠져나와 부둣가로 향했다.

배의 트랩 옆에서 경비병이 나무상자로 탁자를 만들어놓고 보초를 섰다. 그는 주머니칼로 소시지를 베어 먹으면서 담배를 피웠다. 몸수색을 하려고 손수건으로 손을 닦다가 콜나스를 알아보고는 고갯짓 하나로 통과시켰다. 콜나스는 동료들과 그리 자주 만나는 편이 아니었다. 그는 그만의 삶을 누리고 있었다. 자기 몫의 사발그릇을 밑천 삼아 레스토랑 사업에 착수했고 다양한 실험과 노력 끝에 전쟁 후에는 명성을 얻기까지 했다.

그 어느 때보다도 빼빼 마른 지그마스 밀코가 그를 선실로 들여보냈다. 블라디스 그루타스는 가죽의자에 앉아 뺨에 멍 자국이 난 여자에게 발 손질을 받고 있었다. 겁에 질린 듯한 그녀는 가져다 팔기에는 너무 나이가 많아 보였다. 그루타스가 눈에 띄게 유쾌한 눈빛으로 올려다봤다. 이런 표정은 대개 화를 내기 직전의 불길한 징조였다. 선장은 수로를 그려놓은 탁자 앞에 앉아 배불뚝이 뮐러와 카드 게임을 하고 있었다. 뮐러는 전 디를레방어(죄수 출신들로 구성된 나치 무장친위대의 특수 대대) 출신으로 감옥에서 얻은 문신이 목과 손 뒤에서부터 보이지 않는 소매 안까지 이어졌다. 그루타스가 한창 게임 중인 두 사람에게 그 창백한 눈동자를 돌리자 그들은 카드 판을 접고 선실을 떠났다. 콜나스는 쓸데없는 안부 인사 따위로 시간을 낭비하지 않았다.

"도르틀리히의 군번표가 이 사이에 박혀 있었다는군. 독일제 스테인리스는 정말 뛰어나다니까. 불에 녹지도 않고, 타지도 않아. 그 꼬마 자식이 네 거랑 내 거, 밀코와 그렌츠 것도 가지고 있을 거야."

"분명 4년 전에 도르틀리히가 오두막을 뒤져봤다고 하지 않았어?"

밀코가 말했다.

"포크로 한번 찔러보고 관뒀나 보지, 그 게으른 자식."

그루타스가 말했다. 그는 여자를 쳐다보지도 않고 발로 밀어 찼다. 여자는 서둘러 선실을 빠져나갔다.

"그 개자식은 어디 있대? 도르틀리히를 죽인 벼락 맞을 꼬맹이 녀석 말이야."

콜나스는 어깨를 으쓱하며 밀코의 물음에 답했다.

"파리에서 대학에 다니고 있다는군. 어떻게 비자를 얻었는지는 모르겠어. 어쨌든 비자로 리투아니아에 들어갔고 아직은 아무 정보도 없어. 어디 있는지도 모르고. 그 자식이 경찰한테 불면 어쩌지?"

"무슨 증거로? 엄마 젖이나 빨던 기억으로? 어린애들이 밤중에 꾸는 악몽? 아님 오래된 군번표?"

그루타스가 말했다.

"도르틀리히가 너희와 연락을 하려면 나한테 전화를 걸어야 한다고 다 털어놨을지도 몰라."

콜나스의 말에 그루타스가 어깨를 으쓱했다.

"그 새끼 진짜 귀찮게 구네."

밀코가 코웃음을 쳤다.

"귀찮다고? 도르틀리히를 죽였는데 귀찮은 정도란 말이지? 도르틀리히는 쉽게 죽을 놈이 아냐. 틀림없이 뒤에서 총을 쏘거나 뭐 그랬겠지."

"이바노프가 나한테 빚진 게 있어. 일단 소비에트 대사관 보안부가 그놈을 찾아내면 나머지는 우리가 해결한다. 그러니까 콜나스, 쓸데없이 걱정하지 마."

그루타스가 말했다. 배 안 어디선가 담요 자락 아래에서 희미한 비명과 구타 소리가 새어 나왔다. 그러나 세 사람은 들은 척도 하지 않았다.

"도르틀리히가 하던 일은 스벤카가 이어받을 거야."

콜나스는 걱정 따위 되지 않는다는 듯 말을 이었다.

"그놈이 굳이 필요해?"

밀코의 말에 콜나스가 어깨를 으쓱했다.

"쥐고 있는 게 좋아. 벌써 2년이나 도르틀리히와 같이 일했거든. 결정적으로 놈이 우리 물건을 가지고 있어. 그림과 우리 사이의 연결고리는 이제 그 자식뿐이야. 그놈이 추방자 무리들을 살펴보고 브레머하펜 보급기지에다 적당한 것들을 골라놓을 수 있으니까. 그럼 거기 가서 받아오면 돼."

플레벤 플랜(유럽 방위공동체 창설안) 덕분에 독일이 다시 무장할지도 모른다는 생각에 겁을 먹은 요세프 스탈린은 대규모 추방을 실시해 동유럽의 불순분자들을 싹쓸이하고 있었다. 매주 형벌을 받은 사람들로 가득한 기차들이 시베리아 노동수용소를 향해, 서방 난민수용소를 향해, 죽음과 비참함을 향해 달려갔다. 궁지에 몰린 절박한 추방자들은 그루타스에게 신선하고 탱탱한 여자와 소년 들을 제공해주는 풍부한 공급원이었다. 그는 상품들 뒤에 숨어 모든 것을 조종했다. 그루타스가 판매하는 모르핀은 독일 의료계에서 나오는 것이었다. 그루타스는 암시장에서 거래되는 전자제품용 AC/DC 컨버터를 공급했고 인간 상품들을 제대로 일하게 하는 데 필요한 정신적 훈련과 교정 조치를 취했다. 그루타스는 잠시 생각에 잠겼다.

'스벤카가 동부 전선에 있었던가?'

그들은 동부 전선에서 깨끗하고 정직하게 산 인간이라면 실질적으로 써먹을 데가 없다고 믿고 있었다. 콜나스가 어깨를 으쓱했다.

"전화로 들었을 때는 꽤 젊은 목소리였는데."

"슬슬 거기 있는 물건들을 전부 이리로 가지고 나오자고. 파는 건 좀 이를지도 모르겠지만 어쨌든 여기로 가져와야 해. 다음번 전화는 언제야?"

"금요일."

"지금 당장 시작하라고 해."

"그 친구도 거기서 빠져나오고 싶대. 아마 서류가 필요할 거야."

"로마로 데려오면 되겠군. 하지만 여기까지 데려올 필요가 있는지는 모르겠어. 어쨌든 그놈한테는 알았다고, 다 해주겠다고 해. 알았지?"

"예술품은 상당히 골치 아픈 물건이니까."

콜나스가 말했다.

"네 가게로 돌아가, 콜나스. 가서 짭새들한테 음식 대접이나 공짜로 해주라고. 그러면 네 주차위반 딱지라도 없애주겠지. 항상 이렇게 징징거리며 달려올 거면 다음번에는 슈크림이라도 좀 들고 와."

"저 녀석은 괜찮을 거야."

콜나스가 돌아간 후, 그루타스가 밀코에게 말했다.

"그래야지. 난 식당 주인 짓거리 같은 건 하고 싶지 않으니까."

밀코가 말했다.

"디터! 디터 어딨어?"

그루타스가 하갑판에 있는 선실 문을 두드리며 밀어젖혔다. 두 명의 겁먹은 젊은 여자들이 벙커침대에 앉아 있었다. 둘 다 쇠사슬로 손목이 묶여 있고 쇠사슬의 다른 한쪽 끝은 침대 가장자리의 철기둥에 연결돼 있었다. 스물다섯 살의 디터는 그중 한 여자의 머리칼을 주먹으로 쥐고 격렬하게 메치는 중이었다.

"얼굴에는 멍 자국에 입술은 터지고. 몸값을 다 떨어뜨리고 있잖아. 그리고 저년은 한동안 내 거야."

그루타스가 말했다. 디터가 여자의 머리카락을 놓더니 잡동사니가 가득한 호주머니를 뒤져 열쇠를 찾았다.

"에바!"

나이 많은 여자가 선실로 들어와 벽 가까이에 붙어 섰다. 디터가 말했다.

"이년 씻겨. 뮐러가 집으로 데려갈 테니까."

밀코와 그루터스는 창고를 지나 주차장으로 향했다. 밧줄로 둘러놓은 창고 내부에는 '가재용'이라고 적힌 나무상자들이 쌓여 있었다. 그루타스가 영국제 냉장고를 가리켰다.

"밀코, 영국놈들이 왜 따뜻한 맥주를 마시는지 알아? …… 왜냐하면 그놈들은 루카스 냉장고를 쓰거든! 쳇, 그딴 물건 우리 집에는 코빼기도 못 들이게 할 거야. 난 켈비네이터, 프리지데어, 마그나복스, 커티스 마티스가 좋아. 미제라면 무조건 좋지."

그루타스가 업라이트 피아노의 뚜껑을 열더니 건반을 몇 개 두드렸다.

"이건 갈보 집에 있던 피아노야. 이딴 걸 치다니 정신
이 나갔지. 콜나스가 뵈젠도르퍼를 구해뒀어. 피아노 중
엔 그게 최고거든. 파리에 가서 그걸 가져와, 밀코······.
다른 일을 처리하는 것도 잊지 말고."

47

레이디 무라사키는 한니발이 먼저 몸을 깨끗이 닦고 몸단장을 확실히 한 후에야 자신을 만나러 오리라는 것을 알고 있었다. 그래서 그녀는 한니발의 방에 앉아 그를 기다렸다. 한니발은 결코 그녀를 이 방에 초대한 적이 없었고 그녀 역시 한 번도 그런 바람을 내비친 적이 없었다. 레이디 무라사키는 벽에 붙어 있는 그림들을 바라봤다. 해부도가 방의 절반 정도를 가득 채우고 있었다. 그녀는 그의 침대에 누워 일본식으로 꾸며진 천장 밑에서 기지개를 켰다. 침대 맞은편의 작은 선반 위에는 해오라기가 수 놓인 비단 천으로 덮인 액자가 있었다. 레이디 무라사키는 옆으로 누운 상태에서 손을 내밀어 천을 걷었다. 연필과 초크로 그리고 파스텔로 색칠한, 저택의 목욕탕에서 알몸으로 목욕하는 그녀의 모습이 거기 있었다. 그 밑에는 '영永' 자의 서명과 정확하지는 않지만 일본어로 '수련'을 뜻하는 단어가 초서로 흘려 적혀 있었다. 레이디 무라사키는 아주 오랫동안 그 그림을 들여다보다가 천으로 다시 덮고 눈을 감았다. 그녀는 머릿속으로 요사노 아키코의 시를 떠올렸다.

거문고 소리에
범종의 소리 섞여
들려오누나
이상타 하였더니
이 내 마음 우노니

이틀째 되는 날이었다. 동쪽 햇살이 막 고개를 내밀기 시작하는 찰나, 그녀는 계단을 올라오는 발소리를 들었다. 열쇠 소리가 들리고 문이 열렸다. 온통 헝클어지고 초췌한 모습의 한니발. 손에 든 가방이 흔들리고 있었다. 레이디 무라사키가 자리에서 일어났다.

"한니발, 네 심장 소리를 들어봐야겠다. 로버트의 심

장은 고요해졌고 내 꿈속에서 들리던 네 심장 소리는
멎어버렸구나."

레이디 무라사키는 한니발에게 다가가 그의 가슴에
귀를 가져다댔다.

"연기와 피 냄새가 나는구나."

"숙모님한테는 재스민과 녹차 냄새가 나네요. 평화로
운 냄새예요."

"다쳤니?"

"아뇨."

그녀의 시선이 한니발의 목에서 달랑거리는 그을린
군번표로 향했다. 그녀는 손을 내밀어 셔츠 위로 군번
표를 꺼냈다.

"죽은 자들한테서 가져온 거니?"

"어떤 죽은 사람들이요?"

"소비에트 경찰이 네 존재를 알아냈어. 포필 경감이
날 만나러 왔었단다. 자기한테 자수하면 널 도와주겠다
고 하더구나."

"이 사람들은 아직 안 죽었어요. 오히려 팔팔하게 살
아 있죠."

"프랑스에 있니? 그렇다면 포필 경감한테 맡기렴."

"이자들을 프랑스 경찰한테 넘겨주라고요? 왜요?"

한니발은 고개를 저었다.

"내일은 일요일이죠?"

"그래."

"그럼 내일 저와 어디 좀 같이 가지 않으실래요? 시간 맞춰 모시러 갈게요. 숙모님이 그 괴물의 얼굴을 봐주셨으면 해요. 그 사람이 과연 프랑스 경찰을 두려워할지도 말해주세요."

"포필 경감이……"

"포필 경감과 만나면 제가 주고 싶은 편지가 있다고 말해주세요."

한니발의 고개가 끄덕거렸다.

"목욕은 어디서 했니?"

"해부실에서요. 위험천만한 샤워였죠. 곧 다시 내려갈 거예요."

"뭐라도 좀 먹겠니?"

"아니, 괜찮아요."

"그럼 그만 자렴. 내일 너와 함께 가마. 그리고 그다음 날도, 그 이후로도 계속."

레이디 무라사키가 말했다.

48

한니발 렉터의 BMW 트윈 박서 오토바이는 후퇴하
던 독일군이 버려두고 간 것이었다. 평범한 검은색 동체
에 낮은 핸들과 뒤 안장이 달려 있었다. 레이디 무라사
키는 그의 뒤에 올라탔다. 머리띠와 부츠가 마치 파리
의 폭주족을 연상하게 했다. 그녀는 한니발에게 가깝게
붙어 앉아 손으로 그의 갈비뼈를 가볍게 끌어안았다.
밤중에 내린 비로 도로는 깨끗했고 아침 햇살이 습기를
모두 날려버린 직후라 퐁텐블로 숲을 가로지르며 급커
브를 돌 때도 지표면이 단단하게 바퀴를 잡아줬다. 길
위에 줄무늬를 그린 나무 그림자와 햇살 사이를 달리자

상쾌한 공기가 얼굴에 느껴졌다. 숲을 지나 다시 널찍한 공터로 나왔다. 햇볕이 따스했다.

뒤에 앉은 레이디 무라사키에게는 커브를 돌 때마다 오토바이의 기울기가 훨씬 심하게 느껴졌다. 한니발에게 바싹 붙어 앉은 그녀는 어떻게든 상체를 똑바로 세우려고 안간힘을 쓰다가 조금 지나자 익숙해졌는지 숲을 통과할 때쯤에는 한니발과 완전히 한 몸처럼 움직였다. 두 사람은 인동덩굴이 무성하게 얽힌 울타리를 지났다. 인동덩굴의 향기가 그녀의 입술에 느껴질 정도로 달콤했다. 뜨거운 타르와 인동덩굴.

카페 드 레스테는 센 강 서쪽, 퐁텐플로에서 약 800미터쯤 떨어진 곳에 있었다. 강 너머로 아름다운 숲의 전경을 감상할 수 있는 곳이었다. 오토바이의 시동을 끄자 엔진이 식으면서 딱딱거리는 소리가 났다. 카페테라스 입구에 놓인 새장에는 카페의 비밀스러운 특별 메뉴인 멧새들이 살고 있었다. 멧새의 사육을 금지하는 법령은 생겼다가 사라지기를 계속해서 반복했고, 지금은 종달새와 함께 당당하게 메뉴에 이름을 올리고 있었다. 훌륭한 가수인 작은 새들은 따사로운 햇살을 즐기는 중이었다. 한니발과 레이디 무라사키는 발을 멈추고 새장 안의 새들을 바라봤다.

"이토록 작고 어여쁘다니."

레이디 무라사키가 말했다. 오토바이 여행으로 그녀는 아직도 흥분한 상태였다. 한니발은 새장에 이마를 가져다댔다. 작은 새들이 고개를 돌려 한 번에 한쪽 눈으로 번갈아가며 그를 쳐다봤다. 이 새들은 그가 고향 숲에서 듣곤 했던 발트해 연안의 방언으로 지저귀고 있었다. 한니발이 말했다.

"꼭 우리 같군요. 친구들이 요리되는 냄새를 맡으면서 노래를 부르고 있어요. 가요."

테라스 테이블은 이미 세 자리가 차 있었다. 일요일 예배 차림을 한 시골 사람들과 도시에서 놀러온 사람들이 뒤섞여 이른 점심을 먹는 중이었다. 웨이터가 테이블로 두 사람을 안내했다. 옆 테이블의 남자들은 멧새를 주문한 듯했다. 노릇노릇하게 구워진 작은 새 요리가 나오자 그들은 접시 위에 몸을 숙이고 오래도록 냄새를 즐길 수 있도록 머리 위에 냅킨을 썼다. 한니발은 옆자리에서 풍기는 포도주 냄새에 코를 킁킁거렸다. 코르크 마개를 쓰는 포도주였다. 그는 무표정한 얼굴로 의무감에 휩싸여 그들이 술 마시는 모습을 지켜봤다.

"아이스크림선디 드실래요?"

"그거 좋구나."

348

한니발은 레스토랑 안으로 들어갔다. 칠판에 분필로 적힌 '오늘의 특별 요리'를 살핀 다음 현금등록기 옆에 붙은 영업허가증을 읽어봤다. 복도 한쪽에 '프리베prové: 개인 공간'라고 적힌 문이 보였다. 복도는 조용했고 문은 잠겨 있지 않았다. 한니발은 문을 열고 지하로 이어지는 계단으로 내려갔다. 반쯤 열린 상자에는 미제 접시닦이 기계가 들어 있었다. 그는 허리를 구부리고 선적 라벨을 읽었다. 레스토랑 조수인 에르퀼이 더러운 냅킨이 담긴 바구니를 들고 계단을 내려왔다.

"여기서 뭐 하는 겁니까? 여긴 프리베라고요."

한니발은 돌아서서 영어로 말했다.

"여기가 대체 어디죠? 문에는 '변소privy'라고 적혀 있던데. 그래서 내려왔더니만 이건 그냥 지하실이잖아요. 화장실 어딨어요, 친구? 화장실, 변소, 그러니까 화장실 어딨냐고요. 영어 할 줄 알아요? 화장실이 뭔지 알아요? 빨리 좀 말해줘요, 지금 나올 것 같으니까."

"프리베, 프리베! 투왈렛toilette!"

에르퀼이 계단 위쪽 문을 가리켰다. 그런 다음 계단을 올라가 한니발에게 오른쪽을 가리켜 보였다. 한니발은 아이스크림선디가 도착할 무렵 테이블로 돌아왔다.

"콜나스는 '클레베르'라는 이름을 사용하고 있어요.

영업허가증에 그렇게 적혀 있더군요. 그리고 무슈 클레베르는 줄리아나 거리에 살아요. 아아, 저거 봐요."

페트라스 콜나스가 교회에 가려고 멋지게 차려입은 가족들과 함께 테라스에 나타났다. 한니발은 콜나스에게 온 신경을 집중했다. 주변에서 재잘거리던 대화 소리가 잦아들었다. 시야에 어두운 티끌들이 무리 지어 움직이기 시작했다. 콜나스의 양복은 칠흑같이 새까만 소모사였고 옷깃에는 로터리 클럽(미국에서 시작된 자원봉사 및 사회 공헌 모임) 핀이 박혀 있었다. 그의 아내와 두 아이는 잘생긴 얼굴에 게르만인 특유의 외모를 지니고 있었다. 햇빛 아래서 콜나스의 얼굴에 붙은 짧고 붉은 머리칼과 콧수염이 꼭 돼지털처럼 반짝거렸다. 현금등록기 쪽으로 다가간 그는 아들을 번쩍 들어 바의 높다란 의자 위에 앉혔다.

"사업가 콜나스. 레스토랑 주인 겸 미식가. 교회 가는 길에 돈 서랍을 확인하러 들렀군요. 꼼꼼하기도 하셔라."

한니발이 말했다. 수석 웨이터가 전화 옆에 놓인 예약 장부를 집어 들어 콜나스에게 펼쳐 보이며 말했다.

"기도할 때 저희 이름도 잊지 말아주세요, 무슈."

콜나스는 고개를 끄덕였다. 그는 뚱뚱한 몸집으로 손님들의 시선을 가리며 몰래 허리춤에서 웨블리 45구경

리볼버 권총을 꺼내 현금등록기 아래 커튼이 쳐진 선반에 집어넣고 외투 주름을 가다듬었다. 그러고는 금전출납기에서 반짝거리는 동전 몇 개를 골라 손수건으로 깨끗이 닦았다. 콜나스는 그중 하나를 의자에 앉아 있는 소년에게 건네줬다.

"교회에 가서 이걸로 헌금을 하는 거야. 주머니에 넣어두거라."

콜나스는 허리를 굽히고 다른 동전을 그보다 어린 딸에게 내밀었다.

"자, 이건 네 몫이다, 아가. 입에 넣으면 안 돼. 호주머니에 넣어야지!"

바에 앉아 있던 사람들이 콜나스와 인사를 나눴다. 콜나스는 아들에게 사내답게 악수하는 방법을 가르쳤다. 딸이 아빠의 바짓단을 놓더니 아장아장 테이블 사이를 가로질러 걸어왔다. 하늘하늘 나부끼는 치마와 레이스가 달린 보닛과 어린아이용 장신구로 치장한 모습이 얼마나 사랑스럽던지, 가게 안의 손님들은 아이를 바라보며 미소를 짓지 않을 수 없었다. 한니발이 아이스크림선디 꼭대기에 장식된 체리를 집어 탁자 옆으로 내밀었다. 소녀가 다가와 엄지손가락과 집게손가락으로 그것을 막 받아들려는 찰나, 한니발의 눈이 반짝 빛났다. 그의 혀가 살짝 움직이더니 노래를 부르기 시작했다.

"Ein Männlein steht im Walde ganz still und stumm 숲속에 말없이 홀로 서 있는 난쟁이 아저씨……, 이 노래 아니, 꼬마야?"

콜나스의 딸아이가 체리를 우물거리는 사이에 한니발은 아이의 호주머니에 뭔가를 살짝 집어넣었다. 그때 콜나스가 테이블 옆으로 다가와 딸을 안아 올렸다.

"이 애는 그 노래를 모릅니다."

"당신은 아실지도 모르겠군요. 프랑스 분이 아닌 것 같은데요."

"손님도 그렇죠, 무슈. 손님과 손님 부인은 아무리 봐도 프랑스인처럼은 안 보이니까요. 하지만 아시다시피, 이제 우린 모두 프랑스 국민이죠."

콜나스가 말했다. 한니발과 레이디 무라사키는 콜나스가 식구들을 데리고 시트로엥 트랙숑 아방에 올라타는 모습을 지켜봤다. 그녀가 말했다.

"참 귀여운 애들이구나. 정말 사랑스러워."

"예. 미샤의 팔찌를 하고 있었어요."

구세주 교회의 높은 제단 위에는 유난히 피투성이인 예수가 못 박힌 십자가가 걸려 있었다. 17세기 시칠리아에서 약탈해온 물건이었다. 십자가에 매달린 예수의 발밑에서 신부가 성찬을 들었다.

"마시라. 이는 너희의 죄를 씻고자 흘린 나의 피니라."

신부가 이번에는 성체를 들고 말했다.

"이는 너희를 위해 희생하고 찢긴 나의 몸이니라. 그리하여 너희는 죽지 않고 영생을 얻으리니, 자, 받아먹으라. 그리고 이를 행할 때마다 나를 기념하라."

콜나스는 두 팔에 아이들을 안고 성체를 입으로 받아먹은 후에 아내 옆자리로 돌아갔다. 사람들이 의식을 끝내고 자리로 돌아오자 헌금 쟁반이 돌기 시작했다. 콜나스가 아들에게 속삭였다. 소년은 주머니에서 동전을 꺼내 쟁반에 놨다. 콜나스는 딸의 귓가에도 속삭였다. 때로 딸아이는 자기 동전을 지키려 고집을 부렸다.

"카트리나……."

아이는 주머니에 손을 넣어 검게 그을린 군번표를 쟁반 위에 올려놨다. 군번표에는 페트라스 콜나스라는 이름이 새겨져 있었다. 콜나스는 집사가 쟁반에서 군번표를 집어 그에게 돌려줄 때까지 그것의 존재를 전혀 알아차리지 못했다. 집사는 콜나스가 군번표를 동전으로 바꿔주길 기다리며 참을성 있게 미소를 지어 보였다.

49

레이디 무라사키의 아파트 테라스에는 수양벚나무 화분이 탁자 위로 무거운 가지를 드리우고 있었다. 한니발이 레이디 무라사키의 맞은편에 앉자 가장 낮게 매달린 줄기가 한니발의 머리카락을 간질였다. 레이디 무라사키의 어깨 위에는 투광 조명에 빛나는 사크레쾨르 대성당이 달 조각처럼 밤하늘에 걸려 있었다.

그녀는 길고 우아한 고토로 미야기 미치오(일본의 대표적인 쟁 음악 작곡가)의 〈봄 바다The Sea in Spring〉를 연주했다. 머리는 길게 풀어 내려뜨렸고 불빛이 그녀의 피부를 부드럽게 감싸 안았다. 레이디 무라사키는 곡을 연주하는 내내 한니발에게서 시선을 떼지 않고 곧은 눈길로 그를 쳐다봤다. 레이디 무라사키의 표정은 언제나 읽기가 어려웠고 한니발은 그녀를 마주할 때마다 새롭게 가슴이 설렜다. 그나마 오랜 시간을 함께 지내온 덕분에 그는 어느 정도 그녀의 생각을 읽는 법을 배울 수 있었다. 그것은 관심이나 신중함이 아니라 배려와 마음을 써야 하는 일이었다.

음악이 점차 느려졌다. 마지막 음이 아직도 공중에서 맴돌았다. 벌레상자 속 스즈무시가 고토에 화답했다. 레이디 무라사키가 상자의 창살 사이에 오이 조각을 내려놓자 귀뚜라미가 먹이를 끌어갔다. 그녀는 한니발을 보는 게 아니었다. 그녀의 시선은 한니발이 아니라 그 너머, 저 머나먼 곳에 서 있는 산봉우리를 향해 있었다. 이윽고, 레이디 무라사키가 친숙한 언어로 그에게 말을 걸었다.

"그대 얼굴을 보니 두근거리는 내 마음, 귀뚜라미도 함께 노래하네."

"그대를 보니 내 가슴도 뛰네, 내게 마음의 노래를 가르쳐준 이여."

한니발이 화답했다.

"그 사람들 이름을 포필 경감에게 알려주렴. 콜나스

와 나머지 다른 사람들 모두."

한니발은 사케를 들이키고 술잔을 내려놨다.

"콜나스의 자식들 때문에 그러시는 거죠? 그 애들을 위해 종이학까지 접으셨잖아요."

"그 학은 네 영혼을 위한 거란다, 한니발. 넌 지금 어둠에 끌려가고 있어."

"끌려가는 게 아니에요. 심지어 제가 말을 하지 못했을 때도 전 침묵에 끌려가지는 않았어요. 그저 침묵이 절 붙잡은 거죠."

"그 침묵 속에서 넌 내게로 와 말을 걸었지. 나도 안다, 한니발. 그리고 그런 사실은 쉽게 깨닫기 힘들단다. 넌 어둠에 끌려가는 동시에 나한테도 끌려오고 있지."

"꿈의 다리 위에서요."

그녀가 악기를 내려놓자 현이 가느다랗게 떨렸다. 레이디 무라사키가 그에게 손을 내밀었다. 한니발이 자리에서 일어났다. 버찌가 그의 뺨을 스쳤다. 그녀는 한니발을 목욕탕으로 이끌었다. 욕조에는 김이 모락모락 올라오는 따뜻한 물이 담겨 있고 그 옆에는 촛불이 켜져 있었다. 레이디 무라사키는 한니발을 다다미 위에 앉혔다. 그들은 무릎을 맞대고 앉았다. 두 사람의 얼굴은 겨우 30센티미터도 채 떨어져 있지 않았다.

"한니발, 나와 함께 일본으로 가자꾸나. 우리 아버지 저택에 있는 병원에서 의학 공부를 계속할 수 있어. 네가 원하기만 한다면 할 수 있는 일은 산더미 같을 거야. 거기라면 우린 함께 있을 수 있단다."

그녀는 한니발을 끌어당겨 이마에 입을 맞췄다.

"히로시마에서는 어두운 잿더미 속에 묻혀 있던 초록빛 새싹들이 빛을 향해 고개를 내밀기 시작했단다."

그녀가 한니발의 얼굴을 어루만졌다.

"네가 검게 타버린 대지라면 내가 따스한 빗방울이 되어주마."

레이디 무라사키가 욕조 옆에 놓인 그릇에서 오렌지를 꺼내 손톱으로 찌르더니 향기 나는 손가락을 한니발의 입술에 대고 눌렀다.

"단 한 번의 진짜 접촉이 꿈의 다리보다 낫지."

그녀는 술잔으로 촛불을 끈 후에도 한참 동안 엎어진 술잔 위에 손을 올려놓고 망설였다. 레이디 무라사키가 손가락으로 오렌지를 살짝 밀자 과일이 욕탕 바닥을 따라 굴러갔다. 그녀는 한니발의 머리 뒤에 손을 가져다 대고 입술에 키스했다. 꽃봉오리가 순식간에 피어오르는 듯한 키스였다. 그녀의 이마가 그의 입술에 부딪혔다. 그녀가 한니발의 셔츠 단추를 풀기 시작했다. 한니발은 레이디 무라사키를 붙잡고 그녀의 아름다운 얼굴을, 빛나는 얼굴을 들여다봤다. 두 사람은 가까우면서도 아주 멀리 있었다. 마치 두 개의 거울 사이에 놓인 등잔불처럼. 그녀의 가운이 흘러내렸다. 눈동자, 가슴, 엉덩이의 곡선을 따라 미끄러지는 휘광, 균형과 조화미. 그의 숨소리가 가빠지기 시작했다.

"한니발, 약속해다오."

한니발이 레이디 무라사키를 으스러지도록 껴안았다. 그의 눈은 굳게 닫혀 있었다. 그녀의 입술, 그의 목에 느껴지는 그녀의 숨결.

그의 목구멍, 그의 쇄골, 성 미카엘의 저울.

욕조 안에 둥둥 떠다니는 오렌지. 순간적으로 그것은 부글부글 끓어오르는 놋쇠 목욕통 속의 사슴 해골이 돼 있었다. 놋쇠 통에, 그의 가슴에, 죽어서도 여전히 거기서 도망가고 싶은 듯 끊임없이 부딪치고, 부딪치고 쥐어박는 해골. 가슴 아래를 옥죈 빌어먹을 쇠사슬이 그의 횡격막을 가로질러 저울 아래 지옥으로 행진한다.

이제 시간이 됐고, 그녀 또한 이 사실을 알고 있었다.

"한니발, 약속해다오."

쿵쾅. 심장이 한 번 뛰었다. 그가 대답했다.

"난 이미 미샤에게 약속한걸요."

레이디 무라사키는 조용히 욕조 옆에 앉아 있었다. 현관문 닫히는 소리가 들렸다. 그녀는 다시 가운을 걸치고 조심스럽게 허리끈을 맸다. 욕조 옆에 놓여 있던 양초를 들어 사진을 늘어놓은 제단 위에 났다. 촛불이 죽은 이들의 얼굴 위에서 춤을 췄다. 갑옷 위에서, 다테 마사무네(아즈치 모모야마 시대와 에도 시대 초기의 일본 무장)의 가면 뒤에서, 그녀는 죽은 자들의 행진을 봤다.

50

뒤마 박사는 실습용 가운을 옷걸이에 걸고 통통한 분홍색 손가락으로 제일 위의 단추를 잠갔다. 분홍색 뺨에 푸석푸석한 금발을 한 그는 온종일 구깃구깃한 옷차림으로 학교를 돌아다니곤 했다. 그런데 오늘은 여느 때와 달리 그 쾌활한 모습 뒤로 묘하게 섬뜩한 분위기가 배어 나왔다. 몇몇 학생이 실습실에 남아 해부대를 청소하고 있었다.

"한니발, 내일 아침 수업 전에 흉부강을 열어 흉골을 절단하고 관상동맥을 포함해서 주요 혈관에 약물을 주입해둬. 색깔을 보니 88번은 아무래도 관상동맥 폐색으로 사망한 것 같아. 그런 건 한 번쯤 봐두면 좋지."

그는 흥겨운 어조로 말했다.

"좌전하행동맥과 회선동맥은 노란색으로 하는 게 좋겠어. 중간에 혈전 같은 것에 막히면 양쪽에서 주사를 놔. 메모 남겨두겠네. 할 일이 많아. 그레이브즈한테 남아서 자넬 도와주라고 말해두지."

"저는 혼자 일하는 편이 좋습니다, 교수님."

"그럴 줄 알았어. 좋은 소식이 있네. 알뱅 미셸이 1차 조판을 가져왔어. 내일이면 우리 모두 볼 수 있다는군! 이거 궁금해서 어디 기다릴 수가 있나."

몇 주 전, 한니발은 호이헨스 거리에 사는 출판업자에게 자신이 그린 그림을 가져다줬다. 거리의 이름을 보자 자코브 선생과 어린 시절에 읽었던 크리스티앙 하위헌스의 《빛에 관한 논문》이 생각났다. 그는 뤽상부르 공원에 앉아 한 시간 정도 연못 위를 두둥실 떠다니는 장난감 배를 바라봤다. 그러다 화단 주위에 둘린 반원 모양의 울타리를 따라 마음속으로 회절무늬를 그려보기도 했다. 새 해부학 교재에 포함될 해부도에는 렉터와 자코브라는 두 개의 이름이 새겨질 것이다.

마지막 학생이 해부실을 떠났다. 건물은 이제 개미 새끼 한 마리 없이 텅 비었고 한니발이 실습실에 켜놓은 환한 작업등을 제외하고는 완전한 암흑에 휩싸였다. 한니발은 전기톱을 껐다. 이제 들리는 소리라고는 굴뚝 주위를 맴도는 바람의 희미한 신음과 벌레 울음소리, 주사제 염료가 따뜻해지면서 보글보글 거품을 내뿜는 증류기 소리뿐이었다.

한니발은 앞에 놓인 해부용 시체를 살펴봤다. 땅딸막하고 단단한 중년 사내의 몸은 벌어진 흉곽 외에는 천으로 깔끔하게 덮여 있었다. 갈비뼈가 마치 보트 바닥의 목재처럼 활짝 펼쳐져 있었다. 이것이 바로 뒤마 박사가 수업 때 학생들에게 보여주고 싶어 하는 부위로, 마지막 절개를 직접 행한 뒤에 폐를 꺼낼 것이다. 하지만 한니발은 내부 장기의 정확한 모습을 스케치해야 했기에 정면에서는 보이지 않는 폐의 뒷면이 어떻게 생겼는지 알아내야 했다. 한니발은 참고용 샘플을 찾으려고 차례차례 복도의 불을 켜며 해부학 자료실로 향했다.

지그마스 밀코는 의과대학 건너편에 주차된 트럭에 앉아 건물의 높은 창문을 통해 홀을 따라 내려가는 한니발의 움직임을 눈으로 좇았다. 밀코는 재킷 소매 안에 짧은 쇠지렛대를 숨겼고 주머니에는 권총과 소음기가 들어 있었다. 자료실 불빛 아래로 한니발이 모습을 드러

362

냈을 때, 그는 청년의 얼굴을 자세히 봐뒀다. 한니발의 실험복 주머니가 홀쭉한 것으로 보아 무장을 한 것 같지는 않았다. 한니발은 단지 하나를 들고 자료실을 빠져나왔다. 해부실로 돌아가는 길을 따라 복도의 불들이 하나씩 차례로 꺼졌다. 이제 조명이 비추는 곳이라고는 해부 실습실밖에 남지 않았다. 서리 낀 창문과 채광창이 어른어른 빛났다.

굳이 많은 준비가 필요할 것 같지는 않았지만 그래도 만일을 대비해 밀코는 미리 담배를 피워두기로 했다. 아까 그 대사관 직원이 내빼기 전에 담배를 하나라도 남겨뒀다면 말이다. 그 비열한 악당에게는 '적당히'라는 개념이 아예 존재하지 않았다. 앉은 자리에서 럭키 스트라이크를 열다섯 개비나 피웠으니까.

'제기랄, 이 일을 처리하자마자 발 뮈제트에 가서 미국 담배를 구해와야겠어. 그런 다음에는 술집에 가서 바지 앞주머니에 넣어둔 소음기를 계집년들한테 문질러 댈거야. 그년들이 그 딱딱한 걸 느끼면 어떤 표정을 짓는지 구경해야지. 아침에는 그루타스가 말한 피아노를 챙겨오고.'

저 꼬마 녀석이 도르틀리히를 죽였다. 밀코는 도르틀리히가 소매 속에 쇠지렛대 넣어놓은 걸 깜박 잊고 담뱃불을 붙이려고 했다가 이를 부러뜨렸던 일을 떠올렸다.

"망할 자식, 그러니까 우리랑 같이 그 빌어먹을 구렁텅이에서 빠져나오자고 했는데."

밀코는 지금 어디에 있을지 모를 도르틀리히에게 투덜거렸다. 아마도 지옥이리라. 밀코는 다른 사람들의 의심을 피하기 위해 점심 바구니와 검은색 사다리를 들고 길을 건너 의대 건물을 둘러싼 울타리를 넘었다. 그는 사다리 아랫단에 발을 걸치고 중얼거렸다.

"염병할 농장."

그것은 그가 열두 살 때 집에서 도망친 후부터 주문처럼 흥얼거리는 욕이었다.

한니발은 정맥에 푸른색 염색제를 주사하고 이따금 알코올 병에 저장된 폐 표본을 힐끔거리며 색연필로 시체 옆에 세워놓은 그림판에 스케치했다. 그림판에 붙어 있는 종이가 바람에 살짝 펄럭이더니 다시 제자리로 돌아왔다. 한니발은 하던 일을 멈추고 고개를 들어 외풍이 불어오는 복도 쪽으로 시선을 돌렸다가 다시 혈관을 색칠하는 데 집중했다.

밀코는 해부학 자료실의 창문을 닫고 부츠와 양말을 벗은 다음 유리상자들 사이를 살금살금 기어가기 시작했다. 그는 소화기관이 줄지어 늘어선 선반을 지나 커다랗게 부푼 한 쌍의 발이 담긴 병 앞에서 멈췄다. 방은 어두웠다. 가까스로 선반에 부딪히지 않고 움직일 수 있는 정도였다. 여기서 총을 쏘면 저것들이 깨져 난장판이 될 것이다. 목덜미에 서늘한 바람이 느껴져서 밀코는 재킷의 깃을 바짝 세웠다. 조금씩, 조금씩, 그는 콧등 너머로 사방을 살피며 조심스러운 동작으로 복도를 미끄러져 나아갔다.

그림판 위로 살짝 내다보이는 한니발의 콧구멍이 벌름거렸다. 작업등 불빛에 그의 눈이 불그스름하게 번쩍였다. 밀코가 복도를 내다보자 실습실 문 너머로 염색약이 담긴 커다란 피하 주사기를 들고 시체 옆에서 작업 중인 한니발의 뒷모습이 보였다. 총을 발사하기에는 다소 먼 거리였다. 소음기 때문에 권총의 사정거리가 줄어들었기 때문이다. 한 방에 즉사시키지 못해 온 사방의 물건을 깨뜨리는 볼썽사나운 추격전을 벌이고 싶지는 않았다. 어떤 물건이 머리 위에 떨어질지, 얼굴에 어떤 이상한 액체가 튈지, 밀코는 상상조차 하고 싶지 않았다. 누군가를 죽이기 직전이면 누구나 그렇듯이 그는 마음을 굳게 다졌다.

그때 한니발이 시야에서 벗어났다. 그림판 위에서 손만이 바삐 움직이며 연필을 놀리고 지우개질 하는 것이 보였다. 별안간 한니발이 펜을 내려놓고 복도로 나와 불을 켰다. 밀코는 바닥에 납작 엎드렸다. 다시 불이 꺼졌다. 밀코는 문틈 사이로 실습실 안을 훔쳐봤다. 한니발은 천으로 덮인 시체 위에 허리를 굽힌 채 움직이고 있었다. 해부용 톱이 윙윙거리는 소리가 들렸다. 밀코는 다시 고개를 들었다. 한니발이 보이지 않았다.

'다시 그림을 그리러 갔나 보군. 망할, 이게 뭐하는 짓거리야. 들어가서 쏴버리기만 하면 되잖아. 지옥에서 도르틀리히를 만나면 인사나 해주라고 해야지.'

밀코는 차가운 돌바닥 위를 양말만 신은 발로 소리 없이 성큼성큼 걸어서 이동했다. 그는 스케치북 위의 손을 감시하며 주머니에서 조용히 권총을 꺼내 들고 문 안으로 한 발짝 내디뎠다. 문 너머로 소매와 손이 보였다. 실습용 가운은 의자 위에 개어져 있었다.

'놈의 나머지 몸뚱이는 어디 간 거야?'

순간, 한니발이 밀코의 등 뒤로 다가와 알코올이 가득 든 피하 주사기를 목에 찔러 넣었다. 밀코의 다리가 풀리고 눈동자가 천장으로 말려 올라갔다. 한니발은 무너지는 밀코의 몸을 재빨리 붙잡았다. 우선은 중요한 일부터. 한니발은 시체의 손을 제자리로 돌려놓은 다음 명쾌한 손놀림으로 피부를 몇 번 꿰매 깨끗하게 정돈했다. 그러고는 실습용 시체에 대고 말했다.

"죄송합니다. 메모에 감사하다는 말을 꼭 써넣을게요."

온몸이 타오르는 느낌에 밀코는 기침을 내뱉었다. 의식이 돌아오기 시작했다. 얼굴에 뭔가 차가운 것이 느껴졌다. 방 안이 빙빙 돌더니 곧 멈췄다. 그는 입술을 핥아보고는 침을 뱉었다. 얼굴 위로 물이 쏟아졌다. 찬물이 가득 담긴 주전자를 든 한니발이 시체 탱크 옆에 서 있었다. 그는 밀코의 얼굴을 보더니 대화를 하자는 듯 의자에 앉았다. 사슬에 연결된 밀코의 몸은 시체를 걸어두는 고정구를 입고 있었고, 목 아랫부분은 탱크 안 포르말린 용액에 완전히 잠긴 상태였다. 탱크를 나눠 쓰는 룸메이트들이 보존액에 담긴 희뿌연 눈으로 그를 바라보며 주위를 에워싸고 있었다. 밀코는 몸서리를 치며 그들의 쭈그러진 손을 밀쳐냈다. 한니발은 밀코의 지갑을 정성스레 조사했다. 주머니에서 군번표를 꺼내더니 탱크 가장자리에 올려놓은 밀코의 신분증 옆에 내려놨다.

"지그마스 밀코, 안녕하세요?"

밀코는 쿨럭이다 헐떡였다.

"우리끼리 얘기를 끝냈어. 돈을 줄게. 내가 가져왔어. 협상을 하자고. 넌 돈을 받기만 하면 돼. 내가 가져왔다니까. 너한테 준다고."

"멋진 계획이군요. 당신은 사람들을 너무 많이 죽였어요, 밀코. 여기 있는 사람들보다 훨씬 많이요. 당신 옆에 지금 어떤 사람들이 있는지 느껴져요? 당신 발 근처에 있는 어린애는 불에 타 죽었어요. 내 여동생보다는 나이가 좀 많고, 벌써 약간 조리된 상태죠."

"대체 뭘 원하는 거야?"

한니발이 고무장갑을 꼈다.

"내 동생을 먹은 데 대해 당신이 무슨 변명을 할지 듣고 싶군요."

"난 안 그랬어!"

한니발이 밀코의 머리를 수면 아래로 거칠게 밀어 넣었다. 시간이 한참 흐른 후, 그는 사슬을 붙잡고 밀코를 다시 끌어 올려 얼굴에 찬물을 부으며 말했다.

"다시는 그런 말 하지 말아요. 기분이 더러웠어, 진짜 더러웠다고."

말을 할 수 있게 되자마자 밀코는 쉬지 않고 말을 쏟아내기 시작했다.

"손은 얼지, 발은 썩어 문드러지지. 다 살려고 한 짓일 뿐이었다고. 그루타스가 진짜 빨리 처리했어. 그 애는…… 전혀 아프지 않았을 거야. 게다가 넌 살려줬잖

아. 우린……."

"그루타스는 어디 있죠?"

"그루타스가 어디 있는지 말해주면 돈을 받을 거야? 되게 많아. 모조리 달러라고. 더 줄 수도 있어. 우린 돈이 많거든. 내가 다 말해주면 놈들을 협박할 수도 있을 거야. 너한테 증거가 되니까."

"그렌츠는 어디 있죠?"

"캐나다에."

"맞았어요. 진실을 말할 줄도 아는군요. 그루타스는 어디 있죠?"

"밀리 르 포레 근처에 집이 있어."

"지금 사용하는 이름은?"

"사트러그 사라는 명의로 사업을 해."

"내 그림들을 벌써 팔았나요?"

"딱 한 번. 모르핀을 사야 했거든. 하지만 그때뿐이었어. 원한다면 그 그림도 다시 사올 수 있어."

"콜나스네 식당에 가본 적 있어요? 아이스크림선디가 꽤 괜찮던데."

"돈은 트럭에 있어."

"마지막으로 남기고 싶은 말은 없어요?"

밀코가 뭔가를 말하려고 입을 벌린 순간, 한니발은

철커덩하는 소리와 함께 무거운 뚜껑을 덮었다. 탱크 뚜껑과 보존액 사이에는 겨우 3센티미터 정도의 공간밖에 없었다. 한니발은 그대로 방을 떠났다. 밀코는 마치 냄비 속에 갇힌 가재처럼 죽을힘을 다해 뚜껑을 두드리기 시작했다. 한니발은 문을 닫았다. 고무 문풍지가 페인트 위에서 삐걱거렸다.

포필 경감이 작업대 옆에 서서 그의 스케치를 들여다보고 있었다. 한니발은 전기 코드에 손을 뻗어 커다란 선풍기를 작동시켰다. 털털거리는 소리와 함께 선풍기의 날개가 돌아가기 시작했다. 포필이 선풍기 소리에 눈을 들었다. 한니발은 그가 또 무슨 소리를 들었을지 궁금했다. 천 아래, 시체의 발 사이에 밀코의 총이 아직 그대로 남아 있었다.

"포필 경감님. 잠시만 실례하겠습니다. 약이 굳기 전에 사용해야 해서요."

한니발이 염색제가 든 주사기를 집어 들어 시체의 혈관에 주입했다.

"네가 렉터 가문의 숲에서 도르틀리히를 죽였다. 누가 그의 얼굴을 먹었더군."

포필에 말에 한니발은 눈썹 하나 까딱이지 않았다.

370

그는 바늘 끝을 닦았다.

"까마귀겠죠. 그 숲은 까마귀 천지거든요. 우리 집 개가 밥그릇에 등을 돌리기만 해도 그릇에 달려들곤 했죠."

"까마귀는 시시 케밥 따위는 만들어 먹지 않아."

"레이디 무라사키한테도 그 이야길 했나요?"

"아니. 동부 전선에서 사람을 먹은 일이 있었지. 네가 어린애였을 때도 있었던 일이고."

포필은 한니발에게서 등을 돌린 채 캐비닛에 붙은 거울로 그의 얼굴을 관찰했다.

"너도 알지? 그렇지? 너도 거기 있었으니까. 그리고 4일 전에 리투아니아에도 있었고. 합법적인 비자를 가지고 들어가서 나올 때는 다른 길로 빠져나왔지. 대체 어떤 방법을 썼니?"

포필은 대답을 기다리지 않았다.

"내가 말해주마. 너는 프렌느에서 만난 사기꾼을 통해 서류를 마련했어. 당연히 위조서류였고."

시체 탱크가 놓여 있는 방. 탱크의 뚜껑이 조용히, 아주 약간씩 들썩였다. 입구 가장자리에 밀코의 손가락이 나타났다. 그는 0.5센티미터 남짓한 틈에 입술을 대고 신선한 공기를 절박하게 들이켰다. 얼굴에 잔물결이 일렁거려 숨이 막혔지만 안간힘을 다해 뚜껑 틈으로 얼

굴을 들이밀고 쿨럭거리며 가까스로 숨을 쉬었다. 해부
실습실에서는 한니발이 포필의 등을 바라보며 작업대에
놓인 시체에 살짝 체중을 기대 실었다. 시체의 폐에서
만족스러운 듯한 숨소리와 골골거리는 소리가 났다.

"죄송해요. 가끔 이래요."

한니발은 그렇게 말하며 증류기 아래 버너에 불을 붙
였다. 부글거리는 소리가 울려 퍼졌다.

"이 그림에 있는 얼굴은 해부용 시체의 얼굴이 아냐.
블라디스 그루타스의 얼굴이지. 네 방에 있는 다른 그
림들처럼 말이다. 그루타스도 죽였니?"

"당연히 아니죠."

"그를 찾았니?"

"만일 제가 그를 찾아낸다면 경감님한테 데려간다고
약속하죠."

"허튼수작하지 마라, 한니발! 그루타스가 카우나스에
서 한 랍비의 머리통을 톱으로 썰어버린 건 아니? 숲에
서 집시 어린애들을 사살한 건? 뉘른베르크 재판에 회
부됐을 때도 증인의 목구멍에 염산이 쏟아지는 바람에
그냥 풀려난 사건은? 지난 몇 년간 그자의 더러운 냄새
를 포착했는데도 그때마다 그 자식은 미꾸라지처럼 빠
져나갔어. 네가 자길 노리고 있다는 사실을 알면 널 죽이

려들 거다. 그놈이 네 가족을 살해했니?"

"내 동생을 죽이고, 먹었어요."

"직접 봤어?"

"예."

"증언할 수 있겠니?"

"물론이죠."

포필은 한니발을 오래, 날카로운 눈으로 훑어봤다.

"만일 네가 프랑스에서 살인을 저지른다면, 한니발. 네 머리통도 바구니에 떨어지게 될 거다. 레이디 무라사키는 추방당할 거고. 레이디 무라사키를 사랑하지?"

"예, 경감님은요?"

"뉘른베르크 기록보관소에 그루타스의 사진이 있다. 소비에트에서 그 사진을 배포해 그자를 찾아낸다면 우리 경찰국이 데리고 있는 누군가와 맞바꿀 수 있을 거야. 그자를 체포하게 되면 네 도움이 필요할 거다. 혹시 다른 증거는 없니?"

"뼈의 잇자국이요."

"내일 내 사무실에 들르지 않으면 널 체포하겠다."

"안녕히 가세요, 경감님."

탱크실. 농부의 특성을 물려받은 밀코의 손이 다시 탱크 안으로 미끄러져 들어갔다. 뚜껑이 굳게 내려 닫혔다. 눈앞에서 흔들거리고 있는 말라비틀어진 얼굴을 향해, 밀코의 입술이 마지막 말을 내뱉었다.

"염병할 농장."

늦은 밤, 한니발은 실습실에 홀로 남았다. 그는 스케치를 거의 끝마치고 시체 옆에서 일하는 중이었다. 카운터 위에는 액체로 팽팽하게 채워 손목 부근을 묶어놓은 고무장갑이 놓여 있었다. 장갑은 가루가 가득 담긴 비커 위에 걸려 있고 옆에서는 타이머가 째깍거렸다.

한니발은 스케치북을 깨끗한 종이로 덮고 시체에 덮개를 씌워 강의실로 옮겼다. 해부학 자료실에서 가져온 밀코의 부츠를 소각로 옆 간이침대에 놓인 그의 옷가지 옆에 내려놨다. 주머니에서 나온 잭나이프와 열쇠, 지갑도 함께였다. 지갑에는 돈과 어두운 조명 아래서 여자들을 속일 때 사용하는 콘돔 테두리가 들어 있었다. 한니발은 돈을 챙기고 소각로를 열었다. 붉게 타오르는 불꽃 속에 밀코의 머리가 우뚝 놓여 있었다. 마치 불길에 휩싸인 급강하폭격기 조종사처럼. 한니발은 밀코의 부츠를 집어 던지고 한쪽 다리로 그의 머리를 차서 넘어뜨렸다.

51

캔버스 천을 새로 씌운 5톤 군용 트럭이 도로를 절반쯤 가로막은 채 해부실습실 건너편에 주차돼 있었다. 놀랍게도 아직도 앞유리에 주차위반 딱지가 붙어 있지 않았다. 한니발은 밀코의 호주머니에서 꺼낸 차 열쇠를 운전석 문에 끼워 돌렸다. 문이 열렸다. 운전석 위 차광판에 종이봉투가 하나 끼워져 있었다. 그는 재빨리 안에 든 것을 살펴봤다.

트럭 짐칸에 들어 있는 널빤지를 이용해 보도에 세워둔 오토바이를 실었다. 한니발은 트럭을 벵센 숲 근처에 있는 몽탕푸와브르 지역 출입문으로 몰고 가 철도 옆 트럭 전용 주차장에 세운 후 운전대에 붙어 있던 번호판을 떼서 좌석 아래 숨겼다.

산허리에 있는 한 과수원. 한니발 렉터는 오토바이에 걸터앉아 부시 시장에서 발견한 맛 좋은 아프리카산 무화과와 웨스트팔리아 햄으로 아침을 먹고 있었다. 언덕 아래로 펼쳐진 도로와 그 도로를 따라 400미터쯤 떨어진 곳에 있는 블라디스 그루타스의 집 입구가 한눈에 내려다보였다.

과수원에는 벌떼가 시끄럽게 윙윙거렸다. 그중 몇 마리가 무화과 주위에 몰려들어 한니발은 과일을 손수건으로 덮었다. 최근 파리에서 한창 다시 인기를 끌고 있는 가르시아 로르카(스페인 내전 때 암살된 유명한 시인이자 극작가)가 심장은 과수원이라고 말한 적이 있다. 한니발은 심장과 뭇 젊은 남성이라면 누구나 그렇듯 복숭아와 배의 형상을 떠올렸다. 그때 목수의 트럭이 아래쪽 도로를 지나 그루타스의 문 앞에 멈춰 섰다. 한니발은 아버지의 망원경을 집어 들었다.

바우하우스 맨션인 블라디스 그루타스의 집은 1938년, 에손 강을 굽어볼 수 있는 농지에 세워졌다. 전쟁 중에 잠시 버려졌다가 지금은 처마도 사라지고 하얀 벽 곳곳 검은 물 얼룩이 생겨 보기 싫은 모양새를 하고 있었다. 건물 앞쪽과 한쪽 벽에는 흰색 페인트를 새로 칠했고, 아직 칠이 덜 된 벽에는 발판이 세워져 있었다. 점령 기간에 독일군이 자신들의 본부로 이용하며 일종의 방어 시설을 구축했던 흔적이었다.

유리와 콘크리트로 만들어진 집은 주변에 둘러놓은 철조망과 쇠사슬의 보호를 받고 있었다. 건물 입구에 있는 성냥갑처럼 생긴 콘크리트 초소는 살짝 열린 창가에 놓인 화초 상자 덕분에 조금이나마 부드러운 분위기를 풍겼다. 창틈으로 기관총 부리가 꽃잎을 밀치며 삐죽 튀어나와 있었다.

초소에서 두 남자가 나왔다. 한 사람은 금발, 다른 한 사람은 검은 머리칼에 온몸이 문신투성이였다. 그들은 긴 손잡이가 달린 거울로 트럭 아래쪽을 샅샅이 검사했다. 목수들은 차에서 내려 정부에서 발급한 신분증을 보여줘야 했다. 손을 몇 차례 흔들고 어깻짓이 몇 번 오가더니 경비원이 트럭을 통과시켰다.

한니발은 오토바이를 쓰러진 나무 둥치로 끌고 가 덤불 아래에 세웠다. 그런 다음 숨겨둔 철사로 점화장치를 떼어내고 부품을 찾으러 마을로 내려간다는 내용의 쪽지를 안장에 남겼다. 그는 30분 정도 큰길을 따라 걷다가 지나가는 차를 히치하이크해 파리로 돌아갔다.

가브리엘 인스트러먼트 사社의 하역 항은 파라디스 거리의 조명설비점과 크리스털 수리점 사이에 있었다. 인부들이 오늘의 마지막 짐인 보센도르퍼 베이비 그랜드 피아노와 따로 상자에 포장한 의자를 밀코의 트럭에 실었다. 한니발은 송장에 지그마스 밀코라는 이름으로 서명하면서 입속으로 그 이름을 조용히 되뇌었다.

회사에 소속된 운송 트럭들이 하루 일을 마치고 돌아오는 중이었다. 한니발은 그중 한 트럭에서 내리는 여성 운전사를 눈여겨봤다. 작업복을 입었음에도 그리 나쁘지 않은 외모에 프랑스인답게 움직임이 격렬했다. 그녀는 건물 안으로 들어가 바지와 블라우스로 갈아입고 작업복을 팔에 걸친 채 밖으로 나왔다. 작은 오토바이에 걸어놓은 주머니에 옷가지를 집어넣더니 한니발의 시선을 느끼고는 장난기 넘치는 얼굴을 돌려 그를 바라봤다. 그녀가 담배를 꺼내 들자, 한니발이 불을 붙여줬다.

"고마워요, 무슈……지포."

여자는 발랄하고 억센 프랑스인으로 활기가 넘쳤으며 말하면서 눈동자를 자주 움직였다. 담배를 피우는 동작마저 과장된 느낌이었다. 남의 일을 캐기 좋아하는 부두 청소부들이 귀를 쫑긋 세우고 두 사람 주위를 기웃거렸지만 그들이 건진 것이라고는 그녀의 깔깔거리는 웃음소리뿐이었다. 여자는 대화하는 내내 한니발의 얼굴을 지그시 바라봤다. 조금씩, 추파를 던지는 듯한 몸짓과 말투가 점차 사그라들었다. 여자는 한니발에게 매료된 것처럼 아니, 거의 최면에 걸린 듯 보였다. 두 사람은 술집을 향해 걷기 시작했다.

뮐러는 얼마 전 외인부대에서 제대한 가스만이라는 독일인과 보초를 서는 중이었다. 뮐러가 그에게 문신을 하나 팔아보려고 한창 구슬리고 있을 때, 밀코의 트럭이 도로에 나타났다.

"매독 전문의가 필요하겠군. 밀코가 파리에서 돌아왔으니까 말이야."

뮐러가 말했다. 가스만은 뮐러보다 시력이 좋았다.

"하지만 저건 밀코가 아닌걸."

두 사람은 초소 밖으로 나갔다.

"밀코는 어디 있지?"

뮐러가 운전석에 앉아 있는 여자에게 물었다.

"내가 어떻게 알아요? 돈을 주면서 당신들한테 이 피아노를 가져다주라던데요. 며칠 다른 데 볼일이 있다나. 잔말 말고 그 근육질 팔로 내 오토바이나 꺼내줘요."

"누가 당신한테 돈을 줬는데?"

"무슈 지포요."

"밀코겠지."

"그래요, 밀코."

5톤 트럭 뒤에는 출장요리사의 트럭이 기다리고 있었다. 요리사는 잔뜩 부루퉁한 얼굴을 하고는 손가락으로 운전대를 초조하게 두드렸다. 가스만이 트럭의 짐칸을 열어젖혔다. 피아노가 들어 있는 나무상자와 'POUR LA CAVE / 포도주 저장고용 – 서늘한 장소에 보관하시오'라는 도장이 찍힌 더 작은 나무상자, 그리고 한쪽 구석에는 오토바이가 실려 있었다. 널빤지 트랩이 있긴 했지만 오토바이가 워낙 작아 손으로 내리는 쪽이 좀 더 간단했다. 뮐러가 다가와 가스만을 도왔다. 그는 여자를 쳐다봤다.

"한잔하겠소?"

"여기선 싫어요."

여자가 오토바이에 올라탔다.

"당신 오토바이는 방귀 소리를 내는구먼!"

사라지는 오토바이 뒤에다 뮐러가 소리쳤다.

"여자 꼬드기는 솜씨 한번 볼 만하군."

다른 독일인이 말했다.

피아노 조율사는 해골처럼 비쩍 마른 데다 이 사이가 검고 로렌스 웰크(미국의 유명한 재즈 음악가)처럼 입을 헤벌리고 항상 웃는 듯한 표정을 짓는 사내였다. 검은색으로 반질거리는 뵈젠도르퍼의 조율을 마치고 허름한 흰색 타이와 연미복으로 갈아입었다. 그루타스의 손님들이 하나둘 도착하자 그는 칵테일 피아노를 연주하기 시작했다. 타일이 깔린 바닥과 커다란 유리창 때문에 피아노는 약간 날카로운 첫소리를 냈다. 피아노 옆에 서 있는 유리와 강철로 만들어진 책장은 B플랫 음이 울릴 때마다 몸을 떨었고 책장의 책을 치우자 이번에는 B음이 울릴 때마다 윙윙거렸다. 그는 피아노를 조율할 때는 부엌 의자를 사용했지만 곡을 연주할 때만큼은 거기에 앉고 싶지 않았다.

"나더러 어디 앉으란 말이야? 피아노 의자는 어디 갔어?"

그는 하녀에게 물었고 하녀가 뮐러에게 말했다. 뮐러는 적당한 높이의 의자를 찾아 가져다줬지만 그 의자에는 팔걸이가 달려 있었다.

"피아노를 연주하려면 팔을 넓게 벌려야 한다고."

조율사의 말에 뮐러가 거칠게 응했다.

"그 빌어먹을 입 좀 닥치고 미국 노래나 연주해봐. 그 사람이 원하는 건 미국식 칵테일파티란 말이야. 노래도 좀 부르고."

서른 명에 달하는 손님, 더 정확히는 전쟁이 낳은 인간쓰레기들에게 칵테일 뷔페가 제공됐다. 소비에트 대사관에서 일하는 이바노프도 국가의 일꾼치고 지나치게 멋진 양복 차림이었다. 그는 뇌이Neuilly의 미군 PX에서 장부를 관리하는 선임하사관과 이야기를 나누는 중이었다. 선임하사관이 입은 다양한 색깔의 사각형 체크무늬 양복은 코 한쪽에 있는 거미상 혈관종(모세혈관이 확장돼 피부가 붉은 거미의 다리처럼 보이는 질환)을 더욱 두드러져 보이게 했다. 베르사유에서 온 주교가 그의 손톱을 다듬어주는 수행자를 대동하고 나타났다.

그루타스는 주교의 반지에 입을 맞췄다. 주교의 자르르한 검은 제복은 눈부신 조명 아래 초록색이 감도는 광채를 흘렸다. 두 사람은 아르헨티나에서 서로 알고 지내는 지인들에 대해 잠시 잡담을 나눴다. 방 안에는 비시 부역자들 특유의 분위기가 강하게 흘렀다. 피아노 연주자는 해골 같은 미소로 손님들을 반기며 콜 포터(미국적 감성을 지닌 것으로 유명한 미국의 작곡가) 스타일의 노래를 부르기 시작했다. 불행히도 영어는 그에게 제4외국어였고, 그는 영어를 배우라는 압력에 시달리고 있었다.

"밤이나 낮이나 당신은 태양. 이 달 아래 오직 당신만이 내 사람."

　지하실은 거의 암흑에 묻혀 있었다. 하나뿐인 전구가 계단 근처에서 대롱거렸고 위층에서는 희미한 음악 소리가 들려왔다. 지하실의 한쪽 벽은 포도주 선반이었다. 그 옆에는 상당한 양의 나무상자가 쌓여 있었다. 그중 몇 개는 입을 벌리고 내용물을 드러냈다. 바닥에는 반짝반짝한 스테인리스 싱크대가 놓여 있고 그 옆에는 최신 레코드로 채워 넣은 록올라 럭셔리 라이트 업 주크박스와 거기에 넣을 동전 무더기가 있었다. 그리고 포도주 선반 옆에는 'POUR LA CAVE / 포도주 저장고용 – 서늘한 장소에 보관하시오'라고 적힌 상자가 놓여 있었다. 상자 안에서 희미한 삐걱 소리가 새어 나왔다.

　피아니스트는 가사가 잘 기억나지 않을 때면 강력한 포르티시모(악보에서 매우 세게 연주하라는 표시)를 활용했다. "설사 당신과 내가 헤어진다 해도, 무슨 일이 있어도, 달링, 나는 밤이나 낮이나 당신을 생각하리."

　그루타스는 손님들과 악수하며 이바노프에게 고갯짓으로 서재에서 보자는 신호를 보냈다. 그루타스의 서재는 현대적인 분위기를 풍겼다. 가대식 테이블과 강철과 유리로 만들어진 책장, 안소니 퀸(멕시코 출신의 유명한 성격과 배우)이 만든 '논리는 여자 뒤에 있다Logic Is a Woman's Behind'라는 제목의 피카소풍 조각이 놓여 있었다. 이바노프는 조각을 유심히 들여다봤다.

"조각품을 좋아합니까?"

그루타스가 물었다.

"내 부친이 상트페테르부르크에서 큐레이터로 일하셨소. 그곳이 상트페테르부르크였던 시절의 일이지만."

"원한다면 만져봐도 괜찮습니다."

"고맙군요. 모스크바로 오는 물건은?"

"지금 이 순간 헬싱키로 가는 기차 안에 냉장고 60대가 실려 있죠. 모조리 캘비네이터고. 당신이 내게 줄 건?"

그루타스가 손가락을 딱 소리가 나게 튕겼다. 그 소리가 귀에 거슬렸는지 이바노프는 돌조각의 엉덩이를 쓰다듬으며 뜸을 들였다. 마침내 그가 입을 열었다.

"대사관에는 그 소년에 관한 기록이 없소. 〈뤼마니테〉에 기사를 쓴다는 명목으로 리투아니아 비자를 받았더군. 개인 농지가 몰수된 뒤에 집단농장 체제가 얼마나 훌륭하게 작용하고 있는지, 농부들이 얼마나 기쁜 마음으로 도시로 이주해 하수시설 건설에 헌신하는지에 관한 기사라고 합디다. 혁명을 지지하는 귀족이라고나 할까."

그루타스가 콧방귀를 뀌었다. 이바노프는 책상 위에

사진을 놓고 손가락으로 그루타스를 향해 밀어 보냈다. 레이디 무라사키의 아파트 앞에서 그녀와 한니발을 찍은 사진이었다.

"언제 찍은 거요?"

"어제 아침. 밀코한테 붙인 내 부하가 찍은 거요. 이 렉터라는 젊은이는 학생인데, 밤에 일하고 의대 건물에서 잠을 자더군. 내 부하가 밀코에게 전부 보여줬소. 난 그 외에는 알고 싶지 않고."

"그자가 밀코를 마지막으로 본 건 언제요?"

이바노프가 날카롭게 고개를 쳐들었다.

"어제. 왜, 뭔가 잘못됐소?"

그루타스가 어깨를 으쓱했다.

"뭐, 쓸데없는 걱정이겠지만. 여자는 누굽니까?"

"새어머니, 아니면 그 비슷한 거요. 아름답더군."

이바노프가 다시 돌조각의 엉덩이를 매만지며 대답했다.

"그런 엉덩이를 가졌나보지요?"

"그런 것 같지는 않던데."

"그 깝죽대는 프랑스 경찰은?"

"포필이라는 수사관이오."

그루타스는 입을 다물었다. 마치 순간적으로 이바노프가 방 안에 있다는 사실조차 잊어버린 듯했다.

뮐러와 가스만은 손님들을 감시했다. 그들은 외투를 받아들며 사람들이 뭔가를 훔쳐가지는 않는지 눈을 부라리고 있었다. 외투보관실에서 뮐러는 가스만의 목에 매인 나비넥타이의 고무줄을 길게 잡아당겨 반쯤 돌렸다가 탁 놓았다.

"프로펠러처럼 감으면 요정처럼 날 수도 있어?"

"어디 한 번 더 해보지 그래? 지옥이 뭔지 제대로 보여줄 테니까."

뮐러의 물음에 가스만이 말했다.

"네 꼬락서니 좀 보라고. 셔츠나 집어넣어. 이런 일 처음 해봐?"

그들은 출장요리사가 짐 챙기는 걸 도왔다. 테이블을 접어 지하실로 가지고 내려가면서 그들은 계단 아래 숨겨진 고무장갑과 그 밑에 놓인 화약 접시를 보지 못했다. 접시에서 시작된 도화선은 한때 라드(돼지고기의 지방 조직을 정제하거나 녹여서 얻는 식용 유지)가 담겨 있던 3킬로그램짜리 깡통에 연결돼 있었다. 화학 반응은 기온이 낮을수록 더뎌진다. 그루타스의 지하실은 한니발이 다니는 의대보다 5도 정도 낮았다.

52

그루타스가 수건을 더 가져오라고 소리쳤을 때 하녀는 침대 위에 그의 실크 파자마를 펼쳐놓는 중이었다. 목욕 중인 그루타스에게 수건을 가져다주는 일은 정말 질색이었지만 그는 항상 욕실에서 그녀를 부르곤 했다. 하지만 욕실에 들어간다고 해서 그와 마주칠 필요는 없었다. 하얀색 타일과 스테인리스로 장식된 욕실은 커다란 욕조와 불투명한 우윳빛 유리문이 달린 한증막을 갖췄으며 별도의 샤워실도 붙어 있었다. 그루타스는 욕조에 몸을 담갔다. 배에서 데려온 여자가 안전면도기로 그의 가슴털을 밀었다. 면도날은 열쇠로만 열 수 있도록 잠겨 있었고, 여자의 한쪽 얼굴은 부어올라 있었다. 하녀는 그녀와 눈을 마주치고 싶지 않았다.

병원 격리실처럼 새하얀 샤워실은 한꺼번에 네 사람이 들어가도 넉넉할 만큼 널찍했다. 네 개의 벽과 천장은 극장 같은 음향 효과를 일으켜 어떤 미세한 소리라도 반사하고 튕겨냈다. 샤워실의 하얀 타일 바닥에 누워 있는 한니발이 자기 머리카락이 서로 부딪쳐 바스락거리는 소리까지 들을 수 있을 정도였다. 흰 수건 몇 장을 위에 덮은 그의 모습은 한증막의 우윳빛 유리문 밖에서는 거의 눈에 띄지 않았다. 수건 아래에서 그는 자신의 숨소리를 들었다. 미샤와 함께 깔개 아래 웅크리고 있던 시절로 돌아간 듯한 기분. 하지만 동생의 따뜻한 머리카락 대신, 지금 그는 권총과 기계유, 놋쇠 탄약과 무연 화약의 냄새를 맡고 있었다.

그루타스의 목소리가 들렸다. 멀리서 망원경으로 본 것을 제외하면 한니발은 아직 이자의 얼굴을 제대로 보지 못했다. 하지만 목소리의 어조만은 변함이 없었다. 그 짓을 하기 전에 내뱉던 불쾌하고 짓궂은 말투. 그루타스가 하녀에게 말했다.

"테리 가운을 준비해. 좀 있다가 증기를 좀 쐴 테니까 미리 틀어놓고."

그녀는 한증막으로 들어와 밸브를 열었다. 새하얀 공간에서 색깔을 지닌 유일한 물건은 타이머의 붉은 표시줄과 온도계뿐이었다. 선실 계기판처럼 생긴 타이머는 희뿌연 증기 속에서도 읽을 수 있게 커다란 숫자가 박혀 있었다. 타이머의 분침이 벌써 붉은 표시줄을 향해 달려가기 시작했다. 그루타스가 머리 뒤로 팔을 괴고 팔베개를 했다. 팔뚝에는 나치 친위대의 번개 문양 문신이 새겨져 있었다. 근육을 꿈틀거리자 번개가 튀어 오르는 것처럼 보였다.

"우르릉 쾅쾅! 맞아라!"

여자가 깜짝 놀라 몸을 움츠리자 그루타스가 웃음을 터뜨렸다.

"아니지, 널 때리진 않을 거야. 지금은 마음에 들거든. 나중에는 자기 전에 빼서 침대맡 컵에 넣어둘 수 있는 이도 선물해주지. 이제 비켜."

유리문 사이로 뿌연 증기를 헤치고 총을 든 한니발이 그루타스의 심장을 겨누며 나타났다. 다른 한쪽 손에는 알코올 시약병이 들려 있었다. 그루타스가 욕조 안에서 몸을 일으키려 들썩이자 젖은 피부가 타일에 쓸리는 소리가 났다. 겁에 질린 여자는 등 뒤에 한니발이 서 있는 줄도 모르고 그루타스의 모습에 겁에 질려 뒷걸음질 쳤다.

"와줘서 기쁘군. 항상 네게 빚을 졌다는 느낌을 떨쳐 버릴 수가 없었거든."

그루타스가 말했다. 그루타스는 한니발의 손에 들린 병을 보고 그가 취해 있기를 바랐다.

"그 일에 대해서는 벌써 밀코와 얘기를 나눴죠."

"그랬더니?"

"해결책을 내놓더군요."

"돈 말이지! 당연하지! 내가 그 친구한테 돈을 들려 보냈거든. 그래, 밀코한테 받았겠지? 정말 잘됐어!"

한니발은 여자를 쳐다보지도 않고 말했다.

"당신 수건을 물에 적셔요. 구석에 가서 쪼그리고 앉은 다음 얼굴에 수건을 덮으세요. 자, 어서 물에 적셔요."

여자가 욕조에 수건을 담그더니 구석으로 물러나며 말했다.

"어서 죽여버려요."

"당신 얼굴을 보려고 정말 오랫동안 기다렸어요. 누군가를 다치게 할 때마다 그 사람 얼굴에 당신의 얼굴을 겹쳐보았죠. 생각보다 별로 크진 않군요."

한니발이 말했다. 하녀가 가운을 가지고 침실로 들어왔다. 열려 있는 욕실 문틈으로 총신과 그 끝에 달린 소음기가 보였다. 그녀는 조용히 뒷걸음질 쳐서 방을 나갔다. 그녀의 슬리퍼는 부드러운 카펫 위에서 아무런 소리도 내지 않았다.

그루타스도 한니발의 손에 들린 권총을 바라보고 있었다. 그것은 밀코의 총이었다. 그 총의 몸체 부분에는 소음기 사용을 위한 공이치기가 달려 있었다.

'저 애송이가 이런 총에 익숙하지 않다면 첫 발밖에 쏘지 못할 거야. 두 번째 총알을 발사하려면 한동안 허둥거리겠지.'

"내가 어떻게 사는지, 이 집에 어떤 물건들이 있는지는 봐서 알겠지, 한니발? 이건 기회야. 전쟁이 낳은 기회라고! 너도 훌륭한 물건들을 좋아하지 않니? 너도 원한다면 다 가질 수 있어! 우린 똑같아! 똑 닮았다고! 우리가 바로 신인류야, 한니발. 너와 나, 먹이사슬의 제일 꼭대기, 다른 모든 사람 위에 떠 있는 진짜 알짜배기 상류층이지!"

그루타스는 떠다닌다는 표현을 강조하고자 손으로 비누 거품을 떠서 올렸다. 애송이 렉터는 이제 그의 움직임에 대수롭지 않게 반응할 것이다.

"군번표는 물에 뜨지 않아."

한니발이 욕조에 그루타스의 군번표를 내던지자 금속 조각이 나뭇잎처럼 바닥에 가라앉았다.

"하지만 알코올은 뜨지."

한니발이 병을 집어 던졌다. 알코올 병이 벽에 부딪혀 박살 나며 냄새나는 액체와 유리 조각을 그루타스의 머리 위에 쏟아냈다. 한니발이 주머니 안에서 지포 라이터를 꺼냈다. 그가 막 라이터 뚜껑을 열려는 찰나, 뮐러가 그의 귀 뒤에 권총을 들이댔다. 가스만과 디터가 양쪽에서 한니발의 두 팔을 붙들었다. 뮐러는 한니발이 겨눈 총구를 천장 쪽으로 거세게 밀쳐 내더니 그의 손에서 권총을 잡아챘다. 그는 한니발의 총을 빼앗아 자신의 허리춤에 넣었다.

"쏘지는 마. 벽의 타일이 깨지면 곤란하니까. 먼저 이 꼬마랑 얘기를 좀 해봐야겠어. 그리곤 자기 여동생처럼 욕조 안에서 생을 마감하라지."

그루타스가 말하며 욕조에서 나와 수건 위에 섰다. 그는 구석에 앉아 있는 여자에게 몸짓을 보냈다. 그녀는 지금 그를 기쁘게 하기 위해서라면 무슨 짓이든 할 준비가 돼 있었다. 여자가 그루타스의 몸에 탄산수를 뿌리자 그루타스는 몸 구석구석을 내밀며 팔을 크게 벌렸다. 그가 말했다.

"이게 어떤 느낌인지 알아? 이 광천수 말이야. 다시 태어나는 기분이지. 난 새 세상에 다시 태어난, 완전히 새

로운 사람이야. 그리고 이 새로운 세상에 네 자리 따위
는 없을 거야. 네가 혼자서 밀코를 죽였다니, 도무지 믿
을 수가 없군."

"손을 빌려준 사람이 있었지."

한니발이 말했다.

"물속에 처박아. 그리고 내가 신호하면 그어버려."

세 남자가 한니발의 몸을 바닥에 찍어 누르고 머리와
목을 욕조 가장자리로 몰아붙였다. 뮐러가 스위치 나이
프를 꺼내 한니발의 목에 칼날을 들이댔다.

"자, 날 보라고, 렉터 백작. 아이구, 백작님, 머리를 돌
려 날 보라니까. 목에 힘을 주면 피가 빨리 빠지니까 오
랫동안 아파할 필요도 없을 거야."

한증막의 유리문 너머로 한니발은 타이머의 분침이
째깍거리는 모습을 봤다. 그루타스가 말했다.

"대답해봐. 만약 네 동생이 굶주리고 있었다면 넌 날
죽여서 먹었을까? 그 애를 사랑하니까?"

"물론이지."

그루타스가 미소를 짓더니 한니발의 볼을 꼬집었다.

"자자, 그것 보라고. 그게 사랑이야. 난 그 정도로 나
자신을 사랑하거든. 그러니까 너한테 사과 같은 건 안
해. 네 여동생은 전쟁 통에 죽은 거라고."

393

그루타스는 꺽 하며 트림을 하더니 큰 소리로 웃었다.

"이게 바로 내 대답이야. 꺼억-. 동정을 바라나? 사전을 뒤져봐. 똥과 매독 사이에 있을 테니까. 뮐러, 그어버려. 이제 네가 살아생전 마지막으로 들을 말을 해주지. 네놈이 살려고 뭔 짓을 했는지 알아? 넌……"

그때 거대한 폭발이 욕실을 뒤흔들었다. 벽에서 싱크대가 튕겨 오르고 파이프에서 물이 치솟더니 전깃불이 꺼졌다. 캄캄한 어둠 속에서 뮐러와 가스만, 디터가 한니발에게 달려들어 여자와 함께 바닥에 나뒹굴었다. 나이프가 가스만의 팔을 찌르자 그가 비명을 내지르며 욕설을 퍼부었다. 한니발은 누군가의 얼굴을 팔꿈치로 찍은 다음 자리에서 일어났다. 번쩍, 하고 총구가 빛을 발하더니 얼굴로 타일 파편이 날아들었다. 연기, 뿌연 연기가 벽에서 피어올랐다. 총이 바닥으로 미끄러져 떨어졌다. 디터가 그 뒤를 잽싸게 쫓아갔다. 그루타스가 바닥에서 총을 집었다. 여자가 손톱을 세우고 그의 얼굴로 달려들자 그루타스가 그녀의 가슴에 두 발을 발사했다. 그루타스가 몸을 일으켜 총을 들고 다가오고 있다.

한니발이 젖은 수건으로 그루타스의 눈 사이를 후려쳤다. 디터가 등 뒤에서 달려들었다. 한니발은 뒤로 몸을 던져 디터의 몸을 깔아뭉갰다. 욕조 가장자리에 신장 부분을 세게 찧자 디터는 팔에 힘을 풀고 한니발을 놓았다. 하지만 미처 몸을 가누기도 전에 이번에는 뮐러가 달려들어 커다란 엄지손가락으로 한니발의 턱밑을 사정없이 조이기 시작했다. 한니발은 뮐러의 얼굴을 올려붙이고 손으로 더듬어 뮐러의 허리띠에 걸린 총을 찾아 그 자리에서 방아쇠를 당겼다. 커다란 독일인이 처량하게 울부짖으며 그에게서 떨어졌고 한니발은 손에 권총을 쥔 채 정신없이 달리기 시작했다. 어두운 침실에서 잠시 속도를 늦췄지만 연기가 자욱한 복도에 들어서자 속도가 붙기 시작했다. 그는 건물을 빠져나가는 내내 복도에서 집어온 하녀의 들통을 손에 꼭 쥐고 있었다. 등 뒤에서 총소리가 들렸다. 경비병이 초소에서 뛰쳐나와 현관을 향해 달려오고 있었다.

"물 가져와!"

한니발은 그에게 소리치고는 황급히 달려가며 손에 들통을 쥐여줬다.

"내가 호스를 가져오지."

진입로를 따라 쏜살같이 달려 젖 먹던 힘을 다해 숲속으로 몸을 날렸다. 뒤에서 누군가가 고함을 질렀다. 언덕을 올라 과수원에 도착했다. 어둠 속에서 전선을 더듬어 점화장치를 연결했다. 피스톤이 움직인다. 약간의 가솔린이 흘러 들어간다. 부르릉. 다시 한 번, 부룽, 부릉, 부르릉. 숨이 막혀온다. 제발 좀 걸려라. 마침내 BMW가 부릉거리며 잠에서 깨어났다. 한니발은 덤불 속에서 뛰쳐나와 그루터기에 머플러를 부딪쳐가며 나무 사이를 내달렸다. 드디어 길이 나타났다. 어둠 속을 포효하며 달려간다. 한쪽 끝이 달랑거리는 파이프가 도로를 긁으며 붉은 불꽃 자국을 남겼다.

그날 밤늦게까지 소방관들은 그루타스의 지하실에 남아 있는 불씨를 끄려고 벽 틈으로 물줄기를 쏟아부어야 했다. 정원에 서 있는 그루타스의 등 뒤에서는 검은 연기와 하얀 증기가 밤하늘 높이 솟아올랐다. 그루타스는 파리 쪽을 바라보고 있었다.

53

그 간호학과 학생은 어두운 붉은 머리칼에 한니발과 똑같은 고동색 눈동자를 지니고 있었다. 의대 복도에 놓인 식수대 앞에서 마주쳤을 때 한니발이 순서를 양보해 한 발짝 물러나자 그녀가 얼굴을 가까이 들이대더니 코를 킁킁거렸다.

"담배는 언제부터 피운 거야?"

"지금 끊으려는 중이야."

"눈썹이 탔잖아!"

"불을 붙이다가 실수해서."

"흠, 불을 그렇게 다룰 줄 모른다면 요리도 못 하겠네."

그녀는 엄지손가락 끝을 핥은 다음 한니발의 눈썹을 정돈해줬다.

"오늘 저녁에 내 룸메이트랑 쇠고기 스튜를 만들 건데, 양이 꽤 많거든. 만약에……"

"고마워. 진짜로. 하지만 오늘 저녁엔 약속이 있어."

그는 레이디 무라사키에게 오늘 저녁에 방문해도 되겠냐는 편지를 보냈다. 그리고 절박하고 필사적인 사과에 어울리는 마른 등나무 가지를 편지에 동봉했다. 그녀의 답변은 두 개의 여린 나뭇가지와 함께 도착했다. 작은 솔방울이 달린 소나무 가지와 목백일홍이었다. 소나무는 아무 생각 없이 보낼 수 있는 나무가 아니다. 소나무는 전율과 무한함, 그리고 가능성을 뜻했다.

레이디 무라사키의 단골 어물전은 그녀를 실망시키지 않았다. 어물전 주인이 특별히 그녀를 위해 신선한 성게 네 마리를 구해 원산지인 브르타뉴의 차가운 바닷물 속에 담가뒀던 것이다. 옆에 있는 정육점에서는 송아지 췌장을 우유에 적셔 접시 사이에 눌러놨다. 그녀는 포숑에 들러 배 타르트를 사고, 마지막으로 오렌지 한 자루를 샀다. 레이디 무라사키는 꽃가게 앞에서 잠시 망설였다. 두 팔은 이미 아무것도 더 들 수 없을 정도로 꽉 차 있었다. 그래, 꽃은 한니발이 가져올 거야.

한니발은 꽃을 가져왔다. 튤립과 카사블랑카 백합, 양치식물이 뒤섞인 길고 커다란 꽃다발이 오토바이 뒤 안장에서 고개를 높이 쳐들고 있었다. 거리를 지나던 젊은 아가씨 두 명은 꽃다발이 마치 수탉의 꼬리처럼 보인다고 한니발에게 말해줬다. 그는 여자들에게 살짝 윙크를 해보이고는 신호등이 바뀌자 가벼운 마음으로 페달을 밟았다.

한니발은 레이디 무라사키가 사는 아파트 건물 옆 골목에 오토바이를 주차한 후 꽃다발을 들고 모퉁이를 돌아 현관 쪽으로 걸어갔다. 손을 흔들어 관리인에게 인사하는 순간, 현관에서 포필과 두 명의 건장한 경찰관이 나타나 그를 붙들었다. 포필이 한니발의 손에서 꽃다발을 빼앗았다.

"경감님한테 드릴 거 아닌데요."

"너를 체포한다."

포필이 말했다. 한니발의 손목에 쇠고랑이 채워지자 포필은 그의 겨드랑이 밑에 꽃다발을 끼워 넣었다.

오르페브르에 있는 경찰본부. 포필 경감은 한니발이

경찰서의 낯선 분위기에 겁을 집어먹도록 그를 사무실에 홀로 내팽개쳐뒀다. 그는 한니발을 30분 동안 혼자둔 후에 사무실로 돌아왔다. 청년은 포필의 책상 위에 놓인 유리 물병에 마지막 꽃줄기를 꽂아 넣고 있었다. 한니발이 말했다.

"마음에 드시나요?"

포필은 짧은 고무 곤봉으로 한니발을 한 대 후려치더니 팔을 내려뜨렸다.

"이건 마음에 드냐?"

포필이 말했다. 포필의 뒤에는 육중한 몸집의 경찰관 두 명이 서로 몸을 부대끼며 한니발을 내려다보고 있었다.

"내가 물으면 무조건 대답하도록. 마음에 드냐고 물었다."

"적어도 악수할 때보단 정직해서 좋네요. 그리고 곤봉도 깨끗하고."

포필이 봉투에서 아직도 줄이 달려 있는 두 개의 군번표를 꺼내 들었다.

"네 방에서 발견한 거다. 이 두 사람은 뉘른베르크 재판 소환에 불응한 혐의를 받고 있지. 질문. 그들은 지금 어디 있지?"

"모릅니다."

"이자들의 목이 매달리는 꼴을 보고 싶지 않나? 우리

나라에서는 영국식 교수형을 집행하지만 그래도 머리를 뽑아낼 정도는 아니지. 밧줄을 팔팔 끓여 잡아당겨 늘려놓지도 않고. 그래서 요요처럼 위아래로 튕긴단 말이야. 그게 네 취향에 맞을 테지?"

"경감님은 제 취향이 어떤지 전혀 모르시는군요."

"정의 같은 건 아무런 상관도 없었어. 넌 그저 그들을 죽이고 싶었던 거야."

"그건 경감님도 마찬가지죠. 사형이 집행될 때마다 끝까지 지켜보는 주제에. 그게 당신 취향인가요? 잠시 우리끼리만 조용히 얘기하실래요?"

한니발은 주머니에서 셀로판지에 싸인 피 묻은 종이를 꺼냈다.

"루이 페라가 경감님한테 보내는 편지예요."

포필이 경관들에게 나가라는 손짓을 해보였다.

"죽은 페라의 옷을 벗기는데 이 편지가 나왔어요."

한니발은 큰 소리로 편지를 읽기 시작했다.

"포필 경감님, 어째서 자기 자신은 대답하지 않을 그런 질문들로 날 고문하는 거죠? 난 리옹에서 당신을 봤어요.' 뒤에 더 있어요. 열어보세요. 피는 다 말랐어요. 냄새도 안 나고요."

한니발이 포필에게 쪽지를 내밀었다. 포필이 바스락거

리며 종이를 폈다. 접힌 자리에서 말라붙은 피 조각이 떨어졌다. 포필은 편지를 끝까지 읽었다. 그러고는 종이를 관자놀이 옆에 쥔 채 꼼짝 않고 앉아 있었다.

"기차 안에서 당신 가족들이 손을 흔들던가요? 그날 당신이 기차 행선지를 지시했어요?"

한니발이 물었다. 포필 경감이 손을 번쩍 치켜들었다. 한니발이 부드러운 목소리로 말했다.

"저라면 안 그러겠어요. 설사 제가 뭘 안다고 해도, 왜 경감님한테 털어놔야 하죠? 논리적으로 생각해보세요. 경감님이 그자들을 아르헨티나로 탈출시킬지도 모르는데 말입니다."

포필이 눈을 꼭 감았다가 떴다.

"페탱(앙리 필리프 페탱, 비시 정부의 수반)은 언제나 내게 영웅과도 같은 사람이었다. 제1차 세계대전 때 내 아버지와 삼촌들 모두 그의 휘하에서 싸웠지. 새로운 정부를 만들었을 때, 그는 우리에게 이렇게 말했다. '독일놈들을 몰아낼 때까지만 평화를 지키자. 비시 정부가 프랑스를 구할 거다.' 우린 그전부터 이미 경찰이었고 그래서 어차피 하는 일은 똑같아 보였지."

"독일군에게 협력했나요?"

포필은 어깨를 으쓱했다.

402

"나는 평화를 지켰어. 어쩌면 그게 그들을 도와준 격인지도 몰라. 그러다 어느 날 열차를 봤다. 그래서 그들을 버리고 레지스탕스를 찾아갔어. 처음엔 날 신뢰하지 않더군. 내가 게슈타포를 죽인 후에야 비로소 날 믿어줬다. 독일군은 그 보답으로 마을 주민 여덟 명을 처형했고. 난 내가 그 죄 없는 사람들을 죽인 것 같은 죄책감에 시달렸다. 그런 어처구니없는 전쟁이라니! 우린 노르망디에서도 싸웠다. 만약을 대비해 이걸 딸깍거리며 적과 아군을 구분했지."

그는 책상에서 크리켓 딸깍이(연합군이 사용한 피아식별 신호장치)를 집어 들었다.

"우리가 연합군이 상륙작전을 펼 수 있게 교두보를 마련해줬다."

그는 딸깍이를 두 번 딸깍거렸다.

"이건 내가 아군이라는 의미야. 쏘지 마시오. 난 도르틀리히한테는 관심 없어. 그러니 그자들을 찾게 도와다오. 그루타스를 어떻게 찾아냈니?"

"리투아니아에 있는 친척들을 통해서요. 교회에 우리 어머니를 아시는 분들이 있어요."

"공문서위조죄로 널 잡아넣을 수도 있다. 가짜증명서를 만든 죄로 말이야. 만약 내가 널 풀어준다면 네가 알

고 있는 걸 모두 털어놓겠다고 맹세할 수 있겠니? 하느
님께 맹세코?"

"하느님께 맹세할 수 있냐고요? 그럼요. 신께 맹세코
모두 말씀드리죠. 성경 갖고 계세요?"

포필 경감의 책장에는 파스칼의 명상록이 꽂혀 있었
다. 한니발이 책을 빼내 들었다.

"아니면 파스칼을 이용할 수도 있죠, 파스칼."

"레이디 무라사키의 생명을 걸고, 맹세하겠니?"

잠깐 침묵이 흘렀다.

"그래요. 레이디 무라사키의 생명을 걸고."

한니발이 딸깍이를 집어 들어 두 번 딸깍였다. 포필
이 군번표를 내밀자 한니발은 그것들을 받아 들었다.

한니발이 사무실을 떠났다. 포필 경감의 보좌관이 들
어왔다. 포필이 창가에서 신호를 보냈다. 건물에서 나온
한니발의 뒤를 쫓아 사복경찰관이 미행을 시작했다. 포
필이 말했다.

"저 녀석, 뭔가 아는 게 틀림없어. 눈썹이 그을렸더군.
지난 3일간 파리권 내에서 있었던 화재들을 모조리 조
사해봐. 저 녀석이 우리를 그루타스에게 안내해주면 어
렸을 때 저질렀던 푸주한 사건으로 기소할 생각이야."

"어째서 그 사건입니까?"

"미성년 때 저지른 격정에 의한 범죄니까, 에티엔. 난 유죄 판결을 원하는 게 아니야. 난 저 애가 정신질환자라는 판결을 받길 원하네. 정신병원에 넣으면 의사들이 저 애의 머릿속을 연구하고 도대체 어떤 인간인지 정체를 알아낼 수 있겠지."

"경감님은 저 애가 어떤 사람이라고 생각하시는데요?"

"작은 소년 한니발은 1945년에 어린 여동생을 구하려고 했던 그 겨울에 죽어버렸어. 미샤와 함께 그 애의 마음도 죽어버린 거지. 그렇다면 지금은 어떤 인간일까? 지금으로서는 뭐라 적절히 표현할 말이 없군. 더 나은 단어가 없으니, 괴물이라고 불러야겠지."

54

보주 광장, 레이디 무라사키가 사는 아파트 건물 관리실은 칠흑처럼 어두웠다. 반투명 유리가 달린 네덜란드식 문은 굳게 닫혀 있었다. 한니발은 열쇠를 돌려 현관문을 열고 서둘러 계단을 뛰어 올라갔다.

관리인은 카드놀이를 하듯 책상 위에 입주자들의 우편물을 가지런히 쌓아놨다. 그녀의 부드러운 목에는 자전거 자물쇠 줄이 보이지 않을 정도로 깊숙이 파묻혀 있고 혓바닥은 목구멍 밖으로 삐져나와 있었다.

한니발은 아파트 문을 쾅쾅 두드렸다. 안에서 전화벨 소리가 들렸다. 그 소리에 이상하게 소름이 돋았다. 열쇠 구멍에 열쇠를 집어넣자 문이 활짝 열렸다. 그는 황급히 들어가 사방을 두리번거리며 레이디 무라사키를 찾았다. 무서운 생각이 들어 쭈뼛거리며 침실 문을 밀었다. 방은 텅 비어 있었다. 전화기가 울린다. 계속해서 울린다.

한니발은 수화기를 들었다.

카페 드 레스테의 주방에서는 새장에 갇힌 멧새들이 아르마냑(프랑스 아르마냑산 브랜디)에 적셔져 있었다. 새들은 곧 난로 위에서 부글거리고 있는 커다란 냄비 안으로 들어갈 운명이었다. 그루타스가 레이디 무라사키의 목을 움켜쥐고 펄펄 끓는 냄비 옆에 얼굴을 들이밀었다. 다른 한 손에는 수화기가 들려 있었다. 레이디 무라사키의 손은 뒤로 묶여 있었으며 뒤에서는 뮐러가 그녀의 팔을 비틀어 잡고 있었다. 한니발의 목소리가 들리자 그루타스가 말했다.

"하다 만 얘길 계속해야겠지? 일본 계집이 살아 있는 걸 보고 싶나?"

"그래."

"그럼 목소리를 들어보고 뺨이 아직 붙어 있는지 알아보지그래."

저게 뭐지? 물 끓는 소리? 한니발은 그 소리가 진짜인지 아닌지 알 수 없었다. 꿈속에서 들리는 물 끓는 소리.

"자, 네 귀염둥이 장난감한테 뭐라고 해봐."

"한니발, 내 아가, 절대로……"

레이디 무라사키의 말이 채 끝나기도 전에 수화기가 눈앞에서 사라졌다. 그녀는 뮐러의 손아귀에 잡혀 몸싸움을 벌이다 다 같이 새장에 몸을 부딪쳤다. 새들이 놀라 날카로운 소리를 지르며 파드득거렸다. 그루타스가 한니발에게 말했다.

"아가야, 넌 네 동생 때문에 사람을 둘이나 죽이고 내 집도 날려버렸어. 눈에는 눈, 목숨에는 목숨으로 보답해야지. 너한테 있는 걸 다 가지고 와라. 군번표, 냄비 지기의 장부, 하나도 남김없이 모조리 쓸어가지고 오라고, 알아들었어? 아 참, 이년 비명이라도 들려줄까?"

"어디로……"

"닥치고 들어. 트릴바르두로 가는 도로를 타고 36킬로미터쯤 가면 전화박스가 하나 있다. 해가 질 때쯤 거기서 기다리고 있으면 전화가 올 거다. 뭐, 전화를 못 받으면 우편으로 이년 볼살을 받게 되는 거고. 혹시 포필이나 다른 경찰들이 보이면 심장을 소포로 보내주지. 그래, 여기저기 찔러보면서 의대에서 실습용으로 사용할 수도 있겠군. 어디 네가 얼굴을 찾을 수 있을지 보자고. 눈에는 눈, 목숨에는 목숨이지."

"목숨에는 목숨."

한니발이 되풀이했다. 전화가 끊겼다. 디터와 뮐러가 카페 밖에 주차된 밴에 레이디 무라사키를 태웠다. 콜나스가 그루타스의 자동차 번호판을 바꿔 끼웠다. 그루타스가 트렁크를 열고 드라구노프 저격총을 꺼내더니 디터에게 건넸다.

"콜나스, 거기 병 가져와."

그루타스는 레이디 무라사키가 자신의 말을 듣고 있길 바랐다. 그는 다른 사람들에게 지시를 내리며 굶주린 표정으로 그녀의 얼굴을 힐끔거렸다.

"저 차를 가져가. 전화박스에서 기다리고 있을 테니까 처치해버려."

그루타스가 디터에게 말하고 병을 건네줬다.

"느무르 아래 보트를 정박해둘 테니까 그놈 물건을 잘라서 가져와."

한니발은 창밖을 내다보고 싶지 않았다. 포필 경감이 붙인 사복경찰이 보고 있을지 모른다. 그는 침실로 갔

다. 눈을 감은 채 잠시 위에 앉아 있었다. 머릿속에서는
수화기 너머에서 들리던 소리가 계속해서 반복됐다.

찌르르. 찌르르. 발트 방언으로 우는 멧새의 노래.

레이디 무라사키의 침대에서는 라벤더 향이 났다. 그
는 시트 자락을 거머쥐고 얼굴로 가져다댔다가 갑자기
침대에서 벗겨내 욕실 욕조에 담갔다. 거실 한가운데에
빨랫줄을 치고 기모노를 걸었다. 바닥에 흔들이 선풍기
를 놓고 작동시켰다. 천천히 날개가 돌아가자 얇은 커튼
위로 기모노의 그림자가 흔들리기 시작했다.

한니발은 단도를 손에 들고 다테 마사무네 장군의 투
구를 노려봤다.

"만약 그녀를 도와줄 수 있다면 지금이 바로 그때에요."

그는 끈 안에 머리를 집어넣은 다음, 단도를 옷깃 뒤쪽
으로 떨어뜨렸다. 마치 감옥에서 자살이라도 하는 사람처
럼 젖은 시트를 꼬아 매듭을 지었다. 그리곤 높이 4.5미터
의 테라스에서 골목길 아래로 시트를 떨어뜨렸다. 그는 건
물 뒤쪽으로 얽혀있는 골목길을 따라 오토바이를 밀었다.
뒷길에서 빠져나온 후 안장에 뛰어올라 엔진을 가동했다.
밀코의 총을 다시 찾으려면 그들보다 훨씬 앞서가야 했다.

55

  새하얀 달빛 아래 카페 드 레스테의 야외 우리 안에
서 멧새들이 수선스럽게 퍼덕였다. 스페인식 안뜰 차양
이 올려지고 우산들도 접혀 치워졌다. 식당 안은 어두
웠지만 주방과 바에는 여전히 불이 밝혀져 있었다.

  한니발은 에르퀼이 바닥에 물걸레질을 하는 모습을
지켜봤다. 콜나스는 바 의자에 앉아 장부를 읽고 있었
다. 한니발은 다시 어둠 속에 몸을 숨기고 오토바이에
시동을 건 다음 라이트를 끈 채 숲으로 들어갔다.

  줄리아나 거리에 있는 콜나스의 집에 도착하기 전, 그
는 마지막 400미터 정도를 남기고 오토바이에서 내려

걸어서 접근했다. 집 앞 진입로에는 시트로엥 되 슈보가 주차돼 있었다. 운전석에 앉은 남자가 다 타버린 담배를 마지막으로 한 모금 길게 빨았다. 담배꽁초가 포물선을 그리며 떨어지더니 도로에 부딪혀 붉은 불꽃을 튀겼다. 남자는 좌석 깊숙이 앉아 머리를 뒤로 기댔다. 잠을 자려는 것 같았다.

한니발은 부엌을 마주한 울타리 속에 몸을 숨기고 앉아 창문으로 집 안을 훔쳐봤다. 콜나스 부인이 키가 너무 작아 보이지 않는 누군가에게 이야기를 하며 창 옆을 지나갔다. 날이 따뜻해 방충망이 활짝 열려 있었다. 정원으로 이어지는 부엌 문의 방충망도 열린 상태였다. 방충망은 날카로운 단도에 쉽게 찢겼다. 한니발은 걸쇠를 푼 다음 신발털이에 신발을 닦고 집 안으로 들어갔다. 부엌 시계의 초침 소리가 유난히 크게 들렸다. 욕실에서 누군가 물을 틀더니 물 튀기는 소리가 새어 나왔다. 한니발은 마룻바닥이 삐걱거리지 않도록 최대한 벽에 바싹 달라붙어 욕실 문 앞을 지났다. 욕실 안에서 콜나스 부인이 어린아이에게 뭐라고 말하고 있었다.

욕실 옆에 있는 문은 반쯤 열려 있었다. 온갖 장난감과 커다란 코끼리 인형이 놓인 선반이 눈에 들어왔다. 그는 고개를 들이밀고 방안을 살짝 들여다봤다. 두 개의 침대. 그중 문 쪽에 가까운 침대에는 카트리나 콜나스가 새근거리며 자고 있었다. 머리를 옆으로 돌리고 엄지손가락은 이마에 올려놓은 채로. 소녀의 관자놀이에서 맥박이 뛰는 게 보였다. 쿵쾅쿵쾅, 한니발은 자신의 심장 소리를 들었다. 카트리나는 미샤의 팔찌를 차고 있었다. 부드러운 램프 불빛 아래서 한니발은 눈을 깜박였다. 자신의 눈꺼풀이 깜박거리는 소리가 들렸다. 카트리나의 숨소리도 들을 수 있었다. 아래층 홀에서 콜나스 부인의 목소리가 들려왔다. 머릿속에서 소용돌이치는 커다란 울부짖음 속에서도 작고 사소한 소리는 또렷하게 들렸다. 콜나스 부인이 말했다.

"이리 오렴, 귀염둥이야. 머리 말려야지."

안개가 층층이 내려앉은 부둣가에는 그루타스의 검은색 하우스보트가 정박해 있었다. 그루타스와 뮐러는 재갈을 물리고 결박한 레이디 무라사키를 선실 뒤에 있는 계단 아래로 데려갔다. 그루타스가 하갑판에 있는 치료실 문을 발로 쾅, 차서 열었다. 방 한가운데에는 의자가 놓여 있고 그 아래에는 피에 젖은 천이 깔려 있었다.

"방을 미리 준비해두지 못해 미안하군. 룸서비스를 부르지. 에바!"

그루타스가 복도로 나가 옆 선실 문을 밀어젖혔다. 여자 세 명이 침대에 쇠사슬로 묶여 증오심 가득한 눈초리로 그를 노려봤다. 에바는 지저분한 물건들을 정돈하고 있었다.

"따라와."

에바가 치료실에 들어와 그루타스의 손이 닿지 않을 만한 곳에 거리를 두고 섰다. 그녀는 피 묻은 천을 걷고 깨끗한 천을 깔았다. 그녀가 천을 가져가려고 하자 그루타스가 말했다.

"내버려둬. 이년이 볼 수 있는 곳에 놔두라고."

그루타스와 뮐러가 레이디 무라사키를 의자에 우악스럽게 눌러 앉혔다. 그루타스가 뮐러를 내보냈다. 그는 벽 옆에 붙어 있는 긴 의자에 털썩 주저앉더니 다리를 벌리고 넓적다리를 슬슬 문질렀다.

"네년이 날 즐겁게 해주지 않으면 어떻게 되는지 알지? 응?"

레이디 무라사키는 눈을 감았다. 배가 가볍게 덜덜거리더니 움직이기 시작했다.

에르퀼이 쓰레기통을 들고 카페를 두 번 왕복하고는 자전거를 몰고 사라져버렸다. 한니발은 자전거의 후미등이 시야에서 채 사라지기도 전에 주방 문으로 몰래 숨어들었다. 그의 손에 들린 핏자국으로 얼룩덜룩한 가방은 안에 든 물건 때문에 무겁고 불룩했다. 콜나스가 장부를 손에 들고 주방으로 들어왔다. 장작을 태우는 오븐 뚜껑을 열고 영수증 몇 장을 집어넣은 다음 불길이 잘 타오르도록 막대기로 몇 번 쑤셨다. 그의 등 뒤에서 한니발이 말했다.

"헤어 콜나스, 이제 그릇이 많아졌네요."

콜나스가 몸을 휙 돌렸다. 벽에 기대선 한니발의 한 손에는 포도주 잔이, 다른 한 손에는 권총이 들려 있었다.

"원하는 게 뭐요? 영업은 끝났소."

"그릇 천국에 있는 콜나스. 그릇들에 둘러싸인 콜나스. 군번표는 가지고 있나요, 헤어 콜나스?"

"난 클레버야. 프랑스 시민이라고. 경찰을 부르겠어."

한니발이 포도주 잔을 내려놓고 수화기를 들었다.

"내가 대신 불러주죠. 그리고 전범위원회에도 전화해도 되겠죠? 전화비는 내가 내죠."

"엿이나 먹어, 개자식아. 그래, 맘대로 해보시지. 아무나 네 맘대로 불러보라고, 어? 안 해? 그럼 내가 할까? 난 서류도 가지고 있고, 친구들도 많아."

"내겐 애들이 있죠, 당신 애들이요."

"그게 무슨 뜻이야?"

"두 애 모두 내가 데리고 있어요. 줄리아나에 있는 당신 집에 먼저 들렀거든요. 커다란 코끼리 인형이 있는 방에 들어가서 애들을 데리고 나왔죠."

"거짓말."

"'여자애로 해. 어차피 죽을 테니까.' 당신이 그랬죠? 그루타스의 뒤에 바싹 달라붙어서, 손에는 그릇을 들고 말이죠. 아 참, 당신 오븐에 넣을 만한 걸 가져왔어요."

한니발이 등 뒤로 손을 뻗어 탁자 위에 피 묻은 가방을 집어 던졌다.

"요리해서 같이 먹어요, 옛날처럼."

그는 미샤의 팔찌를 테이블 위에 떨어뜨렸다. 데구루루. 팔찌가 한참 동안 탁자 위를 굴러가다 마침내 멈춰섰다. 콜나스가 숨 막히는 소리를 냈다. 손을 사시나무 떨듯 부들거렸다. 그는 가방을 만져보지도 못했다. 그러다 잠시 후 콜나스는 정신없이 가방을 헤집기 시작했다. 피투성이 종이를 찢어발기자 붉은 고기와 뼈가 모습을 드러냈다.

"쇠고기에요, 헤어 콜나스. 그리고 그건 멜론이고. 레알에서 구해왔죠. 그렇지만 느낌은 비슷하죠?"

콜나스가 테이블 위로 한니발에게 돌진했다. 피 묻

은 손이 한니발의 얼굴을 더듬었지만 테이블을 뛰어넘을 수는 없었다. 한니발이 그를 붙잡아 테이블 위에 찍어 누르고는 뒤통수에 총구를 가져다댔다. 하지만 방아쇠를 당기지는 않았다. 콜나스의 눈앞에 암흑이 찾아왔다. 한니발은 붉은 피로 얼룩진 자신의 얼굴이 꿈에 나타나는 악마와 비슷하다고 생각했다. 그는 콜나스가 눈을 뜰 때까지 계속해서 그의 얼굴에 물을 퍼부었다.

"카트리나는 어딨지? 내 딸한테 무슨 짓을 했어?"

콜나스가 물었다.

"아이는 안전해, 헤어 콜나스. 통통한 분홍빛 살결을 가진 당신의 아이는 아직 완벽하게 살아 있지. 관자놀이에는 맥박이 뛰고 있고 말이야. 레이디 무라사키를 무사히 돌려주면 당신 아이를 돌려주지."

"그럼 난 죽어."

"아니, 그루타스는 체포당하고, 난 당신 얼굴 따윈 기억하지 못할 거야. 자식들 때문에 목숨을 건지는 거라고."

"내 애들이 살아 있는지 어떻게 알아?"

"내 동생의 영혼을 걸고 당신 자식들의 무사한 목소리를 들을 수 있다고 맹세하지. 날 돕지 않는다면 난 당신을 죽이고 아이들은 굶겨 죽일 거야. 그루타스는 어디 있지? 레이디 무라사키는 어디 있어?"

417

콜나스는 침을 꿀꺽 삼켰다. 입안에 고인 피 때문에 목이 메었다.

"그루타스가 배를 가지고 있어. 운하선인데, 그걸로 옮겨 다녀. 지금은 느무르 남쪽 루앙 운하에 있어."

"배의 이름은?"

"크리스타벨. 이제 약속을 지켜. 내 아이들은 어디 있지?"

한니발은 콜나스를 일으켜 세웠다. 그는 현금등록기 옆에 있는 전화기를 들고 번호를 돌린 다음 콜나스에게 수화기를 건넸다. 처음에 콜나스는 아내의 목소리도 알 아듣지 못했다.

"여보세요? 여보세요? 아스트리드? 애들은 괜찮아? 카트리나를 바꿔봐. 잔말 말고 내 말대로 해!"

졸린 목소리로 칭얼거리는 아이들의 목소리를 듣자 콜나스의 표정에 변화가 나타났다. 안도의 감정은 곧 무 표정으로 바뀌었다. 콜나스의 손이 현금등록기 아래에 놓인 선반 속으로 미끄러져 들어가더니 권총을 찾아 더 듬거리기 시작했다. 그의 어깨가 아래로 축 처졌다.

"날 속였군, 헤어 렉터."

"난 약속을 지켰어. 애들을 봐서 당신은 살려주도록······"

콜나스가 육중한 웨블리 권총을 쥐고 휘둘렀다. 한니 발이 그 손을 내려치자 권총이 바닥으로 떨어졌다. 한니발은 재빨리 콜나스의 턱밑에 단도를 쑤셔 넣었다. 뾰족한 칼끝이 정수리로 삐죽 튀어나왔다. 수화기가 공중에 떠서 달랑거렸다. 콜나스가 앞으로 무너져 내렸다. 한니발은 시체를 옆으로 굴려놓고 주방 의자에 앉아 그를 내려다봤다. 콜나스는 눈을 부릅뜨고 있었다. 한니발은 그의 얼굴 위에 그릇을 뒤집어 올려놨다.

한니발은 주방에 있던 새장을 밖으로 가지고 나가 새장 문을 열어줬다. 마지막 한 마리는 직접 손으로 붙잡아 달빛 가득한 하늘로 날려 보내줘야 했다. 한니발은 바깥에 있는 새 우리도 열어 갇혀 있던 새들을 몰아냈다. 새들이 무리 지어 공중을 한 바퀴 맴돌았다. 차양 위로 작은 그림자들이 파닥거리더니 바람의 방향을 확인하듯 한 번 솟아올랐다가 곧 북극성을 향해 날기 시작했다.

"가. 발트해는 저쪽이야. 거기서 살아."

56

광활한 밤, 파리 근교의 어두운 들판 위로 빛줄기 하나가 쏜살같이 날아간다. 가솔린 탱크 위에 몸을 납작 붙인 한니발은 전속력으로 오토바이를 몰았다. 느무르 북쪽 콘크리트 장벽에서 루앙 운하의 오래된 예선 뱃길을 따라 양옆에 풀이 무성한 1차선 아스팔트 도로로 진입했다. 도로를 가로막은 소떼 사이를 몸을 찔러대는 꼬리들을 스쳐가며 아슬아슬하게 지그재그로 통과했다. 포장도로를 벗어나자 펜더 밑에서 자갈들이 거칠게 튀어 올랐다. 비틀거리는 핸들을 진정시키며 다시 속력을 냈다.

등 뒤에서는 느무르 시의 불빛이 희미해지고 있었다. 눈앞에는 허허벌판과 끝없는 암흑만이 펼쳐져 있고 날카로운 자갈들과 잡초들이 끈질기게 그의 헤드라이트를 때려댔다. 길 위에 내려앉은 어둠은 노란색 빛줄기를 게걸스럽게 삼켜버렸다.

한니발은 너무 남쪽으로 내려온 것이 아닌지 걱정이 되기 시작했다. 혹시 배를 지나친 건 아닐까? 한니발은 오토바이를 멈추고 전조등을 끈 다음, 어둠 속에 잠시 그대로 앉아 있었다. 엉덩이 아래에서 엔진의 진동이 느껴졌다. 그때 저 멀리, 어둠 속에서 두 개의 작은 지붕이 나란히 모습을 드러냈다. 루앙 운하의 제방 위로 배의 선실 꼭대기가 간신히 눈에 들어왔다.

블라디스 그루타스의 하우스보트는 부드러운 잔물결을 찰싹거리며 놀랍도록 조용히 남쪽을 향해 움직이고 있었다. 강 양쪽 들판에 누워 잠을 자고 있는 소떼도 깨어나지 않았다. 갑판 앞쪽에서는 뮐러가 캔버스 의자에 앉아 허벅지의 상처를 꿰매는 중이었고, 그 옆 승강구 난간에는 산탄총이 세워져 있었다. 선미에 있는 가스만은 로커에서 방현재(접촉에 의한 충격을 완화하기 위해 뱃전에 두르는 완충재)를 꺼내고 있었다.

크리스타벨을 300미터쯤 앞두고 한니발은 속도를 늦췄다. BMW 오토바이가 으르렁거렸다. 잡초가 정강이를 간질였다. 한니발은 멈춰 서서 안장가방에서 아버지의 망원경을 꺼내 들었다. 너무 어두워 배의 이름이 보이지 않았다. 보트의 조명과 창문을 감싼 커튼 뒤에서 새어 나오는 희미한 불빛 말고는 아무것도 보이지 않았다. 하지만 강둑에서 배로 뛰어오르기에는 운하가 너무 넓었다. 제방에 올라 조타실에 있는 선장을 쏴서 배를 멈추게 하는 방법도 있었다. 하지만 그렇게 되면 배 안의 사람들이 공격을 알아채게 돼서 모두를 한꺼번에 상대해야 한다는 위험부담이 생긴다. 적들은 양쪽에서 그를 포위할 수도 있다. 한니발은 선미에 있는 승강구와 선수 근처에 불쑥 튀어나와 있는 어두운 그림자를 봤다. 아래 갑판으로 이어지는 다른 입구일 것이다.

선미에 가까운 조타실 창문 사이로 나침함(갑판에 세운, 나침반이 설치된 상자나 기둥)의 불빛이 반짝였지만 안에 사람이 있는지는 확인할 길이 없었다. 한니발은 그들보다 앞서 움직여야 했다. 예선 뱃길은 수면과 무척 가까웠고 들판으로 우회하자니 길이 너무 거칠었다. 한니발은 예선 뱃길을 따라 배 옆을 빠르게 지나쳤다. 옆구리가 따끔거렸다. 고개를 돌려 배를 살짝 쳐다봤다. 선

422

미에서는 가스만이 계속해서 방현재를 꺼내고 있었다. 그는 고개를 들어 지나가는 오토바이를 쳐다봤다. 선실의 천창 위에서 나방이 파닥거렸다. 한니발은 침착하게 속도를 줄였다. 1킬로미터쯤 앞에서 자동차 불빛 하나가 운하를 가로질러 건너는 것이 보였다.

갑문 앞에 이르자 운하는 배 두 척이 겨우 지나갈 정도로 좁아졌다. 갑문은 돌다리에 붙어 있었다. 돌다리의 둥근 아치 아래 상류 쪽 수문이 있고 다리 뒤 상자처럼 생긴 갑문 구역의 길이는 크리스타벨보다 별반 길지 않았다. 한니발은 선장의 눈에 띄지 않도록 다리를 따라 왼쪽으로 꺾은 다음 몇백 미터를 더 갔다. 오토바이의 전조등을 끄고 다시 다리 근처로 돌아가 도로 옆 수풀 사이에 오토바이를 숨겼다. 그런 다음 어둠 속으로 걸어갔다.

제방 옆에 작은 보트 몇 척이 뒤집힌 채 놓여 있었다. 한니발은 그 사이에 앉아 선체 너머로 크리스타벨을 지켜봤다. 아직도 반 킬로미터 정도 떨어져 있었다. 사방이 캄캄했다. 다리의 반대쪽 끝에 있는, 아마도 수문지기가 살고 있을 작은 집에서 새어 나오는 라디오 소리가 공중을 떠돌고 있었다. 한니발은 권총이 들어 있는 재킷 호주머니의 단추를 잠갔다.

운하선의 작은 불빛은 답답할 정도로 천천히 다가오고 있었다. 좌현의 붉은 등불이 머리 위로 쏟아졌다. 그 뒤에서는 선실 위 접이식 돛대에 높이 매달린 하얀 등이 흔들리고 있었다. 갑문을 통과하려면 배는 1미터 정도 높이를 낮춰야 했다. 한니발은 운하 옆 잡초들 사이에 배를 깔고 누웠다. 귀뚜라미가 울기엔 아직 이른 계절이었다.

한니발은 배가 다가오길 기다렸다. 느릿느릿, 배는 너무 느리게 움직였다. 머리를 굴려야 할 시간이다. 콜나스의 카페에서 한 짓들 중 일부는 떠올리기도 싫을 정도로 불쾌했다. 아주 잠깐이라도 콜나스의 수명을 연장해준 것은 참으로 힘든 일이었다. 아무렇게나 입을 놀리는 그 인간을 보는 것도 괴로웠다. 하지만 단도의 날카로운 칼날이 콜나스의 두개골을 뚫고 마치 작은 뿔처럼 머리 끝에서 튀어나왔을 때 손에서 느껴지던 감촉, 그것만은 좋았다. 밀코 때보다도 훨씬 만족스러웠다.

즐거운 일들. 타일을 이용한 피타고라스의 증명, 도르틀리히의 목 뽑아내기. 그리고 기대되는 일. 레이디 무라사키를 어서 빨리 샹 드 마르 레스토랑에 초대하는 것. 한니발은 그 어느 때보다도 침착했다. 그의 맥박수는 72였다.

갑문 옆 어둠 속, 밝은 하늘이 별빛으로 빛나고 있었다. 돛대에 매달린 등불이 낮게 뜬 별들 속에서 함께 반짝였다. 하지만 돛대가 접히기 시작하자 불빛은 마치 유성처럼 포물선을 그리며 아래로 떨어졌다. 커다란 탐조등 속에서 하얗게 타오르는 필라멘트가 보였다. 한데 뭉친 빛줄기가 그를 향해 다가오는 순간, 한니발은 재빨리 바닥에 몸을 날려 어둠 속에 숨었다. 둥그런 빛이 그의 머리 위를 지나 갑문으로 향하더니 배에서 커다란 고동 소리가 울렸다. 수문지기의 작은 집에 불이 켜지고 1분도 안 돼 멜빵바지를 걸친 남자가 집에서 나왔다. 한니발은 밀코의 총에 소음기를 돌려 끼웠다.

블라디스 그루타스가 앞쪽 승강구로 올라와 갑판으로 나왔다. 기지개를 켜고 담배꽁초를 수면에 집어 던졌다. 그는 뮐러에게 뭐라고 말을 걸더니 산탄총을 수문지기의 눈에 띄지 않게 화분들 사이에 숨기고 다시 아래층으로 내려갔다.

선미에 있던 가스만이 방현재를 설치하고 줄을 준비했다. 상류 쪽 수문이 활짝 열렸다. 수문지기가 운하 옆에 있는 오두막에 들어가 갑문의 양옆에 서 있는 계선주 등을 켰다. 운하선이 다리 밑을 지나 갑문 안으로 들어갔다. 선장이 엔진을 역회전해 배를 세웠다. 한니발은 모터 소리를 틈타 몸을 작게 웅크리고 다리 위로 잽싸게 뛰어 올라가 돌난간 밑에 숨었다. 그는 갑문 아래로 지나가는 보트를, 갑판과 천창을 내려다봤다. 천창 아래로 의자에 묶여 있는 레이디 무라사키의 모습이 흘낏 지나갔다. 그야말로 순식간에 스쳐 지나간 장면이었다.

10분 후, 하류 쪽 수면 높이가 조절되자 육중한 문이 힘겹게 열렸고 가스만과 뮐러가 줄을 거둬들이기 시작했다. 수문지기가 자기 집 쪽으로 몸을 돌렸다. 선장이 조종간을 밀자 운하선 뒤에서 물거품이 일었다. 한니발은 난간에 몸을 기댔다. 그는 겨우 60센티미터 거리에서 가스만의 정수리를 겨냥해 쏜 다음 난간에 올라서서 아래로 뛰어내렸다. 가스만의 시체 위에 착지해 갑판 위로 굴렀다. 선장이 가스만이 쓰러지는 소리를 들었는지 선미 쪽을 향해 고개를 돌렸다. 하지만 그는 아무것도 보지 못했다. 한니발은 선미 승강구를 흔들어봤다. 잠겨 있었다. 선장이 조타실에서 몸을 내밀고 소리쳤다.

"가스만?"

한니발은 바닥에 쓰러진 가스만의 시체 옆에 웅크리고 앉아 허리춤을 뒤졌다. 무기는 없었다. 배 앞쪽의 승강구로 가려면 조타실을 지나쳐야 한다. 뱃머리에는 뮐러가 있었다. 한니발은 오른쪽을 선택했다. 선장이 조타실 왼쪽으로 나와 바닥에 나동그라진 가스만을 발견했다. 그의 머리에서 피가 콸콸 쏟아져 나오고 있었다. 한니발은 뱃머리를 향해 정신없이 달려가다 선실 옆에서 몸을 수그렸다.

배가 천천히 움직임을 멈추고 있었다. 등 뒤에서 총소리가 들렸다. 탄환이 날카로운 소리를 내며 기둥에 명중하더니 파편이 그의 어깨를 찔렀다. 뒤를 돌아봤다. 선장이 선미 선실 옆으로 몸을 숙이는 게 얼핏 보였다. 문신을 새긴 팔과 손이 앞쪽 승강구에 나타나 재빨리 덤불을 헤치고 산탄총을 들었다. 한니발이 총을 발사했지만 빗나갔다. 팔 위쪽에 뜨겁고 축축한 느낌이 들었다. 그는 두 개의 갑판 선실 사이로 몸을 쭈그렸다가 좌현 갑판으로 나가 선실을 지나쳐 갑판 앞쪽을 향해 달렸다. 뮐러가 몸을 웅크린 채 기다리고 있다가 한니발이 달려오는 소리에 자리에서 일어나 산탄총을 휘둘렀다. 승강구 모서리에 부딪혔던 총신을 다시 휘두르는 찰나, 한니발이 손가락을 번개같이 움직여 뮐러의 가슴에 네 발을 명중했다. 통제를 잃은 산탄총이 승강구 문 옆에 놓인 나무 조각품에 너덜너덜한 구멍을 남겼다. 뮐러가 비틀거리며 자신의 가슴을 내려다보더니 뒤로 무너져 내렸다. 그는 난간에 기대앉은 채로 눈을 감았다. 승강구 문은 열려 있었다. 한니발은 계단으로 내려가 문을 잠갔다.

선미에서는 선장이 갑판 뒤편에 죽어 누워 있는 가스만의 시체 옆에 앉아 열쇠를 찾아 주머니를 뒤지고 있었다. 한니발은 서둘러 계단을 달려 내려가 하갑판의 좁은 통로를 내달렸다. 첫 번째 선실을 들여다봤다. 텅 비어 있었다. 간이침대와 쇠사슬뿐이었다. 두 번째 문을 사정없이 밀어 열었다. 레이디 무라사키가 의자에 묶여 있었다. 그녀를 향해 뛰어가려는데 문 뒤에 숨어 있던 그루타스가 한니발을 향해 총을 쐈다. 총알이 그의 견갑골 사이에 명중했다. 한니발은 등을 바닥으로 하고 쓰러졌다. 몸 아래로 붉은 피가 흘러나와 바닥에 퍼져나갔다. 그루타스가 미소를 지으며 그에게 다가섰다. 그는 한니발의 턱에 총구를 들이대고 뺨을 가볍게 두드리며 발로 한니발의 총을 걷어냈다. 그루타스는 벨트에서 송곳칼을 꺼내 칼끝을 한니발의 다리에 슬쩍 쑤셔 넣었다. 다리는 움직이지 않았다. 그루타스가 말했다.

"척추를 쐈거든, 작은 난쟁이 씨. 다리에 감각이 없지? 쯧쯧. 네 불알을 잘라내도 아무것도 못 느낄걸."

그루타스가 레이디 무라사키에게 미소를 보냈다.

"그걸 넣고 다니게 동전지갑 하나 만들어주지."

428

그때 한니발이 눈을 번쩍 떴다.

"이거 보여?"

그루타스가 한니발의 눈앞에다 긴 칼날을 흔들어댔다.

"잘됐군! 이거 보라고."

그루타스가 레이디 무라사키에게 다가가더니 살갗이 살짝 눌릴 정도로 힘을 주며 칼끝으로 그녀의 뺨을 쓸어내렸다.

"뺨에다 색깔을 좀 더해줄 수도 있지."

그는 그녀의 머리 옆, 의자 등받이에 송곳칼을 박았다.

"섹스할 다른 구멍을 만들어줄 수도 있고."

레이디 무라사키는 아무 말도 하지 않았다. 그녀의 시선은 한니발에게 고정돼 있었다. 한니발의 손가락이 움찔거리더니 슬며시 머리 쪽을 향해 움직이기 시작했다. 그의 눈동자가 레이디 무라사키와 그루타스를 번갈아 쳐다봤다가 다시 그녀에게로 돌아왔다. 레이디 무라사키는 그루타스를 올려다봤다. 그녀의 얼굴에 흥분과 분노가 서렸다. 그녀는 마음만 먹는다면 얼마든지 매력을 풍길 수 있었다. 그루타스가 허리를 숙이더니 그녀에게 진한 입맞춤을 했다. 그녀의 치아에 입술이 부딪혀 피가 날 정도로. 그루타스는 그녀의 살갗에 탐욕스럽게 얼굴을 비비며 창백한 푸른 눈을 고정한 채 무표정한 얼굴로 그녀의 블라우스 안을 더듬었다.

한니발이 머리 뒤로 손을 뻗쳐 목 뒤에서 단도를 꺼냈다. 피투성이 단도는 그루타스의 탄환에 맞아 움푹 찌그러져 있었다. 그루타스가 눈을 깜박였다. 그의 얼굴이 고통으로 일그러지더니 발목을 떨어뜨리며 힘없이 무너졌다. 한니발은 그루타스의 몸에 쑤셔 박은 칼을 비틀었다. 레이디 무라사키가 묶인 발로 그루타스의 머리를 힘껏 찼다. 그루타스는 총을 든 손을 들어 올리려 했지만 한니발이 개머리판을 붙잡고 힘껏 비틀자 총구가 공중에서 휘청거렸다. 한니발이 그루타스의 손목을 내리 베었다. 총이 손에서 떨어져 바닥 위로 미끄러졌다. 그루타스가 총을 향해 기어가기 시작했다. 무릎으로 몸을 일으키려다 다시 쓰러졌다. 차에 치여 등이 부러진 야생동물처럼 안간힘을 다해 팔꿈치로 몸을 일으켜 세우려고 했다. 한니발이 레이디 무라사키의 손을 풀어주자 그녀는 등받이에 박혀 있던 송곳칼을 뽑아 발목의 밧줄을 자른 후 문 옆 구석으로 달려갔다. 한니발은 등에서 피를 뚝뚝 흘리며 그루타스를 막아섰다. 그루타스가 동작을 멈추고 무릎을 꿇은 채로 그를 마주 봤다. 등골이 오싹하도록 침착한 기운이 온몸을 휘감았다. 그는 얼음장같이 창백한 눈동자로 한니발을 올려봤다. 그루타스가 말했다.

"우리 모두 죽음을 향해 항해하는군. 너, 나, 너랑 잔 새엄마, 그리고 네가 죽인 사람들."

"그들은 인간이 아니었어."

"그래, 도르틀리히는 어떤 맛이 나던? 생선? 밀코도 먹었나?"

레이디 무라사키가 구석에서 말했다.

"한니발, 그루타스를 체포하면 포필 경감은 널 놓아줄 거야. 한니발, 나와 함께 가자꾸나. 그자는 포필 경감에게 맡겨."

"이자는 내 동생을 먹었어요."

"그건 너도 마찬가지야. 그러니 자살하는 게 어때?"

그루타스가 말했다.

"거짓말이야."

"아, 하지만 정말 그랬는걸. 우리 친절한 냄비지기가 너한테도 여자애의 국물을 먹였거든. 넌 그걸 아는 사람들을 다 죽이고 싶었던 거야. 그렇지? 이제 저 여자도 알게 됐으니 저년도 죽여야겠네."

피 묻은 단도를 쥔 손이 공중으로 올라갔다. 한니발은 레이디 무라사키에게 몸을 돌렸다. 그녀의 표정을 살피며 그녀를 껴안았다. 레이디 무라사키가 말했다.

"아니야, 한니발. 그건 거짓말이야. 저자를 포필 경감에게 넘겨주렴."

그루타스는 계속해서 입을 놀리며 한니발이 눈치채지 못하게 총을 향해 서서히 다가갔다.

"넌 동생을 먹었어. 그게 뭔지 알면서도 말이야. 얼마나 탐욕스럽게 숟가락을 핥아대던지!"

한니발이 천장에 대고 비명을 질렀다.

"아니야!"

나이프를 쳐든 한니발이 그루타스에게 달려들었다. 발밑에 총을 밟은 채 그루타스의 얼굴에 'M' 자로 칼을 휘둘렀다.

"미샤의 M이야! 미샤의 M! 미샤의 M!"

그루타스가 바닥에 쓰러지자 한니발은 그의 몸 위에 커다란 'M' 자를 그렸다. 뒤에서 비명이 들렸다. 흐릿한 붉은 연무와 총성. 한니발의 머리 위로 총구가 불을 뿜었다. 한니발은 자신이 맞았는지 아닌지 알 수 없었다. 그는 뒤로 돌았다. 선장이 서 있었다. 그리고 그의 등 뒤에는 레이디 무라사키가 서 있었다. 선장의 쇄골 뒤쪽에 송곳칼이 박혔다. 칼날이 대동맥을 관통했다. 선장의 손가락에서 총이 미끄러져 떨어졌고 그는 바닥에 얼굴을 박고 쓰러졌다. 한니발이 후들거리며 일어났다. 그의 얼굴은 붉은 피칠갑이 돼 있었다. 레이디 무라사키는 눈을 감았다. 그녀는 온몸을 떨고 있었다.

"맞았나요?"

그가 물었다.

"아니."

"당신을 사랑해요, 레이디 무라사키."

한니발이 말했다. 그는 그녀에게 다가갔다. 레이디 무라사키는 눈을 뜨고 그의 손을 뿌리쳤다.

"네게 사랑을 할 수 있는 마음이 남아 있기나 하니?"

그녀는 이렇게 말하더니 선실을 뛰쳐나가 승강구로 달려갔다. 레이디 무라사키는 난간 위로 기어 올라 깨끗한 동작으로 물속을 향해 몸을 날렸다.

배가 제방에 힘없이 부딪히며 흔들렸다. 한니발은 죽은 자들에 둘러싸여 배 안에 홀로 남아 있었다. 뮐러와 가스만은 하갑판 승강구 앞에, 새빨간 빗살무늬를 온몸에 새긴 그루타스는 선실에 누워 있었다. 모두 커다란 머리가 달린 인형처럼 팬저파우스트 로켓을 팔에 끌어안고 있었다. 한니발은 마지막 팬저파우스트 한 정을 들고 엔진실로 내려가 거대한 대전차 로켓을 연료 탱크와 50센티미터쯤 떨어진 곳에 고정했다. 정박 용구를 뒤져

갈고리 닻을 찾아 위쪽에 달린 팬저파우스트의 방아쇠 주위에 끈을 돌려 묶었다. 그런 다음 갈고리를 손에 들고 갑판 위로 올라갔다. 배는 제방에 부드럽게 몸을 부딪치고 있었다. 다리 위에서 플래시라이트가 움직이는 게 보였다. 사람들의 고함, 개 짖는 소리.

한니발은 갈고리를 물속에 떨어뜨렸다. 그가 제방 위로 기어 올라 들판을 가로지르는 동안에도 줄은 계속해서 풀려나갔다. 그는 결코 뒤돌아보지 않았다. 400미터쯤 갔을 때 폭발이 일어났다. 등 뒤에서 충격파가 몰려왔다. 거센 충격과 귀가 먹먹한 폭발음. 등 뒤의 풀밭 위로 쇳조각 하나가 떨어졌다. 물 위에 떠 있던 배가 화염을 내뿜으며 폭발했다. 불기둥이 소용돌이치며 하늘 위로 치솟았다. 팬저파우스트의 탄약이 터지면서 연이어 일어난 폭발이었다. 불붙은 목재들이 공중으로 빙글빙글 날아올랐다.

2킬로미터쯤 떨어진 곳에서 한니발은 갑문으로 달려오는 경찰차들의 불빛을 봤다. 그는 되돌아가지 않았다. 그는 들판을 가로질러 계속해서 걸어갔다. 한니발은 다음날 낮에야 사람들에게 발견됐다.

57

날씨가 따뜻해지면 파리 경찰본부의 동쪽 창문은 아침마다 도팽 광장 옆에 사는 시몬 시뇨레(프랑스의 국민적 인기배우)가 테라스에 나와 커피를 마시는 모습을 구경하러 몰려든 젊은 경찰관들로 북적거렸다. 포필 경감은 사무실 책상 앞에 앉아 있었다. 여배우의 테라스 문이 열렸다는 소식에 한바탕 소동이 일어났다가 화분에 물을 주러 나온 가정부를 보고 실망의 신음이 터져 나왔을 때조차도 그는 전혀 동요하지 않았다.

창문이 열려 있는 탓에 그는 퐁네프와 오르페브르 거리에서 한창 시위 중인 공산주의자들의 구호 소리를 어럼풋이 들을 수 있었다. 대부분이 학생으로 이루어진 시위대는 '한니발을 석방하라, 한니발을 석방하라'고 외쳐댔다. 그들은 '파시즘에 죽음을!'이라는 플래카드를 들고 이제는 거의 유명인사가 되다시피 한 한니발 렉터의 조속한 석방을 요구했다. 〈뤼마니테〉와 〈카나르 앙셰네〉는 그를 옹호했으며, 특히 〈카나르 앙셰네〉는 까맣게 불탄 크리스타벨의 잔해를 찍은 사진에 '식인종들 요리되다'라는 캡션을 붙이기도 했다.

또한 한니발은 옥중에서 농업 공영화에 관한 글을 〈뤼마니테〉에 비밀리에 투고했는데, 어린 시절을 감동적으로 회고함으로써 더 많은 공산주의자의 지지를 받을 수 있었다. 사실 한니발은 극우주의자들의 입맛에 맞는 글을 써줄 수도 있었다. 하지만 극우주의자들은 이미 한물간 세력이었고 그를 위해 시위를 해줄 수도 없었다.

포필 경감의 책상 위에는 한니발 렉터 사건과 관련해 유리한 증거를 댈 수 없다는 검사의 쪽지가 놓여 있었다. '난폭한 정화' 방법이기는 하지만 전쟁 때 놓친 파시스트와 전범 살해는 법적으로 공격할 여지가 전혀 없으며 심지어 정당화될 수도 있고 정치적으로도 지지를 받지 못할 것이라는 내용이었다.

검사는 폴 모몽의 살인은 이미 몇 년이나 지난 일이

며 정향기름 냄새는 충분한 증거가 되지 않는다고 지적했다. 무라사키라는 여성을 구류한다면 도움이 될 것인가? 그녀가 공모했을 가능성이 있는가? 검사는 물었다. 포필 경감은 레이디 무라사키의 구류에 대해서는 반대를 표명했다.

레스토랑 경영자 콜나스, 아니 신문에서 묘사하는 바와 같이 '파시스트이자 암시장 상인 콜나스'의 죽음을 둘러싼 정확한 상황은 확실하게 규명할 수 없었다. 그렇다. 분명 그의 혀와 입천장, 두개골은 누군가에 의해 정체를 알 수 없는 도구로 구멍이 나 있었다. 파라핀 테스트에 따르면, 그는 리볼버를 발사한 것으로 밝혀졌다.

운하선에서 죽은 사람들로부터 발견할 수 있는 것이라고는 타다 남은 기름과 재뿐이었다. 그들은 납치범이었고 백인들로 구성된 노예상이었다. 무라사키라는 여성이 차량의 번호를 제공해준 덕분에 밴에서 두 명의 납치된 여성들을 구출하지 않았던가?

이 젊은이에게는 전과 기록도 없었다. 의대에서는 학년 최우수성적을 유지했다. 포필 경감은 시계를 쳐다보고 3번 취조실로 향했다. 가장 좋은 취조실이었다. 햇빛도 약간 들어오는 데다 벽에 가득한 낙서도 두꺼운 흰색 페인트로 깨끗하게 지워져 있었기 때문이다. 포필 경감은 취조실 문 앞에서 경비를 서는 경관에게 고개를 끄덕여 보이고는 걸쇠를 풀었다. 한니발이 방 가운데 놓인 텅 빈 탁자 앞에 앉아 있었다. 탁자 다리에는 발목 족쇄가 채워져 있었고, 손목 또한 테이블에 수갑으로 연결돼 있었다.

"족쇄를 풀게."

포필 경감이 감시관에게 말했다.

"안녕하세요, 경감님."

"그녀가 왔다. 뒤마 박사와 뤼팽 박사는 점심시간 후에 온다고 하더군."

말을 마친 포필 경감은 한니발을 홀로 남겨두고 가버렸다. 레이디 무라사키가 방에 들어오자 한니발은 의자에서 일어섰다. 레이디 무라사키의 등 뒤에서 문이 쾅, 하고 닫혔다. 그녀는 손을 뒤로 돌려 문 위에 손바닥을 얹었다. 레이디 무라사키가 물었다.

"잠은 잘 자고 있니?"

"예, 잘 자고 있어요."

"치요가 안부를 전해달라는구나. 지금 아주 행복하대."

"그 말을 들으니 기쁘군요."

"치요의 연인이 학교를 졸업해서 두 사람은 약혼했단다."

"정말 잘됐네요."

잠시 침묵이 흘렀다.

"둘은 스쿠터를 만들 계획이래. 작은 오토바이 말이다. 두 형제와 동업을 했는데 벌써 여섯 대나 완성했다는구나. 치요는 그 사업이 잘되길 기도하고 있단다."

"당연히 성공할 거예요. 저부터 한 대 사야겠는걸요."

여자는 감시의 눈길을 포착하는 데 남자보다 훨씬 능숙하다. 그것이 생존 기술 중 하나인 탓이다. 또한 욕망이 존재함을, 혹은 그렇지 않음을 한눈에 간파한다. 레이디 무라사키는 한니발이 변했다는 걸 알아차렸다. 지금 그녀를 바라보는 그의 눈빛에는 사라지고·없는 것이 있었다. 머나먼 조상 무라사키 시키부의 시구가 떠올랐다. 레이디 무라사키는 시를 읊조렸다.

"돌 틈의 냇물
얼어붙어 흐르지
못하는구나
맑은 하늘 저 달은
그림자도 흐르거늘."

한니발이 겐지(무라사키 시키부의 《겐지 이야기》에 나오는 주인공)의 화답가로 답했다.

"옛적 일들이

그립게 여겨지는

눈 내리는 밤

외로운 내 마음에

원앙새 우는 소리."

"아니야."

레이디 무라사키가 말했다.

"아니야, 이제 남은 것은 얼음뿐, 모든 게 사라져버렸지. 그렇지 않니?"

"숙모님은 제가 세상에서 제일 좋아하는 사람이에요."

한니발이 말했다. 그리고 그것은 사실이었다. 레이디 무라사키는 고개를 들고 잠시 그를 응시하더니 감방을 떠났다.

레이디 무라사키는 포필 경감의 사무실로 들어갔다. 뤼팽 박사와 뒤마 박사가 마주 붙어 작은 소리로 이야기를 나누고 있었다. 뤼팽 박사가 레이디 무라사키의 손을 반갑게 맞잡았다.

"그 애가 영원히 마음을 닫아버릴지도 모른다고 말씀하셨죠."

"그걸 느끼셨습니까?"

뤼팽 박사가 말했다.

"난 그 애를 사랑해요. 하지만 더 이상 그 애를 어디서도 찾을 수가 없네요. 박사님은요?"

"저는 늘 그랬지요."

그녀의 물음에 뤼팽 박사가 답했다. 레이디 무라사키는 포필 경감을 만나지 않고 떠났다.

한니발은 감옥 내 의료시설 업무를 돕겠다고 자청했으며 의대로 돌아가게 해달라는 진정서를 법원에 제출했다. 경찰 법의학실 실장이자 밝고 매력적인 젊은 여성인 클레어 드브리 박사는 한니발이 최소한의 장비와 시약만으로도 정량 분석과 독극물 분류에 뛰어난 솜씨를 발휘한다는 사실을 발견했다. 그녀 또한 그를 위해 탄원서를 써줬다.

한니발에 대해 집요하고 거침없는 격려와 성원으로 포필 경감을 가장 성가시게 했던 뒤마 박사는 두말할 필요 없이 탁월한 추천서를 법정에 제출했다. 게다가 미국 볼티모어에 있는 존스홉킨스 의학센터에서 한니발이 그린 새 해부학 서적의 삽화를 검토한 후 그에게 인턴십을 제안했다는 소식을 전했다. 뒤마 박사는 특히 윤리 조항에 대한 확고한 보증을 장담했다.

3주 후, 포필 경감의 거센 반대에도 한니발은 정의의 궁전(파리의 대법원 건물)을 걸어 나와 의과대학 꼭대기 층에 있는 자신의 방으로 돌아갔다. 포필 경감은 그에게 작별 인사의 말도 건네지 않았다. 경비병이 옷을 가져다줬다.

다음 날 아침, 한니발은 산뜻한 기분으로 눈을 떴다. 보주 광장에 전화를 걸었을 때, 그는 레이디 무라사키의 집 전화가 연결되지 않는다는 사실을 발견했다. 그는 그녀의 아파트로 갔다. 열쇠로 문을 열었다. 보이는 것은 전화기가 놓여 있는 탁자뿐, 집은 텅 비어 있었다. 전화기 옆에는 그의 이름이 적힌 편지가 놓여 있었다. 그리고 그 편지에는 레이디 무라사키의 아버지가 히로시마에서 보내온 검게 그을린 나뭇가지가 동봉돼 있었다.

편지는 이렇게 말하고 있었다.

안녕, 한니발. 나는 집으로 돌아간다.

한니발은 저녁을 먹으러 가는 길에 그 검게 탄 나뭇가지를 센 강에 던져버렸다. 샹 드 마르 레스토랑에 앉아 그는 루이 페라가 그의 영혼을 위해 미사를 올려달라고 남긴 돈으로 근사한 토끼찜을 먹었다. 포도주로 몸을 훈훈하게 데운 그는 공정을 기하는 마음에서 루이 페라를 위해 라틴어로 기도문을 읊었다. 그러다 내키면 유행가도 한 곡 불러줘야겠다고 생각했다. 자신의 기도도 생 쉴피스에서 돈으로 살 수 있는 기도보다 별로 효력이 떨어지지는 않을 테니까 말이다.

그는 혼자서 저녁을 먹었지만 더는 외롭지 않았다. 한니발의 마음은 기나긴 겨울에 들어섰다. 이후로 그는 밤마다 깊고 평화로운 잠을 즐겼다. 다른 인간들처럼 어떤 꿈의 방문도 받지 않는 깊은 잠을.

3부

/

내가 악마가 되지만 않았더라면,
나는 즉시 그에게 나를 바쳤을 것이다!

_요한 볼프강 폰 괴테 《파우스트》

58

스벤카가 보기에 도르틀리히의 부친은 영원히 죽을
것 같지 않았다. 그 노인네는 끈덕지게 숨을 몰아쉬면서
목숨을 부지했고, 그가 들어갈 관은 스벤카의 좁은 아
파트 바닥에 벌써 2년 동안 놓여 있었다. 사실 관이 거
실의 대부분을 차지하는 바람에 스벤카는 같이 사는
여자의 불평에 시달려야 했다. 그녀는 관의 뚜껑이 둥그
스름해 찬장으로도 쓸 수 없다며 시시때때로 투덜거렸
다. 몇 달이 지나자 그녀는 스벤카가 헬싱키에서 페리로
귀환하는 사람들에게 압수한 밀수 통조림들을 관 안에
보관하기 시작했다.

요세프 스탈린의 무시무시한 숙청이 지속된 최근 2년 동안 스벤카의 동료 경찰관들 중 세 명이 사살됐으며 네 번째는 루뱐카 감옥에서 교수형을 당했다. 스벤카는 떠나야 할 때가 왔음을 알았다. 모든 미술품은 그의 손에 있었다. 그것을 남기고 갈 생각은 추호도 없다. 스벤카는 도르틀리히가 맡았던 모든 계약을 넘겨받지는 못했지만 괜찮은 서류들을 구해놨다. 스웨덴 내에 연줄은 없어도 일단 물건을 바다 위로 가져만 가면 라트비아의 리가와 스웨덴을 오가며 일을 처리해줄 뱃사람을 수도 없이 알고 있었다. 우선은 중요한 일부터 처리할 것.

일요일 아침 6시 45분, 하녀 베르기드가 도르틀리히의 부친이 사는 빌니우스의 아파트 건물에서 나왔다. 그녀는 교회에 간다는 인상을 주지 않으려고 머릿수건을 벗고 손에는 스카프와 성경이 들어 있는 작은 지갑을 들었다. 하녀가 나간 지 약 10분 후, 침대에 누워 있던 도르틀리히의 부친은 누군가의 발소리를 들었다. 베르기드보다 훨씬 강한 발걸음이 삐걱거리는 계단을 타고 올라오고 있었다.

누군가 잠금장치를 억지로 열려는 듯 현관에서 열쇠구멍 긁는 소리가 들렸다. 도르틀리히의 부친은 있는 힘을 다해 베개 위로 몸을 밀어 올렸다. 바깥문이 열렸는지 바닥에 끌리는 소리가 났다. 그는 침대 옆 서랍을 뒤적여 루거 권총을 꺼냈다. 온몸의 힘을 그러모아 후들거리는 두 손으로 손잡이를 꼭 쥐고 총을 시트 아래 숨겼다. 그리고는 방문이 열릴 때까지 눈을 감고 가만히 누워 있었다.

"주무십니까, 헤어 도르틀리히? 방해한 건 아니겠죠?"

사복을 입고 흐트러진 머리를 한 스벤카 경사가 방으로 들어왔다.

"오, 자넨가."

노인의 표정은 평소처럼 딱딱하고 날카로웠지만 어딘가 연약해 보이는 부분이 있었다. 스벤카가 말했다.

"경찰 및 세관원 동지회 대표로 찾아왔습니다. 로커 청소 중에 아드님의 소지품을 몇 개 더 발견했거든요."

"난 필요 없네. 그냥 가지게. 지금 우리 집 자물쇠를 부순 건가?"

"아무도 대답을 안 하기에 그냥 들어왔습니다. 집이 비어 있으면 상자를 놓고 갈까 했지요. 아드님 열쇠를 제가 가지고 있거든요."

"그놈한텐 이 집 열쇠 같은 거 없어."

"이건 만능열쇠예요."

"그럼 나갈 때 문을 잠그고 나가게."

"도르틀리히 경위님이 아버님의…… 그 상황과 유언에 대해서도 자세하게 말씀해주셨습니다. 유언장은 작성하셨나요? 서류는 갖고 계시고요? 우리의 동지회는 아버님의 소원을 들어드리는 게 우리의 의무이자 책임이라고 생각하고 있거든요."

도르틀리히의 부친이 말했다.

"그래. 사인도 했고, 증인도 있어. 사본은 클라이페다에 보내놨네. 자네들은 아무것도 안 해도 돼."

"그렇군요. 그럼 한 가지만 남았네요."

스벤카 경사가 상자를 내려놨다. 그는 미소를 지으며 침대로 다가섰다. 의자에서 쿠션을 들어 마치 거미처럼 옆걸음질을 치더니 노인의 얼굴 위에 쿠션을 대고 짓눌렀다. 그는 침대 위로 기어 올라 무릎을 꿇고는 노인의 머리 양쪽에 팔꿈치를 꼭 붙인 채 쿠션에 온 체중을 실었다. 끝나는 데 얼마나 걸릴까? 노인은 몸부림을 치지도 않았다.

스벤카는 뭔가 단단한 것이 사타구니를 찌르는 느낌을 받았다. 시트 아래에서 뭔가 뭉툭한 것이 불쑥 솟아오르더니 루거가 불꽃을 발사했다. 스벤카의 피부가 화끈거렸다. 곧 그 뜨거운 기운이 몸 안에서도 타오르더니 잠시 후 그의 등 뒤로 빠져나갔다. 노인이 시트 아래

서 총을 들어 스벤카의 가슴과 턱을 쏜 것이다. 총구가
아래로 늘어졌다. 노인이 발사한 마지막 총알은 자신의
발을 관통했다. 두근두근. 그의 심장이 점점 빨리, 점점
더 빨리 달리기 시작하더니 별안간 뚝 멈춰 서버렸다.
머리맡에 있던 시계가 7시를 알렸다. 그러나 그는 네 번
밖에 듣지 못했다.

59

 지구의 정수리 부분에 해당하는 동부 캐나다, 아이슬란드, 스코틀랜드, 스칸디나비아 반도에 눈발이 흩날렸다. 스웨덴의 그리슬레함에도 눈보라가 기승을 부리고 있었다. 눈가루가 떨어지는 바다 위로 관을 실은 페리가 입항을 시작했다. 페리 직원은 장례식장에서 나온 사내에게 바퀴 네 개짜리 트롤리를 임대하고 그 위에 관 싣는 것을 도와줬다. 트롤리는 갑판 위를 굴러 경사로에서 덜컹, 하고 뛰어올랐다가 트럭이 대기하고 있는 부둣가로 향했다.

 도르틀리히의 부친은 직계가족 없이 사망했으며 자

신의 소원 또한 확실하게 명시해뒀다. 클라이페다 해양 및 하천 노동자조합은 그의 유언이 완벽하게 이행되는지 확인해야 했다. 영구차와 장례식장에서 나온 여섯 명의 사내가 탄 밴, 두 명의 나이 많은 친척이 탄 차 한 대로 이뤄진 조촐한 장례 행렬이 묘지로 향했다.

도르틀리히의 부친은 완전히 잊힌 존재는 아니었다. 그러나 그의 어린 시절 친구들은 대부분 세상을 떠났고 남아 있는 친척들도 거의 없었다. 그는 반항기로 똘똘 뭉친 둘째아들이었으며, 10월 혁명에 대한 그의 뜨거운 열정은 가족들과 멀어져 결국 러시아로 떠나게 했다. 선박 건조자의 아들이 결국 평범한 뱃사람으로 인생을 마치다니. 두 명의 친척은 참 아이러니한 일이라고 중얼거리며 늦은 오후 새하얀 눈발 사이로 영구차 뒤를 따랐다.

도르틀리히가의 납골당은 회색 화강암 건물이었다. 문 위에는 십자가가 새겨져 있고 채광창에는 색유리로 그럭저럭 만들어놓은 스테인드글라스가 붙어 있었다. 성실한 묘지관리인은 납골당 문과 계단 앞을 말끔하게 빗자루로 쓸어놨다. 커다란 철제 열쇠가 두꺼운 장갑 아래서도 차갑게 느껴졌다. 관리인이 두 손을 모아 열쇠를 돌리자 삐걱거리는 쇳소리가 울렸다. 장례식장에서 나온 남자들이 커다란 이중문을 밀어 열고 안으로 관을 들여갔다. 관 위에 새겨진 공산당 노동조합 문장을 본 나이 많은 친척 사이에서 불만스러운 웅얼거림이 일었다.

"고인을 잘 아는 동지들이 보내는 작별 인사로 생각해주십시오."

장례 책임자가 말하더니 장갑에다 대고 기침을 콜록거렸다. 하지만 확실히 공산주의자치고는 너무 비싸 보이는 관이었다. 그는 속으로 가격을 가늠해봤다. 묘지기가 주머니에서 하얀 리튬 윤활제를 꺼내 관이 잘 미끄러지도록 돌 위에 윤활제를 뿌렸다. 관이 워낙 무거웠기에 운구를 맡은 사람들은 관을 들 필요 없이 그냥 밀어넣기만 하면 된다는 것에 내심 안도했다.

모든 일이 끝나자 사람들은 쭈뼛거리며 주위를 두리번거렸다. 아무도 기도를 하겠다고 나서는 사람이 없었다. 그래서 그들은 묘지에 자물쇠를 채우고 세찬 눈보라를 뚫고 서둘러 타고 온 차로 되돌아갔다. 도르틀리히의 부친은 예술품 위에 마련된 침대 위에 조용히 누워 있었다. 그의 심장에 하얀 얼음이 얼어붙기 시작했다.

계절이 바뀌고, 또 바뀌었다. 바깥 자갈길에서는 희미한 목소리들이 오갔고 때로는 덩굴식물들이 침입을 시도하기도 했다. 누런 먼지가 쌓이면서 스테인드글라스의 색깔은 점점 더 희미해졌다. 잎이 떨어지고 또다시 눈보라가 치고 세월이 한 바퀴 돌았다. 한니발 렉터에게 너무나도 익숙한 그림들은 마치 기억의 똬리처럼 어둠 속에 돌돌 말려 잠자고 있었다.

60

퀘벡 주 리브르 강, 커다랗고 부드러운 눈송이가 차가운 아침 공기를 타고 내려와 순록 사냥 및 박제 전문점의 창턱에 사뿐히 내려앉는다. 숲속의 샛길을 따라 통나무집으로 걸어 올라가는 한니발 렉터의 머리 위에도 깃털처럼 보드라운 눈송이가 하늘하늘 떨어졌다. 가게는 열려 있었다. 집 뒤쪽에 있는 라디오에서 캐나다의 국가 〈오, 캐나다!〉가 울려 퍼지며 고등학교 하키 게임의 시작을 알렸다. 벽에는 온갖 동물의 박제 머리가 걸려 있었다. 제일 위는 북아메리카산 무스가 시스티나 성당 분위기로 멋지게 배열돼 있었고, 그 아래쪽에는 북극여우와 뇌조, 촉촉한 눈을 가진 사슴, 스라소니와 살쾡이의 머리가 있었다. 카운터 위에는 박제용 눈알이 담긴 그릇이 놓여 있었다. 한니발은 가방을 내려놓고 손가락으로 눈알들을 찔러봤다. 온 가족의 사랑을 받던 허스키의 머리에 사용할 창백한 하늘색 눈동자 한 쌍을 발견했다. 한니발은 눈알을 접시에서 꺼내 카운터 위에 얌전히 늘어놨다. 가게 주인이 등장했다. 브로니스 그렌츠의 턱수염은 이제 잿빛이고 관자놀이의 구레나룻 역시 희끗희끗하다.

"안녕하쇼? 뭘 도와드릴까요?"

한니발은 그를 바라보며 손가락으로 접시 안을 뒤적여 그렌츠의 밝은 갈색 눈동자와 비슷한 눈알들을 골라냈다. 그렌츠가 물었다.

"무슨 일입니까?"

"머리를 가지러 왔습니다."

"어떤 물건이죠? 표는 가지고 오셨죠?"

"네. 하지만 여기 벽에는 안 걸려 있네요."

"아마 뒤쪽에 있을 겁니다."

"같이 가도 될까요? 제가 직접 알려드릴게요."

한니발은 주인에게 제안했다. 그는 가방을 들었다. 그 안에는 옷가지 몇 벌과 고기 써는 식칼, 그리고 '존스홉

456

킨스 병원'이라고 적힌 방수 앞치마가 들어 있었다.

그렌츠의 우편물과 그의 주소록을 전쟁 후 영국 정부가 배포한 토텐코프 수배자 명단과 비교하는 일은 무척 흥미로운 일이었다. 그렌츠는 캐나다와 파라과이에서 몇 통의 편지를 받았고 또 몇몇은 미국 소인이 찍혀 있었다. 한니발은 그렌츠의 넉넉한 금고 덕분에 기차의 한 량을 통째로 차지하고 앉아 통나무집에서 가져온 서류들을 훑어봤다.

볼티모어의 병원으로 돌아가기 전, 그는 잠시 몬트리올에 들러 박제사의 펜팔 친구 중 한 명에게 머리를 부쳤다. 반송 주소에는 다른 동료의 주소와 이름을 적었다. 한니발이 그렌츠를 찢어발긴 것은 분노나 복수심 때문이 아니었다. 그는 더 이상 분노에 가슴 아파하거나 꿈으로 고통스러워하지 않았다. 지금 그는 휴가 중이었으며 그렌츠를 살해하는 것은 스키를 타는 것보다 더 재미있는 일이었다. 기차는 미국을 향해 남쪽으로 달려가고 있었다. 따스하고 즐거운 해방감. 소년 시절 리투아니아행 기차에 몸을 실었을 때와는 너무나도 다른 지금.

한니발은 뉴욕에서 하룻밤을 보낸 다음, 그렌츠의 돈으로 칼라일에서 묵으며 연극을 볼 것이다. 주머니에는

〈다이얼 M을 돌려라Dial M for Murder〉와 〈피크닉Picnic〉의 표가 들어 있었다. 한니발은 '피크닉'을 보기로 했다. 무대 위에서 벌어지는 살인 따위는 시시했다.

미국은 그를 매료시켰다. 풍부하게 넘쳐흐르는 열과 전기. 이상하게 생긴 길고 넓은 자동차들. 솔직하지만 순진하지는 않은 미국인의 얼굴, 읽기 쉬운 표정들. 때가 되면 그는 미술계의 인맥을 이용해 무대 뒤쪽에서 관중을 관찰할 것이다. 환한 무대 조명 아래 황홀경에 빠져 빛나는 얼굴들을 읽고, 읽고, 또 읽어볼 것이다.

어둠이 내려앉았다. 식당 칸에 앉아 있는 한니발에게 웨이터가 촛불을 가져왔다. 피처럼 붉은 클라레(프랑스 보르도산 적포도주)가 기차의 덜컹거림에 맞춰 잔 속에서 찰랑거렸다. 한번은 한밤중에 노동자들이 증기 호스로 철로에 얼어붙은 얼음을 녹이는 소리에 눈을 떴다. 창문 아래에서 거대한 증기 구름이 바람을 타고 모락모락 피어올랐다. 기차가 덜컹거리더니 역참의 불빛을 매끄럽게 뒤로 흘리며 한밤의 어둠 속으로, 미국 깊숙한 곳을 향해 다시 남쪽으로 달리기 시작했다. 창밖은 다시 맑아졌다. 그는 별이 가득한 하늘을 바라봤다.

감사의 말

먼저 파리 경찰의 범죄수사대에게 감사의 인사를 보낸다. 그들은 오르페브르에 있는 경찰본부의 세계에 끼어든 날 환영해줬고, 골치 아픈 지식과 멋진 점심을 나눠줬다.

레이디 무라사키의 이름은 세계 최초의 훌륭한 소설 《겐지 이야기》를 쓴 여성 소설가 무라사키 시키부에서 딴 것이다. 작중에서 레이디 무라사키는 오노 고마치와 아키코 요사노의 시를 인용한다. 그녀가 한니발에게 작별 인사 대신 읊은 시는 《겐지 이야기》에서 발췌한 것이다. 일본 문학과 음악에 관해 많은 도움을 준 노리코

미야모토에게 감사의 마음을 전한다.

그리고 짐작하겠지만 영국 시인인 S. T. 콜리지에게서 개를 빌려오기도 했다(콜리지의 시 〈크리스타벨〉에 나오는 마스티프를 가리킴. '크리스타벨'이라는 배의 이름도 역시 여기에서 가져왔다).

독일 점령과 전후 기간의 프랑스에 관해서는 로버트 길디어의 《쇠사슬에 묶인 마리안느*Marianne in Chains*》와 안토니 비버와 아르테미스 쿠퍼의 《해방 후 파리, 1944~1949*Paris After the Liberation, 1944~1949*》, 그리고 린 H. 티볼라스의 《짓밟힌 유로파*The Rape of Europa*》에 많은 부분을 빚졌다. 또한 《파리에서 마리에타에게, 1945~1960*To Marietta from Paris, 1945~1960*》에서 발췌한 마리에타 트리에게 보내는 수전 메리 알솝의 훌륭한 편지들도 커다란 도움이 됐다.

그리고 무엇보다 한없는 지지와 성원을 보내준 페이스 반즈에게, 그녀가 보여준 사랑과 인내심에 무한한 감사를 보낸다.

토머스 해리스

옮긴이의 말

한니발 렉터는 무척 매혹적인 악당이다. 토머스 해리스가 《레드 드래곤》을 통해 그를 세상에 처음으로 소개하고 영화 〈양들의 침묵〉에서 안소니 홉킨스의 강렬한 연기가 사람들의 머릿속에 각인된 이래, 이 우아하면서도 야만적인 식인 범죄자는 한 시대의 아이콘이 됐다.

2006년에 출간된 《한니발 라이징》은 그가 어떻게 완성됐는지 과거 어린 시절의 인간적인 면모를 조명한다는 점에서 렉터 박사가 등장하는 다른 소설들과 다르며, 다소 낯설기까지 하다. 그는 아직 어리고 미숙하며 감정적이고 격정적이다. 시리즈가 진행될수록 한니발이 명백한 악惡의 상징에서 점차 애매한 경계선을 지나 마침내 여기까지 도달했다는 사실(엄밀히 말해 이 소설에서 한니발은 악역이 아니다)은 아직도 해골무늬 곤충의 이미지를 가장 먼저 떠올리는 세대인 나에게 세월의 흐름을 실감하게 한다.

햇병아리 시절에 번역했던 작품이라 출판사에서 '한니발' 시리즈를 재출간한다는 연락을 받았을 때는 조금 멋쩍고 많이 걱정스러웠다. 10년이면 강산도 변한다고 한다. 우리가 책을 읽는 언어도, 이해하는 방식도 생각보다 많이 바뀌었다. 그렇지만 또한 내심, 몇 년 전 미국 NBC에서 드라마 〈한니발〉을 방영했을 때처럼 기대감에 두근거리기도 한다(영화 〈한니발 라이징〉은 소설이 발표되고 얼마 지나지 않아 공개됐기에 이 드라마는 정말 오랜만에 만나는 한니발과 관련된 작품이었다). 세월이 지난 뒤에도 같은 것을 알고 공유하는 사람들이 늘어난다는 것은 가슴 벅찬 일이다. 과거의 것을 접하고 같은 내용을 새로운 눈으로 해석하는 사람들이 생겨나는 것 또한 기대되는 일이다.

이 책을 번역할 때 여러 고마운 사람들의 도움을 받았다. 그분들이 지금 어디 계시든 새로 출간된 책을 보고 그때를 다시 기억해주시면 좋겠다. 10년 전 이 책을

462

읽었던 독자들이 서점에서 새 표지를 발견하고 다시 책을 집어 들었으면 좋겠다. 그리고 《한니발 라이징》을 처음 접하는 분들이 소문과 이미지로만 상상하던 어린 한니발을 직접 확인하며 그의 성장기를 즐겨주시길 바란다.

박슬라

옮긴이 박슬라

연세대학교에서 영문학과 심리학을 전공하고 전문 번역가로 활동하고 있다. 옮긴 책으로는 《스틱!》《부자 아빠의 투자 가이드》《부자 아빠의 금·은 투자 가이드》《인비저블》《순간의 힘》《아머》《칼리반의 전쟁》《몬스터러몰로지스트》《다섯 번째 계절》 등이 있다.

한니발 라이징

1판 1쇄 발행 2019년 9월 11일

지은이 토머스 해리스
옮긴이 박슬라
발행인 오영진 김진갑
발행처 나무의철학

책임편집 허재희
기획편집 이다희 박수진 김율리 박은화 진송이
디자인팀 안윤민 김현주
마케팅 박시현 신하은 박준서
경영지원 이혜선

출판등록 2006년 1월 11일 제313-2006-15호
주소 서울시 마포구 월드컵북로5가길 12 서교빌딩 2층
전화 02-332-3310 팩스 02-332-7741
블로그 blog.naver.com/midnightbookstore
페이스북 www.facebook.com/tornadobook

ISBN 979-11-5851-151-7 04840
        979-11-5851-148-7 (세트)

나무의철학은 토네이도미디어그룹(주)의 자회사입니다.

이 도서의 국립중앙도서관 출판예정도서목록(CIP)은 서지정보유통지원시스템 홈페이지(http://seoji.nl.go.kr)와 국가자료공동목록시스템(http://www.nl.go.kr/kolisnet)에서 이용하실 수 있습니다.
(CIP제어번호: CIP2019032579)